화 향

화홍(花紅) 2

2판 1쇄 찍은 날 | 2010년 9월 1일
2판 11쇄펴낸 날 | 2022년 4월 21일

지은이 | 이지환
펴낸이 | 서경석

편집책임 | 강다윤

펴낸곳 | 도서출판 청어람
등록번호 | 제1081-1-89호
등록일자 | 1999. 5. 31
어람번호 | 제5-0269호

본사 주소 | 경기도 부천시 원미구 부일로 483번길 40 서경B/D 3F (우) 14640
편집부 주소 | 서울 구로구 디지털로272 한신IT타워 404호 (우) 08389
전화 | 02-6956-0531 팩스 | 02-6956-0532
메일 | roramce@naver.com

ⓒ 이지환, 2010

ISBN 978-89-251-2272-4 04810
ISBN 978-89-251-2270-0 (SET)

※ 파본은 구입하신 서점에서 교환하여 드립니다.
※ 저자와 협의하여 인지를 붙이지 않습니다.
※ 이 책은 도서출판 청어람과 저작자의 계약에 의해 출판된 것이므로,
   무단 전재 및 유포·공유를 금합니다.

화홍

2 花紅
오작교(烏鵲橋)

도시출판 청어람

目次

제1장 서투른 진심 · 7 | 제2장 달이 참 밝습지요? · 49
제3장 혼자만의 춘몽(春夢) · 79 | 제4장 손안의 새? · 107
제5장 욱하였다, 욱제. 못 참았소, 소혜 · 140
제6장 전광석화(電光石火) · 179 | 제7장 애증의 교차로 · 222
제8장 음모의 발아(發芽) · 253 | 제9장 불안한 연풍(戀風) · 291
제10장 깨어진 옥가락지 · 317 | 제11장 선(善)하여 죄인 것을…… · 339
제12장 오해의 사슬 · 368 | 부록 · 413

第三券
제1장 낙루(落淚) | 제2장 단장(斷腸) | 제3장 애별(愛別) | 제4장 심연(心緣)
제5장 재회(再會) | 제6장 병마(病魔) | 제7장 일광(日光) | 제8장 자업자득(自業自得)
제9장 꽃자리 영근 정해 | 제10장 회임 | 제11장 국면 전환 | 제12장 위기(危機)
제13장 사필귀정(事必歸正) | 부록 | 또다시 화홍, 화홍, 화홍

제1장 서투른 진심

　　　　　　차라리 어둠 속이라면 화끈화끈 달아오르는 분홍빛 마음을 감출 수 있으리라. 터질 듯 뛰노는 작은 심장의 고동 소리를 진정시킬 수 있을지도 모른다.

　눈을 내리깔고 얄보드레한 생명주 속저고리 고름만 가녀린 손가락 끝에 감고 배배 돌리기만 하는 어린 중전. 사내 후려잡는 수단 장한 명기(名妓) 은파가 가르쳐 준 대로 눈 들어 살그머니 추파라도 보내야 하는데. 우는 듯 웃는 듯 수줍은 미소를 보내야 하는데. 불빛 아래 새삼스레 관옥 같은 그 용안을 우러르자니 아이고머니, 어머니. 도무지 부끄럽고 수줍어서 나 못하겠네.

　급하고 거친 심장의 고동 소리는 옆얼굴을 보인 사내도 마찬가지. 자꾸만 입이 타고 목이 마르다. 향기나는 여인의 옷고름 품고 얼쑤절쑤 백화난만 알콩달콩 운우지락을 즐긴 것도 수십 수백 번. 새삼스레 어려울 것도 없고 두근거릴 일도 없건만 어찌 이리 수줍어지고 가슴이 쿵닥거리는지.

아이고, 답답이, 이 답답아! 어리기만 한 저 멍청이는 이 내 마음 조금도 모르는구나. 한 무릎만 다가앉아 주었으면. 고운 눈을 들고 한 번만 살포시 꽃 같은 웃음 한 포기 던져 주면 좋으련만. 그렇다면 무안하고 답답하고 마냥 설레발치는 풀무심장을 진정할 수 있을 터인데. 야속하고 무정하여라. 숙인 고개 한번 들어주지 않는구나. 촛불 아래 드러난 분통같이 말간 목덜미를 바라보며 슬슬 안달이 나기 시작하였다.

"지, 짐이 괴물인가? 고개 들어 보지도 않게?"

부루퉁한 목청이었다. 덕지덕지 끼기 시작한 심술기. 그 말속에 숨은 재촉을 모르면 참말 바보지. 중전은 살며시 몸을 돌이켰다. 떨리는 섬섬옥수로 대황촉불 심지를 은가위로 잘랐다.

"……부, 불을 끌 것입니다."

여릿여릿 흔들리던 대황촉불이 꺼지고 옥향로에서 타오르는 달큰한 침향 향기만 보랏빛 흔들림으로 방 안을 가득 채웠다. 중전은 주저주저, 발발 떨며 지아비 좌정한 금침 쪽으로 한 무릎 간신히 다가앉았다. 두 손으로 봉긋한 가슴골을 가만히 누른 채 고개를 들지도 못하는 어린 소녀의 수줍음이 마음에 들지 않았던가? 왕이 팔을 내밀어 가녀린 허리를 잡아챘다. 난짝 여린 옥체를 잡아당겨 금침 안에 밀어 넣었다.

숨이 차거나 말거나, 히히헥 놀라거나 말거나 나는 내 일 하여야겠다. 무작정 올라타고는 풋능금 같은 입술부터 덥석 삼켜보았다. 달금하고 새콤하고 청결한 입술, 첫 꽃잎이 벌어지듯이 가만히 열리는 입술 안에서 움직이는 상큼탱글한 설육을 희롱했다. 짐의 것. 천하에서 오직 짐만이 맛볼 수 있는 맛난 과실. 수줍고 서투른 입술을 헤치고 도망만 치려는 작은 혀를 억지로 잡아챘다. 욕심 가득히 어린 풋내를 마음껏 삼켰다.

슬며시 자리옷 고름을 풀었다. 커다란 손가락 사이로 미끄러지는 옷깃 사이로 터질락 말락, 비 젖어 한껏 만개하기 직전인 꽃봉오리를 욕심껏 움켜잡았다. 사내 손 한 번 타지 않은 순수한 꽃무덤. 귀엽고도 앙증맞은 젖꼭지가 사내의 손가락 끝에서 볼록 돋아났다. 개미 허리같이 가늘기만 한 허리며 납작한 아랫배. 조금만 힘을 주면 으깨질 것만 같은 작은 몸. 두 해 만에 비로소 알아가는 중전의 가냘프고 여린 옥체가 신기하기도 하고 그저 애처롭기도 하다. 그의 팔에 다 차는 어린 중전은 상감께서 여태까지 안으신 어떤 계집하고도 다르니 아담하고 싱그럽고 청초하였다. 또한 향기로웠다. 오직 중전에게서만 맛보는 아름다운 향기다. 왕은 달금한 구슬을 물 듯이 연분홍빛 젖꼭지를 입술로 물어 삼키며 코를 열고 흥흥거렸다.

기이하여라. 중전의 나신에서 배어 나오는 향기가 실로 묘하였다. 못났다, 수수하다 하여 무시한 중전의 나신을 안자 이렇듯 정체를 알 수 없는 곱다운 향취가 나는 것이라. 왕은 자꾸만 중전의 여린 가슴골에 얼굴을 묻고 그 향기를 맡으려 애를 썼다. 참으로 희귀하고 요상한 향기인데 심신이 청량하여지고 마냥 기분이 좋았다.

이런 경험은 여인을 안은 후 난생처음이다. 더 기묘한 일은 중전의 체향이 바로 사내의 피를 끓게 하는 미향이 아닌가!

중전 몸에서 배어 나오는 아름답고도 기이한 향기를 맡던 그 순간부터였다. 그저 파고들어 이 여인의 꿀물을 맛보고 싶다 하는 격한 충동만이 요동치는 것이라, 왕이 계집을 상대로 이리 정신을 잃을 정도로 격하고 급한 적은 흐드러진 누이의 몸 안에 서투른 양물 묻고 동정(童貞)을 잃을 적을 말고는 진정 처음이었다. 돋아나는 젖무덤 사이에 이 자국을 내며 중전의 두 다리를 무작정 무릎으로 벌렸다. 중전은 시신처럼 굳어져 눈을 꼭 감고 그저 죽여줍시오, 이리 하고만 있다.

왕은 강대하고 왕비는 여리고 좁았다. 사내는 격한 욕심인데 여인은 아직 촉촉해지지도 않았으니 그 교접은 이미 파국이었다.

그러거나 말거나 눈이 붉어진 채 야수가 된 왕은 억지로 여린 꽃잎을 열었다. 거대하고 단단한 용체로 중전의 메마르고 좁은 동굴을 파고들었다. 어린 중전의 입에서 저절로 아릿한 비명이 터진 것은 당연지사. 어린 옥체가 감당하지 못하여 파르르 떨거나 말거나, 도망가려 하듯이 힘없는 두 손으로 억센 어깨를 밀어내든 말든 단번에 중전의 순결을 깨고 정결한 몸에 깊이 자맥질하여 들어갔다.

옥같이 맑고 여린 중전의 허벅지 사이로 발간 꽃물이 주르르 새겨졌다. 감은 눈 아래로도 또르르 눈물이 떨어졌다. 사내인 전하께서야 그저 급하고 격한 욕심을 채우려 헉헉대면서 어린 몸을 끌어안고 물결을 타시는데 난생처음 그 여린 샘에 용체 머금은 중전은 그저 고통일 뿐이다.

어찌 이리도 거대하고 단단하며 뜨거운지 마치 불망치가 하나 박히어 저를 두드려 대는 것 같기도 하고 예민한 아래를 불칼로 지져 대는 것 같기도 하니 도통 괴롭고 아파서 천지가 아득하며 눈물만 난다. 강건한 사내의 몸에서 굴러 떨어진 땀방울이 젖은 얼굴을 적시고 똑똑 떨어졌다.

"목석이 차라리 더 나을 것이야! 도통 그대는 언제야 자랄까?"

시신처럼 굳어져 다리만 벌린 채 누워 있는 어린 몸 안에서 마침내 파정을 했다. 정신을 차려보니 제 욕심에 겨워 작은 몸을 어린애 밀떡 주무르듯이 망가뜨려 놓았구나. 면구하고 미안하고 또 불만스럽기 그지없으니 벌떡 금침을 차고 일어나며 고함을 질렀다.

눈을 꼭 감고 모든 것을 부인하듯이 두 손으로 얼굴을 가린 채 발발 떨고만 있는 중전을 내려다보는 왕의 용안도 중전의 그것처럼 창백하였다. 시퍼렇게 굳은 왕의 시선이 젖혀진 비단 금침, 순백같이 하얀 옷깃에 새겨진 선열한 핏자국에, 차마 두려워 눈도 뜨지 못하고 하냥 짓이겨진 젖가슴과 아래를 가리려 힘없는 손으로 금침을 끌어 올리려는 중전의 가엾은 형용 위로 스쳐 지나간다.

귀밑으로 그저 실같이 가는 눈물줄기만 흐르는 중전은 왕의 노여움이 오직 못난 스스로의 허물이라고 생각하였다. 연약하고 어린 지어미의 몸을 이성을 잃고 잔인하고 거칠게 탐한 후에 참으로 민망하고 죄스럽고 미안하여 더 큰 노화와 애꿎은 분기를 보이는 것을 알지 못하였다. 수치심에 떨고 있는 어린 중전은 아름다운 초야를 망쳐 버린 스스로의 탐욕에 민망하고 수치스러워 왕의 가슴도 무너지고 갈기갈기 찢겨져 버렸음을 꿈에도 생각하지 못하였다.

서투른 진심

"지어미라 하면서! 짐이 지아비라면서…… 짐더러, 짐더러…… 못난 것! 대체 그대는 언제야 자라겠어? 지어미라 하면서 이리 짐을 밀어내는 것이야? 중궁의 이름이 부끄럽다. 천하에 아무짝에도 쓸모없는 계집 같으니라고!"

씩씩 분김을 뿜으며 왕은 벗어 던진 의대를 주섬주섬 걸쳐 입었다. 단 한순간도 이곳에 있고 싶지 않았다. 끔찍하게 망쳐 버린 꽃자리. 자신이 저지른 무서운 죄악의 자리에서 도망치고 싶었다, 중전을 남겨두고 사납게 문을 열고 나가 버리는데 문 닫는 그 소리가 바로 벼락질이었다.

우원전으로 가자! 하고 명하는 소리가 장지문 바깥에서 새어 들어왔다. 뼈마디 아픈 치욕과 아픔을 비수로 새기듯이 가슴 안으로 핏물 흘리며 중전은 아스라이 정신을 잃어갔다.

거뭇하게 먹구름이 몰려드는 하늘을 보자 하니 금세 싸르라니 싸래기 눈이라도 허공에 파닥일 것 같다. 궂은 날씨를 헤치고 갑작스레 재성 공사장으로 거동을 명하신 전하의 행렬이 재성 행궁에 도착할 무렵, 그 하늘에 흩날리는 진눈깨비는 장엄한 대궐 지붕 위에도 부질없이 흩날린다.

슬프고 참담한 초야 이후 사흘이 지났다. 냅다 벼락같은 노염을 생짜로 부리고 난 다음 교태전을 벗어난 왕은 그 다음날 새벽에 예정에도 없이 궐을 떠나 버렸다. 명목은 행궁 완성되어 가는 공사 일을 보고 난 후, 재성에 머물고 있는 신위영 군사 훈련을 지휘하시는 일을 하시겠다는 것이었다. 허나 그것은 핑계일 뿐 민망하고 부끄럽고 중전을 대하기 아픈 터로 주르르 도망을 친 것에 다름 아니다.

이렇듯이 사내란 어리석은 존재였다.

한마디만 다정하면 얼마나 좋아. 말로 하기 힘들면 손이나 잡아주지. 웃음 한 번, 따스한 손길 한 번에 천 번 용서하고 만 번 풀어지는 것이 여인네 심사이다. 그는 못하면서 애꿎게 제 마음 미리 몰라준다 원망하였다. 잘못을 인정하기는커녕 제가 먼저 삐치고 민망하여 어린애처럼 우달달 도망부터 가버린 것이다. 난중에 어찌하려고 이리도 어리석은가, 철없는 우리 주상아.

눈발이 흩날리기 시작하는 질척한 하늘을 지우산으로 막은 신형 하나가 중궁으로 들어선다. 누비 도포, 솜바지에 토끼털 귀마개를 한 글 스승 강두수였다. 늘 하던 대로 강학을 위하여 허리춤에 책보를 끼고 막 중궁을 들어서는데 그 앞에 나인이 쪼르르 다가왔다. 강두수 앞에서 읍을 하였다. 난처한 기색이 역력하였다.

"위에서 하명하시었나이다. 오늘도 중전마마께서 옥체 미령하시어 강학을 못하시련다 하시옵니다."

"아이고, 사흘이나 자리보전하시다니. 옥체가 많이 괴로우신 것입니까?"

깜짝 놀란 강두수가 되물었다. 사흘 내리 중전마마 옥체가 불편하고 미령하여 글공부를 못한 참이다. 강학을 시작한 지금까정 단 한 번도 게으름 피운 적 없고 공부를 뒤로 물린 적이 없는 분인데 어찌 이러하신가. 더럭 겁이 나고 걱정이 깊어 저절로 근심이 서렸다. 나인이 고개를 흔들었다. 지존마마께서 당한 첩첩사여 입을 간히 벌릴 수도 없다. 다만 듣기 좋게 아뢰었다.

"며칠 전부터 고뿔기가 장하셨나이다. 많이 힘드신 것인지 부지런한 분께옵서 지금껏 기진하시어 침수 중이십니다. 부대 내일 다시 들러주옵소서."

옥체가 많이 불편하신가? 유약하신 듯하여도 의외로 강단있어 잔병치레는 아니 하실 분 같더니만. 하릴없어진 터로 강두수는 멍하니 교태전의 처마에 부딪치는 싸늘한 바람만 바라보았다. 그 바람 따라 일렁이는 근심걱정.

길 아니면 가지 않고 옳은 도리만 행한다고 소문난 강두수. 제 안해 은애하고 절대로 헛눈 따위는 돌리지 않는다 하는 굳은 단심이라. 진정한 선비요, 대장부라 칭송받는 그 사내의 단정한 마음에 이는 물결의 정체는 대체 무엇인가? 눈앞에 흩날리는 회색 진눈깨비처럼 질척하고 끈끈한 빛이 맑은 눈 속에 고여 있다. 파랑치는 마음은 더 깊고 애틋하고 은밀하였다.

'석전, 헛된 망령을 빨리 벗어나게. 어찌 이런 불측함으로 중전마마 스승이 될 수 있단 말인가?'

언제부터였나. 글을 읽으러 교태전에 들면 자신도 모르게 가슴이 두근두근. 그저 숨이 막히고 아뜩하고 설레었다. 강두수 자신도 알지 못하는 새 걸린 중병이었다. 중전마마만 뵈면 눈앞이 캄캄하기도 하고, 심장이 아프듯이 죄기도 하였다. 교태전에 들기까지의 시간이 너무 길다 싶다가도 정작 중궁에 들면 또 시간이 너무 빨리 흘러 막막해지는 이 심사의 정체가 도대체 무엇이더노?

차마 곁눈질조차 허용되지 않는 높고도 귀하신 분. 언감생심. 마음에 담기는커녕 눈에 한번 넣는 것조차 허용되지 않는 천상의 귀인을 두고 어찌 이런 망측하고 무엄한 시선을 지닐 수 있으랴. 허나 이것은 의지와는 상관이 없는 노릇이었다.

한없이 어질고 맑고 영리하시었다. 영민한 눈을 빛내며 공부에 열중하신 모습. 깊이 새기고 듣다가 한마디씩 되물어오시는 말씀이 결기차고 정곡을 찔렀다. 담담한 옥안에 보스스 미소를 담고 깊이 생각에 잠긴 옆얼굴을 감히 바라보고 있으면 천상 고운 연화(蓮花)라. 침이 마르고 심장이 둥둥 북처럼 울렸다. 아니 된다. 내가 이러면 아니 되지. 천만 번 다짐하여도 다음날이면 스르르 풀리고 마는 마음의 매듭. 감히 천상귀인을 향하여 뻗는 정해(情海)의 촉수를 스스로 어찌할 수가 없었다.

강두수, 민망한 고개를 깊이 숙였다. 뒤돌아 천천히 걷기 시작하였다.

"중전마마, 마마."

벽 쪽으로 돌아누운 작은 어깨는 미동이 없었다. 세상만사 모두 귀찮다 이런 뜻이었다. 애가 달 대로 달은 윤 상궁은 다정한 목청으로 한 번 더 간청하였다.

"부러 사가로 사람을 보내어서 찬모를 들어오라 하였나이다. 즐기시는 녹두죽을 끓였사옵니다. 잠시 일어나시어 한 저분이라도 하옵소서."

"……물리오."

내리 식음전폐, 지금껏 찬물 한 모금 겨우 넘기신 터였다. 마치

시신인 양 돌아누워 입을 딱 봉하고 계시던 분이 그래도 사흘 만에 마침내 하답을 하시었다. 다소나마 안심이었다. 곁으로 윤 상궁은 한 무릎 더 다가앉았다. 사가의 어미인 양 좋은 목청으로 구슬렸다.

"이미 사흘이옵니다. 지금껏 수라상을 내치시다니요. 이렇게 마냥 아니 드시면은 옥체가 허하여져서 큰일이 나옵니다. 제발 일어나시어 미음 한 저분이라도 하시옵소서."

"싫다 하지 않았소? 도통 아니 먹힐 것 같소이다. 냉수나 주시오."

어진 분이시되 은근히 속고집이 있으신 것이 분명하였다. 아무리 애원하고 빌어보아도 죽물 한 모금 아니 넘기시는 강단은 어디서 난 것일까? 이날도 간신히 한마디 더 하시는데 겨우 냉수 대접을 청하시었다. 윤 상궁은 기운 하나 없고 가녀리기만 한 중전마마의 몸을 부축하여 억지로 자리에 앉게 하였다. 백설처럼 새하얀 작은 얼굴, 명민한 빛이 반짝이던 고운 눈동자는 빛이 꺼져 있었다. 아무것도 담기지 않은 눈동자는 공허하기 이를 데 없었다. 아랫것들이 예상한 것 이상으로, 사흘 전 일은 어린 그녀에게 하늘이 무너지는 충격이었던 것이 분명하였다.

청하신 냉수 대접 대신 윤 상궁은 소반 위의 녹두죽을 떠서 중전의 입으로 막무가내 밀어 넣었다. 짠한 마음을 억지로 누르며 엄하게 아뢰었다.

"제발 한 번만 하저하시옵소서. 아니 드옵시면 쇤네가 경을 치옵니다."

"참 윤 상궁 자네도 어이없는 사람일세그려. 내가 수라상 아니

받는다 하는 것이 어찌 자네 허물이겠는가?"

 중전이 작은 목소리로 속삭이듯이 중얼거렸다. 윤 상궁은 다시 한 번 죽물이 든 은수저를 입술 가까이 가져다 대며 안타까워 눈을 흘겼다.

 "그런 말씀일랑 하지 마옵소서. 마마의 옥체를 보살펴 드리는 지밀이 바로 쇤네가 아니옵니까?"

 "자네 충심을 내가 왜 모르겠나? 허나 나도 인간인지라…… 아무리 아니라 한들 속이 문드러지는 일도 있는 법일세그려. 허니 그만 나를 닦달하시게나."

 "이날만큼은 쇤네가 목이 잘려도 감히 마마께 아뢰어야겠나이다. 어제도 장 상선께서 일껏 다녀갔습니다. 전하께서 중전마마께서 안즉도 자리보전하시느냐 걱정이 되시어 부러 사정을 보고 오라 하명하셨다 하옵니다. 명색이 사직의 안주인이며 만백성의 어미일진대 옥체가 그리 허하면 대체 어찌할 것이냐 역정을 내신 터라 하옵니다. 드옵시고 인제 일어나셔야지요."

 중전의 입에서 헛웃음이 새어 나왔다. 가당찮다 그 말이었다. 그러나 윤 상궁은 아랑곳 않고 계속 말을 이었다.

 "인제 전하께서 너덧새 지나면 환궁을 하신다 하는데 그때서는 웃으며 아무 일 없단 듯이 맞이하여 주십시오. 말씀으로는 아니 하셨되 전하께서도 그리 밤을 지내신 후에 많이 속이 상하고 애잔하셨던 것입니다. 그러니 일부러 장 내관을 보내어 문안을 하시는 것이지요."

 "맹수가 사냥감 잡아먹을 적에 불쌍하여 눈물을 흘린다 히더니 바로 그 짝이로구먼."

 윤 상궁이 이리저리 사정 돌려 좋게 아뢰는 그 말로도 마음이 풀리지 않았다. 되받아치는 중전의 목청은 나직하나 쌀쌀하였다. 인간으로도, 여인으로도 지아비 전하께 대접받지 못하고 능멸당한 피맺힌 자존심의 상처는 깊고 뼈아팠다. 인간으로서 차마 그러지는 못할지니, 참자 참자 하여도 불길같이 일어나는 분노가 확연하게 담긴 목소리였다.

 중전은 왕이 자신을 걱정하여 장 내관을 행차 도중에 궐로 돌려보냈다는 말을 절대로 믿지 않으련다 생각하였다. 그런 분이 그 밤에 나를 그렇게 모욕하고 무안을 주시며 처참하게 하신다더냐? 내 마음에 이제 그분은 지아비도 아니오, 이미 천만 번은 죽어진 분이니라.

 어질고 조용하나 고귀하고 깊은 자존심은 더없이 강한 소녀이다. 오히려 어린 왕비는 장 내관을 시켜 왕이 중궁전 문안을 하였다는 대목에서 더 화가 치밀어 올랐다.

 '앓아누웠다 하는 내 사정이 안타깝다고? 그래서 문안을 보내어? 기가 막혀서! 허면 그 밤에 나를 대놓고 능멸하신 것은 무엇이더냐? 혼인하여 이태라, 겨우 초야를 치르는 터로 쌀쌀맞기 북풍한설이며 괴물도 그런 괴물이 없음이라. 삭신을 짓밟아놓고 속내를 뒤집어엎은 것으로도 모자라서 무어라? 들으라는 듯이 월성궁 가자 하시며 또다시 비수를 꽂으신 분은 대체 누구냐? 아이고, 위선도 그런 위선이 없으니 병 주시고 약 주자는 것이냐?'

 아무리 상감이라 한들 중전 마음에 이미 인간 이하였다. 중궁전 위엄을 더럽힐세라 법도를 어길세라 보아도 못 본 척, 들어도 못 들은 척 마냥 참고 속 깊게 살았다. 허나 더 이상은 못 참을 것이다 싶었다. 그나마 상감마마, 돌려서 좋게 말하는 윤 상궁에게 가시 같은 독설(毒舌)로 쏘아붙였다. 그 정도로 심사가 뒤집어지고 문드러졌다는 말이었다.

"이미 나란 존재는 전하께 발길에 걷어차이는 돌멩이보다 못한 존재이거늘 죽든 살든 상관하지 말라 하시게나! 인제 나는 대전 쪽의 말은 아예 듣고 싶지도 않소! 다 헛된 일이니 내가 그에 속을 사람이 아니오."

입 밖으로 내어 말하는 한마디 한마디 전부가 얼음 조각이었다. 싸늘한 눈발처럼 바스러졌다. 중전은 윤 상궁이 다시 떠 넣어주는 녹두죽을 마다하고 고개를 흔들었다. 그만두고 물을 다오 하셨다.

"그만 할 것이오. 입에 넘어가지 않소이다. 나중에 다시 들여오오. 내 윤 상궁 낯을 보아 다시 한 번 강잉하게 들어보겠으되 지금은 힘이 드오."

"겨우 반 그릇 남짓이옵니다. 이도 못 잡수시면 참으로 옥체가 상하십니다. 제발 두어 저분만 하옵소서."

아무리 윤 상궁과 박 상궁, 김 상궁이 옆에 앉아 다투어 꼬드기고 호령하고 권하여도 마다하시는 고집이 매섭다. 결국 윤 상궁이 돌아앉아 옷고름으로 눈물을 찍어냈다. 이 늙은 것이 중전마마 잘 보필하지 못하여 이날 이토록 망극한 꼴을 당하게 하옵니다 하고 자책의 눈물을 흘릴 즈음에야 어린 중전마마 한숨을 쉬며 이마를 괴었다.

"그만 하오. 그것이 어찌 윤 상궁의 죄일 것인가? 모다 이 몸이 못나고 모자란 탓이지……. 이제 내가 대강 진정이 되었으니 너무 걱정을 마오. 내가 그만하니, 내일은 일어날 것이오. 지아비 침수 모셨다가 자리보전하는 지어미라, 그는 망신이지. 그 밤 그렇게 드 옵셨다가 내가 못마땅하여도 그렇지, 냉큼 날 버리고 월성궁 가신 것이니…… 그 천한 계집을 앞에 두고 나의 매사가 못마땅하고 못 났더라 웃음거리로 삼으신 것은 아닐까? 내가…… 딱…… 그 생각만 하면 죽고 싶소이다."

한숨 끝에 다시 눈물 한 방울이 또르르 하얀 볼을 굴렀다. 중전마마 옷고름을 들어 젖은 눈시울을 찍어냈다. 윤 상궁이 손사래를 저었다.

"아이고, 어찌 그런 망극한 말씀을 하오십니까? 전하께서 그 밤에 월성궁을 가시다니오?"

"그렇게 호령하시었잖아? 나에게도 귀는 있소."

"천부당만부당하옵십니다. 중전마마, 아무리 상감마마께서 차가 우신 분이라 하여도 그런 경우 없는 일은 아니 하신 터입니다. 그 밤에 무안하신 터이니 우원전으로 가자 하시었지요."

"월성궁으로 나가신 것이 아니었어?"

"암만요! 무안하고 민망하시니 서온돌을 박차고 나가시기는 하였되, 우원전에서 침수하시고는 다음날로 곧바로 재성 행차를 하시 었습니다. 월성궁 근처로는 발길도 아니 하신걸요? 쓸데없이 심기 상하지 마소서. 전하께서는 겉으로는 불퉁하셔도 워낙에 사리분별 명확하사 이유없이 잔인하신 분이 아니옵니다."

"이유없이는 잔인하지 않으시다? 허면은 그 밤에는 이유가 있어 나를 그렇게 모질게 대하셨다 그 말인가? 천하 못난 박색이며 계집의 요염이라 하나 없는 터이니 허기는, 내가 지아비 전하께 소박받을 충분한 이유가 있음이라. 모다 자업자득이니 그리 따지자면 내가 할 말이 없소."

위로하려다 하였다가 말 한마디 잘못하여 왕비의 속을 더 뒤집은 셈이었다. 윤 상궁이 낯을 벌겋게 붉히며 어쩔 줄을 몰라 하였다. 어린 중전마마, 지금껏 의지하여 곁에 둔 노인을 아무리 심사 상하였다 하여도 대놓고 무안을 준 것이다. 어찌 마음이 편안하시랴? 얼마 후에 한숨을 쉬며 윤 상궁에게 미안하다 사과를 하시었다.

"내가 말을 잘못하였소. 어디 윤 상궁이 나를 무안 주려 그리한 말일 것인가? 내가 하도 속이 뒤집어져서 괜스레 그대만 타박을 한참이오. 인제 괜찮소이다. 어차피 한 번은 일어나야 할 일이었으니 지어미 된 도리로 지아비를 피한다는 것도 말이 되지 않는 소리일 것이며, 또한 그대 말도 틀린 것이 없으니…… 모다 못난 나의 잘못이오. 나가시오. 내가 이 밤만 잘 마음을 다스리고 일어날 것이오. 나도 인간이니 아무리 애를 써도 진정하기 힘든 때도 있는 법이라. 그는 그대들이 이해하소."

아랫것들이 나간 쓸쓸한 침전. 두터운 비단 금침, 명주솜 이불 안에 누워 있어도 왕비는 한없이 춥다 여긴다. 검은 심연 같은 침묵이 바닥에 깔렸다. 그 안에서 어둠에 물든 그녀 홀로 잘라도 잘라지지 않는 아픔과 굴욕감을 다시금 씹고 또 씹고 있을 뿐.

외롭다. 중전은 돌아누웠다. 팔로 자신의 몸을 꼭 끌어안아 보았지만 뼛속 깊이 파고든 무청처럼 새파란 한기(寒氣)는 가시지 않았다. 이대로 무(無)로 돌아가 버렸으면. 중전은 자신도 모르게 자그맣게 중얼거리고 있었다. 나, 그만 목매어 죽어버릴까?

자신 스스로가 흩날리는 티끌보다도 부질없고 하찮은 존재라는 느낌. 또다시 눈물이 귀 아래로 흘러 베갯잇만 하염없이 적시었다. 그 서러운 눈물을 닦을 생각도 하지 못했다. 어느새 축축하게 젖어드는 슬픔이 쓰라리고 아프다. 지난 사흘 동안 그러했듯이 관(棺) 같은 침전에 담겨 죽음 같은 잠을 청해보지만, 왜 이 밤은 반가운 잠도 오지 않는 것인지. 중전은 눈을 꼭 감고 다짐을 하고 또 했다.

'생각하지 말자. 진정하며 내 마음을 다스리자.'

아무리 다독여도 잦아지지 않는 치열한 분노, 처참함, 그리고 피맺힌 자존심의 상처. 중전은 악머구리처럼 달려드는 서러움과 비참함을 가리려는 듯이 이불을 들어 얼굴 끝까지 끌어 올렸다. 그렇게 하면 자신을 괴롭히는 모든 것에서 도망칠 수 있기라도 하듯이.

"아버님……."

주르르 눈물방울이 아프게 훑고 흘러내렸다. 차마 소리 내어 울지도 못하는 어린 중전은 이불 속 어둠 안에서나 비로소 부를 수 있는 사친을 가만히 불렀다.

'소혜가 많이 괴롭소이다. 견디기 힘드옵니다. 이런 날 아버님의 어진 얼굴이라도 뵐 수 있다면 좋으련만. 구중천(九重天) 높은 담이 겹겹이 가로막고 있으니 어찌 이 문드러진 심사 함부로 발설하리오? 어진 아버님이시니 소혜의 이런 형편 들으시면 억장이 무너지어 늙은 가슴이 터지시리라. 허니 나는 아버님을 뵈어도 그저 웃어

야 하는 팔자려니, 말도 하지 못하는 이 내 심사. 대체 누구 있어 말을 하리오?'

지아비를 모신 첫밤에 그녀를 못마땅해하여 왕이 잠자리를 박차고 나가 버렸다는 망신. 그러나 깊은 수모와 능멸감보다 더 쓰라렸던 것은 수줍고도 일편단심인 사모지정이 거절당했다는 부끄러움이었다. 평생 가야 지워지지 않을 상처. 쿡쿡 쑤시는 가슴을 부여잡은 채 차마 어찌 스스로를 위로해야 할지 모르는 어린 소녀는 끅끅 억눌린 흐느낌만을 이불 안에서 뱉어낼 뿐이다.

죽어도 잊지 못할 것 같은 아린 굴욕감, 원망. 무엇이든 다 드리고 싶었는데……. 달라 하면 다 드릴 것인데 일편단심 사모한 그분은 그 마음 필요없고 귀찮다 하셨다.

'나는 아무것도 아니다. 그분에게 나는 아무짝에도 쓸모없는 존재이다.'

여인으로 부인당하고 경멸당한 처참함보다 더 큰 괴로움은 바로 그런 자각에서부터 비롯된 것이다. 어린 왕비는 자신이 자리보전할 적에 윤 상궁이 한시도 곁에 떠나지 않고 머리맡을 지킨 이유를 알 것 같았다. 그녀는 이 며칠 동안 정말 장도칼로 자신의 목을 찔러 죽어버리고 싶은 심정밖에 없었기 때문이다.

소문은 바람처럼 빠른 궐이니 벌써 아랫것들도 쑥덕거리며 나를 비웃고 있겠지. 너무 못난 터라 천한 잉첩에게 밀려 초야에서부터 지아비에게 버림받더니 인제 두 해 만에 비로소 지어미 구실을 하기는 하였지만, 그 재미며 계집의 요염도 없어 전하께서 자리 차고 나가 버렸다 하는 민망한 그 소문은 이미 궐 한 바퀴를 돌아 월성궁까지 흘러 들어갔을 게다.

'그나마 다행일까? 전하께서 나를 두고 천한 그 계집과 입질하기 비웃고 깔깔댈 것이라 생각하여 내가 딱 죽어질 것 같았거늘, 전하께서 게를 가시지는 않으셨다고? 그러고 보면 윤 상궁 말대로 그분이 그나마 나를 끝까지는 능멸하시지 않은 터이니 감사해야 할 것인가? 휴우— 죽고 싶다. 정말 죽어지고 싶다!'

누가 이 자리 달라 하였더냐? 중전은 벌떡 일어나 앉았다. 가슴에서 들끓는 심화(心火)가 너무 치열하여 잠을 이룰 수가 없었다.

고래고래 고함이라도 치고 싶었다. 운명을 헝클어 버린 조화옹(造化翁)이 앞에 있달지면 허연 수염을 잡아뜯어 버리고 싶었다. 옷깃을 박박 찢어내고 용잠(龍簪) 빼어 미련없이 던져 버리고 땅바닥을 구르면서 패악질이라도 치고 싶은 심정이었다.

단 한 번도 왕비 되기 원한 적 없었다. 오직 아버님 모시고 조용히 글 읽고 부덕 쌓으며 침선 배워 가솔 거느리며 살다가 때 되어 어진 지아비 만나 가난하여도 좋으니 알뜰살뜰 살고 싶은 생각뿐이었다. 언젠가 사친과 친우이신 두곡 아저씨께서 농 삼아 열일곱, 여덟 되면 아기씨를 며느리 주오 하신 것을 엿들었다.

'날벼락 같은 간택에만 들지 않았으면 이제 나의 나이 열일곱이니 올해쯤 혼인을 하였을 것이다. 내 지아비가 될 분이라면 재웅 오라버니이니, 두곡 아저씨 닮아 점잖고 다정하시었지. 그리 혼인하였다 할 것이면 못난 나도 어쩌면 지금 행복한 새아씨로 살고 있을지도 몰라.'

그렇게 된다면 이토록 무정하고 잔인한 주상 당신을 사모하여 심란하지 않았을 테지. 어린 왕비는 정말 교태전의 주인 자리에서 물러나고 싶을 뿐이었다. 운명은 그리 가혹하여 소박하고 조촐한 그녀를 아홉 겹의 담 안에 가둬두고 허울만 좋지 중전마마, 조롱 안의 새이며 허수아비로 살게 만든 것이다.

'하지만 그렇게 되면 전하를 다시는 뵙지 못할 것이니 그는 슬퍼. 싫어.'

가슴속 깊은 곳에서 감추어진 작은 목소리가 하나 차고 올라왔다. 왕비는 돌아앉았다. 하늘에 뜬 반달이 새어 들어와 슬픔 어린 작은 얼굴을 창백하게 비춰주었다.

가슴에 비수를 꽂듯이 대놓고 무안 주고 호통친 후에 망설임없이 등 돌려 문을 박차고 나간 지아비이다. 그로도 모자라서 허구한 날 딴 계집만 찾아가시어 속을 꺼멓게 멍들게 하는 무정하고 잔인한 분이다. 피맺히게 모욕당하고 능멸 받아져도 왜 그분을 사모하는 마음은 잘라지지 않을까?

불가사의(不可思議). 소혜 아씨 순결한 열다섯 여린 방심에 꽂힌 오직 한 분 사내가 누구인가? 친영 날 가마 문을 열어주시며 싱긋 웃던 지아비 상감마마 그분이시었다. 분홍빛 수줍은 연심(戀心)은 날이 갈수록 진한 빛으로 변해가는데 무정한 정인은 이 내 마음을 그저 하찮게 여김이고 귀찮게 여김이고 필요없다 하심이구나.

'일편단심(一片丹心) 사모하여 그저 그분만 따라가는 가난한 눈길은 어찌 이리 질기고 강한 것인가? 지금껏 나에게는 웃음 한 번 눈길 한 번 제대로 돌려주지 않는 무정한 그분에게 첫눈으로 반하여 오직 그분만 보이니 이 마음을 어찌하란 말이냐? 차라리 미워질 수 있다면은, 정말 아무 기대도 없이 그저 죽은 듯이 법도대로 형식적으로 살아갈 수 있다 할 것이면 이 쓰라리고 슬픈 마음은 없을 것이다.'

어린 왕비는 손을 들어 봉긋한 젖무덤 쪽을 살며시 어루만져 보았다. 난생처음으로 단 한 사내에게 허락한 순결한 열일곱의 꽃봉오리. 혼자 가만히 부푼 젖가슴을 만져 보는 가녀린 손길이 한없이 슬프다.

지아비 전하께서 세차게 움켜쥐고 빨아대어 시뻘건 피멍까지 남은 자리. 얼음처럼 쌀쌀맞은 무안이 쇠말뚝으로 콱 박힌 바로 그 자리이다. 두 손으로 가슴골을 꼭 감싸 안은 채 중전은 가난한 연정을 빌었다.

"지어미라 하면서! 짐이 지아비라면서⋯⋯ 짐더러, 짐더러⋯⋯ 못난 것! 대체 그대는 언제야 자라겠어? 지어미라 하면서 이리 짐을 밀어내는 것이야? 중궁의 이름이 부끄럽다. 천하에 아무짝에도 쓸모없는 계집 같으니라고!"

버럭버럭 고함을 치셨지. 밀어내지 않았는데, 상감마마 당신을 지아비로 밀어낸 적 없는데. 다만 어찌할 바를 몰라 그분이 다정하게 대하여 주시기만을 기다렸을 뿐인데.

'나, 더 이상 아무것도 바라지 않아. 그저 전하께서 차가운 모습 말고 단 한 번만이라도 다정하게 대해주시면은 좋겠다. 여인으로 은애하여 어여쁘다 하여주지 않아도 좋아. 그냥 세상사람 사는 것

처럼 덤덤하게 지어미로나마 대접하여 주신다 할 것이면 정말 원이 없겠다.'

아기씨라도 낳아지면 날 곱다 해주실까? 중전은 입술을 꼭 깨물었다.

왕비의 지엄한 책무는 그 제일이 상감의 용정을 받아 원자를 배태하는 것이라 하였다. 죽도록 아프고 고통스럽고 수치스러운 일이지만, 그래도 그렇게 해서 그의 씨를 받아 원자를 가진다면, 그리하여 무정한 주상께서 조금이라도 그녀를 지어미 대접을 해주신다면 중전은 천 번 만 번이라도 다시 모진 품에 안길 수 있을 것 같았다. 눈 꼭 감고 죽도록 무서운 그 일을 견뎌낼 수 있을 것 같았다.

그 다음 새벽. 아랫사람들에게 약조한 대로 왕비는 평상시 담담한 얼굴을 회복한 채 이부자리 위에 앉아 있었다. 모든 것을 잊어버리고 씻어낸 듯 담담하였다. 욕간 준비하라 아랫것에게 하명하였다.

박 상궁 이하 아랫것들이 급히 더운물 차비하여 동동 매화꽃잎 띄우고 욕간을 모시었다. 얇은 비단 속적삼 차림으로 통에 들어가시던 중전마마, 갑자기 아얏! 하고 비명을 질렀다. 두 가슴을 팔로 가리며 웅크려 앉으시는데 아픔을 참지 못하는 얼굴이었다.

"내가 조금 괴롭소이다. 아, 아야……."

지존이시니 욕간하실 적에도 나신을 그대로 보이지 않았다. 허물없이 몸 시중드는 이들 앞이라 하여도 속적삼을 입고 들어가시는 것이 법도이다. 헌데 어린 중전마마, 이 아침에 자꾸만 아프다 하시니 박 상궁이 무엄함을 무릅쓰고 여린 옷깃으로 가리어진 중전마마 옥체를 살짝 열고 살펴보았다.

"에구머니! 옥체에 멍이 드셨나이다."

박 상궁이 해연히 놀라 소리쳤다. 세상에 가엾을 손! 중전마마 맑은 나신 곳곳에 자줏빛 멍울이며 사내가 남긴 흔적이 낭자하였다.

워낙에 혈기왕성하신 분이시다. 아무것도 모르는 어린 소녀를 상대로 초야라. 아무리 그 욕심 장하다 하여도 살살 젖은 장작불 피우듯이 조심스레 호호 불고 살그머니 아래위 고여서 불씨를 살린 다음 합궁하시어야지. 발정난 맹수가 암컷을 내려 누르듯이 순진한 옥체를 껴안고 별별 치태에 희롱을 하시었다. 중전마마의 나신에 새겨진 낭자한 피멍이며 상처들은 바로 그렇게 지아비 전하를 모신 첫밤의 자취였다. 박 상궁 이하 욕간 모시는 중궁전 아랫것들이 모다 어린 왕비가 너무 가엾어서 눈물이 핑 돌았다.

중전마마, 가례 치를 적에 아직은 어리디어린 소녀였다. 볼에는 솜털이 보송하고 치마말기로 동여맬 것도 없는 납작한 젖가슴에 수줍은 방초는 돋을락 말락 사내가 보자 할 것이면 그야말로 매혹도, 재미도 없는 시디신 풋살구였다.

허나 세월은 흐르는 것이었다. 어느새 중전마마께서도 꽉 찬 열일곱. 넘어 열여덟으로 가는 무렵이다. 통통하니 물이 오르는 볼에 복샃빛 홍조가 피기 시작하였다. 키도 쑥쑥 자라신다. 어여머리 곱게 올려 보패 떨잠 세 개 꽂고 대용잠 돌려 찌르시었다. 금박 스란 치마 여미고 앉아 수를 놓으실 참이면 날마다 갈고닦은 품위가 어디 내놓아도 빠지지 않는 의젓한 중전마마 자태였다.

하물며 중전마마 그 여린 옥체도 어느덧 자리를 잡기 시작하였다. 나날이 성숙하여지는 옥체는 향기까지 나는 듯하였고, 살갗은 유난히 투명하여 옥처럼 맑았다. 어느새 부풀어 어여쁘게 피어나는 두 가슴은 겹쳐 핀 함박꽃잎일레라. 여인인 나인들이 보기에도 눈이 먼 듯이 요요(姚姚)한 아름다움이있다. 그러니 방탕한 사내인 전하가 보시기에 얼마나 고왔을 것이냐? 당하는 사람은 싫다 울음 울고 신음하였어도 당신은 그저 좋다 이 말이었다. 밤 내내 욕심껏 아프게 주물럭대고 빨아대고 심지어 연분홍 작은 젖꼭지를 깨물기까지 했으니 한참 예민한 꽃무덤에 톳이 서버렸다. 손길만 닿아도 너무 고통스러워 저도 모르게 비명이 나온 것이다.

"마마, 톳이 선 터라 많이 아프시면은 따뜻한 젖물로 문질러 드릴까 합니다. 다소간 나아진다고 합니다. 그리하여 드릴까요?"

박 상궁이 안쓰러워 궁녀지간 궐 안에서 은밀히 전해지는 비방을 말씀드렸다. 민망하여 중전의 작은 얼굴이 빨개졌다. 그러나 순순히 고개를 끄덕였다. 참아본다 하지만은 참을 수가 없을 만큼 아팠기에 어쩔 수가 없었던 것이다. 나인이 우유를 한 동이 이고 들어왔다. 박 상궁이 그 젖물을 따뜻하게 데워 중전마마 여린 젖가슴을 정성스레 문질러 준다.

정결하게 참혹한 밤의 흔적을 다 씻어내고 머리단장 마치신 후에 속의대까지 진솔로 갈으렴 하시었다. 창희궁으로 대왕대비전 문안 인사를 드리겠다 하시었다.

돌아오신 직후 박 상궁을 불러 수틀을 매어라 하셨다.

"윤 상궁은 도화서로 나인을 보내 효자도를 가져오시오. 스승께서 듭시면 금세 기별하여라."

어진 표정, 담담한 목청이다. 겉으로 보아지면 평상시 중전마마 그 모습으로 돌아오시었다. 아랫것들 하나같이 안도의 한숨을 내쉬었다. 그러나 밤 내내 수틀을 잡고 앉아 침선에 골몰하는 중전의 모습은 가엾었다. 마지막까지 허물어진 절망을 이기고 처참함에 허물어진 가슴을 꿰매는 일, 서럽게 미여지는 아픈 상념을 잊어버리고자 안간힘을 다하는 그 속을 어찌 헤아리랴.

수를 놓다 수심 젖은 고개를 들어 아스라이 먼 산 그림자를 바라보는 작은 얼굴은 석상같이 무표정하였다. 인간다운 감정은 하나도 보일 수 없는, 오직 〈중전마마〉의 얼굴. 서늘하고 슬픈 가면이었다.

어쩔 수 없는 운명의 벽이었다. 목에 걸린 족쇄인 양 여인의 팔자를, 중전이라 하는 굴레를 벗어던질 수 없었다. 숙명이 앉힌 자리를 한 치도 벗어날 수 없는 답답하고 서글픈 처지.

'그렇게 살아야 하는 게지. 그게 내 운명인데. 조롱 속에 갇혀진 어린 새처럼 좁은 교태전을 빙빙 돌며 살아야 하지. 평생 무정한 지아비의 박대와 냉혹함을 견뎌내면서도 어진 웃음을 머금고 난 괜찮다, 행복하다 스스로를 위로하는 팔자여야 하지.'

하얀 손가락이 지츳거렸다. 아얏. 잘못 간 바늘이 손가락 끝을 날카롭게 찔렀다. 이내 배어 나온 붉은 피 한 방울. 바늘에 찔린 것을 핑계로 참던 눈물이 수틀 위로 똑 떨어졌다. 어린 왕비는 행여 누가 볼세라 서둘러 옷고름으로 젖은 눈 아래 흔적을 지워 버렸다. 손가락 끝을 입에 넣고 잘근잘근 빨며 나지막이 한숨을 내뱉었다.

발갛게 젖은 눈이 바느질 바구니로 향하였다. 바구니 바닥 깊이 감추어진 하얀 손수건에 가서 닿자 다시 눈물이 뚝뚝 떨어졌다. 이미 젖은 고름으로는 다 지울 수 없는 아픈 눈물.

중전은 수틀을 내려놓고 가만히 손수건을 꺼내어 망연히 바라보았다. 손가락으로 살며시 애틋하게 어루만졌다. 살아 하늘을 차고 올라갈 듯 정교하게 용문(龍紋)이 수놓아져 있는 손수건은 가례 올린 직후, 중전마마께서 처음 맞이한 왕의 생신날에 선물로 장만하였던 것이다.

여린 열다섯의 방심이 수줍었다. 멀리서 홀로 그리워하며 사모하였던 늠름한 지아비 모습을 생각하며 정성과 어린 연정을 한 뜸 한 뜸 올려놓았지. 정표라 하였다. 귀퉁이에 자그맣게 중전 자신의 이름인 소혜의 혜를, 다른 귀퉁이엔 주상전하의 자인 〈욱제〉라는 두 글자를 박았다. 보잘것없으나 간직하시면서 소첩을 조금이나마 생각하여 주십시오. 하냥 외로운 어린 소녀의 눈물겨운 바람. 그러나 차마 드리지도 못하고 손 아래 꼭 간직하기만 하였던 안타깝고 수줍은 그 마음.

중전은 손수건에 수놓아진 지아비 왕의 아름다운 이름을 손가락으로 더듬었다. 한 번도 불러보지 못한 고귀한 분의 이름. 차라리 아니 만났다면 심란한 이 고통은 없었을 터인데……. 이분은 내가 전하 당신을 깊이 사모하였다는 것은 평생 모르시겠지.

혼인한 이래로 단 한 번도 다정하거나 따뜻하지도 않았고 백년해로할 지어미로 대접해 주지도 않았던 무정한 그 님. 그러나 나는 마냥 사모하였도.

중전은 자신도 모르게 그 손수건을 자신의 부드라운 뺨에 갖다 댔다. 샘물처럼 솟아난 눈물이 다시 수건을 적셨다.

'신첩의 마음은 여기 있는데, 그대 마마의 마음은 어디에 있는지. 그저 다른 곳을 곱다이 바라보는 분이시니, 평생 신첩은 마마의 무정한 등만 바라보아야겠지요. 한 번만, 딱 한 번만 밉다 말고 저도 보아주셔요. 다 드리고 싶고, 다 드리려 하였던 이 마음을 하찮다 말고 한 번만 보아주셔요.'

깊은 밤, 재성 행궁에 누워 전전반측. 참말 내가 중전에게 모질었다, 후회와 번뇌로 잠 못 이루는 왕의 마음도 그러하거니. 인제 궐에 돌아가면 어떻게 다시 중전에게 찾아갈까, 그 궁리로 하얗게 밤을 새워 버리는 못난 그 사내. 말 못하고, 말 안 하고, 서로가 몰라준다 원망하는 두 마음이 대체 언제쯤이면 만나 동심결을 엮을까?

왕이 궐에 도착한 것은 발간 놀이 산마루에 물려질 무렵이었다.

무려 여드레 만에 환궁하였다. 키우는 강아지도 집을 나가면 궁금하여서 한 번 더 돌아본다 하였는데, 저는 또한 명색이 지어미가 아닌가? 그날 밤 일은 모른 척 다 잊은 척 나와서 반겨주면 얼마나 좋아. 사람은 온데간데없고 달랑 차 한 잔만 그를 마중하였다.

꼬아꼬아 타래과라, 억지 트집 장하도다. 어린 중전마마와 첫밤 보내면서 가엾은 그분더러 사람 구실도 못하게 짓밟아놓은 것은 생각나지도 않는다는 용안이다. 중전이 무작정 그를 피하여 마지못해 사는 양, 오랜만에 돌아온 지아비 반기지 않는다 하며 울컥울컥 분한 얼굴이었다.

"같잖다! 짐이 대체 무엇을 어찌하였다고 망신스럽게 그리 자리 보전하며 시위(示威)를 한다더냐? 흥, 천하박색 못난 것이 꼴값은 골고루 하는구먼. 짐이 서온돌 들어 저랑 보내었으면 고맙다 하여 감격의 낙루를 하여도 모자랄 판, 그런 어린것을 중궁전에 두어두니 짐이 우세를 하는구나. 지아비 모시면서 자리보전이라, 망신인 줄 알아야지."

구시렁구시렁, 중궁전 상궁까정도 함께 싸잡아 중얼중얼 욕질이었다. 불길이 담긴 눈을 치뜨며 버럭 일갈하였다.

"대체 중궁 상궁들은 무엇 하는가? 짐더러 혼인하여 같이 살라 하였으면 적어도 밤시중 드는 그 일은 가르쳤어야지 말야. 흥. 요것 보라지? 저는 지존이다 이거지? 찻물 한 잔 달랑 보내놓고 모른 척이라니! 건방진 것. 저가 진정 짐의 지어미라 할 것이면 이럴 수는 없다."

곧 죽어도 당신 잘못은 하나도 없었다. 북풍한설. 마냥 모질고 잔인하였다. 전하의 쌀쌀맞은 말씀에 중전마마 가엾은 꼴을 눈으로 본 장 내관의 노안(老眼)에 눈물이 울컥 솟을 지경이었다. 전하께서는 어찌 이리 어질고 고운 중전마마에 향해서만 무정하시고 차가우신가? 사람으로서의 인정은 도무지 찾을 길이 없음이로다.

홀로 골 부리고 홀로 분하여서 주먹을 움켜쥐고 씩씩 콧김을 내뿜던 왕이 벌떡 일어났다. 누가 오라 하였나? 다다다 교태전 서온돌을 쓱 차고 들었다.

"수라를 아니 하였어."

대뜸 하시는 말이 그것이었다. 저가 무엇 그리 잘히었노? 다른

서투른 진심 33

곳을 보고 있는 중전을 향하여 눈을 흘겼다. 비틀배틀 트집질부터 시작하였다.

"흥, 중궁의 덕이 형편없단 말이지. 여드레 만에 환궁한 것이 아니냔 말야. 먼저 챙겨 나와서 수라 하였나 아니 하였나도 살피고, 용체가 곤고하지 않나 물어도 보아야 하는 것 아닌가? 그게 그대 높다 자랑하는 부덕(婦德)이지."

못생긴 너는 우원전 근처에도 얼씬 말라 구박하실 적은 언제이고? 나와서 건즐 시중들지 않았다 호통치면 날더러 어쩌라고요? 대뜸 치받는 무안에 중전 속이 또 상하였다. 허나 어쩌리. 하루 이틀 당한 일도 아닌데. 기운없이 풀 죽은 목소리로 무조건 그리하마 자그맣게 대답하였다.

상감께서 시장타 하시니 일단 아랫것들을 재촉하여 상을 올리게 하였다. 달라는 수라 올렸는데, 골을 왜 내시나? 여간해서 표정이 풀리지 않았다. 기미상궁이 듭시오, 하자마자 입이 만발은 튀어나온 채 퍽퍽 수저질만 하였다.

우걱우걱 죄없는 송송이(깍두기)만 내내 씹었다. 옆 상 앞에 앉아 조물조물 밥알만 세고 있는 중전을 향하여 힐끗힐끗 눈치를 보냈다. 먼저 말 좀 해다오. 짐인들 면구하고 미안하여 교태전에 다시 들어오는 일이 어디 쉬웠는 줄 아니? 야아야, 중전. 고만 좀 노화 풀고 한 번만 웃어주렴, 이런 간절한 시선이었다.

아이고, 답답타. 어리석은 상감마마여. 말은 해야 알지, 말을 하소! 항시 지아비 전하에게 미움만 받는다 착각하고 사는 어린 소녀 중전이 무엇을 알 것이냐? 쑥떡 같은 사내 마음, 찰떡같이 읽어내는 독심술사나 된다더냐? 불안하니 머뭇머뭇. 어리바리 간질간질. 눈짓에만 간절한 마음 붙여 쏘아대면 누가 안다더냐? 제발 말을 하시오, 말을!

다시 교태전 들었으니 반가이 맞이해 주련, 손톱만큼 기대하였으되 역시나였다. 애당초 보아주지도 않는다. 고개도 들지 않았다. 우울한 표정으로 주칠 원반만 내려보고 있는 중전 옆에서 왕은 탁 하고 수저를 놓았다. 입맛이 소태처럼 썼다.

"에잇, 고만 할란다. 차수 올려라!"

예전대로 할 것이면 자리 차고 일어나가야지. 왕비를 걷어차듯이 중궁전 기둥 한번 본때나게 차고는 휭하니 월성궁 달려가야지. 헌데 왕은 그러하지 아니하였다. 뚱한 얼굴로 양팔을 포갠 채 석상처럼 앉아만 있다. 대체 저분이 바라시는 바가 무엇인가? 중전은 당황스럽기도 하고 어찌할 바를 몰라 슬슬 불안해지기 시작하였다. 이 밤에는 무슨 억지 트집을 하려고 이렇게 들어와 나가지를 않으시나?

"흥! 짐이 나가기를 바라는구먼?"

아무리 생각하여도 그가 이러는 이유를 알 수가 없다. 불안한 터로 어린 중전은 홀로 간을 졸이다 눈을 오끔하니 뜨고 슬쩍 돌아보았다. 마침 저를 보고 있던 왕과 그만 눈이 딱 마주치고 말았다. 비웃듯이 입꼬리를 실쭉 내려뜨리며 왕이 이죽거렸다.

"대답을 못하는 것을 보니 진심인 게지."

"아, 아니옵니다. 마마께서는 이 궐의 주인이신데 어디를 가든 어찌 막으리오?"

서투른 진심 35

"짐이 주인이라는 것은 알고 있구먼? 헌데 짐이 왜 이 방에서는 반갑지 않은 객(客)처럼 느껴지는지 모르겠네."

"개, 객이라니 천부당만부당하신 말씀이옵니다."

"기수 배설하라 이 말이야. 짐이 원행길에 심히 곤하구먼. 지어미라 하면서 짐이 어떠한지 그 사정도 못 헤아려 주나?"

이제 겨우 초저녁, 민망하지 않으신가? 금침을 내려라 하였다. 애고, 어머니. 중전의 간이 철퍼덕 땅바닥으로 떨어졌다. 지난번에 당한 그 일을 또 감당해야 할 생각을 하니 눈앞이 캄캄하였다. 아직 왕은 손가락 끝 하나도 건드리지 않았는데 중전 심장만 툭탁툭탁 혼자 방정스러워졌다. 여린 아랫도리가 갑자기 또 쓰라린 듯도 하고 톳이 서버린 젖가슴 부근이 쥐어뜯긴 양 근질근질 아파오는 듯하였다.

"시, 신첩의 일과가 아직 남아서…… 동온돌에 기수 배설할 것입니다."

"게는 할 일 하란 말이지. 짐은 예서 침수하고 있겠다 이 말이지."

조심스레 왕의 눈치를 살피며 중전은 어찌하든 피해보려고 하였다. 헌데 눈을 부라리며 돌아오는 대답이 더없이 퉁명스러웠다. 피할 수가 없는 노릇인가 보다. 보스스 한숨을 쉬며 밤준비 하러 나가는 중전의 뒷모습은 말 그대로 도살장에 끌려 들어가는 애처로운 송아지였다.

왕은 금침 안에 대(大)자로 누워 눈을 말똥말똥 뜨고 중전을 기다렸다. 간절하게 기대리는 사내의 급한 사정 좀 알아주지! 맹한 요것 하는 짓은 마냥 느릿느릿 거북이로세. 내전공부에 글씨 연습까정 제 할 일을 다 하고 들어온 눈치였다.

대황촉불은 이미 반 토막. 깊은 밤을 알리는 파루 소리는 은은한데 기막히도다. 중전 요것 하는 무정한 짓 좀 보아라? 들어와서도 윗목에 돌아앉아 수틀을 집어 들었다. 참말 무안하고 하릴없었다. 왕은 쳇! 하고 벽 쪽으로 돌아누웠다.

'답답이. 세상에 저리도 어리석고 모자란 계집이 어디 있을까? 저이는 정말 천하의 못난 멍충이다.'

아무리 순진하고 어수룩하다고 해도 그렇지, 지아비가 이른 밤부터 침전에 든 이유가 무엇일까? 눈치를 탁 하고 채어주어야지. 못 이기는 척 모르는 척 상긋 웃으며 안겨들어야지. 그럼 짐도 저를 안고 그때 미안하였다고, 심하였다고 사과하고 다시 한 번 정분을 이어볼 것이 아니냔 말이다.

치열한 갈등이다. 왕비에게 다가가고 싶은 마음과 몸을 돌이켜 도망치고 싶은 마음. 미안하다 말하고 싶은 마음과 그깟것 하고 되퉁기는 면구한 마음의 다툼이다. 단 한 번도 이렇게 난처하고 민망하여 불편한 기분을 느낀 적은 없었다. 지존인 터로 도도한 자존심이 그 누구보다 높은 왕이 아닌가? 먼저 고개를 숙이고 사과를 해야 한다 싶으니 심히 자존심이 상하였다.

대체 그 〈사과〉라 하는 것을 어찌해야 하나. 말이야 바른말이지 말야. 지아비가 지어미에게 밤잠자리 가까이 하여서 미안하오, 이런 사과도 해야 한다더냐? 어느새 심술맞게 숨이 비틀어지기 시작하였다. 혼인하여 이미 두 해인데, 저도 나이가 그만하면 밤 모시는 공부 정도는 하였어야지! 초야의 참담하고 가슴 아픈 순간을 떠올리며 왕은 정말 화가 치밀기 시작하였다. 사과 아니 할란다! 짐이 미쳤더냐? 왕은 이불을 끌어당겨 확 뒤집어쓰고 휙 돌아누워 버렸다.

"못난 것. 도통 짐에게 쓸모없는 계집."

씹듯이 중얼거리는 속내의 모진 말이 처음 느끼는 쓸쓸함. 더없이 괴로운 심사의 표현이라 함을 왕 자신도 모른다.

하지만 등 돌린 왕의 진심은 사무친 슬픔이었다. 어린 왕비의 작은 얼굴에 배어 있는 우수, 건들기만 하면 주르르 눈물이 흐를 것만 쓸쓸한 눈매가 아름아름 손에 잡힐 듯이 선연하였다. 안개같이 흐려 있는 아픈 눈동자를 바라보면 또다시 지난 이레 내내 그랬듯이 그 역시 마냥 괴롭고 서러우리라. 더없이 가슴 아파 잠 못 이루겠지. 왕 자신을 대놓고 꺼려하고 두려워하는 안해를 앞에 두고 느끼는 수치심과 민망함은 그리도 깊었다.

깊은 슬픔, 스스로에 대한 상처와 미움. 이를 악물고 왕은 벌떡 일어나 앉았다. 사납게 이불을 차내는 기척에 왕비가 화들짝 놀랐다. 돌아보는 작은 얼굴에 담긴 것은 역시나 거리끼는 불편한 기색이었다. 숨기지 못하는 두려움이었다.

"이리 가까이 오소."

"예에?"

"당장 짐 가까이 오란 말이오!"

왕은 고함을 꽥 질렀다. 오라 하니 어찌하나? 다가가야지. 주저주저 수틀을 바구니에 넣고 바늘을 겨레에 꽂았다. 중전이 왕 앞으로 한 무릎 다가왔다. 참지 못한 터로 왕이 더 먼저 엉덩이를 비비적거려 중전 가까이 다가앉았다. 두 사람의 눈이 마주쳤다. 불길이 타오르는 호목(虎目)을 올려다보며 중전이 바들바들 떨었다. 한층 더 가까이 다가갔다. 본능처럼 어린 왕비는 왕을 피하여 뒤로 물러났다. 작은 얼굴이 두려움으로 새하얗게 질려 있었다.

다시 더 가까이. 왕은 앞으로 자꾸만 다가가고 왕비는 자꾸 피하여 물러나고……

"원자는 어찌할 것인데?"

으르렁거리는 목소리로 못을 박았다. 도망칠 수는 없음이지만 두렵기 또한 한량없음이라. 밀려가다 못해 마침내 가께수리에 등이 닿았다. 더 이상은 피할 데가 없었다. 절망적인 얼굴을 하고 그를 올려다보는 중전에게 왕은 윽박질렀다.

"짐과 그대의 책무라, 부부지간 화합하여 원자를 낳아야 하는 것 아냐? 꽃씨 뿌린다 하여 원자가 생기지는 않을 것이니 어찌할 것인데? 엉? 이리도 짐을 꺼려하고 피하니 대체 언제 짐이 그대에게 씨를 뿌리란 말이냐? 언제 원자를 낳을 것이냐고? 엉?"

"신첩이 영 목석이라, 성상께서 심심하시어 꺼려하시는 줄로만 알고……."

글썽글썽 고여 있던 눈물이 창백한 볼에 주르르 흘러내렸다. 왕은 손을 들어 사납게 그 눈물을 지워 버렸다. 왜 짐은 항시 그대에게 야차처럼 무섭고 먼 사람이 되었을까? 왜 짐만 보면 그대는 울상이 될까? 다정하게 대하여야지 하면서도 입 밖으로 먼저 나오는 것은 거친 노염. 작은 볼을 부여잡고 나직하니 윽박질렀다.

"부부지간 다 그렇게 하고 사는 것이지. 짐인들 좋은 줄 알아? 허구한 날 눈물보라, 대체 게는 왜 짐만 보면 저승사자인 양 달달 떨기부터 하는 것이야? 대체 중궁전 상궁들은 게를 어찌 교육시키었나? 이것들을 경을 쳐야겠다!"

"시, 신첩이 무지하고 모자라서 심기를 어지럽히었나이다. 상궁들은 아모 잘못이 없나이다, 전하."

"흥. 말은 잘하는구먼. 짐을 이렇게나 피하고 두려워하니 짐인들 흥이 나겠어?"

"노, 노력하겠나이다. 서, 성상의 뜻에 그저 순명할 것입니다!"

"어떻게? 어떻게 노력하겠다는 것인데?"

무작정 빌고 잘못하였다 말하였다. 헌데 두려운 이 순간을 모면하고 넘어가자 하였던 말이 되걸렸다. 왕이 심술궂은 눈초리로 중전을 노려보았다. 커다란 손이 중전의 저고리 고름을 왈칵 움켜잡았다. 제발 풀지 마소서. 대항하여 옷고름을 누르는 중전의 섬약한 손에도 심줄이 돋았다. 안 된다 고개 흔들어 거부하는 중전을 내려다보는 왕의 얼굴 역시 참혹하였다. 한 번도 계집에게서 거부당해 보지 않은 사내의 자존심이 몹시 다친 분기(憤氣)였다. 왕은 무섭게 협박하였다.

"내일 모레면 열여덟, 혼인한 지 세 해가 다 되어가는데 그 일 하나도 제대로 하지 못하니? 요런 멍충이 하곤! 이 밤에 네가 짐의 마음에 아니 들면, 너를 모시는 상궁들 목을 다 자르련다. 왜?"

그 한마디에 옷고름을 움켜 누르던 손에 힘이 탁 풀렸다. 툭 하고 치맛자락 위에 무력하게 떨어진 손이 바들바들 떨리고 있었다. 고개를 돌려 그의 눈을 외면해 버리는 왕비의 얼굴이 창호지처럼 하얗다. 손에 잡힌 얇은 어깨도 부들부들 떨리고 있었다.

"짐을 보라."

어질다 하였지만 속에 숨긴 고집이 만만찮았다. 중전이 끝까지 싫다 고개를 흔들었다. 왕은 다시 한 번 속삭였다. 짐을 보라, 제발······.

마지막 말은 아주 낮았다. 난생처음 제발이라고 말하였다. 잡아채면 한 줌도 아니 될 것 같은 사람. 작은 새처럼 애잔하고 여린 지어미에게 도도하고 거칠 것 없는 사내인 왕이 난생처음 애원하고 있었다.

'짐 좀 보아. 좀 보아주어. 짐도 무섭고 두려워. 그대를 아프게 하고 또 상처 낼까 봐서 지금 죽도록 무섭다고. 이 일이 짐인들 쉬운 줄 알아? 그대를 마냥 아프게 하고 두려움에 떨게 하는 일이 짐인들 흔쾌한 줄 알아?'

자꾸만 흐르는 눈물. 결국 왕은 중전의 어깨를 잡은 손을 힘없이 놓고 말았다. 마치 살아난 듯 중전은 재빨리 옷깃을 부여잡으며 몸을 돌렸다. 한시 바삐 이 방을 빠져나가고 싶다는 그런 얼굴. 차마 나가지는 못하고 가능한 한 멀찍하니 떨어져 돌아앉아 죽어라 옷고름만 잡고 있었다. 차디차고 무정한 그 얼굴을 바라보며 왕은 버럭 소리 질렀다.

"짐이 다가가는 것을 이리도 싫어할 줄은 몰랐다! 혼인하여 부부지간, 밤 자리도 같이 안 하면서 어찌 같이 살란 말이야? 짐이 다른 계집 찾아가는 일은 다 게의 탓이다!"

"……하, 항시 워, 월성궁으로 가, 가시어놓고……. 훌쩍, 신첩더러 그런 일 아니 하시는 줄 알고……."

중전이 훌쩍이면서도 작은 목청으로 되받았다. 무정한 건 자신이 아니라 왕 당신이 아니냔 말이다. 면구하기도 하고 골도 나고 해서 왕은 신경질적으로 베개를 발로 걷어찼다. 다시 버럭버럭 억지궂게 소리 질렀다.

"흥, 그래 보았자 천한 잉첩. 게가 해야 할 일을 지금 누구에게 미루나? 명색이 정궁이면서 사직의 대통을 이어야지. 지금 원자까지도 후궁더러 낳아라 시킬 참이니? 엉? 그래?"

"……그, 그런 것은 아니지만은……."

"허면 이리 오소, 좋은 말 할 때에. 짐이 게를 죽인다던가? 남녀지간 같이하는 일이 다 그런 것이지. 음음음. 다, 다정하게 대하여 줄 것이오. 그때처럼은 아니 할 것이니, 흠흠. 허니 무작정 피하고 그러지 말고 이리 오소."

계집 앞에서 이리 저자세인 적이 있었던가? 왕은 자존심이 상하는 것을 꾹 참고 중전을 살살 달랬다. 미동없이 훌쩍이기만 하는 어린 안해 곁으로 다시 먼저 다가갔다. 한 무릎을 세우고 젖은 얼굴을 들어 살짝 입맞추었다. 살살 사탕가루를 발랐다.

"원자만 낳으소. 그럼 짐이 골내지 아니하께. 중전이 하잡는 대로 다 하여주께."

중전이 고개를 끄덕끄덕하였다. 왕은 여린 몸을 살짝 안았다. 금침 안으로 끌고 가려다가 그 와중에 또 도망가면 어쩌나 싶어 그 자리에 눕혔다. 두려움과 긴장에 젖어 빳빳하게 굳은 작은 몸을 부드럽게 쓸어 내렸다. 희미한 촛불 안에서 양지옥처럼 말갛게 빛나는 중전의 나신이 드러났다. 물큰 뿜어져 나오는 짙은 방향(芳香). 향기롭고 고운 작은 꽃 위에 몸을 포개고 왕은 소중하게 그 향기를 들이마셨다.

'그리워하였거니. 그대가 그리웠거니.'

왕비가 끝내 고개를 외로 돌린 채 외면하고 달달 떨기만 하여도 좋았다. 목석같이 누워 굳어져 있어도 좋았다. 이 사람 곁에 짐이 왔거니. 우리가 이렇듯이 함께하거니. 주삿빛 작은 입술을 맛보며 왕은 홀로 행복하다. 교태전 서온돌의 불이 마침내 꺼졌다.

아학! 난생처음 중전의 서툰 입술 사이로 농밀한 신음이 여리게 말가니 새어 나왔다. 한 손으로 뿌듯하게 움켜쥔 젖무덤을 베어 물던 거친 입술이 아래로 미끄러지기 시작하였기 때문이다.

중전은 혼미한 정신을 억지로 가다듬으며 본능적으로 민망하고 부끄러운 자신의 신음과 애원을 감추기 위하여 입을 막을 그 무엇을 잡아채려 손을 더듬었다. 잡히는 것은 방금 왕이 벗겨 던져 버린 속고의였다.

그것이 다른 무엇이래도 상관없었다. 단 한 번도, 스스로의 손조차 접근하지 못하였던 은밀하고 수줍은 곳으로 다가온 손길과 뜨거운 입술. 이런 일이 있다 함도 상상조차 할 수 없었던 일에서 벗어나고자, 괴롭고도 끔찍하고 야릇하고 민망하며 수치스러운 그 감각에서 벗어나려 안간힘을 다하였다. 울고 싶었다. 죽어버리고 싶었다. 아니, 더 계속되기를 바랐다. 아니, 아니, 당장 그만두기를 바랐다. 간질간질하고 비릿하고 슬프고 두려운 어떤 것에 흠뻑 빠져 정신을 잃었으면 하였다.
 질끈 이로 물고 있던 천을 누군가가 억지로 빼앗아갔다. 학학 배어나는 향그러운 입김을 베어 물며 귓전에서 그가 속삭였다.
 "누가 허락하였던가? 그대더러 감추라 한 적 없다."
 "마, 망극하옵니다. 아, 아랫것들이…… 귀를 기울…… 으흡!"
 종알거리는 입술을 막아버렸다. 충분히 적셔두었으니 이 밤은 다소 나으리라. 왕은 홀로 가늠하며 가냘픈 허리를 난짝 안아 몸 위로 올렸다. 난생처음 경험하는 기기묘묘한 경험들에 얼이 빠진 작은 얼굴이 울 듯이 그를 바라보고 있었다. 왕은 히죽 웃었다. 망설이지 않고 자신의 우뚝 솟은 몸에 내려 앉혀 두 사람의 몸을 일체로 만들었다.
 "이렇듯이 비는 짐이야. 우리는 일체이니라. 명심하여야 해. 평생 이렇듯이 그대는 짐의 사람인 게야."
 끄덕끄덕 중전의 고개가 아래위로 흔들렸다. 다는 이해하지 못하지만 그가 무엇을 말하려고 하는지 본능적으로 알아들은 듯하였다. 그가 부드럽게 예민한 귓불과 목덜미를 핥아 내리자 중전의 몸이 움찔 전율하였다. 그 순간, 좁은 몸 안에 가득 찬 그가 신음을 내지를 정도로 강렬한 자극이 느껴졌다. 이미 야수가 된 지 오래, 그 순간부터 왕은 미친 짐승이 되어 어린 몸을 광풍인 양 학대하기 시작하였다.
 밀물과 썰물로 오가는 거친 사내의 힘을 고스란히 받아내다가 견디지 못한 터로 가냘픈 중전의 몸이 뒤로 꺾여 내려앉았다. 이탈된 왕의 분신은 아직도 하늘을 뚫을 듯이 기운차기만 하였다. 망설이지 않고 왕은 쓰러진 왕비의 몸에 겹쳐 덤비었다. 어둠 안에서 부옇게 빛나는 우윳빛의 날씬한 다리 하나를 어깨에 걸고 다시 한 번 격렬하게 밀고 들어갔다.

대체 얼마나 오랜 시간이 흘렀을까? 다시 한 번 중전의 입에서 신음 소리가 메아리쳤다. 하나가 된 두 개의 나신이 땀에 젖어 똑같이 바르르 떨었다. 그야말로 한 몸이 되어 거친 숨을 고르며 중전은 아뜩한 눈을 들어 어두운 천장을 바라보았다. 물큰 코를 찌르는 사내의 땀 냄새가 더 이상 싫지 않고 어쩐지 은근히 정겹다는 생각도 들었다. 꽃송이가 떨어지듯이 왕이 얼굴을 중전의 목덜미 사이로 푹 꺾었다. 왕이 혀로 진한 꽃 내음이 풍기는 땀방울을 핥으며 지분거렸다.

"빨리 원자를 낳아라. 음? 참으로 이상하단 말이야. 하는 짓은 영판 목석인데, 도통 계집의 재미라는 것은 없는데…… 어째서 항시 그대만 생각나는지 모르겠다."

그 순간, 중전은 흠칫 굳어져 막막한 눈을 감아버렸다. 작은 얼굴이 절망감으로 굳어졌다.

왕은 어둠 속인지라 미처 그것을 보지 못하였다. 손가락으로 작은 입술을 어루만지며 다시 한 번 슬쩍 건드렸다. 처음으로 자신을 받아들이며 자그마한 교성을 내지르던 입술이 귀여워서 견딜 수가 없었다. 웃음기 서린 목청으로 중전을 놀리며 다시 한 번 허리에 힘을 꾹 눌렀다. 단단한 몸 아래 담긴 녹아날 듯한 보드라운 작은 몸이 움찔 전율하는 것이 느껴졌다. 순진한 중전이 그의 희롱에 넋이

서투른 진심 45

나간 것을 구경하는 것도 꽤나 짜릿한 즐거움이었다. 하여 그는 끝내 중전의 얼굴에 감추어진 깊은 슬픔과 서러움을 읽지 못하였다.

"밤이 이슥하였습니다. 곤하시옵니다. 이만 침수하십시오, 마마."

나직하게 속삭이는 목소리. 용체를 닦아주고 다정하니 이불귀를 여며주는 고운 손길 아래 꿈자리를 맡기고 흐뭇하게 잠이 들었다. 이 밤에 비로소 그대와 함께 더불어 행복하거니, 자신하였다. 처음으로 부부지간이 된 듯 편안하고 느른하였다.

침묵이 밤처럼 어두웠다. 몸을 옥죈 왕의 힘처럼 답답하게 내리누르는 고통과 아릿한 절망이 무게가 너무 겨웠다. 중전은 뒷 목덜미에 다가온 왕의 뜨거운 입김을 느끼며 눈을 감아버렸다. 아련한 슬픔이 안개 같은 한숨으로 서리었다.

'아무래도 난 이분의 마음에 드는 계집이 될 수 없는 것일까?'

서러운 눈을 꼭 감았다. 아아, 사모하는 분에게 쓸모없는 계집이란 것은 얼마나 치욕적이고 민망한 낙인인가? 중전은 지그시 입술을 깨물었다.

어쩐지 오늘 밤만은 달라. 처음 보게 다정하고 달콤하시었어. 살며시 스며들어 희망이 꽃잎을 벌렸다. 전하께서 원하시는 대로 원자도 낳고, 공주도 낳고, 이러저러하여 세월이 흐르고 미운 정도 들다 보면 아무리 월성궁 계집이 화용월태요, 성총을 독차지하고 있더라도 나에게 나누어주실 맘도 조금은 생길 것이야. 그러하며 세월이 흘러가면 나도 주상의 정궁으로 고개 들고 살아갈 날이 올 것이야.

행복하다 느낀 뒤끝이었다. 헌데 날벼락 같은 한마디, 갈까마귀 같고 목석같은 너에게 어떤 매혹이 있다더냐? 하는 말이 비수처럼 가슴을 저몄다. 그가 자신에게 바라는 것은 단지 원자, 사직의 대통을 잇는 도구 그 이상은 아니라는 말 같아 가슴이 무너졌다. 평생 가야 나는 이분에게 여인으로 은애받는 사람은 아니겠구나. 아릿한 아픔은 진하였고 슬픔은 더 아뜩하였다.

몸을 답답하게 죄고 있던 굵은 팔이 툭 하고 풀렸다. 왕이 잠이 든 것이다. 중전은 숨 하나도 조심하며 그가 깊이 잠들 때까지 참고 기다렸다.

얼마 후 사내는 정신없이 코까지 골며 깊은 잠에 빠져들었다. 중전은 조심조심 왕의 용체를 밀어내고 옆으로 빠져나왔다. 밤 내내 억센 힘에 쓸리고 희롱당한 뒤끝이라 온몸이 두드려 맞은 것처럼 아프고 맥이 풀렸다. 왕의 머리 아래 베개를 고여 드리고 가만히 아름다운 분의 용안을 내려다보는데 다시금 눈물방울이 볼에서 주르르 흐르는 것이다.

'내가 월성궁 계집처럼 곱고 어여뻤으면 이분도 나를 사모해 주셨을까? 참된 지어미로 대접하여 주셨을까?'

고운 육신에 홀린 정분은 세월 가면 늙어져 주름지는 용색과 함께 사라지고, 남는 것은 오직 심덕(心德)뿐이라고 하였는데…… 그는 다 거짓이야. 심덕 같은 건 눈에 보이지 않고 사내 마음 빼앗는데 아무런 소용도 없는 것이야. 중전은 고개를 떨어뜨렸다. 비시시 못난 눈물이 볼을 굴렀다. 가늘게 코를 골며 잠이 든 지아비 훤칠한 이마에 차가운 비가 되어 뚝뚝 떨어졌다.

어쨌든 간에 이렇게 하여 왕은 무사히 교태전에 다시 입성을 하였다. 두 분 마음이야 겉으로 드러나는 것이 아닐지니, 중궁전 상궁들 어깨춤이 절로 난다.

　인제 상감마마께서 흠빡 성총의 물길을 돌리었다. 밤마다 중궁전만 납신다더라, 붉은 꽃도 시절 한철. 어진 심덕 어길 장사 없다 하였다. 기어코 의젓한 우리 중전마마께서 상감마마 총애의 물길을 돌리신 게야. 인제 냉큼 회임만 하시면은 단국의 달그림자야 이내 걷힐 것을. 저 혼자 아무리 잘났다 하여도 기세당당하다 고개 세워도 소용없다. 아이고, 꼬솜해라. 월성궁 계집은 인제 갓 떨어진 끈인 게야.

　재잘재잘, 수군수군, 이구동성 왁자지껄. 궐 안팎 참새들이 난리를 부려대면은 무엇 해? 실상 그 방 안에서 벌어진 일이라 혼자서 북 치고, 장구 치고 별의별 일을 다 하는 주상의 불쌍한 처지라니. 남녀간 운우지락 알지 못하는 맹하고 어린 중전 앞에 두고 참말 환장하겠구나. 힐끗힐끗, 꼴깍꼴깍 침만 삼키며 하룻밤이 간다. 옷고름에 손만 대어도 눈물이 글썽글썽. 달달달 와들와들. 누가 잡아먹니? 짐더러 어쩌란 말이냐아아~!

　꼴깍꼴깍 두근두근. 같은 침장 안에 누웠어도 먹지 못하는 화중지병(畵中之餠). 상감마마, 중궁 들면서부터 모진 속병이 무척 났다. 손 한번 잡자 해도 동동거리며 애원하고, 원자 낳자 감언이설로 꼬시고 마냥 사정해야 하는 것을!

　교태전 서온돌, 깊은 겨울 긴긴밤. 상감마마, 안타깝고 우습기도 하고 민망하기도 한 그 사정은 그 누구도 모르는 바였다.

제2장 달이 참 밝습지요?

　　　　　　이냥저냥 날은 물처럼 흘러 말간 새해가 되었다. 분주한 설날치레 끝나고 연이어 정월 대보름날. 상월 또는 망일이라고도 하는 날이다.

　이런 날은 수라상에도 오곡수라에 약식이 오르는 법이다. 해마다 망일이 되면 궐 밖의 은무사에서 호두, 잣, 밤, 대추, 황율(말린 밤)을 각각 한 가마씩 들여오는 것이 관례였다. 이 부럼들을 생과방에서 일일이 껍질을 까서 자줏빛 전박에 담아 올리면 윗전들께서 일단 깨물어보시고는 아래로 내려보내시곤 했다.

　새벽에 사직에 나갔다 돌아온 상감마마께서 차를 다오 하시면서 중궁전으로 들어왔다. 차와 함께 기름, 꿀, 잣, 밤, 대추 등을 넣어 만든 호화로운 약식을 올려 드리니 벙싯 웃으셨다. 싱겁치 잃고 맛

나게 자시는데 옆에 앉은 중전마마를 돌아보며 한마디 치하를 하시었다.

"또 한 해가 시작임에랴. 짐은 약식을 좋아하는데, 대전으로 나갈 터이니 중궁에서 빈청으로 다담을 보내주오. 중궁전 약식이 더 맛이 있으니 짐이 내전의 자랑을 한번 합시다그려."

"소첩을 참으로 우세시킴이시니, 이렇게 보잘것없는 것을 어찌 대신들에게 보이리오? 허나 좋은 날이라, 하명하신 대로 상을 보내드릴 것입니다."

보름여, 날이면 날마다 중궁 듭시어 밤을 함께 보낸 터로 두 사람 사이는 그럭저럭 많이 가까워졌다. 미운 정도 정이라고 자꾸 보니 낯익어지고 익숙해지는 것은 당연지사. 게다가 지은 죄가 많다 반성하는 터로, 상감마마께서 어린 왕비 눈치 살피며 비위 맞추기에 급급한 터였다. 억지 심술 불뚝성질머리를 많이 참고 있는 중이었다.

인제 왕도 어린 지어미가 마음이 무척 섬약하고 여릿하여 큰 소리만 내도 가슴앓이하고, 눈만 부릅떠도 달달 떨고 어찌할 바를 모른다는 것을 알게 되었다. 순진하여 남녀지간 희롱하는 말조차도 진실로 믿어 가슴 둥당거리는 버릇이라는 것도 깨달았다. 하여 꾹꾹 격한 성품을 눌러 참는 법을 배우는 형편이다. 이런 터로 두 사람 사이는 혼인한 이후 지금껏 제일 평온하였다.

"대보름이라, 할마마마께 문안드리러 가시겠소?"

"예, 마마. 금일은 할마마마를 뫼시고 금원에서 달구경을 할까 합니다."

"대보름의 달구경이라, 즐거운 놀이로다. 오랜만에 내전에 웃음소리가 나겠군."

그리고서 별말없이 왕이 대전으로 나갔다. 중전은 왕이 하명한 대로 다담상을 고루고루 궐의 빈청이며 각사로 보내었다. 잊지 않고 은합에 담은 부럼과 약식, 귀밝이술을 노란 비단궁 보자기에 싸 궐 밖의 부원군 댁이며 대군 댁이며 하가하신 명온공주 마마 댁에로 내려보내었다.

서소문통 기민들에게 설설 끓는 잡탕국이며 오곡밥을 지어 그 자리에서 한 그릇씩 나누어 주라고도 김 상궁에게 하명하시었다. 그 일을 끝내고 나서 창희궁의 대왕대비전하께 나간 것이다. 은합에 담은 잣알과 바늘이 두 분께 올려졌다.

"재미이니 우리도 한번 잣불을 켜봅시다그려. 올해의 운수라 혹여 아오? 교태전의 주인께서 어린 용을 태에 담으실지 말이오. 헛허허."

대왕대비전하께서 어질게 웃으셨다. 상궁들은 말할 것도 없고 나인이며 생각시들 전부 다 불러서 뼁 둘러앉혀 놓고 중전마마와 대왕대비전하께서는 잣불을 켜보도록 하였다. 잣불이란 바늘에다 잣알을 꿰고 불을 붙여 한 해의 운수를 점쳐 보는 놀음이다. 불이 밝을수록, 오래갈수록 좋은 터라 하였다.

"한번 웃자고 하는 재미가 아니오? 중전도 한번 켜보시구려."

어른께서 강권하시니 어린 중전마마, 더 이상 사양할 수 없었다. 방긋 웃으며 윤 상궁이 건네 드리는 잣에 불을 붙여보았다. 작은 잣알이지만 기름기가 있으니 자글거리는 소리를 내며 환히게 타올랐다. 짧은 순간이지만 고소한 냄새를 풍기며 밝은 불을 피워 올리는 작은 잣알이 대견하였다.

"필시 올해 좋은 일이 있으리라. 이 자리에 중전 잣불만큼 장한 것이 없지 않소? 대전께서 종종 중궁전에 듭신다 하니 금년에는 반드시 고적한 대궐에 아기 울음소리가 들릴 게야."

"항시 노심초사하시는 할마마마께 원자를 어르시는 즐거움을 드려야 하되, 신첩이 매사 부족하와 성총을 돌리지 못함이라 민망하옵니다."

덕담을 하시는 대왕대비전 앞에서 중전의 작은 얼굴이 갑자기 발개졌다. 연해 보름. 주상전하께서 이 근래 월성궁에 발길도 아니 하신다더라. 교태전에 듭시어 중전마마와 동침하신다는 것은 이제 비밀이 아니었다. 두 지존이 정분이 없을 적에는 그저 자주 보아 미운 정이라도 들었으면 하였다. 상감이 중궁전에서 밤을 지새운다 하니 인제 노인의 소망은 은근히 아기씨로 넘어간다.

중전은 궁녀들이 잣불을 켜며 서로 다투며 내가 일등이다 웃음 짓는 광경을 바라보며 애잔하게 미소 지었다. 원자야 낳아야지. 왕이 날마다 들어 그녀와 교접하는 단 하나의 이유일진대……. 원자를 낳는 도구가 아니면은 대체 그녀는 왕에게 무슨 의미가 있는 존재일까?

왕비의 민망해하는 얼굴을 대왕대비전하께서 가만히 건너다보시었다. 말로는 하지 못할 곡절이 있음에랴. 노인은 가만히 한숨을 내쉬었다. 저 여리기만 하고 착하디착한 어린 사람이 언제 풍파를 딛고 지아비 전하를 잡아채, 제구실하는 중궁전이 되시려나. 모르는 척 말꼬리를 슬쩍 돌렸다.

"벌써 대보름이라, 이제 입춘이 머지않았으니. 새 나물이 그립구면. 헛허허. 아무리 동장군이 기승을 부려도 봄기운을 이기지 못하는 법이려니. 대전의 마음도 그리 풀리려나 하고 나는 믿습니다."

입춘 날에는 궁중에 진산채(進山菜)라 하여 움파, 산갓, 당귀싹[신감초(辛甘草)], 미나리싹, 무싹 등의 오신반(五辛盤)을 진상하는 법이다. 심신을 청량하게 만드는 봄나물을 즐기시는 대왕대비전하. 봄나물을 기대어 슬쩍 한마디, 두 분의 사이가 온유하게 다정하여지기를 기원하시었다.

"슬슬 달구경 준비하여야지요? 이른 수라 받고서 금원으로 나가 보십시다. 궐 안의 달구경은 보진재가 최고라오."

두런두런 바깥이 소란하였다. 창희궁의 나인이 공손하게 문밖에서 아뢰었다.

"전하, 대전마마께서 문안 인사 드셨나이다."

사이좋은 내전의 조손(祖孫) 간, 달구경 앞에 두고 반가운 사람들 이야기에 들뜬 마음을 함께하였다. 다정하게 이러저러한 이야기를 나누다가 깜짝 놀랐다. 대왕대비전하도 그러하거니와 중전마마도 놀라 문 쪽을 바라보았다.

"상감께서 납시었다고? 뫼시어라!"

급히 하답을 하시는 대왕대비전의 목청이 흔들렸다. 몸을 일으켜 치마귀 부여잡고 옆으로 선 중전의 눈도 놀라 동그래져 있었다.

"주상, 기별도 없이 이 뒷방 늙은이를 찾아주시다니 망극하오. 어인 바람이 불기에 이리 오랜만에 옥보를 옮기신 것이오?"

왕은 무릎을 꿇고 할마마마께 강녕하신지를 문안드렸다. 정중하게 인사를 차리는 왕을 바라보며 반절로 답하는 대왕대비전의 목소리는 반가움보다는 의아함이, 편안함보다는 불편함이 더 짙게 깔려 있었다.

사실 대왕대비전하께서 놀랄 만도 하였다. 창희궁으로 나오신 후 왕은 한 번도 직접 할마마마께 문안 인사를 하러 듭신 적이 없었다. 언제나 내관을 보내어 의례적인 인사를 차렸을 뿐이다.

사실 선대왕께서 살아 계실 적에도 어린 세자는 할마마마가 어렵고 힘들었다. 항시 다정하고 제 앞에서는 웃음 짓는 궐의 어른들 중에 유일하게 할마마마만은 동궁을 경계하고 항시 엄하여 조금만 잘못했다 하면 회초리질도 서슴지 않았다. 사람 마음은 다 그런 것이다. 저를 좋다 하는 사람이 좋은 법이고 싫다 하는 사람은 꺼려지는 법. 언제나 흠을 잡고 깐깐하고 잘못하였다 호통치는 할마마마 앞에서 어린 왕은 항시 두려움 반, 분하고 억울한 맘 반이었다. 월성궁 희란마마가 대왕대비전하와 왕을 이간질하기 쉬웠던 것은 마음속에 잠긴 그런 열등감이나 사랑받지 못하여 섭섭한 맘을 건드렸기 때문이다.

지금껏 척이 진 마음이 언 땅처럼 차갑게 뭉쳐 여태껏 풀리지 않았다. 어린 왕이 정안로와 희란마마의 간살거림에 속아 친정(親政)을 한답시고 〈명일옥사〉을 일으켰을 때 선대왕 시절부터 보필해 오던 서림과 신하들과 함께 대왕대비전을 옹위하고 있던 친정 덕수 민씨 가문을 작살 내었다. 오직 상감께서 성군(聖君) 되어라 기원하시며 장성한 어른이 되어 친정(親政)할 때까정 내가 힘을 보태리라 하였다. 헌데 간절한 마음도 몰라주고 친가의 혈육들을 내치고 죽였으니 차마 말로 표현하지 못하는 대왕대비마마의 응어리진 피명을 더 이상 일러 무엇 하랴? 그런 형편에 갑자기 기별도 없이 왕이 창희궁으로 거동하였으니 모든 사람이 놀라 자빠질 뻔한 것도 당연하였다.

왕인들 모든 사람이 불편해하는 기색을 모를까? 면구하지만 겉으로는 드러내지 않았다. 어제 오고 오늘 또 온 사람처럼 덤덤하게 말을 이었다.

"대보름이 아니오니까? 온 도성 곳곳 사람들이 달구경한다 난리라, 짐도 은근히 호기심이 나서요. 소손도 잠시 그 즐거움에 동참하려 합니다. 짐이 내전의 두 분을 모시려 하는데 상관이 없으시겠지요?"

한 번도 그런 적 없던 이가 갑자기 나서서 달구경 가자 하니, 좋다는 마음보다는 더럭 의심이 생기었다. 이이가 지금 무슨 변덕으로 이런 일을 하는가 싶어서였다. 작년 대보름에는 달구경 핑계대고 월성궁으로 나가서 일주야나 부어라 마셔라 하며 환궁도 하지 않아 속을 뒤집지 않았는가 이 말이다. 대왕대비전 목소리가 반만 떫은 기가 돋았다.

"내전의 여인네들 몇몇 모여 달구경하는 일에 주상이 나서시어 이토록 마음을 써주시니 감사합니다만은……."

"할마마마께서 좋은 낯을 보이시니 짐도 반갑나이다. 이미 내관을 시켜 보진재 앞에 차일을 치고 조촐하게 연회 준비를 하라고 하명하였습니다. 마침 배행하는 지밀위들이 한가한 날이라 격군에 씨름판을 벌인다 하였나이다. 그 구경도 좋을 것입니다. 이만하니 짐과 함께 일찌감치 나서시지요."
 급한 성정답게 당장 대궁으로 나가시지요, 먼저 자리에 일어나며 날치었다. 얼떨결에 대왕대비전하와 중전마마도 따라나설 수밖에 없었다. 대체 저이가 왜 저러는 것인고? 대왕대비전하의 눈짓에 중전마마도 영문을 알 수 없어 그저 고개를 살래살래 흔들었다.

 두 분 내전마마가 탄 옥교를 뒤에 딸리고 전하께서는 말을 타고 각 궐들을 잇는 내문(內門)인 함인문과 함경문을 지나 금원(禁苑)으로 나가시었다. 뒤따라오는 중전의 가마를 돌아보는 왕의 입술에 슬몃슬몃 미소가 머금어졌다.
 '이렇듯이 저를 위하는 뜻을 보여주었으니 아무리 무정하고 목석이라 하여도 인제는 이 마음을 조금은 알 것이야. 마음이 열려야 몸이 열린다 하였지. 그래야 비가 회임을 할 수 있다 하였지. 음음음, 하루 빨리 중전이 잉태를 하여야지. 그래야 짐이 불안하지 않고 저도 당당한 중궁전의 위엄을 갖추지 않겠냔 이 말이야.'
 무엇이든 받는 데만 익숙하고 남의 마음을 헤아려 주는 것을 잘 모르는 상감께서 이렇듯이 육 년 만에 대왕대비전에 인사를 드리고 달구경 같이 하자 운을 띄운 것은 이유가 있었다.
 오정에 중전이 창희궁에 달구경 나갑니다 하면서 떠나고 난 후 상감마마, 홀로 기오헌에 앉아 서책을 뒤적였다. 명절이니 참례도 없고 조하 일도 한가하여 활줄 매었다가 서책 뒤적였다가 하는데도 마냥 심심하였다. 도무지 얼어붙은 강물처럼 시간이 지나가지 않았다.

월성궁에서 달구경 잔치 준비하고 마냥 기대립니다 하는 말을 단번에 내친 후였다. 그때 입시한 이가 전의감 홍준이었다.

"올해는 덩실하니 중전이 원자나 회임하였으면 소원이 없겠구면. 소격사의 도사가 며칠 전에 짐더러 올해는 좋은 일이 있을 것입니다, 신수를 보아주었기로 참으로 그리할까?"

"망극하옵니다. 원자마마 일이야 하늘이 점지하시는 일이니 기대리시면 꽃소식이 금세 올 것입니다."

"근심하기를, 비도 그러하거니와 짐의 씨앗을 받아 잉태한 계집이 지금껏 하나도 없으니 그러하지. 짐의 몸에 문제가 있어 그런 것이 아니겠지?"

도도한 왕이 민망하다 싶은 그런 말까지 입 밖으로 낸 것은 이유가 있었다. 날이 갈수록 은근히 스며드는 심중의 근심과 불안함이 깊었기 때문이다.

주상의 보령 어느덧 스물둘로 접어들었다. 중전마마와 혼인을 하신 지도 이미 세 해이며 종종 월성궁 여인이 천거하는 열여덟, 아홉쯤 되는 아릿다운 궁녀들을 안으시었다. 허나 어떤 계집도 잉태를 하였다 하는 말을 들은 적이 없으니 이것 혹여 주상 당신의 옥체에 모자람이 있어 그런 것은 아닌가 근심함이 당연한 일. 하물며 당신께서는 후사를 이어 사직의 혈통을 이어야 할 막중한 책무를 가지고 계시는 분이 아니냐? 약간은 긴장한 채 왕은 홍준의 말을 기다렸다.

"전하, 사내와 여인이 몸을 섞는다고 해서 언제나 잉태를 하는 것은 아니옵니다. 여인의 몸이 싹을 틔울 수 있도록 기름지게 되어야 비로소 사내의 옥정을 받아 회임을 하는 것입니다. 월성궁에서 여인을 보셨어도 그들이 잉태를 하지 않은 것은 아마 그 계집들이 마마의 씨앗을 틔울 몸이 되지 못하여 그런 것입니다."

"중전은? 그이와 동뢰한 지도 벌써 한 해가 넘어가지 않느냐?"

그런데도 왕비가 잉태할 기미가 없구나, 근심걱정을 드러내는 왕에게 홍준이 소리 죽여 되물었다.

"망극하옵니다만 감히 여쭈옵니다, 전하. 지금껏 도대체 중전마마와 몇 번이나 함께하셨는지요?"

"음, 음, 그러니까······."

저절로 얼굴이 벌겋게 붉어졌다. 염치없고 민망하였다. 왕은 자존심상 다소 과장하여 대답하였다.

"너덧, 아니, 한 여남은 번 남짓 되나 보다."

"옥체를 같이하신 후 한 해가 넘어가는데 겨우 여남은 번이라고요?"

이것 참으로 기가 막히구나. 혼인한 지 세 해가 넘어가는데 참말 해도 너무하는구나. 이러니 어찌 중전마마께서 회임을 하시겠는가? 씨앗을 뿌려주는 사람이 있어야 잉태를 하지. 매일같이 중궁전 듭신다 소문은 장하되 밤마다 대체 무엇을 하신 것이냐? 말 그대로 손목만 잡고 침수하신 것이냐? 그래 놓고 아기씨 타령은 왜 해? 차라리 우물에 가서 숭늉을 달라 하지. 홍준의 목청이 조금 올라갔다. 왕은 변명하듯이 그것이 말이야 하고 우물거렸다.

"중궁전에 들기는 종종 하였지. 하지만 게가 짐을 도통 꺼려하니 옷고름을 못 풀어서 그런 것이지 뭐. 하지만 짐도 많이 노력을 하겠다고 결심하였느니라."

부부지간 정분이라 하는 것은 밤잠자리에서부터 시작되는 법이다. 헌데 지존마마 두 분은 말만 부부이지, 남보다 더 못한 사이였다. 이런 터이니 어찌 사이가 따스해지고 정분이 돋을 것인가? 왕이 벌게진 얼굴로 그를 힐끗 바라보았다. 면구한 용안에 자신이 없는 목청이었다.

"모자라느냐? 이래서는 아무래도 그이가 회임하기가 힘들겠지?"

"암만요! 모자라도 참 많이 모자라는 터이옵니다. 전하께서는 안즉 보령이 연소하시고 또한 혈기방장하시니 사나흘에 한 번씩 옥정을 분출하셔도 아무 탈이 없사옵니다. 자주자주 중궁에 듭시어 같이 옥체를 나누시옵소서. 그래야 중전마마께서 회임을 하실 수가 있는 것입니다."

"어, 어, 말이야. 참말 짐이 자꾸 안으면 그이가 곧 배태를 할까?"

"하실 것입니다. 전하께서 가까이하시지 않으시는데 중전마마께서 어찌 회임을 하시겠는지요? 신이 알기로 여인이 몸과 마음이 다 편안하여야 아기씨를 쉬이 잉태할 수 있다 하옵니다. 부대 전하께서 중전마마를 잘 감싸고 즐겁게 하여 주옵소서."

"교태전의 그이가 짐을 애초부터 도통 두려워하고 꺼려하는데 무엇을 어찌하여 그이를 편안하게 하여준단 말이냐? 게로 아니 들어가는 것이 그이 마음을 좋게 하는 것이 아니냐? 그이를 편안하게 하라 하였으니 짐은 아예 중궁에 아니 들어갈란다. 흥."

냉큼 되받아치는 왕의 목청에 심술기가 덕지덕지 붙어 있었다. 킁킁 코웃음을 치며 같잖다 난리를 부렸다. 어려서부터 왕을 가까이에서 보살펴 온 홍준이다. 젊은 왕의 억지가 사무친 무안이요, 지 어미에게 외면당하는 도도한 사내의 삐뚤어진 자존심이라 함을 재빨리도 눈치챘다.

"자꾸 만나고 가까이하고 곁에 두셔야 두 분께서 허물이 없어지고 마음지간으로 화합하게 되시는 것입니다. 아무래도 여인은 사내하기 나름입지요. 하물며 전하께서 장성한 사내이시니 어린 중전마마를 먼저 살뜰히 보살펴 주셔야 그것이 성상의 도리라 할 것입니다."

"이것 보아. 음음, 계집이 사내에게 몸을 열 때에 편안하게 함께하는 다른 방도는 없니?"

왕 자신만 대하면 딱 얼어붙고 달달 떠는 왕비 앞에서 얼마나 면구하고 민망한지 당해보지 않은 사람은 모르리라. 입술에 침 바르고 맹세하기를, 너 싫다 하는 일 하지 않으련다. 손만 잡고 침수하련다 하였으되 그게 말처럼 쉬운 일이 아니었다. 젊으나 젊은 사내가 수줍은 정분 갓 돋아가는 여인을 옆에 두고 침수만 하는 일은 말 그대로 고문(拷問)이라. 이 달포 솔직히 왕은 죽을 맛이었다.

하루에도 한 천 번쯤 에잇! 그만두고 월성궁 가서 말랑말랑한 희란 누이나 끼고 재미나 볼까. 손가락 하나 까딱하면 그 자리에 엎드려 죽는시늉하는 궁녀들을 안아볼까, 갈등하였다. 에잇! 그냥 눈 딱 감고 그냥 안아버릴까? 남녀지간 자꾸 하다 보면 익숙하여지고 저도 그 재미 알게 될 날이 있을 것이니 그래 볼까?

별의별 궁리를 하면서 중궁전에 들곤 하였다. 하지만 아무것도 모르고 순진한 눈망울 빛내며 수줍어하는 중전을 볼 적에 그런 욕심이 온데간데없이 스르르 사라져 버리었다. 손을 잡고 나란히 누워 잠을 청할 때면, 불끈불끈 치밀어 오르는 사내 욕심보다는 이 사람이 곁에 있어 외롭지 않구나 하는 흐뭇한 마음에 저절로 편안하였다.

하지만 그 마음도 하루 이틀, 사내란 것은 다 똑같은 것이다. 차오르면 분출하고 싶은 것이 당연지사. 하룻밤에도 몇 번씩 가하다는 상감 당신의 알아주는 강건한 힘을 어쩌란 말이더냐. 도저히 더 이상 참지 못하리라. 냅다 덤벼들면 좋아요. 어서 오셔요. 홍홍홍, 같이 치태를 부려주는 것이 아니라 목석같이 굳어져 죽여줍쇼 하고 있구나. 그 노릇도 하루 이틀, 그가 여인네를 겁간하기 즐기는 불한당도 아니고 참말 미치고 환장할 노릇이었다. 궁여지책(窮餘之策). 기어코 홍준에게 말을 꺼내본 것이다.

"전하, 감히 신이 아뢰옵기 여인이 다정하게 되고 몸이 달아오르는 방도에는 다른 것이 없습니다. 본시 여인은 복잡하고 섬세한 터로, 마음이 열려야 몸도 따스하니 열리는 존재라 중전마마께 다정하게 대하시고 선물도 주시고 말씀도 곱다이 하시면은 차차 나아지실 겝니다."

홍준을 내보내고 곰곰이 생각하여 보니 그의 말이 틀리지는 않는 것 같았다. 예전에도 글 스승 보내주고 서책 선사하였더니, 한 번이지만 중전이 웃음 지어주지 않더냐? 왕은 서안에 팔을 기대고 이마에 주름살을 지은 채 혼자 중얼중얼하였다.

'다정하게 선물도 주고 말도 곱게 좋이하고 마음을 달래보라고? 무어, 선물쯤은 가져다줄 수가 있겠지. 그 정도쯤은 양보할 수 있다고. 짐이 하는 이 일 모다 다 사직을 위하는 길이거든? 중전과 짐이 한 몸 한마음으로 화합하여 동침하여서 잉태한 아기씨만이 그 성정이 바를지니 훗날 성군이 되지 않을 것이냐? 짐이 이러는 것은 다 사직을 위함이요, 천하를 평안케 하기 위함이야.'

마음 돌리고 스스로를 기만하며 벌떡 일어섰다. 결심하였으면 당장에 하는 일이지. 핑계도 대기 좋음이라, 달구경하신다 하였으니 에잇, 창희궁에 문안 인사나 가자꾸나. 짐더러 한 분뿐인 할마마마까정 버려두고 외면하는 폭군이라고 비난하는 놈들 어디 두고 보자. 흥. 내전의 두 분을 모시고서 짐도 함께 달구경하여야지. 정인(情人)끼리 손목 잡고 달구경 가는 것이 예사이니 이는 흠이 아닐 것이다. 요런 철없는 셈속을 하고 창희궁으로 나온 상감이었다.

싱글벙글, 중전의 가마 쪽을 돌아보며 씩 웃었다. 짐이 이렇게 그대 위하여 즐거움 주었으니 그대도 짐을 은애하여 주어야지 뭐. 철없이 당과 하나 바라는 것처럼 은슨슬쩍 달금한 입맞춤을 졸라볼 작정이었다.

'이 밤에는 중전이 먼저 좋아라 하여 안겨주면 참 좋을 것인데 말야. 쩝쩝. 언제쯤 저이가 운우지락을 알게 될까? 그럴 날이 오기는 올까?'

오긴 왜 안 와? 다 상감 당신 할 탓이지! 흥, 훈풍이 불어야 꽃잎도 벌어지는 것이지욧! 우격다짐, 날마다 억지로 밀고 들어가는데 어떤 여인네가 좋아라 한답니까? 월성궁 가서 배우신 잘난 방중술

거 다 어디에다 흘려두고 오시었노? 그 기술 두었다가 무엇에 쓸 것인가? 상감마마 당신이 한번 정말 잘하여보지. 흥흥흥.

둥두렷이 달이 떠올랐다. 달의 기운이 맑으면 풍년이 들고 핏빛이면 나라에 환란이 생긴다 하였다. 동산에 걸린 달빛은 붉지도, 맑지도 않았다. 항시 떠오르는 대로 예사롭게 황색 기운이 뻗어 있었을 뿐이다.

늠름한 무장들이 서로 힘을 겨누어 격권다툼을 하고 씨름을 하는 것을 구경하였다. 언덕에 올라 내관들이 커다랗게 달집 태우는 것도 보시고 벌겋게 화롯불 피워놓은 보진재 털방석에 앉아 여인네들이 모여 윷놀이도 하시었다. 같은 편이라, 나란히 앉아 윷가락을 던지던 진성대군 댁 국대부인 조씨께서 웃음을 머금었다.

"참 중전마마, 부원군의 가장 친한 벗이라 하였는데 들으셨는지요? 두곡 대감께서 며칠 전에 며느리를 보았답니다."

"아이고, 그러합니까? 제가 모르는 사이 두곡 아저씨 댁에 경사가 있었구먼요. 미리 알았으면 부조나 할 터인데요."

"홋호호. 알음알음 들은 이야기옵니다만은 이미 지나간 이야기이되, 그 도령께서 마마께서 사가에 계실 적에 은근히 혼담 오가던 사이라구요?"

"에구머니, 어찌 그리 이 중전을 우세시키시느뇨? 재응 오라버님은 말 그대로 오라버님이라. 그런 뜻은 이쪽이나 저쪽이나 조금도 없었나이다. 국대부인께서는 한없이 이 중전을 민망하게 하십니다그려."

내외함이라, 저쪽에서 따로 주안상을 받으시고 허물없는 숙부들, 지밀위사들과 윷가락을 던지며 놀던 왕이 힐끗 고개를 돌렸다. 무심코 엿들은 이야기가 송곳처럼 귀를 푹 찔렀기 때문이다. 이것 무슨 해괴한 말이냐? 무어라, 중전이 사가에 있을 적에 혼담이 오가던 놈? 갑자기 귀가 쫑긋하여졌다. 졸지에 기분이 나빠지고 말았다.

입이 만 리는 튀어나온 왕이 안 듣는 척하면서 귀담아듣는 줄도 모르고 국대부인과 중전은 한가로이 이야기를 주고받았다. 나지막한 목청에다 둘만 아는 이야기라 설마 왕이 듣고 있으리라고는 꿈에도 생각하지 못하였다. 없는 자리에서 남의 말을 하는 것이라, 중전은 듣기 좋게 덕담을 골라 하였다.

"재응 오라버님이 인품이 온유하고 매사 열심이라 사친께서도 칭찬을 많이 하였답니다. 그 안해 되시는 분은 두고두고 혼인 잘하였다는 말이 나올 것입니다."

"소문을 듣자 하니 그 도령, 풍신도 늠름하다지요? 홋호호. 아이고, 이제 우리 차례이옵니다. 마마, 던져 보시지요."

이렁저렁 중전마마와 국대부인 조씨, 윷 던지는 일에 정신이 팔렸다. 곧바로 일없이 나누던 이야기를 까마득히 잊어버렸다.

오직 한 사람 왕만이 가시처럼 재응 도령 이름을 심중에 기억하여 두었으니 이것 심란하구나. 벌써 터무니없는 콧김이 씩씩, 입꼬리를 모로 비틀며 왕은 힐끗 중전을 바라보았다. 아무것도 모르고 던진 판에 아이고, 좋아라! 모가 나왔구나. 좋아라 환하게 웃는 옆얼굴을 노려보는 눈빛이 칼날이었다.

'그놈 필시 예전에 짐이 사냥길에 말 타고 궐에 돌아올 적에 비와 내외하는 법도도 잊고 희희낙락 같이 길을 가던 그놈이 분명하렷다? 쳇, 명색이 지존이라 하는 계집이 사사로이 사가의 인연을 기억해? 흥, 이것! 참으로 웃기지 않느냐? 겁도 없이 다른 사내 이름을 입에 담다니, 참으로 짐을 지아비라 여긴다면 저리할 수는 없다!'

즐거운 달구경, 평안한 마음이 파사삭 살얼음 바닥처럼 깨어졌다. 어찌하든 짐도 잘하여볼 것이다. 그러니 너도 좀 웃어주렴. 비위 맞춰줄 터이니 우리 한번 정분이어 잘하여보자 하였던 그의 요량이 한순간에 하릴없음이라. 에잇, 고약한 것! 왕은 으드득 이를 악물었다.

이상하지? 참으로 이상도 하지.

허구한 날 왕 당신이 먼저 소박 놓았던 중전 아니냐? 죽든 살든 관심도 없이 마냥 발로 걷어차고 다닌 여인. 이 근래야 원자 낳아야지 하면서 슬렁슬렁 드나들지만, 뭐 안즉 짐의 정인이야 월성궁 누이인 것을. 짐은 오직 사직 위하여 원자 낳으려고 하는 것이지, 저 이를 사모하는 것은 아니거든. 이러면서 기만한 중전이 아니냐.

그 입에서 오다가다 별것 같지도 않은 사내 이름 하나 나온 것에 불과한데, 왜 이리 잴잴 꼬이고 아득바득 비틀어지는 심정인지? 참으로 불가사의다. 좋아하지도 않으면서, 구박만 하시면서, 관심도 없다면서 그런데 왜 또 이러시냐. 쯧쯧쯧.

이 밤에 중궁전 듭시면 반드시 감사하다 말씀드려야지. 혹여 손 내밀어 옷고름 풀어도 인제는 싫다 아니 하여야지. 웃어드려야지 결심하는 중전의 속내와는 전혀 다르게 엇길 가는 주상의 심술맞은 속내라니, 이것 큰일 났다!

밤이 이슥하여 즐거운 달맞이 놀이가 끝났다.
격권 겨루기에서 일등한 무사들에게 비단필과 숙마(길들인 말) 등속으로 상을 내리시었다. 윷놀이 진 편 얼굴에 붓으로 먹점을 찍어 조롱하며 자지러지게 웃기도 하였고, 한 해 운수를 점치면서 도성 언덕 언덕에서 아기들이 쥐불놀이하는 광경도 보시었다.
"아이고, 참으로 오랜만에 실컷 놀았도다. 이렇듯이 화락한 웃음 소리가 퍼진 것이 대체 얼마 만인가?"
"이 중전이 부덕하와 윗전의 쓸쓸한 심기를 미처 헤아리지 못하였나이다. 이제 종종 자리를 마련할 터이니 할마마마의 작은 즐거움이 되기를 바라옵니다."
"적적하신 할마마마를 위하여 소손이 종종 자리를 마련할 것입니다. 궐내 식구들 모여 또 한 번 즐거운 시간을 갖도록 하시지요."
옆에서 상감마마, 웬일인지 다정하게 말을 덧보태었다. 대왕대비전하, 오랜만에 들어보는 주상의 알뜰한 당부에 벙싯 웃음을 머금으셨다.
"주상께서 이 할미의 낯을 보아 마음을 써주시는 것이오? 감사하오. 그날을 기대리겠소이다. 헛허허."
그러고서 두 분 마마, 대왕대비전의 가마를 배웅하고 돌아선 후였다. 서온돌에 금침 펴놓고 밤단장 하러 간 중전마마 기둘리는 우리 상감마마 거동 좀 보시오. 자리옷 하고 상투에 금동곳 하나 꽂은 터인데 책상다리 한 채 홀로 씩씩대고 있었다.
"무어라? 풍신이 늠름하여? 어질고 인품이 좋아? 생각하면 할수록 기가 막히고나. 아니, 사직의 안주인이며 짐의 비(妃)가 된 이로서

체모를 지켜야 할 것이 아니더냐? 어디서 감히 외간 사내의 이름을 함부로 입에 담고 짐 앞에서 들어라 하는 듯이 칭찬을 하는 것이야?"

아무리 속으로 진정하자 하여도 보진재에서 한 귀로 얼핏 들은 이야기로 비롯된 심화(心火)는 꺼지지 않았다. 으드득 이를 갈아보기도 하고, 주먹을 허공에 휘둘러 보기도 하는데 도대체가 마음이 가라앉지를 않는 것이었다. 하필이면 그때 기억난 것이 홍준의 이야기였다. 여인은 마음이 열려야 몸이 열린다는 말 한마디가 가시처럼 콱 박혀 종내 빠지지 않았다.

의심할 바는 아니지만, 혹여 중전이 왕 자신에 대하여 그토록 차갑고 쌀쌀맞으며 목석같이 굳어진 것은 그 마음에 다른 사내를 담고 있어서는 아닐까? 한 발 떨어진 채 다정하니 걸어가던 그때의 중전 모습과 뭐 그런대로 훤칠하니 잘난 도령 얼굴을 새삼스레 떠올리며 왕은 자꾸만 기분이 나빠지고 있었다.

"흥. 그래? 너가 그러하단 말이지? 그때부터 알아보았다. 둘이서 다정스레 잘도 걸어가고 있더구나. 내외하는 법도이고, 또 연치 어린 터였으니 망신스럽게 속정까지 들지는 않았다 하여도 지금껏 이름까정 기억하고 있다 함은 둘 사이 눈정은 들었던 게야. 얼떨결에 간택되어 중궁전에 앉혀진 터로 딴마음 감히 품지 못하고 허튼수작은 하지 못하였되 여적 그놈을 은근히 심중에 품고 생각하고 있었음이 여기서 드러난 게다. 같잖은 계집!"

중얼중얼. 중얼중얼. 중전이 자리옷 차림으로 다가올 때까지 왕은 비설거지하는 종놈처럼 구시렁구시렁, 쓰잘데기없는 투기와 별의별 꼬인 생각에 미치고 환장할 참이었다.

"뭐라? 사가에 있을 적에 혼약을 하여? 그 무엄한 놈이 대체 뉘더냐?"

등 뒤에 앉아 뜬금없이 사람을 후려잡는 목청이 무서웠다. 아무것도 모르고 금침 자락 매만지던 중전은 눈이 동그래져서는 왕을 건너다보았다.

"예에? 전하, 그것이 대체 무슨 말씀이시온지요?"

솔직히 중전은 왕이 지금 무엇을 말하고자 함인지도, 어떤 것을 추궁하는지 알 수가 없었다.

좋은 잔치 끝, 즐거이 놀고 웃음 지으며 돌아왔다. 이 밤에 혹여 손목 잡으시면 모르는 척 안겨 드려야지. 약방 상궁이 말하기는 오늘 밤이 길일(吉日)이라 잘하면 배태를 할 수도 있습니다. 허니 주상께서 옷고름 푸시면 모르는 척 안기십시오, 몇 번이고 당부를 받고 들어왔다.

육 년 만에 처음으로 대왕대비전에 문안 인사를 드리러 온 것만으로도 중전은 모질게 구박하고 못되게 굴던 왕을 반 이상 용서하고 말았다. 이제 도리를 아시고 행동하시는 성군이 되실 것이야, 가냘픈 희망에 여린 방심이 그저 떨렸다.

그야말로 관옥 같은 용안이시다. 심술기 가시고 의젓한 풍모인데다 벙싯벙싯 웃으시며 유쾌하게 잔치를 주관하시던 모습이 너무 늠름하고 아름다워 잠시 훔쳐만 보아도 두근두근 가슴이 떨렸다. 참고 기대리면 좋은 날이 온다 아버님과 할마마께서 당부하시더니 참으로 나에게도 이제는 지어미로서 주상께 쓸모가 되는 날이 온 것인가? 가마 타고 중궁전 돌아오며 홀로 가슴이 떨리고 방긋이 웃음이 머금어졌던 참이었다.

헌데 꿈에도 생각하지 못한 날벼락이 이 밤에 기다리고 있음에랴! 말끝마다 중전 우리 중전 하면서 존대하여 국모 대접하던 아까와는 천양지차라. 말꼬리는 어디로 떨어뜨려 두고 왔는지 예전마냥 딱 반토막짜리 트집을 시작하였다.

오늘 밤은 또 무슨 억지로 나를 괴롭히려 드시는가? 아득하고 눈앞이 캄캄하였지만은 일단 오늘의 사단이 어디서 비롯된 것인지를 알아야 한다 싶었다. 강잉하게 정신을 차리고 중전은 떨리는 목청으로 되물었다.

"마, 마마, 대체 무슨 말씀을 하옵시는지요? 신첩은 도통 알아듣지 못하겠나이다."

"오호? 요롷게 말짱한 얼굴로 이젠 시침까정 뗀다 이 말이랴?"

단번에 찬물 대접 비운 왕이 냅다 그릇을 저만치 던져 버렸다. 쨍그랑 소리 내며 빈 사기대접이 구석에서 굴렀다. 다짜고짜 중전의 손목을 움켜쥐어 금침 안으로 밀어 넣었다. 억센 두 손으로 어깨를 딱 부여잡고 무섭게 을렀다.

"너 바른대로 말하여라. 그놈, 재응인가 하는 그놈이 대체 누구냐?"

"재응 오라버님을 전하께서 어찌 아십니까?"

그렇지 않아도 동그란 중전의 눈이 더 동그래졌다. 무섭다기보다는 오히려 신기하고 놀라웠다. 중신의 아드님이나 이제 겨우 진사시 합격한 새파란 후기지수다. 궐 밖을 거의 나가지 않으시는 지존께서 어찌 재응 오라버님을 아시노? 게디기 중전디러 그 사람이 누구냐 하문하시는 이유가 무엇인가?

"흥, 내가 모르는 일이 어디 있다고 감추려 드는 것이야? 궐 들어오기 전에 너, 그놈하고 정분났던 게지?"

"망측하여라! 해도 해도 너무 애먼 말씀이오니 도무지 신첩이 할 말이 없습니다."

중전은 자지러졌다. 자신도 모르게 비명을 질렀다. 다른 것은 모르되 국모이자 사직의 안지존인 자신더러 외간 사내 이름을 앞에 두고 정분났느냐 하시다니! 참으로 기함하여 뒤로 넘어갈 지경이었다. 다른 것은 모르되 오직 한 분 지아비만 바라보는 일편단심 그녀더러 다른 사내 보았다 트집을 잡으시니 이것은 죽어도 항명(抗命)할 일이라. 내 예서 죽더라도 아니라 하련다. 끝까지 강하게 부정하였다. 아니, 인정하자 하여도 오간 것이 있어야 있다 말을 하지.

"재응 오라버님은 오직 신첩에게 친동기간과 같은 분이라. 사친과 절친한 학우이신 두곡 아저씨의 자제 분이니 어렸을 적부터 오간 사이올시다. 이제 성가(成家)까정 하신 분을 두고 구중심처, 오가지 못하는 조롱 속의 새 신세인 신첩과 어찌 연이 닿았다고 억지 잡으시어 속을 뒤집으시뇨?"

"요것이 앙큼하여 끝까지 아니다 시침을 뚝 따는구먼? 흥, 그래? 짐이 말을 하자면 할 말 없는 줄 아니? 거짓부렁하지 말아라! 그래, 어디 한번 말을 하여보까?"

왕은 눈을 부라리며 가엾은 중전 혼백을 쥐 잡듯이 몰아세웠다. 쿡쿡 머리통까지 쥐어박으며 진심을 토하여라 난리를 쳤다.

"내가 본 것이 거짓이더냐? 예전에 짐이 사냥터에서 돌아올 적에 너를 보았었다. 너도 부인하지 못하리라. 내외하는 법도도 잊고 둘만 같이 잘도 동행하여 가더라? 집안 알음알음 하여 오간 인연이 오래다 하니 누든 짐작하지 못하랴? 비록 속정까지는 아니 들었다 하여도 은근슬쩍 눈정은 든 게다. 게다가 무어라? 집안간 내밀한 혼약을 하였던 사이라? 그래 놓고 무엇 아무런 일도 없다고 앙큼스레 시침을 똑 따는 것이니? 짐과 혼인하여 세 해이되 여적 그놈 이름까정 기억하고 있으며 풍신이 늠름하고 인품 훌륭하다 짐 앞에서 겁도 없이 종알종알 말도 잘하지!"

"아이고, 전하, 제발 신첩의 말을 들어주십시오. 아니옵니다. 사대부집 처자가 감히 오데서 함부로 사내를 눈짓하겠습니까? 믿어주옵소서. 재응 오라버님은 그저 신첩의 사가 시절 동기간처럼 지내던 분이라 금일 반가운 소식을 귀동냥하여 듣자와 한마디 했을 뿐입니다."

날벼락도 이런 날벼락은 금시초문이었다. 구중심처 주상전하의 지어미로 부덕 쌓고 조용히 지내시는 분더러 아닌 밤중에 홍두깨이지. 갑자기 재응 도령을 들먹이며 그녀더러 눈정이 들었네. 외간 사내 곁눈질하고 마음에 담았네. 이러면서 난리를 치다니. 말 그대로 억울해서 미치고 환장하고 싶다는 말뜻을 똑똑히 알게 된 중전이었다.

아무리 하여도 이것은 있을 수 없는 일이다. 헛된 구설로 나를 후려잡으신다 하여도 이는 너무 심함이다. 중전은 떨리는 목청으로 똑똑히 되받아쳤다.

"참으로 너무하시옵니다. 어떻게 신첩더러 외긴 사내 보아 눈정

들었다 하시는지요? 신첩이 은장도로 가슴 갈라 보여지이까?"

"웃기는 소리. 짐이 하고 잡은 말을 저가 하고 있구먼. 참말로 은장도로 갈라 속내 보이고 싶은 자는 바로 짐이니라! 흥, 같잖도다. 말짱한 얼굴로 어진 중전 칭송 듣고 있되 깊은 마음에는 짐이 아닌 딴 사내나 품고 있었다?"

거칠고 무정한 손이 중전의 가슴 한쪽을 꽉 움켜쥐었다. 저절로 아야 하는 비명 소리가 흘러나올 참인데 왕이 심술맞고 음산하게 웃었다.

"항시 짐에게 쌀쌀맞고 무정한 이유를 몰랐거니, 그때부텀 짐이 알아보았도다. 무어라? 그놈 풍신이 늠름하고 인품이 좋아? 혼인을 잘하였다 칭송까정 받아? 아나, 쑥떡! 그래 보았자 너는 이미 짐과 혼인한 터이니 아쉬운 소리 하여도 소용없느니라."

"마마. 마마, 제발 신첩의 말을 믿어주십시오. 아니옵니다! 참으로 천지신명에게 맹세하느니 신첩은 오직 마마의 비(妃)올시다! 신첩은 평생 그리 알고 사옵니다."

"그래? 허면 말하여 보아라. 너는 짐을 진정한 지아비로 여기고 있느냐? 지어미라 하니 하는 말이다. 눈 내리깔고 아무 말도 아니 하는 앙큼한 네 속에 짐이 들어 있기는 한 것이냐?"

흔들리는 중전의 눈동자를 노려보며 왕은 대답을 기다리고 있다. 거짓이라도 좋으니 전하만을 사모하옵니다. 은애하옵니다 하는 말을 바랐다. 만약 이 입에서 아니라는 말이 나온다면, 그는 여릿한 이 목을 꺾어버릴 생각이었다.

짐의 것. 그대는 오직 짐의 것. 거짓이라도 좋으니 짐을 은애한다고 말하여 주어. 마음에 짐만을 담았다고 말하여 주어. 외롭게 자라 사랑을 욕구하는 본능은 불치의 병증(病症)이다. 자신은 밀어내도 상대는 그를 사랑하고 바라보아 주기를 바라는 이기적인 욕심. 두려움에 젖은 눈동자가 말끄러미 그를 올려다보고 있다. 떠꺼머리 총각처럼 가슴 조이며 어린 지어미의 고백을 기다리는 이 순간 왕은 더없이 가슴 두근거린다. 절대로 그대 입에서 짐을 꺼리고 싫어한다는 말은 듣지 않으련다. 지그시 주먹이 움켜쥐어졌다.

커다란 눈에 말릴 사이도 없이 맑은 눈물이 글썽글썽해졌다. 똑바로 왕을 바라보며 중전이 작은 목청으로 속삭였다.

"일부종사라 하였습니다. 간택되어 교태전에 앉은 이후, 지어미의 도리를 다하고자 애를 썼나이다. 믿어주십시오."

"잔말 말라. 오직 짐을 사모하느냐 물었다!"

왕의 말은 거의 고함이었다. 가녀린 어깨를 움켜쥔 손에 퍼렇게 핏줄이 돋았다.

"지, 지어미의 도리로 지아비를 사모하지 않으면 누구를 사모할 것입니까?"

그대가 짐을 사모한다 하였다.

왕은 자신도 모르게 안도의 한숨을 내쉬었다. 비록 억지로 몰아붙여 그의 지어미요, 그만을 가슴에 담고 있다 하는 고백을 들었지만 천하를 얻은 것처럼 가슴이 그득하였다. 철없는 아이들이 어미에게 당과를 조르듯이 외사랑하는 어린 지어미더러 자신을 사모하느냐 은애하느냐 조르고 졸라 들은 한마디, 더 이상 바랄 것이 없었다.

그럼에도 왕은 심술맞게 웃었다. 귀밑으로 흘러내리는 눈물을 저칠게 지워 버리며 끝까지 을러댔다.

"헌데 은애하는 지아비 품에 안겨 있으면서 울기는 왜 우노? 네 말이 거짓부렁인 게다!"

"아, 아니옵니다. 훌쩍. 울지 않사옵니다······."

"만날, 만날 짐과 같이 있으면 울기나 하고!"

왕은 중전의 어깨를 잡은 손을 놓고 휙 돌아누웠다. 어린아이가 심통 부리듯이 이부자락을 걷어 제 몸에만 둘둘 감았다. 등만 보인 채 중얼중얼 투덜거렸다. 제 맘은 도통 몰라주는 안해더러 야속하다 속상하다 투정부렸다.

"한 번만 더 짐더러 쌀쌀맞게 하여봐. 네 맘속에 그 재응인지 재수대가리인지 하는 놈이 있어 그렇다고 할 것이야. 그놈, 저 삭주 장성 쌓는 데로 보내 버릴 것이다. 홍!"

"차, 참말로 그러하실 것은 아니시지요?"

듣자 하니 날벼락이 이제 엉뚱하게 튀어 그 불똥이 애먼 재응 오라버님에게로 갈 참이었다. 중전은 깜짝 놀라 떨리는 목청으로 확인하였다. 왕이 휙 하고 돌아누웠다. 눈을 부라리며 중전을 노려보았다.

"그거야 짐의 마음이지. 너가 어떻게 하느냐에 달려 있단다?"

"시, 신첩더러 대체 어쩌란 말씀이십니까?"

답답이, 답답이. 중전은 왕에 진정 원하는 것이 무엇인지 도무지 알 수가 없었다. 하도 변덕이 죽 끓듯 하고 엉뚱하게 나아가는 〈엇질이〉 성정이라. 말 한마디 잘못하면 난리가 나고 벼락이 떨어지는 터라 이제는 말 한마디 하기도 무서웠다. 눈치를 보자 하니 분명 무엇인가 말하고자 하는 바가 있는 것 같은데도 말은 아니 하고 빙빙 돌려 사람 심장만 벅벅 긁는 것에 아주 미칠 지경이었다.

왕이 비로소 히죽 웃었다. 무엇을 원하느냐는 중전 말에 만족한 것이 분명하였다. 반듯이 누워 두 팔로 팔베개를 하여 천장을 바라보며 모르는 척 아닌 척 대꾸하였다.

"금년에는 원자 낳아다오."

"예에?"

원자야 낳아야지. 중전의 제일 책무가 바로 그 일인데. 하지만 그 일을 어찌 신첩 혼자서 하란 말씀입니까? 중전은 되묻고 싶었다. 염치도 없지, 왕은 계속하여 주절주절 읊고 있었다.

"그담으로 내년 겨울쯤 하여서는 공주 낳아다오. 궐에 아기 울음소리 끊어진 지 이미 이십 년이라. 사람 사는 곳이 아닌 듯 적적하고 심심하단다. 원자를 낳아줄 것이냐?"

"신첩이 혼자 하는 일은 아니온지라, 하늘서 점지하는 아기씨 일을 어찌 맹서하라 다그치십니까?"

"이런 천하의 답답이! 그대는 어찌 그리 항시 맹하더냐? 짐의 품에 냉큼 안기란 말이다! 금일 함께 원자를 만들자는 말이니라."

앙탈할 사이도 없이 중전의 팔을 휙 끌어당겼다. 냅다 질질질 금침 안으로 끌고 들어가 풍덩 자맥질해 버렸다. 옷 벗길 틈이 어디 있노. 급하여 죽겠는데! 그대로 얇은 명주에 감싸인 가슴골로 덤벼들어 세차게 빨기 시작하였다. 얇은 천이 금세 흠뻑 사내의 타액에 젖었다. 오백 사(絲) 거미줄처럼 야리한 명주천이 찰싹 달라붙어 진분홍빛 귀여운 젖꼭지가 토독 돋았다. 말간 앵두 한 알이 백설밭에 구르는 듯하였다.

비외비언.

무엇을 어찌하였는지 모르지만 넓은 금침이 굼실굼실 요동을 쳤다. 야릇한 숨소리와 앙탈하고 호령질하는 달콤하고 귀여운 소리가 문을 새어 나와 지창(紙窓)을 울렸다. 수줍음 많은 어린 중전마마. 두 손으로 입을 막으며 날가슴이 된 지아비 왕의 거칠고 욕심 많은 손길 안에서 어찌할 바를 모른다. 해당화 붉게 물든 얼굴로 바동대는 앙탈은 어제나 오늘이나 똑같았다.

귀엽기도 하고, 야속하기도 하고, 섭섭하기도 하였다. 얄밉기도 하고, 앙증맞기도 하고, 마냥 사랑스럽기도 하여 왕은 짐짓 한 손으로 고운 방초 돋은 그곳을 지분거리며 귓전에 대고 무섭게 을렀다. 사뭇 오므린 채 도통 풀어주지 않는 다리 사이를 건드리며 희롱하였다. 제발 애 좀 그만 태우고 이만하면 좀 열어다오, 사정하였다.

"다정하자 약조하지 않았더냐? 참으로 자꾸 이럴 것이니?"

"하, 하지만…… 입만 맞추기로 하여놓고서…… 또 이러시니까……."

"짐더러 살길 마련해주고 내소박 놓아라 하였다? 짐이 입맞추어주는 것은 좋아하면서, 왜 이것은 싫다 하는 것이니? 꽃가마 탄 듯하여 준다 하지 않니? 여하튼 믿고 같이 다정하자 이 말이다. 언제는 너도 이리하는 것이 좋다 하지 않았더냐?"

"어, 언제 신첩이 그러하였다고…… 흡!"

아니다 반항하는 작은 입술이 난폭하기도 하고, 다정하기도 하고, 밉살맞기도 한 두툼한 입술 안으로 스며들었다. 설왕설래(舌往舌來). 입술을 타고 넘은 후 새하얀 화선지 위에 그림을 그리듯이 뜨거운 입술과 축축하게 젖은 열정 어린 혀가 목덜미를 거쳐 가슴을 머금었다. 말도 못하고 음음음 하고 요동치는 작은 얼굴을 내려다보는 왕의 눈빛이 웃음기로 넘실댔다. 사뭇 음흉하고 즐겁기도 하고요 밉살맞은 것 보아라 하듯이 지분대는 눈빛을 들었다. 보드라운 귓불을 핥으며 속삭였다.

"싫다 하면서 왜 갈구하는 신음 소리는 내는 것이니? 흥, 요것이 참으로 앙큼하도다. 이리하여도 너 자꾸만 아니 한다 뒤로 뺄 것이니?"

"마마, 제발 그만 하십시오. 신첩이 죽사옵니다. 아이고."

저절로 앓는 듯이 비명 소리가 왕비의 입에서 흘러나왔다. 아랫것들이 빙 둘러 지켜 앉아 있는 침전이라, 왕과 교접하며 교성을 흘리는 것이 체모에 어긋나는 짓이라. 꼭꼭 참으려 애를 썼지만 견딜 수가 없었다. 움켜쥔 손 사이로 비어져 나온 동그란 꽃봉오리를 빨아 삼키며 왕이 흐흐거렸다. 항상 입을 꼭 다물고 목석같이 참으려 애를 쓰던 어린 아내의 입에서 참지 못한 신음 소리가 흘러나온 것이 무척 만족스러운 듯했다.

"한번 죽어보렴?"

"마마처럼 짓궂은 분도 없으셔요!"

"흐흐, 인세의 극락이니 이리하여 더불어 살고지고. 좋으냐? 좋다면 말하여 보거라. 요것이 앙큼하게 정숙하다 소문이 난 터로 은근히 짐을 재촉하거든?"

새콤하고 달콤한 입술이 다시 마주쳤다. 낯설기도 하고, 익숙하기도 하고, 싫기도 하고, 좋기도 하고······

여하튼 금침 안에서 벌어지는 이 일이 어린 그녀에게 있어 감당하기 힘들 정도로 모순투성이이고 갈등인데, 하나 확실한 것은 왕이 이 일을 몹시도 좋아한다는 것이었다. 항시 입만 맞추고 잘 것이야. 옷고름은 싫다 하면 아니 푸께, 이런 식으로 약조를 하였다. 손목만 잡고 잘 것이니 곁에 오소 감언이설로 속였다.

"참이시지요?"
"암만, 참이지!"

말은 넙죽넙죽 잘하시었다. 헌데 결국은 항시 이런 꼴이 나는 것이다. 저가 싫어하든 말든, 원하든 원하지 않든 종국에는 둘이 엉켜 연리지처럼 비목처럼 하늘을 날며 한 몸이 되는 참이라. 대체 이것이 무슨 조화인지 모를 일이었다.
밤 내내 그러고도 모자란가? 참례 있다면서 일찍 대전으로 나가야 한다면서 새벽에는 왜 또 손목 잡아끌어 당겨? 금침이 땀에 젖어 축축해지도록 함께 얼려 말짱하게 밤을 지샌 것이었다. 다시는 월성궁에 아니 간단 말이지. 말도 아니 하였는데 주상 당신이 먼저 약조까정 하신다.
천지간 훈풍 불어, 드디어 교태전에도 봄날이라. 아아, 우리 중전마마 옥안에도 마침내 웃음꽃이 필 날이 온 것인가?

제3장 혼자만의 춘몽(春夢)

봄맞이를 알리는 분홍빛 두견화. 노란 산수유 꽃이 양지편 산등성이에 환한 등불을 피웠다. 음지에 아직 잔설(殘雪)이 희끗희끗 남았지만 코끝을 스치는 바람은 제법 훈기를 품은 것이 포근하고 푸르렀다.

불한산 일주암.

지금 희란마마는 모친인 정경부인과 교인당을 뒤에 하고 대웅전 부처님 앞에서 백팔배를 올리고 있는 중이었다. 황금 수백 냥을 아끼지 않고 장하게 불사를 벌였다. 명목은 주상과 이 나라 사직의 장구함을 기원하는 것이지만 속내까지 그러한가? 물론 절대로 그런 것은 아니지. 이를 악다문 희란마마, 절 한 번 할 적마다 주상 성총 예전마냥 나에게 다시 돌이 칠떡 붙어 띨어시게 하시 말아숩시오.

성총 채가려는 얄미운 중전 고년, 그냥 역질이나 걸려 콱 피 토하고 죽어집시오. 혹은 우리 혁이가 한시 바삐 왕자로 인정받아져 세자 자리를 꿰차게 하여줍시오, 이런 뻔뻔하고 염치없는 청원이었다.

"가마가 일주문 앞에 대령을 하였습니다, 큰마마. 인제 내려가시지요. 서둘지 않으면 날이 저물겠습니다."

절을 마치고 돌아서는 희란마마 앞에 교인당이 꽃신을 놓아주었다. 서둘러라 재촉하였다. 불사를 드리기 위하여 산에 올랐다 하였지만 두 여인의 본심은 따로 있었다. 별저에 감춰둔 궁녀들을 보러 나선 길이다. 물론 나날이 시들어가는 것이 보이는 성총의 불씨를 야들탱탱한 궁녀의 진미로 다시 일으키려는 속셈이었다. 즐거운 애욕의 장난질을 즐겨하시는 분이 이 근래 점잖은 체하는 중궁에만 든다지. 밤재미에 격조하였으니 색다른 놀잇감에 눈이 확 돌아갈 듯하였다.

감히 상감마마 용체에 손톱 자국 내놓고 대노염을 산 후, 왕은 그 길로 월성궁에 발길을 뚝 끊어버렸다. 계집의 손톱에 용체가 훼손됨이라, 그는 왕 스스로도 창피하였는지 사건의 전말에 대해서는 입을 꾹 다물었다. 다행히 그것으로 희란마마 목숨이 살아났다. 허나 도도한 자존심에 괘씸함과 노염을 씻지 못한 듯 아무리 알현하여 용서를 빌자 하여도 받아주지 않았다.

심지어는 아들 혁이를 왕자로 올리자는 공론 앞에서는 역모라 일갈하기까지 하였다. 손톱 한번 잘못 놀려 어이없이 고심한 일이 무위로 돌아간 터. 희란마마, 돌아가는 물정을 새삼 알게 된 것이었다. 등골에 소름이 쫙 끼쳤다.

야아야, 이것 큰일 났고나! 거듭된 악수(惡手). 치명적인 과오였다. 옛적 일편단심이던 주상의 성총을 과신하여 방자하게 까불다가 홀라당 그 총애를 스스로 잃어버린 셈이라. 문득 찬물을 뒤집어쓴 것처럼 정신이 확 들었다. 왕의 보령은 이미 스물둘. 보위에 오른 지도 벌써 십여 년이 넘었다. 당당한 호기(豪氣)며 기틀 잡힌 위엄이며 정사를 관장하며 깊어진 요량은 이미 희란마마 제 손아귀를 벗어난 지도 한참인 듯싶었다.

'조심하여야 해. 정신 바짝 차려야지. 이제 주상도 천지분간 못하던 열다섯 철없는 소년이 아닌 게야. 고집 세고 매사 제멋대로 하시는 장성한 사내가 되신 것을 내가 미처 계산에 넣지 못한 것이야.'

안달복달, 졸아든 간이 지글거렸다. 하도 답답하여 희란마마는 결국 괘씸타 내쳤던 교인당을 다시 불러들였다. 그녀 교만한 성정으로 또 못할 일이지만 황금 덩어리를 바리바리 싸가지고 찾아갔다. 그대가 제발 나를 좀 도와주시게 사정하여 다시 제 곁에 두었다.

"무정한 사내의 정분을 찰떡같이 다시 붙이는 부적입니다. 큰마마, 두고 보십시오. 조만간 전하께서 반드시 월성궁에 다시 발걸음을 하실 것입니다."

어차피 같은 배를 탄 처지. 돌아온 교인당은 목욕재계하고 음기가 강한 밤을 이용하여 별별 요상한 비방을 다 들이고는 부적 하나를 그렸다. 상감 베개 밑에 감추라 하였다.

여시 교인당의 신기며 수완은 대단하였다. 새해 인사차 입궐하신 정경부인이 부탁을 하자마자 당장 저에 대한 근신을 풀어주시었다.

"짐이 조하 일이 바빠 격조하였습니다. 조만간 한번 나가지요. 그동안 답답하였을 것이니 누이 다리고 불공이나 드리러 다녀오시지요."

왈칵 노염 타서 월성궁 쪽으로는 고개도 아니 돌리신다 하던 왕이 누그러진 티가 역력하다 하였다지. 다정한 하교 말씀까지 내리셨다. 이러저러해도 사내는 첫정을 버리지 못한다더니 역시 그러하였다. 이 대목에서 희란마마, 냉큼 자신을 얻었다. 오히려 뻑하면 잘도 삐치고 부르퉁퉁 심술맞은 주상이 귀엽기조차 하였다. 어찌하든 나오시기만 하여봐, 잘 꼬셔서 분심을 풀어드리지. 살살 미소 지으며 달래주면 금세 흐물흐물 내 치마폭 아래지 무어. 샐긋 웃음이 나왔다.

'진즉에 조심하라 하던 교인당의 충고를 새겨들었어야 하는 것인데, 내가 다소 잘못하였어. 궁즉변, 변즉통이라 방심하여 일을 이 지경으로 몰아간 터 인제 조심해야지. 암.'

희란마마, 상감마마 후려잡을 갖은 계교를 굴리다가 한숨을 푹 쉬었다. 어찌 되었든 일단 당분간은 납짝 엎드리는 시늉을 해야 할 모양이었다.

'천려일실. 중전 년에게 가는 것을 막지 못하였으니 찜찜하기는 하지만 뭐, 지금은 호기심이니 알콩달콩일지 모르지. 허나 오가는 소문은 다 헛것이야. 선이 년이 그러지 않더냐? 중궁 들어 밤 보내되 소문만 장하지, 허구한 날 자고 나온 금침 안이 깨끗하기만 하다고. 하얀 쌀밥같이 밋밋하고 덤덤한 중전 고년과의 잠자리라 이내

싫증 느끼고 내 품에 돌아오실 게야.'

　희란마마 자신만만 속으로 헤아렸다. 그녀의 단 하나 걱정은 주상이 성총을 혹여 중전에게 홈빡 돌리면 어떡하지 하는 게 아니었다. 자신만만, 흔들리지 않는 교만함이었다. 천하박색, 무미(無味)한 중전과 단국천하 제일미인인 자신이 왕의 정을 두고 견주는 것조차 자존심이 상할 지경이었다. 상감은 십여 년 전부터 오직 희란마마 저의 그물 속 새였다. 옴팡 화수분이었고 정인이었으며 쓸모 많은 장난감이었다. 편협하고 격하되 한번 마음 준 사람에게는 평생 가는 왕의 성정을 이 세상 희란마마 저만큼 잘 아는 사람도 없었다.

　'계집과 사내지간, 첫 물길 트기가 힘들지, 한 번 통하면 계속 흐르는 것이 이치. 게다가 정궁이란 말야. 정궁(正宮). 더없이 씩씩하신 분이니, 발가락 끝으로 건드리다가 중전 고년이 덜컥 잉태라도 한다면 어찌하지? 구중심처에 들어앉은 년이라, 아랫도리도 다른 년들처럼 긁어내지 못할 터이니, 그리되면 내 갖은 수단은 다 물 건너간 일이 될 것이란 말야. 아이고, 내가 중전 고년 일만 생각하면 아주 머리가 아프구나. 어찌하든 고년을 잡아 죽여야 할 터인데 말야.'

　지금도 아악! 소리를 지르며 머리털 쥐어뜯고 일어날 지경이었다. 발가락 때만도 못하다 여기었고, 아무것도 아니다 무시한 중전에게 회초리질당한 것은 죽어서도 잊지 못할 뼈아픈 수모요, 반드시 갚아줄 능멸 중의 능멸. 꽃놀이 사건 이후 희란마마 뱃속에는 독악한 복수심이 하나 더 붙어 오장육부(五臟六腑)가 아니라 오장칠부(五臟七腑)가 되었다.

무슨 수를 쓰더라도 중전 고년만은 반드시 해치고 말리라. 당한 수모에서 천 배 만 배로 돌려주고야 말겠다는 악심이 단전에 구슬처럼 뭉쳐 있었다. 희란마마 눈에서 새삼스레 그 독기가 새파랗게 피어올랐다.

그때 가마가 조용히 내려앉았다. 별저에 도착한 것이다.

"시각이 급하니 지금 당장 공부 중인 계집아이들을 점고할 것이야. 데려오게."

희란마마와 교인당이 차 한 잔 마실 무렵, 사르르사르르 비단 치맛자락 끄는 소리가 들렸다. 살며시 문이 열리고 나붓이 들어오는 궁녀 둘. 눈앞이 아찔할 정도로 꽃 같은 미모였다. 열아홉, 열일곱. 난만하게 피는 아름다운 꽃망울들. 아직 사내 손 한 번 타지 않은 미녀들이 뿜어내는 방향(芳香)이 그저 향그러웠다.

'흠, 이 정도면……'

궁녀들을 바라보는 희란마마 입술에 만족스런 미소가 머금어졌다. 노랑 저고리에 꽃 다홍치마. 붉은 댕기 매고 살포시 서 있는 두 계집아이. 날로 잡아먹어도 비린내 하나 나지 않을 것처럼 요염하였다. 심지어 혼백이라도 빼어주마 하고 사내들이 달려들 만치 야들탱탱 빼어난 자색들이었다. 꽃으로 치자면 막 봉오리를 벌릴 즈음의 바로 그때, 마치 꿀과 향기로 만들어진 듯한 그런 미인들이었다.

"생김이 제법 고우니 사내깨나 후릴 팔자라. 이 낯짝이야 제법 한가락하는 바이나 벗겨놓으면 어떠할지? 네 이년들, 의대를 벗어 보아라."

민망하고 망극한 말이되 감히 거부할 수 없는 분부이다. 길든 짐승처럼 궁녀들이 희란마마 분부에 난실난실 옷고름을 풀어 알몸이 되었다.

"흐음? 살갗이 촉촉하고 매끄러우니 상급이로구나. 게다가 티 한 점도 없으니 그야말로 빙기옥골이라. 어디 보자, 머리타래가 검고 윤이 흐르며 입술을 선명한 붉은 빛이라. 이야말로 미인의 조건을 다 갖추었구나. 젖통은 풍만하되 미련스럽지 않고 어여쁘며 젖꼭지가 거무스레하지 않고 고운 다홍빛이니 주상께서 곱다 하며 한 번은 깨물 만하구먼."

희란마마, 마치 우시장에서 소를 고르며 품평하듯이 두 궁녀들의 앞뒤를 돌며 나신 하나하나, 구석구석을 뜯어보았다.

"요년은 목선은 다소간 짧되 어깨가 조붓하니 의대를 입혀놓으면 그 자태가 고울 것이야. 이년은 엉덩이가 딱 올라붙었으니 이런 계집 속집 맛이 기이하다 하였다. 게다가 방초도 가지런하고 윤기가 있으며 가늘기 비단실이라, 요런 계집 안에 들어가게 되면 당장 사내가 하얀 피를 토하며 혼백을 빼앗기는 법이다. 내가 너희를 보자 하니 시정서 보기 드문 육신을 가진 바 분명한데, 교인당, 요년들은 처녀가 분명하겠지?"

심지어 입까지 벌리게 하고서 가지런한 치아까지 확인한 다음이었다. 희란마마는 미덥지 못하다는 듯이 교인당을 돌아보았다.

"당연하옵지요, 마마. 쇤네가 이미 검사를 하였나이다. 확실한 처녀이옵니다."

"요년들 겉볼 자태는 빠질 것 없이 곱되 그래, 자네가 보기에 이 두 년을 비교하여 속집은 둘 중에 누가 낫던가?"

"쇤네가 보아하니 두 아이 다 엇비슷하게 달금한 속집을 가진 듯하였나이다. 이 아이 경조는 다소간 좁고 빡빡하니 그런대로 맛이 각별할 것이며 옥선이는 야들야들 보드라운 맛이 주인만 잘 만나면은 극미(極微)라 할 것입니다."

단국의 모란이라는 제 품 안에서 한시절 방탕하니 잘도 놀은 왕이다. 이렁저렁 계집은 다 똑같은 것이지. 어떤 천하절색을 갖다 놓아도 시들한 권태를 읽었다. 그런 왕이 은근슬쩍 제 먼저 찾아나서는 중전에게 들어가는 풋정 깨뜨리려는 음모의 도구로 쓰려는 계집이다. 그러니 그냥 고운 것으로는 되지 않았다. 말 그대로 사내 얼을 단박에 휘어감는 경국지색이어야 했다. 희란마마, 주상 승은 휘어감는 법에 대하여 일장 연설을 늘어놓고 궁녀들을 내보냈다. 창문을 반만 열고, 아기작아기작 걸어가는 두 계집의 자태를 바라보았다. 얼음이 얼 듯 싸늘한 미소가 머금어졌다.

'네년들이 심중으로 어떤 생각을 하고 있는지 잘 안다. 주상 승은 받아져서 호사 누리겠다 단단한 결심을 하고 있을 것이다만, 그래 보았자 네년들은 어차피 내 허수아비인 게야. 내 눈을 피하여 딴짓을 하는 그 순간이 바로 네년들 죽는 날이다. 흠.'

사흘 후, 월성궁 은밀한 심처.

야심한 밤. 희란마마는 늦은 그 시각까지 회초리 움켜쥐고 아랫목에 앉아 두 궁녀 방중술 공부시키기에 여념이 없었다.

"네 요년들, 잘하여라! 그깟 서투른 몸놀림으로 어찌 천하의 미인들은 다 꿰어차고 날마다 달디단 꿀을 잡수시던 상감마마를 매혹시키겠느냐!"

앙칼진 호령 소리. 비단 금침 위에서 흐느적거리는 두 계집의 몸놀림을 바라보다 생고함을 질렀다. 도무지 서투른 꼴이 마음에 차지 않았다. 희멀금한 엉덩이를 치켜들고 사내를 뒤에서 받아들이는 준비를 한 채 파닥거리고 있는 계집 둘의 달덩이같이 하얀 볼기짝을 찰싹찰싹 내려치며 매섭게 을렀다.

"이년들이 죽고 잡은 게로구나! 가르치기를 고운 암말처럼 요염스럽게 몸가락을 울리라 하였거늘! 네년들이 이리하여서 어디 주상의 성체를 함부로 머금기나 하겠더냐? 이 나라 절색을 다 따드시는 분이다. 네년들이 아무리 겉볼 용색이 곱고 어지간하다 하더라도 고 못나고 미욱한 몸 울음으로 계집눈 높으시기 일등인 주상의 시선 한 번이나 받을 수 있을 것 같으냐? 에잉, 못난 것들. 그만 일어나거라. 꼴같잖다!"

무섭기로 한량없는 큰마마의 노염을 타랴. 황황히 시키는 대로 경조와 옥선이 홑이불로 알몸을 가리며 꿇어앉았다. 꼭두각시마냥 두려움에 젖은 얼굴로 고개를 조아렸다. 희란마마는 회초리로 탁탁 바닥을 치며 매섭게 을렀다.

"너희가 주상을 매혹시켜 하룻밤이라도 승은을 받아질 것이면 일세의 광영인 것을! 그 길로 천하 호사는 다 너들 것이란 말야. 더 열심히 하여야지. 우리 모두가 살고 죽는 일은 오직 너희들 요 요분질에 달려 있는 것이라 그렇게 일렀거늘!"

"명심 또 명심할 것입니다, 큰마마."

앙칼진 음성으로 궁녀들을 새삼스럽게 다잡았다. 허튼짓 하고 게으름 피우면 당장 때려죽인다 염포를 놓았다. 그 다음으로 희란마마, 이번에는 구접의 기술을 두 궁녀에게 익히어라 분부하며 손수 가르치었다.

"내가 미리 말을 하였으되 구접(입맞춤)의 기술 첫째는 사내의 회를 동하게 하는 것이며 설익은 사내의 기운을 불 지피는 것이니라. 먼저 아랫입술을 살며시 물다가 혀로 빨은 다음에 윗입술을 쪽쪽 삼키고는 슬며시 혀를 주상의 입안에 밀어 넣어 혀로 요동을 치는 것이다. 또한 한 가지가 남았는데, 전하께서 가끔 색다르게 즐기시는 진미가 하나 있으니 그는 바로 처녀 아이 굳어진 동굴을 보드랍게 만드는 방술이니라. 침방 나인더러 구접으로 승은을 받을 아이의 화동을 자극하여 말랑말랑하게 만드는 것인데 이는 주상의 성체가 워낙 장대하시니 처음 사내를 맞이하는 계집들의 아랫도리가 남아나지 못하여 고육지책으로 그렇게 미리 준비를 시키는 것이란다."

희란마마는 회초리 끝으로 드러누운 옥선의 발을 매섭게 후려쳤다.

"항시 그런 일을 분부받을 적에는 네 고 꽃동굴이 주상의 안전을 비껴나면 아니 된다 몇 번이고 말하였지? 주상께서는 내가 앉은 바로 이 자리에 계실 것이다. 비스듬히 약간 옆으로 누워 다리를 벌리는데 너무 제치면 싸구려 논다니 천격(賤格)으로 보이느니라. 보일 듯 말 듯 수줍은 듯이, 그러면서도 은은히 대담하게 허벅지를 비틀면서 유혹을 하거라. 자, 인제 연습을 하여보자. 먼저 옥선이가 승은받을 궁녀 노릇이니 경조 너가 침방 나인 노릇을 하여라. 그 다음 서는 바꾸어서 하도록 해보자."

　경조가 열심히 빨고 핥고 건드리어 만개시키는 옥선의 분홍 꽃동굴을 유심히 내려다보았다. 희란마마 강새암에 홍홍 콧김이 새어 나왔다. 좁고 빡빡하되 금세 촉촉하니 이슬이 배고 펄럭거리는 속집이 말랑말랑하니 이년이 보통 명기가 아닌 게야. 주상이 요것을 한번 잡았다가 홈빡 매혹당해 차고 누우면 어쩌지? 은근히 새암이 나는구나. 알아주는 애욕의 여인 희란마마가 아니냐. 상감과 몇 달 동안 격조한 터라, 사내 없으면 못 사는 색욕의 꽃동굴에 이끼가 낀 듯하였다.

　두 궁녀 아이가 엉키어 일구는 이상야릇한 치태에 아랫목의 희란마마, 은근히 숨이 차오른다. 제 손을 가슴골에 갖다 대며 슬슬 돋아난 젖꼭지를 쓸어 내렸다. 서로의 아랫도리에 얼굴 박고 방중술 공부하다가 몸 달아 두 궁녀가 서로 엉키었다. 설왕설래(舌往舌來)하는 이상야릇한 광경에 방탕한 애욕이 줄줄 흘러 참을 수가 없었기 때문이다.

　비비 꼬이는 아랫도리는 이 밤에 누가 달래주려나. 안방으로 건너오니 양주부 들었나이다, 기별이 들어왔다. 별저에서야 몰래 담을 넘는 모습과는 달리 도포 차려입고 점잖은 체 헛기침을 하고 들어섰다.

　원행을 다녀온 터로 피곤에 절은 얼굴이었지만 워낙 긴요한 일이기에 냉큼 들라 하였다. 대뜸 바짝 다가앉았다. 희란마마 문밖의 동정을 살피며 낮은 목청으로 확인하였다.

"명국인들을 만나본 게야?"

"암만요. 황금만 마련되면 수리제 총이랑 불랑기포를 양껏 넘겨줄 수 있다 하였습죠."

거복이 놈, 월성궁 마마의 밀명을 받아 국경선 근처 명국 어림군을 만나 반역 도모하는 무기를 구하고자 나선 길이었다. 기다리던 대답을 들은지라 만족하여 생긋 웃음을 머금었다.

"흠, 그래? 잘하였군. 조만간 명국 사신들이 들어온다 하였으니 곧 구하겠군. 눈치채이지 않게 은밀하게 들여오라 하소."

"좌상 대감께서 잘 차비하시는 줄 아옵니다."

간담도 장히 큰 여인이다. 아들 혁을 왕자로 인정받는 일이 수포로 돌아간 후, 희란마마 다른 길을 찾는 일에 골몰하였다. 왕의 발길을 다시 잡는 것도 중요하지만 언제까지나 불안한 성총에만 기댈 수는 없는 노릇. 제 요염으로 휘감아 용체 잡는 일도, 새 계집 들여서 성총 돌리는 것도 차선. 그녀가 먼저 보위 찬탈하여 제 아들을 상감에 올리면 되는 게지! 변덕스런 사내의 마음에 따라 달달 간 졸일 일 따위가 무엇 필요하랴. 그들의 세력이 꺾이기 전에, 안즉 싱싱한 힘이 있을 때 운세를 바꾸리라.

그래서 감히 희란마마와 정안로 일파는 가당치도 않은 음모를 준비 중이었다. 항시 무르녹은 봄철이면 들어오는 명국 사신 우두머리를 만나 제 아들 뒷곁이 되어주면 항시 저들 땅이라 주장하는 장성 밖 북도 땅을 내어줄 것이다. 허니 우리가 변란 일으킬 때 국경에 있는 군사 빌려다오 제안할 참이었다.

"그들이 국경서 군사를 준동하면 이곳에서 싫어도 병정들을 내

보내야 함이라. 혼란한 참을 타서 궐을 습격하면 되는 게지. 궐 안에 우리 줄이 닿은 궁녀 내관 많고 금부병정들도 수월찮게 꽂아두었으니 일단 시작하면 손바닥 뒤집기야 여반장. 이번 명국 사신들에게 불랑기포 두어 문만 구할 수 있다면 쉽게 궐문 뚫을 수 있을 게야."

"암만요. 어리석은 상감은 큰마마를 마냥 믿고 있을 것인 바, 조하 중신 다 우리 줄이니 하늘 뒤집는 일이야 쉬운 일입지요, 흐흐흐."

"그저 조심조심하여야 해. 아무리 혼군(昏君)이라 하여도 임금 노릇 십여 년이야. 보통은 아닐세. 의외로 영명하고 눈치가 빠르니 내 간담을 서늘하게 한 적도 많으이. 게다가 호랑이 같은 남준이 병권을 손에 쥐고 절대로 움직이지 않음이라. 그 인간은 상감의 말만 듣는 멍충이가 아닌가? 어찌하든 그놈을 꺾어야 이번 우리 일이 쉬워질 터인데……."

희란마마 쓰디쓴 입맛을 다셨다. 몇 년이나 공들였으되 허사로 돌아간 일. 이빨도 들어가지 않는 남준 그 인간을 상감 옆에서 몰아내고 제 심복으로 하여금 병권을 장악하게 하려 시도하였다. 허나 요지부동. 어지간한 일에는 응응. 저가 하잡는 대로 다 하여주었지만 그 일에 대해서만은 가차없이 잘라 버렸다. 그 어린 날에도 등골이 서늘할 정도로 싸늘한 반응을 보이며 말끄러미 그녀를 노려보았다.

"내전의 사람이 왜 자꾸만 군사 일에 집착하노? 누이의 단 하나 책무는 짐을 즐겁게 하여주는 것이오, 그런 것은 임금이 일이라, 누이는 신경 쓰지 마시오."

희란마마, 휴우 한숨을 쉬었다. 어찌 눈치를 챘을까? 산채를 꾸미고 몰래 은밀하게 사병(私兵)을 키우는 일 한 자락이 발각되고 말았다. 선이 년이 동온돌 방바닥 아래서 들은 이야기가 아니었다면 어떻게 되었을까? 지금 생각하여도 식은땀이 흐를 정도였다.

쥐도 새도 모르게 처리하는 일이라 했었는데 어느새 왕과 내금위 위사들이 저들 일파 은밀한 움직임을 눈치채고 있었다니. 그 일이 발각되었다면 아마 희란마마 자신과 더불어 연결된 벽파 일당 모든 사람들이 굴비 두름 되었으리라. 새남터에 피가 흘러 강물이 되어 흘렀을 것이다.

천우신조. 진정 천우신조였다. 솔직히 가슴 한 귀퉁이가 뜨끔하였지만은, 희란마마 그 일 이후 오히려 더 배포가 장대해졌다. 하늘마저 그들을 돕고 있음이 아니련가? 그것이 아니면은 어찌 선이 년이 상감이 독대하시는 그 자리를 엿들을 수 있었단 말인가.

몰래 기르던 한혈마를 희란마마 명을 받자와 빼돌린 심치달의 목줄을 냉큼 끊어버리었다. 도성 근처 마련하였던 산채를 버리고 심산유곡 더 깊은 곳으로 본진을 옮길 수 있었다. 그녀와 아비 정안로가 몇 년을 고심하여 방비해 둔 사병을 고스란히 간직할 수 있었던 것이다. 참으로 행운이 아닐 수 없었다.

"명국 사신들이 들어오는 날을 가려 기어코 일을 성사하여야만 해. 아무도 나에 대한 의심을 하지 않을 적에 일을 해치워야 한단 말일세. 이렁저렁 잘못되어 발각되면 우리 전부 죽는 목숨일세."

"여부가 있겠습니까요?"

같은 배를 탄 터다. 희란마마, 양주부 놈 똑같이 간악한 얼굴에 슬깃 저들만 통하는 미소를 머금었다. 별당에서 몸이 이미 달은 희란마마, 슬그머니 거복이 놈에게 눈짓하였다. 은근슬쩍 치맛자락 걷어 올려 하얀 떡가래 같은 다리를 드러냈다.

"아이, 곤하다. 양주부, 내 다리 좀 쳐다우. 먼 길에 힘들었을 것이니 예서 쉬다가 가."

"흐흐흐, 여부가 있겠습니까요?"

거복이 놈 희란마마 하얀 다리를 주무르는 시늉을 하며 음흉한 웃음을 흘리었다. 슬슬슬 시키지도 않았는데, 사내의 손이 종아리를 지나 무릎을 거쳐 허벅지 사이로 넘어간다. 무엇을 어찌했는지 모르지만, 자지러지는 신음 소리가 희란마마 입술 사이로 새어 나왔다. 거복이 놈 흐뭇하게 질펀한 음담(淫談)을 시작하였다.

"큰마마, 요 보물주머니가 폭신하니 젖었구려. 상감도 아니 계신데 요렇게 달아올라 있으면 어쩌시려구? 응?"

"세상에서 제일 떡 잘치는 요 방망이가 있는데 무어."

"아쿠쿠, 요량도 참 신묘하시오. 어찌 내가 딱 죽는 곳을 알아 잡아 흔드는 게요? 요놈이 벌써 죽는다 자지러지오."

헐렁한 바지춤이 벌써 뚫어질 듯 솟았다. 희란마마 킬킬대며 거복이 놈 거대한 양물을 잡아 슬근슬근 쓰다듬다 꼭 잡고는 뿌듯하게 흔들었다. 거복이 놈, 휘파람 소리를 내며 이놈을 아주 죽이시오 하고 엄살을 떨었다. 바쁘게 기름진 몸에서 비단 저고리 치마가 풀려져 허공으로 날아가고, 얄쌍한 속적삼이 뚝뚝 바닥으로 떨어졌다. 사내놈 역시 급하니 동저고리, 바지 한꺼번에 끌어 내려 윗목에 던져 두고, 냉큼 덮쳐들어 오물오물 꿀물부터 빨아 마신 다음에 급한 불을 끄기로 하였다. 옆으로 비스듬이 누운 계집의 아래 앉아 대꼬챙이 산적 꿰듯이 한 다리 번쩍 어깨에 걸고 활짝 벌렸다. 이끼 끼었다 하소연하는 탕부의 동굴 속을 간부(姦夫) 놈 제 대창으로 긁어주기 시작하였다. 외씨버선 속에 잠긴 발가락이 빳빳하게 힘줄 서며 바들거리기 시작하였다.

달그림자 지창(紙窓)에 쓸리우고, 연당의 난만한 두견화 문드러져 떨어지는데 간악한 탕남탕부의 밤은 이제부터 시작이다. 아이고, 눈꼴시고 꼴같잖아서 저것들. 더 이상은 못 보겠네! 천지신명은 무엇 하시나, 저 간특한 것들을 잡아가시지도 않고? 쯧쯧쯧.

두 잡것들이 엉켜들어 새벽까지 놀고 놀다 지친 몸으로 푹 쓰러져 자빠져 자는 줄도 모르고, 인제는 대담하게 월성궁에까지 불러들여 더러운 배신의 재미를 보며 역모하는 줄도 모르고 우리 상감마마 지금 무엇 하시나?

온화한 봄의 향기를 한껏 머금은 빗줄기가 내려 얼어붙은 땅을 적시었다. 중궁전 화계에 심어진 꽃나무에서 툭툭 앵두꽃이 벌어지고 연못가의 수양버들이 연푸른 잎새를 빗줄기 머금은 실바람에 휘날리었다. 그 옆에 선 함박화도 질세라 눈부신 속살을 비에 적시었다.

한 해에 두 번, 명국 사신들이 도성에 입시하는 날이다. 국경 관문까지 나아가 그들을 맞이하여 수행한 효성군께서 오정이 넘어서 입궐하시었다. 그때 왕은 병조판서를 곁에 두고 좌우수영 수군(水軍)

사정을 듣고 있었다. 어수에 들고 있던 두루마리를 내리며 가까이 다가와 앉으시라 손짓을 하셨다.

"숙부께 은밀히 중임(重任)을 부탁한 터라 궁금하여서요. 노독이 풀리지도 않았을 것이다 싶었지만은 염치없으되 이내 듭시라 하였소이다. 이리 더 가까이 다가앉으시오, 숙부. 짐이 부탁한 그 일은 어찌 되었소이까?"

"구하였나이다, 전하. 사신의 우두머리가 북도 어림군 도독과 한통속이어서 어렵게 신이 사정하여 뜻을 이루었나이다. 게다가 화약까정도 가져온 터입니다."

용안이 한결 밝아졌다. 사신을 맞으러 국경으로 보내며 왕은 효성군에게 밀명을 내렸다. 십수 년간 오간 터로 잘 통하는 사신들과 밀착하여 어찌하든지 대국서 내놓지 않는 불랑기포를 구하여보시오 부탁하였다. 효성군 쪽으로 몸을 내밀고 한층 더 은밀하게 속삭였다.

"황금으로 포를 구하였다 이 말을 뒤집어보면은 황금만 더 준다 할 것이면 불랑기포를 우리가 원하는 대로 더 살 수 있다 이 말이 아닌가요?"

"그리 말을 할 수도 있을 것입니다."

"짐이 상선에게 이미 말을 하였으니 내수사에 가면은 황금을 내어줄 것이오. 허고 병판 그대는 심복을 시켜 미복하고 그들에게 접근하여 불랑기포를 흥정하시오. 살 수 있는 대로 다 살 것이되 급한 것은 저들이라, 잘만 흥정하면 황금을 다소간 절약할 수도 있을 것이야. 포를 구하면은 바로 중수영으로 내려보내오. 비수(단국의 과학기술자 김어진의 호)가 중수영에 숨어서 이미 수십 대의 불랑기포를 몇 년간 뜯어본 고로 인제 두어 번만 더 분해하여 본다 할 것이면 대강 비슷하게 제작을 할 수 있다 하였다."

"분부대로 할 것입니다."

"아국에서 불랑기포만 직접 만들 수 있다 할 것이면 해적의 발호는 물론이요, 명국 뒤통수도 칠 수 있을 것이다. 인제 아국의 국경을 누가 감히 침범할 수 있을 것인가? 짐은 오직 이런 날만 기다리고 있었노라. 선대왕 아바마마뿐 아니라 국조 태조대왕서부터 모든 열성조들의 염원인 북도 땅을 짐대에 이르러서 회복할 수 있을지 뉘가 안다더냐?"

왕의 선명한 입술에 실쭉 만족한 미소가 머금어졌다. 효성군과 남준이 전하의 하명을 받잡고는 뒷문을 통해 사라졌다. 비로소 왕은 지루하게 뜰 안에서 기다리던 영의정 이하 중신들을 불러들였다.

"명국 사신들은 여장을 풀고 숙소에서 여독을 풀고 있사옵고, 상인들은 장시에서 이미 교역을 시작하였다 하옵니다."

"돈 버는 일이라 역시 상인들 손이 빠르구먼. 허면, 그들은 이번 서는 무엇을 가져왔다 하던가?"

"늘 하던 대로 비단이며 서책이며 또 갖가지 대국의 산물들이라 하더이다. 저들이 바라기 이번에 아국에서 사가지고 갈 것들은 인삼과 종이, 피륙들이며 또한 황금과 은을 다소간 구할 참이라 하였나이다."

"윤허하오. 나라가 비축한 피륙과 인삼과 호피와 종이를 팔아도 좋소. 대신 짐이 바라기는 명국의 서책들이며 또한 서역국에서 들어온 여러 가지 희한한 기계가 많다 하니 그것을 구하고 싶소. 또한 군마를 오백여 필 구할 참이라, 호조에서는 그 값으로 은을 지불하면 될 것이오. 허면은 이번에 들여온 말까정 하여 탐라에 있는 말이 몇 필이 되는 것인가?"

"모다 팔천오백 필이 되는 줄 아옵니다. 조랑말과 교배하여 그 수를 늘린 것은 육천 두이옵고 요란에서 들여온 한혈마와 교배한 수는 이천오백 두, 도성 근교 목장의 마필까정 하여 모다 만 이천칠백 두라 하였습니다."

"모자라! 십여 년간 키워온 말이 겨우 만여 두에 불과하다니. 앞으로 그 수가 세 배가 될 때까지는 더 키워야 하오! 짐이 생각하기 명국서 들여오는 말은 한계가 있으니 지난번처럼 봄철에 요란족에게 미곡을 풀어 말을 사들이시오! 내년 봄까지 그 수를 오천여 두 더 늘려야 할 것이오. 조만간 짐이 목장을 순시할 적에 군마의 수를 정확하게 고변해야 할 것이야. 단 한 필이라도 거짓으로 아뢰거나 제대로 관리하지 못할 시엔 커다란 책임을 물을 것이오!"

왕의 날카로운 시선이 갑자기 좌의정 정안로에게 다가갔다. 더없이 신임하는 얼굴로 갑작스레 하명하였다.

"이번에 들여오는 군마의 일은 좌상이 도맡아 처리하오. 경을 원로(遠路)에 내보내는 것은 다소 미안하되, 짐이 믿는 바 오직 좌상뿐 아니겠소? 내일 모레로 하여서 당장 탐라로 내려가시오."

"예에? 신더러 탐라로 가라굽쇼?"

어이없어 정안로가 멀거니 몸을 들고 왕을 우러렀다. 심중에 모의한 바 있어 이것저것 요량한 것이 많고도 많은데, 갑자기 중심인 저더러 탐라로 가라면 이것 계획에 커다란 구멍이 뚫리는 것이다. 아연 당황한 그더러 왕은 모르는 척 싱긋 웃으며 더 큰 소리로 칭찬하여 을렀다.

"짐이 신임하는 바 외숙 아니오. 경의 눈이 곧 짐인걸? 군마 끌고 내려가서 일이 되어가는 것을 보고 오시오. 짐이 신경을 쓰고 있는 일이오. 한 치도 어김이 있어서는 아니 될 것이오."

속내로 딴생각을 하고 있던 정안로. 지은 죄가 없다 말 못하니 상감의 입에서 군마의 일이 나올 때부터 간담이 조마조마하였다. 설마 말 두수를 낱낱이 세지도 않을 것인데 고만 걱정하자 배포 유하게 버티는 참이다. 헌데 무엇을 알고 저러하시나? 말로는 너를 믿어 일을 시키마 하였지만, 가만히 생각하자니 더없이 무서운 일을 맡은 셈이다. 나중에 말 수가 모자라거나 무슨 사단이 나면 저가 다 뒤집어써야 한다는 뜻이다. 모르는 척 왕은 고개를 돌렸다. 비수처럼 형형한 눈빛을 들어 딱 부러지게 눌러 버렸다.

"허고 인제부텀은 군마로 키우는 말을 동원할 적엔 반드시 짐에게 고변하고 처리하시오. 짐이 들었거니 간간이 목장에서 사사로이 군마들을 내어가거나 빌려 쓰는 일이 있다 들었소. 이번 기회에 각 목장의 책임자를 전부 교체하되 군마를 내어가는 일은 반드시 짐의 친서가 있어야 할 것이야."

어쩐지 심상찮았다. 이마로 달려오는 왕의 시선에는 찬 기운이 그득하였다. 도둑이 제 발 저리다고 음험한 역모의 꿍심 감추어둔 좌의정 정안로, 발가락 끝이 간질간질하였다. 알현을 끝내고 절한 후 돌아서는데 관복 등깃이 땀으로 축축하였다.

그 길로 뜻을 같이하는 이조판서 이훈과 더불어 월성궁으로 나갔다. 딸년 희란마마에게 사정을 아뢰었다. 눈치는 뻔한 터로 둘러앉은 이마에 하나같이 주름살이 졌다. 희란마마 목소리를 죽여 확인하였다.

"혹시 상감이 무엇을 알고 그러는 것일까요? 아버님을 의심하사 탐라로 내보내는 것처럼 느껴지옵니까?"

"아비가 어찌 알겠나이까? 허나 저를 보는 전하의 눈빛이 예전 같지 아니하니 근심이올시다."

"설마 우리가 꾸미는 일을 알고 그러는 것은 아닐 겝니다. 급한 성정이니 눈치를 챘다면 벌써 날벼락이 나지요. 너무 걱정 마옵시고, 오늘 밤 일이나 잘 처리합시오. 어차피 시작한 일입니다. 예서 말 수는 없지요. 한 번 죽는 목숨, 이러나저러나 똑같습니다. 악 소리라도 내어보고 죽어야 하지 않겠습니까?"

그중에서 배포가 제일 큰 희란마마, 슬그머니 동요하는 늙은이들을 표독하게 내리눌렀다.

"왕자로 태어난 우리 아가가 제자리를 찾는 일입니다. 그것이 무에 잘못입니까? 아버님, 손자가 보위에 오르는 일이에요! 섬약함을 누르시고 대사를 생각하세요!"

성총 떨어진 것은 이미 뻔한 일. 중전이 원자 낳아 보위가 반석이 되기 전에, 제년 모자(母子)가 나락으로 떨어지기 전에 세상을 바꾸고야 말 것이니!

나에게는 하늘을 움켜쥘 천유(天運)이 따른다 효언장담. 한 기다

불안함을 가볍게 넘기며 희란마마는 커다란 자개함을 제 아비에게 내어주었다. 금덩이 은덩이가 가득 든 것이다. 저들 역모를 위한 불랑기포와 수리제 총을 구하려고 명국 사신에게 줄을 댔다. 사흘 후 은밀하게 회합을 가지기로 하였던 것이다.

"양주부가 산채 식구들을 거느리고 기대리고 있을 겁니다. 포와 총을 구하시면 이내 수레에 싣고 산채로 가십시오. 때를 미룰 수는 없지요. 천기 보아 조만간 거사를 치르고 말 것입니다. 우리와 뜻을 같이하는 사람들은 틀림없겠지요?"

"암만요. 저들이 대대손손 광영이라, 우리 줄에 서면 새 세상이 열린다는 것을 잘 알고 있습지요."

두 사람을 내보내고 희란마마, 교인당을 불러 이번 일이 성공하시기를 기원하며 푸닥거리를 하라 하명하였다. 조만간 진정한 내 세상이 올 것이다. 잠이 든 아들 이마를 쓰다듬으며 새삼스레 이를 사려 물었다. 채워지지 않는 욕심보, 간악한 야심은 하늘을 덮었으니, 과연 하늘은 이 악인들을 언제까지 바라만 보고 있을 것인가?

그 다음날, 대궐 금원 연지(蓮池). 영회루에서 항시 그러했듯이 명국 사신들을 환영하는 연락이 크게 베풀어졌다.

연회는 장엄하고 화려하였다. 오색 채단 의대로 성장한 가희들의 춤과 노래가 곁들여지고 산해진미가 올려진 주반이 낭자하였다. 대궐 안에서 이처럼 장한 연락이 벌어진 것도 참 오랜만의 일이었다.

도도하고 강골(強骨)이시니 젊은 상감마마, 거들먹거리는 명국 사신들을 앞에 두고 심중의 오기와 불만이 부글부글 넘치고 있었다.

그러나 십여 년이 넘게 하여보신 접대였다. 모르는 척 사신에게 건네는 말씀은 정중하시고 은근히 그들의 기를 살려주는 척하였다. 다정하게 낭자한 배반을 연하여 권하시는 용안이 웃음빛이었다.

"전하께오서 소신들을 위하여 이렇게 큰 연락을 베풀어주시니 그 은혜에 심히 감읍하오이다. 단국과 아국이 땅은 멀되 그 우의가 선린하는 사이라, 말 그대로 부자지간이라 일컬어도 모자랄 것이 없을 것입니다. 아국의 폐하께서는 늘상 단국의 주상전하를 진정 친아들처럼 여기시는 줄 아옵니다."

돼지처럼 살이 찐 사신의 우두머리가 인사말이랍시고 하는 말이 그렇게 같잖았다. 그 말에 벌써 전하, 비위장이 뒤틀렸다.

'지금 제 나라와 우리 나라를 부자지간(父子之間)이라고 하였더냐? 단국을 제 나라 속국이라 생각하는 게군. 게다가 짐더러 무어라? 네놈 나라 국왕이 짐을 소자(小子)로 여긴다고? 그 말은 바로 짐더러 한갓 제후에 불과하다 그 말이니 말로는 듣기 좋아라 하되 은근히 짐을 깔고 보는 참이라, 이 인간들을 언제고 망신 주어 코를 납작하게 해주고야 말리라!'

용포 아래 주먹이 꽉 움켜쥐어졌다. 언제고 거만한 네놈들 목을 잘라 깃대에 높이 걸고 북도 땅을 휘저어줄 터이다. 심히 자존심이 상한 터로 왕은 지그시 이를 사려 물었다.

'늙어 망령난 네놈들 임금이 내 앞에 꿇어 엎드려 술잔을 바칠 날이 반드시 올 것이다. 내가 못하면 내 아들이, 내 아들이 못하면 그 아들이 할 터이다. 어디 두고 보자, 이놈들!'

그러나 젊은 왕은 겉으로는 아무렇지도 않은 듯 싱긋 웃어 보였다. 술잔을 살짝 들었다.

"짐을 항시 보살펴 주시는 폐하의 은혜가 하늘을 닿았습니다. 이 술잔을 들어 북쪽에 계신 상(上)의 만수무강을 기원할 것이오!"

다음에는 입에 종기가 나더라도 이런 낯간지러운 인사는 아니 하리라! 왕은 속으로 다시금 이를 으드득 갈며 쓰디쓴 입맛을 가리려는 듯 그 술잔을 단번에 비웠다.

입바른 소리이되 전하께서 저들 나라 왕의 만수무강을 기원한 터였다. 사신의 우두머리 역시 화답을 아니 할 수가 없었다. 하여 잔에 술을 채우니 궁녀가 다가와 그 잔을 전하께 바치었다. 그런 연후에 감히 음흉한 그가 왕에게 수작을 시작한 것이다.

"단국의 전하께서 우리 전하에 대한 충심이 이토록 깊으시니 소신은 그저 감격할 따름입니다. 헌데 전하, 소신이 연경을 떠나오기 전에 그저 재미이노라 하시면서 아국의 성상께서 두루마리를 하나 주시었나이다. 〈짐의 이 근래의 희락이 바로 즐거운 수수께끼를 푸는 일인데 듣기로 단국의 국왕께서 아주 영명하다 하시었다. 고로 짐과 더불어 수수께끼 놀음이나 한번 하여보자〉 이러하신 터입니다."

왕은 유들유들한 사신의 말 한마디로 단번에 명국의 임금이 전하 당신을 시험하려 한다는 것을 눈치챘다. 은근히 같잖게 굶이라, 단국의 국왕쯤은 내가 아래로 깔본다는 기색이 역력하였다. 고약하고 괘씸한 터로 빠드득 왕의 훤칠한 이마에 퍼런 심줄이 하나 돋았다. 저 망할 놈들을 당장 주리 돌림하여라! 일갈을 하고 싶지만은, 소국의 설움이다. 대놓고 그런 말은 할 수 없다.

목에 칼이 들어와도 모자란다, 못한다는 말씀은 아니 하시는 분이었다. 젊은 호기에 모욕당한 분함도 들끓었다. 결국 태연한 기색으로 그 고약한 시험에 뛰어드셨는데…….

 사신이 내어놓는 두루마리를 궁녀가 쟁반에 받쳐 다가왔다. 왕은 곁에 배행한 도승지가 건네주는 그것을 주르르 펼쳐 읽었다. 그런 왕의 모습을 음흉한 눈빛으로 사신들이 지켜보고 있는데,

 '아니, 이것이 무슨 말도 되지 않는 말이냐? 내년에는 공물로 〈바람〉을 보내라니. 게다가 무어라? 똑같이 자른 나무토막을 가지고 뿌리 쪽과 가지를 알아내라니? 이것이 무슨 말 같지도 않은 난제인 것이냐? 이 망할 놈이 짐을 골탕먹이려고 아주 작심을 하였구먼!'

 등 뒤로 진땀이 주르르 흘렀다. 겉으로는 태연하시되 속으로는 아연 당황해하는 왕이었다. 그러나 곧 죽어도 지기 싫어하는 도도한 성미가 아닌가? 어찌 그 많은 사람들 앞에서 풀지 못하오 하는 말씀을 하시랴? 심중의 곤혹스럽고 난감한 뜻을 태연히 감추며 시답잖다는 듯이 그 두루마리를 곁에 시립한 황이에게 다시 건네었다. 입꼬리를 비틀며 가볍게 이기죽거렸다.

 "핫하하, 대국에는 이렇게도 인재가 없는가? 겨우 짐더러 풀어라 한 난제가 이것이라니! 말을 할 것이며 실상 이깟 정도는 우리 단국에서는 삼척동자라도 풀겠소이다."

 "망극하옵니다! 심히 말씀이 괴로우니 허면은 단국의 국왕께서는 우리 명국의 인재들을 비웃는다 이 말씀이니까?"

 "핫차차. 사신께서는 그리 알아들으신 것인가? 그저 짐이 혼잣말

이니 괘념치 마시오. 좋소이다! 사신께서는 짐더러 지금 그대의 인재들을 비웃는다고 분해하는 모양인데, 그대의 국왕께서 보낸 난제는 이것이오. 사신께서 한번 풀어보시오? 짐이 이 난제를 그대가 풀면 명국의 융성한 문물을 인정하여 관을 벗고 자리에 내려앉아 그대에게 절을 하겠소이다."

아무리 저들이 같잖게 여긴다 하여도 일국의 주상이시다. 그런 분이 짐이 지면 관(冠)을 벗고 절을 하겠다고 나서는 데서 사신의 오만한 입이 막힐 수밖에 없었다. 장 내관이 황이의 손에서 두루마리를 받아 사신들에게 가져갔다.

대국 사신들, 씩씩대는 얼굴로 두루마리를 펼쳤다. 한참 동안 머리들을 맞대고 내려다보며 수군거렸다. 점점 사그라지다가 이내 풀이 죽었다. 종내는 꿀 먹은 벙어리처럼 입을 봉한 채 말이 없어지고 말았다.

그것 보렴? 도도하게 웃는 용안으로 왕은 대놓고 비웃어주었다.

"어찌하여 말이 없소? 난제를 대함에 있어 그대들도 풀지 못한다는 말이오? 핫하하. 일국의 대표하는 사신들께서 이런 것 하나 하답을 못하다니. 쯧쯧쯧. 어찌 짐이 명국에는 인재가 없다 비웃지 않을 것인가. 좋소이다. 기회를 한 번 더 드리지요. 달포 후에 그대들이 도성을 떠나는 날, 짐은 이 난제의 하답을 할 것이오. 그때까지 그대들도 궁리하여 답을 찾아보시오."

그것으로 잔치가 파하였다. 상궁 내관의 부액을 받으며 돌아서는 상감마마, 술기운까지 겹쳐 같잖은 놈에게 호령질을 당한 분함이 뼈골에 새겨진 수모로 차고 올랐다. 회랑을 돌아서다 용체를 돌이켰다. 눈 아래로 교자를 타고 사라지는 명국 사신들을 노려보며 고함을 꽉 질렀다.

"저 때려죽일 놈들! 언제고 짐이 사지분시를 하고 말리라! 꼴같잖은 것들이 감히 짐을 능멸해? 이 분함을 내 갚지 못하면 사내가 아니다!"

엉거주춤 따라오는 중신들을 바라보며 심중에 부글거리는 모욕감과 분심을 기어코 뱉어냈다.

"너들은 무슨 수를 쓰든지 명국의 난제를 풀어내라! 풀지 못하여 짐을 망신시킨다면 저놈들 대신 너들 목을 자르리라!"

"저, 전하, 한번 보시고는 냉큼 난제를 푸셨다 하지 않으셨나이까?"

어이가 없어 따라오던 영의정 홍이성이 어름어름 치받았다. 왕이 힐끗 그를 노려보았다. 눈빛이 벌써 심술맞게 뒤틀려 있었다.

"미쳤다고 감히 짐을 희롱하는 그깟것을 푼다더냐? 짐은 하명하는 자이지 능멸당하는 자가 아니다. 그런 것들은 경들이 알아서 할 일이지. 크흠! 무슨 수를 쓰더라도 사신들이 떠나기 전에 답을 알아오라."

너무나 얄밉고 손쉬웠다. 당신이 잘난 척 떠안은 바윗돌을 냉큼 중신들에게 넘겨 버렸다. 아주 홀가분하게 우원전으로 들어가 버렸다. 닭 쫓던 개 모양 중신들은 멀거니 왕의 뒷모습만 바라보며 서 있고…….

이것 난리가 났구나. 중신들이 무거운 짐덩이를 안고 대궐을 나왔다. 근심이 전부인 한숨 소리가 장하였다. 아니, 잘난 척 답을 인

혼자만의 춘몽(春夢) 105

다 큰소리를 치셨으면, 해답도 상감 당신이 찾아내셔야지 왜 애꿎은 중신들만 들들 볶는 것입니까요? 목구멍까지 치받은 말 한마디를 끝내 뱉지 못하고 어깨 축 떨어뜨린 채 삼삼오오 흩어졌다. 썩은 동아줄이라도 잡는다 하면서 심지어 중신들이 허연 수염을 떨면서 가내(家內)의 어린 아들에게까지 물어보고 다니는 일이 벌어졌다. 허나 아무도 난제의 답을 찾아내지 못하는구나. 근심근심, 대근심이로구나.

제4장 손안의 새?

교태전.

하얀 구름이 뭉게뭉게 뜬 파란 하늘 위로 미풍이 솔솔. 주인의 성품 닮아 늘 안온하고 조용한 그곳의 월동문을 넘어 들어서는 사내가 있었다. 시각 맞춤하여 글 스승 강두수가 강학을 하러 입궐한 것이다.

항시 중전마마를 생각하여 좋은 글씨 교본이나 명국서 들여온 귀한 서책들을 가지고 들어오곤 했다. 그날 경훈각 책상 앞에서 그가 내어놓는 것은 중전마마께서 경모하는 명필(名筆) 현호 선생의 필체가 그대로 담긴 서첩이었다.

"신이 명국서 공부할 적에 현호 선생을 뵐 기회가 있었지요. 신의 스승이신 동빈 선생께서 동문수학하시었던 인연으로 잠시 늘

씨를 사사하였나이다. 명국의 좋은 시를 현호 선생께서 골라 쓰신 터입니다. 마마께 잠시나마 기쁨이라면 한량이 없겠나이다."

"아이고, 이리도 귀한 것을 주십니까? 참으로 글씨에 광휘가 어린 듯하옵니다."

중전마마, 심중으로 존경하고 언제고 한번 보았으면 하는 분이 친히 쓰신 서첩을 안고 보물을 간직한 듯 마냥 좋아라 하였다. 당장 이 글씨본을 연습하련다 하시며 윤 상궁에게 문방사우(文房四友)를 재촉하시었다.

당의 소매를 동동 걷고, 정신을 집중하여 한 자 한 자 필선을 따라 글씨를 연습하였다. 마음은 급하고 뜻은 광대한데, 기운은 모자라고 실력은 일천하였다. 자꾸만 선이 삐득삐득해지고 어긋났다. 안타까워 중전마마, 입가에 보스스 민망한 웃음을 머금으며 강두수를 바라보았다.

"어렵습니다. 필획에 범접할 수 없는 기운이 서려 있음이라, 감히 베끼지도 못하겠습니다."

"선생은 대장부이시고 중전마마께서는 여인이라, 아무래도 글씨의 웅혼함이나 들이쉬는 숨결이 다를 것입니다. 신이 잠시 보아드리겠나이다."

빙긋이 웃으며 강두수 몸을 일으켰다. 탁자를 돌아 중전마마 곁에 다가가 수건으로 옥수를 싸안아 잡고 필획을 고쳐 주었다.

글씨 한 자에 두 사람의 숨이 고르게 어우러졌다. 야물지게 입술을 꼭 물고 붓끝만 바라보는 중전마마, 고른 호흡을 가르치며 이리저리 선을 따라 기운을 보태주는 강두수의 모습. 정신을 집중하여 글자 하나하나를 적어 내려가는 두 사람의 모습은 마냥 평화스러웠다. 더없이 다정하였으며 꼭 닮은 동류(同類)였다. 한결같이 어질고 정결하고 영리하였다. 무엇 하나 모자란 데 없고 꼭 맞는 한 짝이라. 누가 보아도 아름다운 광경이었다.

"이크!"

"에구머니!"

이윽고 두 사람의 입에서 똑같이 낭패의 소리가 터져 나왔다. 간신히 완성한 글자에 만족하여 내려다보며 정신을 팔았다. 미처 벼루에 놓지 못하고 중전이 들고 있던 붓에서 커다란 먹물 방울이 뚝 떨어져 마지막에 쓴 글씨를 망쳐 버린 것이다.

"대가의 먹물 한 방울은 화룡점정이라 하였는데 이 중전의 붓은 귀한 글을 망치는 터라 사족입니다그려. 호호호."

"이로써 마마께서 기억하실 일이 하나 더 늘었나이다. 글씨를 쓰고 난 후 제일 먼저 할 일은 반드시 붓을 제자리에 두어두는 것입니다."

"암만요. 스승께서 일러주신 것을 이 몸이 어리석어 만날 잊어먹습니다."

점잖은 농 한마디. 중전마마, 스승의 말에 부끄럽기도 하고 안타깝기도 하고 발그레 뺨을 붉히었다. 웃음기 머금은 눈을 들어 윤 상궁더러 소반과 들여라 하시었다.

드물디드문 중전마마 웃음소리가 찰랑찰랑 문밖으로 새어나갔다. 회랑을 돌아가는 나인 귀에까지 스며들었다. 움찔 멈추어 서서 공부방을 힐쭉 돌아보는 눈빛이 어쩐지 뾰족하고 기묘히였다.

'우리 중전마마는 저이 글 선생만 들어오면 엄하고 점잖은 척하다가도 영 딴판으로 변하시어 경박하더라? 보통으로 친밀한 게 아닌 게야. 은근히 얄궂고 기이하지? 체통에 벗어난 줄도 모르고 웃음소리라니. 아무리 글 스승이라 하여도 외간 사내 아니냔 말야.'

중전마마께서 신임하시어 곁에 두고 지밀로 부리는 나인 선이다. 윤 상궁 휘하에서 중궁전 금침을 관리하는 일을 맡고 있는 계집이었다. 금침을 펴고 개키는 일을 하는지라 대전마마와 중전마마 밤일 상태에 대하여 누구보다도 정확하게 졸졸 꿰고 있다. 은밀한 일을 가까이서 대하는 형편인지라 중전마마의 귀염을 제법 받고 있었다. 헌데 이년이 알고 보면 월성궁에서 꽂아놓은 교활한 간세였다!

중전을 간택한다는 말이 돌던 때부터 월성궁 희란마마가 중궁전 사정 살피려고 재빠르게 손을 썼다. 대전 나인이던 선이를 은근슬쩍 묻어들게 한 것이다. 물론 상감마마와 중전 고년이 동침하는지, 동침할 적에 잠만 자는지 제대로 승은을 주었는지 죄다 일러바쳐라 하고 작정하여 들이민 계집이다. 만에 하나 중전이 회임이라도 하면 안 되지! 중궁 사정 늘상 살펴 대전을 들들 볶고, 안 되면 요년 시켜 낙태하게 독이라도 쓰고지고 이런 악랄한 결심으로 들여놓은 년이다.

아아, 불길하여라. 이런 모질고 사특한 계집이 중전마마 곁에 늘상 붙어 있음에랴. 간악한 눈과 귀로 살피고 방정맞은 입을 함부로 놀리게 되면 예기치 못한 회오리바람이 불어올 터인데. 하물며 지금 월성궁에서는 어찌하든 들어가는 두 분 마마 수줍은 풋정을 박살 내고져! 하며 벼르고 있지 않는가? 이런 상황에서 중전마마와 강두수의 웃음소리가 희란마마의 귀와 눈인 선이 년의 모질고 비틀린 귀에 스며들었으니 이것 참으로 걱정이구나. 선이 년, 함지박에 담은 이불 홑청을 이고 입을 삐죽이며 회랑을 벗어났다.

아무것도 모르는 방 안의 두 사람, 사이좋게 차를 마신다. 한가로이 환담을 계속하였다.

"마마, 내일은 날도 좋으니 금원에 나가 난이나 치시지요. 그림 역시 문도(文道)를 이루는 좋은 방법입니다."

"그리하지요. 오랜만에 스승의 난을 구경하는 안복을 누리겠습니다. 이 몸이 견문은 어둡지만, 스승의 그림 솜씨는 글씨나 학문만큼이나 일가를 이루신 터라 참으로 아름답습니다. 차 듭시지요. 참, 대전께서도 난을 치신다는 이야기를 저가 하였던가요?"

중전이 소반과 상의 음식을 다정하니 권하였다. 강두수, 빙긋이 웃음을 머금었다. 지엄하고 조용하신 분이되 안즉은 소녀이다. 마음 터놓고 있다 여긴 스승을 앞에 두고 이렇듯이 명랑하시다. 친정 오라비처럼, 오랜 지기처럼 미주알고주알 속 이야기도 곧잘 하였다. 그만큼 적적하고 답답하다는 뜻이리라. 그만큼 강두수 그를 믿고 허물없이 신임하신다는 이야기이기도 했다.

"조하 일이 마냥 분주하실 터인데 성상께서도 난을 치십니까?"

"대전마마께서 강골이시니 무훈만 장하시다 하지요. 하지만 그리 아니 보이셔도 문도(文道)도 대단하시답니다? 학문에도 이미 일가를 이루시고요, 난도 잘 치시고요. 글씨도 어린 날부터 도승 선생께 사사하시어 몹시 볼만하다 칭송합니다. 난도 그때부터 치기 시작하셨는데, 참말 멋지답니다. 저가 내전상궁에게 하녕하여 파지라도 다 모아오너라 하였지요. 비단으로 겉을 싸서 항상 품에 안고 산답니다. 한번 보실 테야요?"

상감마마 그리다 만 난 그림 파지까지도 귀하여서 아까웠다. 일일이 주름 펴고 고이 묶어 화첩을 만들었다. 마치 보물인 양 쓰다듬으며 애틋하여 미소 지었다. 스승의 입에서 그분의 칭찬을 한마디 듣고자 쫑긋 귀를 세웠다.

"신이 미천하되 안복은 거하여서 그림을 다소 볼 줄 안답니다. 상감마마의 솜씨를 보자 하니, 선의 예기가 출중하시고 기운이 마냥 푸릅니다. 항시 모진 바위틈에 뿌리박고 기운차게 뻗은 난을 그리시니 이는 불굴의 기상이라. 주상전하의 복력이 심히 강건하시고 영걸찬 덕분입니다. 앞날이 번성하실 것입니다."

강두수는 기대에 찬 중전의 눈빛을 외면할 수가 없었다. 그리다 만 그림까지 일일이 짚어가며 듣기 좋게 조근조근 아뢰었다. 정인인 지아비의 복력이 출중하고 재주가 아름답다는 이야기를 들었다. 마치 자신이 칭찬을 들은 것처럼 좋아서 중전은 어쩔 줄 몰랐다.

탁자 하나 사이 두고 마주 앉았다. 서너 자 지척간. 천 리 만 리 아득하게 먼 마음. 강두수, 감히 고개 들어 어진 옥안 바라보며 희미하게 미소를 지었다. 모처럼 즐겁고 기쁜 낯빛 보이시는 중전마마가 마냥 아름답고 한없이 짠하였다. 제대로 한 번 돌아보지도 않는 무정한 지아비를 가슴에 담아 순결하게 사모하며 저리도 애절하게 그리워하심이라. 더없이 귀하고 아름다운 분이 어찌 저리 슬프게 애젼하게 사셔야 하나.

지엄한 사직의 안주인이되 그의 눈에는 그만 한 송이 호젓한 옥잠화요, 고운 소녀일 뿐이다. 감히 눈을 들어 마음에 담아보며 나이 서른 장성한 사내 강두수. 참으로 애절하고 마음 설레고 슬프고 아련하고 행복한 이상한 심사를 경험하는 것이었다.

'미천한 신이 마마를 위하여 할 수 있는 일은 겨우 이것뿐입니다. 잠시나마 행복하시다면 되었나이다. 무엇이든 해드릴 것이옵니다.'

난폭하고 무정한 지아비 왕으로 인하여 날마다 상심하고 시름에 겨운 얼굴. 그늘이 깔린 울적한 자태를 보노라면 가슴이 미어터졌다. 천상의 선녀라 해도 좋을 만큼 귀하고 다정한 이분을 상감께서는 어리석어 보잘것없는 누더기처럼 차고 다니는구나. 주먹이 불끈불끈 쥐어졌다.

대전과의 불화 속에서, 날마다의 억지 트집에 속이 상하시어도 차마 말은 못하고 애써 아닌 척 미소 지으신다. 허나 간간이 허공을 응시하며 깊은 한숨에 안개 그늘이 낀 옥안을 바라볼 때마다 강두수 그 역시 아뜩하여 깊은 심연에 잠기는 것 같았다. 마음이 저려 박박 긁어내리고 싶었다. 간질간질 버물린 주름이 차곡차곡 굳어져, 남겨져서는 아니 되는 연민과 속앓이의 더께가 깊어졌다.

'구중심처 깊은 곳에 앉은 중전마마이시되 허울만 좋을 뿐, 사실은 조롱 속의 새로 사는 신세. 무정한 등만 바라보며 살아가는 분이라. 신은 이리도 마마께 해드릴 것이 없습니다.'

고적하고 외로운 마음을 그저 글공부로나 달래고 스승으로 오라비로 벗으로 강두수 자신만을 의지하는 중전을 느낄 때마다 마냥 짠하였다. 가련하게 느끼는 속내만큼 느껴서는 아니 될 헛된 사련(邪戀)

이 자꾸만 뭉게구름처럼 피어나니 어쩌란 말인가? 이를 어쩌란 말인가?

오후나절 햇살이 반쯤 열린 지창(紙窓)을 통하여 스며들었다. 옆얼굴로 밝은 햇살 받으며 모처럼 맑게 즐겁게 웃고 계시는 중전마마. 차마 훔쳐보아서는 아니 될 아름답고 어진 옥안을 아뜩하고 슬픈 마음으로 훔쳐보는 글 스승의 애달픈 마음은 꿈에도 짐작하지 못하는데…….

얼마 후 시각이 늦어질 사 중궁을 나오는데 호조좌랑 하용지를 만났다.

"인제 나가시는가?"

"예. 다른 날보담 좀 늦었습니다. 어찌나 중전마마께서 차 한잔 하고 가라 권하시던지요. 영감께서는 어인 일입니까?"

"나야 내탕금일이며 중궁전 살림을 고변하는 일을 맡고 있지 않는가? 나가보시게."

조용히 읍을 하고 돌아서는 강두수를 하용지가 바라보았다. 입가에 대견한 미소가 어렸다.

'참 잘났단 말이지. 후기지수라 하여도 학문으로 보나 인품으로 보나 진정한 선비라 할 만하니 중궁 글 스승은 잘 뽑았단 말이지. 지혜와 학덕을 겸비하니 감히 저이 말고 누가 지존의 스승이 될 수 있으랴?'

돌아서던 하용지는 참하고 이마를 쳤다 급히 몸을 돌이켜 석전(강두수의 호)! 하고 부르자 강두수가 발을 멈추었다.

"자네 시간이 좀 있는가?"

"어이 그러하십니까? 분주하지는 않습니다만은."

"허면, 나하고 이야기 좀 하세."

하용지는 막무가내로 강두수를 끌고 기둥 그늘로 갔다. 지푸라기라도 잡는 심정이었다. 오죽 급하였을까? 무작정 답을 내라 재촉하였다.

"내가 하도 급하여서 그러네만 자네, 혹여 바람을 공물로 가져가는 방법을 들을 바 있나? 자네는 명국서 공부한 사람이라, 그곳에서 오가는 수수께끼도 들었을 것 아닌가?"

"바람을 공물로 가져가요? 어찌 그것이 가능합니까? 말도 되지 않는 소리이지요."

"그런 말도 되지 않는 억지를, 헌데 명국서 부린다네. 명국 임금이 수수께끼를 보내왔는데, 아, 글쎄, 바람을 공물로 보내라는 것이야. 이를 풀지 못하면 아국의 대망신이라. 상께서도 그러하시거니와, 온 중신들이 골머리를 싸매고 있거든. 자네가 학식이 높고 지혜가 깊으니 곰곰이 한번 생각하여 보시게. 하답을 찾아보란 말이지."

"알겠습니다. 소생도 성균관 나가 이리저리 하문하여 봅지요. 그럼."

인사를 하고 강두수는 중궁 문을 나섰다. 이러저러하여 퇴궐 시간이 다른 때보다 늦었다. 마음이 급하다. 책보를 끼고 잰걸음으로 걸어갔다.

헌데 공교롭기도 하지. 하필이면 격구장에서 호위밀들과 격구 한 순(巡)을 뛰기 위하여 달려가는 상감마마 거동과 마주칠 것이 무엇이란 말인가?

홀가분한 전포 차림에 시정 사내들처럼 이마에 건을 둘렀다. 말 배에는 격구채를 달고 비단 술 휘날리는 등채를 잡고 왕은 꼿꼿이 허리를 곧추세운 채, 늠름한 흑마를 타고 달려나가고 있었다. 상감마마 뒤로는 똑같은 차림의 호위밀들 수십이 말을 타고 뒤따르고 있다. 대전 지밀상궁들과 내관들까지도 말을 타고 따르니 그 행렬만도 한참 길었다.

지존의 용안을 감히 맞대면할 수 없음이다. 강두수는 다른 이들과 마찬가지로 흙바닥에 엎드려 고개를 숙였다. 오만하게 고개를 곧추세운 왕을 태우고 무심하게 검은 말은 흙바람 소리를 내며 강두수를 스쳐 지나갔다.

'늠름한 대호(大虎) 같으시구먼.'

천천히 일어난 강두수는 저만치 지나가는 왕의 뒷모습을 바라보며 그렇게 중얼거렸다.

약관 스물이 넘으시사, 귀까지 뻗친 검미이며 옥같이 하얀 용안. 거뭇해지는 턱수염이며 떡 벌어진 어깨가 늠름하였다. 누구라도 한번은 돌아보며 감탄할 만큼 훤칠하고 아름다우며 잘난 사내꼴이 완전히 자리 잡힌 모습이었다. 지존으로서도, 사내로서도 기틀이 딱 잡혀 누가 대하여도 절로 승복하게 될 만큼 당당하고 또 장엄하시다 싶었다.

'허나, 용안의 도도한 고집이며 오만한 기색이 옥의 티로구나. 뉘가 있어 지존의 허물을 가르치고 경계하여 고쳐 줄 것이냐? 대왕대비전 한 분이 계시되 척이 지어져서 왕래가 끊긴 지 오래이니 말이야. 하물며 대군들께서는 월성궁의 이간질로 대궐문을 넘지 못하게 된 지 오래. 뻗치는 그 성질을 달래고 가르치실 분이 아무도 없음이라. 쯧쯧쯧, 하는 수 없는 것이야. 천성대로 살아가시는 것이지.'

강두수는 홀로 생각하며 쓴웃음을 지었다. 고약한 일이지만, 중궁전 강학을 담당하면서 지켜보고 들은 바에 의하면 제멋대로 뻗치는 왕의 오만하고 방자한 행동은 바깥에서 볼 때보다 더 장하였다. 월성궁의 요녀(妖女) 때문에 멀리하는 중전마마를 대하시기 거칠고 체모에 벗어날 정도로 무정하다 함은 상상보다 더하였다.

'가엾을 손 우리 중전마마. 저런 분을 지아비로 여기며 평생을 사모하여 바라보아야 한다니. 지존이라 허울만 좋으면 무엇 할 것이며 호사광영을 누리면 무엇 하나. 마음에 낙이 없고 허구한 날 살얼음판. 천하에서 가장 귀한 분을 모셔다가 저리도 괄시하고 박대하시는 분이 무슨 성군이란 말인가? 수신제가(修身齊家)여야 치국평천하(治國平天下)라 하였거늘.'

행렬이 거의 끝나가는 듯하여 강두수는 천천히 몸을 일으켰다. 발길을 재촉하여 궐문을 나섰다.

그런데 무슨 얄궂은 운명일까? 궐문을 나서는 강두수는 꿈에도 모른다. 말을 타고 무심히 지나치는 듯해 보이던 왕이 강두수를 유심히 눈여기고 있었던 것을.

처음에 관복을 입은 사람들만이 드나드는 궐에 하얀 무명 도포를 입은 선비가 나타난 터라 의아하였다. 신기하기도 하였다. 스쳐 지나며 곁눈질로 힐끗 훑었다. 거참! 잘났구먼. 낯모르는 그 선비, 옆구리에 책 보따리를 끼고 무명 도포에 헌 갓을 쓴 조촐한 모습이

되 훤칠하고 사내다운 모습이 그야말로 낭중지추(囊中之錐)요, 군계일학(群鷄一鶴)이었다.

대체 누구지? 사내인 왕이 보아도 당장 호감이 가고 알고 싶다 여긴 그 사내의 정체. 금세 마상격구 시합에 열중하느라 잊어버리지만 이미 그의 존재가 상감마마 뇌리에 새겨진 것인데. 이것이 복일까, 화일까?

안즉도 왕은 강두수가 중궁을 드나드는 글 스승이라는 것을 모른다. 자기가 허락해 놓고서도, 그냥 왕의 주변에 많은 글 스승처럼 희멀금한 염소수염의 늙은이라고만 여기고 있었다. 그처럼 잘난 사내인 줄은 꿈에도 알 리 없는 상감마마. 하물며 왕비가 강두수 그를 마음의 벗으로 스승으로 존경하며 의지하는 단 한 사람이라는 것은 당연히 알 수가 없다. 그런 터로 강두수의 마음속에 깊다이 감춰둔 열정의 소용돌이를 알 리는 더더구나 만무한데.

흐음, 이것 점점 더 재미있어지는구나!

그 다음날. 낮강을 마치고 왕은 대궐에 입시한 중신들 모두를 편전으로 불러들였다. 당신 마음에 그나마 영명하여 의지할 만한 이들이다 하신 사람들이었다. 학문 높고 지혜롭다 소문이 난 이들이 모다 모인 것이니 명국 임금이 낸 그깟 난제 하나 못 풀랴 쉽게만 생각하신 듯하였다.

"그래, 짐이 하명한 바, 난제를 풀었소?"

"마, 망극하옵니다, 전하."

하나같이 진땀만 흘릴 뿐 대답이 없다. 아무도 나서는 자가 없었다. 이런 멍청이들. 훤칠한 미간 사이에 빠지직 푸른 신경질이 돋았다. 노염을 주저리주저리 달고 왕이 냅다 고함을 꽥 질렀다.

"중신들이라 하는 것들이 이렇게 많고 많은데 그중에서 이깟 수수께끼 하나 풀지 못하는 것이냐? 명색이 과거 시험 합격하여 글줄이나 익혔다 자부하는 인간일진대 이런 쓸모없는 것들이 있나? 쯧쯧쯧. 답답이, 답답이! 이를 풀지 못하면 대체 아국의 체면이며 짐의 낯이 무엇이 되겠는가 말이다!"

중신들 모두 다 민망하고 죄송하여 식은땀을 흘리며 고두하였다. 왕은 격한 성정답게 이맛살에 내 천자를 그리면서 주먹으로 서안을 내려쳤다. 용마루가 날아갈 듯이 골을 벌컥 내시었다.

"멍청한 이 노릇 하려 녹봉을 받아 처먹느냐? 이런 못난 밥벌레들! 모다 관복 벗고 강물에 가서 빠져 죽어라!"

듣기조차 망극한 극언까지 서슴지 않으셨다. 이런 힐난에 주상의 노염을 받았으니 어찌 두렵지 않으랴? 윗방에 꿇어 엎드린 중신들 모다 민망하고 부끄러워 얼굴을 들지 못하였다.

"명국 사신들이 도성을 떠날 날이 인제 열흘밖에 남지 않았냔 말야. 진정 너들이 짐으로 하여금 그 거만한 놈들 앞에 무릎 꿇고 앉아 관을 벗고 절하는 망신을 당하게 하여야겠더냐? 무슨 일이 있어도 명국 사신들 떠날 때까정 답을 찾아내라. 만에 하나 짐을 망신시킬 시에는 너들 목이 대신 잘려 까마귀 밥이 될 것이다!"

악 소리도 내지 못하게 눌러두고 왕은 골이 나서 씩씩거리며 우원전으로 나왔다.

"에잇. 밥벌레들 갇으니라고! 저런 것들이 대진을 재우고 있으니

손안의 새? 119

짐 일 무엇이 잘되겠더냐? 쯧쯧쯧."

기분이 좋지 않으니 입맛이 돋을 리 없다. 반도 하지 못한 수라 물리고 양치물을 찾았다. 면건과 양치 소금 바쳐온 김 내관 놈이 간 살스럽게 입을 오물거렸다. 왕은 힐끗 고개를 돌렸다.

"무엇이냐?"

"전하, 월성궁 마마께서 몸져누우셨다 합니다."

이 말씀 한번 곁두리치고자 사흘을 별렀다. 주머니 속의 전낭 무게를 생각하며 김 내관은 최대한 애처롭게 희란마마 사정을 아뢰었다.

"자리보전하신 지가 벌써 꽤 되었다 하였나이다. 이제나저제나 월성궁으로 납시실까 하냥 까치발을 하였답니다. 밤마다 늦게까정 뜨락에 내려 기대리셨다는데, 섬약한 분이 몇 날 며칠 차가운 바람을 맞으며 한 데서 밤을 꼬박 새우다시피 하신 것이 여러 날이라, 어찌 탈이 나지 않겠습니까?"

"조하 일이 한가하면 어련히 한번 나갈까? 흥, 얌전스레 근신하는 줄 알았거늘 시각이 다소 지났다 이 말이지? 또다시 같잖게 구는구먼."

저절로 이맛살이 찌푸려졌다. 영명하신 분이니 병치레가 반은 거짓이라는 것을 보지 않아도 직감하였다. 희란마마의 휘말아 감겨드는 간교한 행태에 어디 한두 번 당하였어야지. 몹시도 귀찮다는 생각이 먼저 들었다. 이러는데 지밀상궁이 살그머니 다가왔다. 용안을 살피며 조심스레 아뢰었다.

"중전마마께서 옥체 정결치 못하니 부대 이날도 우원전에서 침수하시었으면 하고 기별하옵니다."

 사흘 전부터 중전이 달거리 중이었다. 우원전에서 침수하란 것을 깡고집부려 교태전에 들어갔지만 법도 따지는 상궁들이 도무지 그녀에게 가까이 가게를 해야 말이지. 마냥 건드리고 싶은 왕비를 두고서도 만장같이 넓은 동온돌에서 홀로 침수하여야만 했다. 중전 말고는 이 세상 그 누구에게도 거부당한 적이 없는 상감마마, 대뜸 분하고 노엽고 무안하였다. 금세 입이 댓발은 튀어나왔다.

 우리 같이 잘 지내보자. 한번 얼려 정분을 이어보자. 아무리 왕이 설레발치고 툭툭 건드리면 무엇 해? 외손뼉이 소리나는 것 보았더냐? 만날 옵시어요 하여도 모자랄 판에, 어리석은 요것이 지아비 속 맘도 모르고 도망갈 궁리만 하는고나. 무슨 기회만 되면 좋아라 하면서 냉큼 나서기를, 제발 들어오지 마시어요 사정사정. 이게 무슨 희망이 있노?

 '제발 발길만 옮겨주시어요. 신첩의 일세 광영이옵니다. 안 오시면 이 몸 죽어집니다, 요렇게 대난리를 부리는 계집 두어두고 저한테만 갔거늘! 그 맘도 몰라주고 짐더러 오지 말라고 하여?'

 그동안 꾹꾹 눌러둔 억지 심술보가 기어코 터지고 말았다. 대답 없는 메아리라, 참으로 무정코나. 써늘하게 몽 상궁을 노려보며 애꿎은 화풀이를 해댔다. 씩씩 부는 콧김이 선불맞은 산돼지에 비할거나.

 "흥, 저가 오지 말라 하는데 미쳤다고 갈 줄 아니? 야야야, 집도 하나 아쉬운 것 없단다? 이 밤 〈월,성,궁〉 나가니 아주 〈편,안,하,게〉 푹 쉬시라 하여라! 같잖은 것. 감히 못난 저가 짐을 두고 내소박에 이

깃장을 놓아? 참말 웃기지도 않는구먼?"

너가 내소박 놓니? 짐도 너를 두고 외소박주련다. 킁! 누가 너 같은 것한테 목매는 줄 아니? 웃기지 말아라. 요런 철없는 심술이 부글부글 잡탕죽처럼 끓어올랐다. 에라잇! 명국 난제 때문에 헝클어진 심사, 옆에 오지 말라는 중전 때문에 더 엉망이 되고 말았다.

'저가 중전이라면 말야. 짐의 심기 불편한 것 살펴서 살살 달래주고 말야. 짐의 고민 같이 덜어주고, 이해해 주고 이런 것이 지어미 도리지 말야. 흥! 어찌 저리 냉냉하고 차디차냐? 아주 얼음이 얼겠고나!'

반은 복수심, 반은 억지 삼아 냉큼 말 잡아타고 보란 듯이 월성궁 나가신다. 처음에는 나갈 생각이 손톱 끝만큼도 없었다. 헌데 중전에게 밀려났다는 분함에 그만 부르르 못된 성질머리가 터진 탓이다.

어이구, 약관 넘은 장정이면 무엇 해. 하는 생각이야 이렇게 철없는 일곱 살짜리만도 못한 상감마마야. 옥잠화 같은 어린 중전 버리고 활짝 피다 못해 문드러진 모란꽃 같은 잉첩 찾아 월성궁 가는 주제로다. 그러면서 염치도 없지. 왕비 생각은 또 왜 하는 것이냐?

'짐이 월성궁으로 나가면 비(妃)는 이 밤에 무슨 생각을 할까? 섭섭하여 울까? 짐이 저를 괴롭히지 아니한다 안도를 할까? 시앗보면 부처도 돌아앉는다 하는데 아무리 짐에게 마음 없어도 그래도 안해인데 새암은 좀 하여줄까? 쳇, 그래 주었으면 좋겠는데.'

중전 생각으로 가득한 뇌리 속에 이제나저제나 까치발을 하고 기대리는 희란마마가 들어갈 구석이 좀처럼 없다.

편벽되고 외골수라, 한 번 마음먹으면 홈빡 그것에 쏠려 다른 것을 돌아보지 못하는 왕의 성정. 겉으로는 아니라 하는데도 이미 돌려져 버린 마음의 지침(指針). 골수에 박혀 버린 한 사람의 존재는 인제 더 이상 월성궁의 사람이 아니었다. 있는 듯 없는 듯 맑은 무채색 같은 사람. 조용하고 어질고 기품있는 왕비. 천지신명이 짝이라 정해준 바로 그 사람. 왕은 이미 어린 중전을 깊이 외사랑하고 있었다. 아니다 하고 부인하여 보았지만 마음목을 까뒤집어보니 벌써 그 안에는 희란마마의 그림자는 사라지고 중전이 들어 있었다.

'오라 한 적 없는데 어느덧 가득 찼거니. 아니라 고개 흔들었지만 그대를 바라게 되었지. 자꾸만 자꾸만 가까이하고 싶어. 그대는 아니라도 짐은 그래. 이 욕심이 그대 또한 같다면 얼마나 좋을까?'

한 번도 의도한 바 없고 그럴 것이다 미리 생각하지 않았는데, 왕비는 어느덧 도도한 왕의 외골 마음의 주인이었다. 한 번도 외사랑 따윈 하여보지 않은 그가, 그깟것 하며 지독히도 구박하며 차고 다닌 그가 먼저 수줍은 사모지정에 빠진 터라 홀로 좋아하며 고개 돌려 바라보는 시선은 늘 가난하고 애달팠다.

좀 웃어주지. 먼저 오라 하여 주면 얼마나 좋아. 생긋 미소 지어주지. 안겨주고 저가 먼저 짐더러 사모합니다, 말하여 주면 참 좋을 것인데…….

말 타고 월성궁 대문 안을 듭시는 그 순간까지 왕은 병들어 곧 죽게 생겼네 난리치는 희란마마 걱정은 하나도 아니 한다. 어린 중전 생각만 하며 싱긋 웃음을 짓는 무정한 왕이여. 야속한 사내 마음이여.

거뭇한 어둠 속에 묻힌 월성궁의 용마루를 건너다보며 무연히 지나치는 전하. 등 뒤로 서럽게 하얀 달이 따라간다.

월성궁 요운당.
참으로 오랜만에 발길하신 상감마마를 맞이한 희란마마. 처연한 소복 차림 하고 더없이 순후한 표정이다. 버선발로 달려나와 자리에 모시었다. 날아갈 듯 나부죽이 엎드려 절하는구나. 벌써부터 울먹울먹 눈 아래에 감사하다 감격의 눈물이 할끔 떨어지고 있었다.
"마마, 정말 감사하옵니다. 이미 신첩은 가을부채 신세. 오직 하나뿐인 아들놈은 왕자로 인정도 받지 못하였고 마마의 정은 나날이 멀어지는 줄 알았습니다. 그저 죽을 날만 남았다 하였는데, 흑흑흑. 이리 찾아주시니 성은이 망극하옵니다. 중전마마와 알콩달콩 행복하신 터로 신첩을 까마득히 잊은 줄 알았사와요."
"사내대장부가 약조한 일인데 설마 그러할까 봐. 눈물을 그치오."
덤덤하였으나 제 평생 책임진다는 말씀을 천연덕스럽게 내뱉었다. 계집들 요염 부리는 수단이라, 하나에서 열을 꿰었으니 급할 것도 없고 무서울 것도 없다 하는 느긋한 용안이다. 인제는 저를 용서하여 웃음기라도 머금으면 좋으련만, 곁눈질하여도 용안이 어지간해서는 풀리지 않았다. 힐끗 바라보더니 마지못해 안부를 물었다.
"자리보전하였다 허더니 몸은 어떠하오?"
"그만하옵니다. 마마께서 신첩만 아니 버리시면 이 몸 병이 왜 나겠어요?"

살그머니 흘겨보며 뚝뚝 떨어지는 애첩의 요염에 왕은 짜증스럽게 턱을 쓸어 내렸다. 난처하면 나오는 버릇이다.

"누가 버린다 하였나? 왜 쓸데없는 말을 하노? 그러면서 제 홀로 애꿎은 가슴을 달달 볶는 게다."

홀몸 되어 돌아온 누이의 청결한 정조를 함부로 깨뜨렸다 하는 것은 왕 스스로 아무리 벗어나려 해도 빠져나올 수 없는 덫이다. 게다가 그녀 하나를 얻자고 그가 벌인 실정(失政)이 어디 한두 가지여야 말이지. 앞에 앉은 여인은 왕이 깊이 부끄러워하게 된 과거의 다른 이름이었다. 자존심 강하고 도도한 왕으로서는 자신이 지난날에 저지른 잘못을 절대로 인정할 수 없었다. 그렇기에 인제는 식어버린 이 여인과의 관계도 부인하고 싶지 않은 것이다. 그것이 설사 홀로 사모하는 어린 지어미를 울리는 일이라도.

왕은 갈등 서린 표정을 감추려 애쓰며 굳게 입술을 다물었다. 체념처럼 한숨을 내쉬었다. 짐은 어찌 이토록 경솔하게 풋정을 함부로 주어버렸을까?

"몸조심하오. 누이는 짐의 큰 기쁨이오. 한 번 맺은 연분이라 세월 간다고 잊혀지나. 흠흠흠."

철없는 어린 시절 불물 가리지 않는 그 세월, 어찌 되었거나 기쁨이 되고 의지가 되며 같이한 사람이다. 평생 책임지마 맹세하며 싫다 하는 사람을 취하였던 터인데 책임을 져야지. 마지못해 한마디. 무거운 추를 단 것처럼 속내가 무거워지고 있었다.

'군주가 되어 한 번 입 밖으로 낸 맹세를 지켜야 하지 않는가 이 말이다. 누이에게는 짐뿐인걸. 누이가 불쌍하지. 교대전의 시람은 어차피 짐이 훙서하여도 대비전이며 위세 부릴 정궁이 아니냐. 비는 법도 따라 평생 귀한 팔자이되 누이는 나만 보는 사람이라. 내가 없으면 당장 가련해지는 인생이거든. 허기는 애초부텀 짐 얼굴만 보아도 자지러지고 마냥 꺼리는 중전이니, 홀로 그이 때문에 애끓는 이 마음도 하릴없구나.'

두 여인을 두고 이리저리 고민하는 표정이 고스란히 드러났다. 결국은 희란마마 편이 될 수밖에 없음이라. 추가 기울었다. 간특하고 눈치는 재빨라 희란마마, 속으로 붉은 혀를 날름하였다. 나부죽이 두 팔 짚고 상감마마 무릎 앞에 팍 엎어졌다. 애처로이 훌쩍거렸다.

"흑흑흑. 감사하옵니다. 전하, 제발 이 누이를 외면하지 마시어요. 마마께 버림받으면 신첩은 죽는 수밖에 없답니다."

목석도 감동시킬 만한 애끓는 사설과 눈물이 또로롱 또로롱 잘도 구른다. 아무리 철석같은 마음이라 할지라도 계집의 눈물 앞에서는 누그러지고 노골노골 부드러워지는 것이 이치. 상감마마, 비로소 다소간 부드러이 용안 풀고 말태 좋이 위로하시었다.

"인제 그만 하오. 짐의 마음은 하나도 달라진 것이 없소."

"그런 분이 어찌 날이면 날마다 중궁전 듭시어 침수 같이 하시는 가요? 이 몸 따윈 잊어버리셨지 무어? 흑흑흑. 야속하셔요. 아무리 중전마마 승은 주시고 새로 도는 풋정이 좋다 하나 묵은 장맛 당하리까. 절절하고 오래인 우리 정만 못할지니. 마마만 믿고 사나이다. 영영 신첩의 단심(丹心) 버리지 마시어요? 네에?"

애끓는 하소연과 절절한 사설을 난감한 눈빛으로 가만히 듣고 있던 왕의 표정이 갑자기 묘해졌다. 제 설움에 눈이 멀어 미처 희란마마, 멈칫 굳어져 버린 왕의 기색을 눈치채지 못하였지만. 흘러가는 말 한마디였을 뿐이다. 상감마마께서 교태전에 듭시어 밤을 지새는 것은 이미 비밀이 아님에랴. 바람따라 소문따라 들었소 하면 될 일. 희란마마, 아직도 제가 얼마나 커다란 실수를 하였는지 조금도 알지 못하였다.

왕은 손을 들어 턱을 어루만졌다. 흠흠, 헛기침을 했다. 용안에 서린 동요를 감추기 위해서였다. 흑흑 거짓울음을 지어 보이는 희란마마 등을 내려다보는 눈빛이 번쩍 노엽고도 차가웠다.

'이것 듣자 하니 실로 기함할 일이군! 짐이 교태전에 들어 중전과 몸을 나누고 밤을 함께 보낸 것은 사실이되 비로소 오늘에야 월성궁에 발길을 한 것임에랴. 비와 짐이 가까이하였다는 것을 누이가 어찌 알지?'

번쩍 하고 내리꽂힌 의심과 의혹이었다. 서리서리 피어오르는 의구심으로 왕은 잠시 침묵했다. 다만 입 열어 말을 아니 하였을 뿐이다. 허나 왕은 송곳처럼 날카로운 눈과 귀를 항시 열어두고 있었다. 지난번 간세 일로 깨달은 묘한 불길함. 모락모락 느껴지는 역모의 징조라. 감히 지금 어떤 놈이 지척에 스며들어 궐 안 동정을 살피느냐. 첩자질을 하여 바깥으로 짐의 하명을 엿들어 빼내느냐 신경이 곤두서 있는 참이다.

"누이는 짐 하는 양을 다 알고 있구라? 무서워 도통 짐은 딴짓을 못하겠소. 요 눈이 매 눈이야?"

왕은 짐짓 모르는 척 천연덕스럽게 굴었다. 은근슬쩍 손목 집으며 부드러이 헤아렸다. 의기양양. 어수룩한 상감이 인제 또 내 치마폭에 말려들었구나 자신한 희란마마, 샐긋 웃으며 야양 반 으름장 반 눈웃음을 쳤다.

"마음먹자 하면 전하께서 무엇을 하시는지 모를까 봐? 신첩을 속일 생각일랑 아예 하지 마셔요!"

너가 까불어보았자 다 내 손아귀에 있음이다. 이 치마폭에서 벗어날 생각 말아라. 짐짓 부리는 앙탈에 왕이 핫하 웃었다. 귀여운 듯 대견한 듯 희란마마 볼을 살며시 어루만지며 희롱하여 유쾌하게 소곤거렸다.

"짐이 하는 일일랑은 예 앉아 있어도 다 꿰고 있다? 그러니까, 지금 누이가 짐 곁에 눈과 귀를 묻어놓고 짐이 무엇을 하나 월성궁 앉아서 다 헤아리고 있다 이 말이오?"

"그러기를 잘하였지! 흥, 전하께서 신첩의 눈을 속이고 도둑괭이 짓을 하시니 어찌 아니 그러겠어요? 이 누이 속이고 은근슬쩍 새 계집 찾으시잖아요 무어."

왕이 희란마마 야들탱탱한 젖가슴을 한번 우왁스럽게 움켜잡아 희롱하며 속삭였다. 부드러운 용안에 봄바람 같은 미소가 머금어져 있었다.

"흠, 짐이 고 못난 중전에게 눈이라도 돌릴까 봐 앙큼쟁이가 그리 방비하였구먼. 요 꾀주머니는 어찌 이리 민첩한가? 주안상이나 들이소. 짐이 이 밤에 한잔 먹고 방탕할라오. 중전 고것이 어질기는 하되 깐깐하고 재미없어 아주 짜증이 났거든. 이 밤에 짐더러 어떤 즐거움을 주려나? 기대가 크오."

그럼 그렇지. 요렇게 내가 작정하고 꼬시면 당장 엎드릴 분이면서. 희란마마 안도의 한숨 쉬며 눈물 젖은 볼을 들어 살긋살긋 미소 지었다. 방탕한 애교를 부리는 모습이 마치 술에 취한 해당화다. 심중에 피 뚝뚝 떨어지는 대꼬챙이 하나 박아두고도 왕은 짐짓 다 속아 넘어간 듯 어리석은 듯 파안대소(破顔大笑), 대뜸 희란마마 보들보들한 팔목 잡아 옆에 앉히었다.

소리없이 방문이 열리고 주안상이 들었다. 그 밤의 안주거리이니, 화려한 비단옷으로 차려입은 경조와 옥선이 지분단장하고 살포시 고개 숙이고 따라 문을 넘었다.

절세가인(絕世佳人), 경국지색(傾國之色)이라. 비 맞은 장미화련가, 이슬 머금은 도화이련가, 봄바람이 흔들고 가는 수양버들인가. 산들산들 걸어와 나부죽이 꿇어앉아 소담하게 절하였다. 수줍은 척 부끄러운 척 살그머니 드는 아미. 곱기도 하지. 검은 눈에 다홍빛 끈적한 추파를 담고 유혹의 방향을 흩뿌린다.

난실난실, 사분사분 속적삼 차림이 되었구나. 어느새 동저고리 바람인 상감마마 다리 아래에 자리 잡았다. 은어 같은 팔목을 들어 정성껏 한 다리씩 맡아 주물러 드렸다.

"전하, 이 계집아이들이 지닌 재간이 신묘하옵니다. 경조로 말할라 치면 춤가락으로는 당할 자가 없습니다만은."

희란마마 무릎을 베개 삼아 누우시고 때맞추어 입으로 들어오는 미주가효(美酒佳肴) 즐기신다. 귀띔하는 말에 고개를 끄덕이셨다.

"조것이 하느작거리는 몸짓이 귀여운 고로, 춤이야 쓸 만하겠소."

손안의 새? 129

희란마마 눈짓에 따라 경조가 살포시 일어났다. 문 닫힌 곁방에서 가락치는 악사의 선율에 맞추어 만월 아래 백화가 난만하듯, 봄바람에 난새가 파닥이듯 하얀 수건 하나 들고 생명주 속치맛자락 잡고 하느적하느적 꽃춤을 추었다. 느른하게 드러누워 경조의 춤을 완상하던 왕이 열심히 다리를 주무르는 옥선이를 바라보았다. 맹한 백치미가 사내를 끌게 한 듯, 새치름하니 차고 도도한 인상의 경조보다는 난만한 장미화라, 방탕한 시선을 애당초부터 끌었던 터다.

"요것, 제법 귀염이 솔찮구만. 이름이 무엇이냐?"

"오, 옥선이라 하옵니다, 마마."

대답하는 궁녀의 목소리가 밤안개에 달빛이 젖듯 아련하였다. 더 이상은 말씀이 없으시다. 희란마마가 올린 술잔 받으시는 상감마마, 다음 하명이 무엇이더노 무엄하게도 옥선이 년이 눈을 들어 용안을 슬쩍 훔쳐보았것다.

재수도 없지, 마침 제 쪽으로 다시 고개를 돌리던 주상의 시선과 딱 마주치고 말았다. 궁녀가 자신을 훔쳐본다는 것을 눈치챈 왕은 히죽 웃었다. 입가의 웃음과는 달리 눈빛이 얼음 물듯 차가웠다.

"짐을 대함에 있어 요 별것 아닌 몸뚱어리로 한번 선을 보이었다 하여 벌써 고개를 빳빳이 들어? 네년 목이 남아나지를 않을 것 같구나. 짐은 계집이 똑바로 눈을 치켜뜨고 마주 보는 것을 영 꼴같잖다고 여기느니라."

자지러질 듯이 놀란 옥선은 그 자리에 고개를 박고 엎드렸다. 당장 요년 목을 쳐라 하는 분부가 떨어질 것만 같다. 아니면은 이년이 심히 짐의 심기를 상하게 하였으니 쫓아내거라 하는 하명이 떨어질 것만 같아 눈앞이 아뜩하였다.

 "이리 오너라! 왕은 손가락으로 까딱하였다. 옥선은 감히 고개를 들 생각도 못하고 무릎걸음으로 기어서 왕의 발치 아래 엎드렸다. 왕은 입귀를 비틀며 서슴지 않고 그녀의 얼굴을 자신의 허리 아래로 내려 눌렀다. 궁녀의 붉은 입술과 바지 자락 안에서 이미 우뚝 솟은 사내의 기둥이 딱 부딪쳤다. 왕은 매끄러운 계집의 등을 슬슬 쓸어 내려가며 명령하였다.

 "짐이 피리불기를 심히 좋아한다는 것을 너도 알 것이다. 누이가 가진 그 기술을 당할 자가 없는데 필시 너를 천거하며 공부를 단단히 시켰을 것이야. 어디 한번 하여보렴?"

 첫 교접도 치러주시지 않고 첫 참부터 당신의 성체를 입으로 머금어 즐겁게 하여라 하실 줄은 모른 참이다. 큰마마께서 말씀하시기 전하께서는 먼저 한번 질탕하게 방사를 치르시고 난 다음에 옥경에 힘이 사라진 것이면 계집의 피리불기로 원기를 회복한다 하셨는데…….

 그러나 옥선이 제 팔자가 여기서부터 달라진다 함을 아니 서슴지 않고 왕의 하명을 받들 준비를 단단히 하였다. 게다가 성정이 화급하신 분이라 조금이라도 망설이는 기색이 있다 하면 흥취가 깨어졌다고 알몸인 계집을 쫓아내기 일쑤라 하지 않던가?

 옥선은 수줍게, 그러나 사분거리는 보드라운 손으로 왕의 바지 허리띠를 풀고 살며시 직립한 보주를 드러내었다. 자기도 모르게 흑 하는 소리가 옥선의 입에서 터졌다. 처녀가 어디서 사내의 그것을 이렇게 저나라차게 보았을 것인기? 게다기 웡의 일물은 그녀가 상상한 것보다 수십 배나 장대하고 늠름하였으며 기력이 넘치는 물건이었기 때문이다. 시퍼런 힘줄이 엉키고 하늘을 뚫을 듯이 힘차게 뻗친 그것은 작은 괴물처럼 용틀임을 하고 있었다.

자신의 작은 입이 이 거대한 것을 제대로 머금을 수나 있을까? 옥선은 잠시 두렵다. 저가 이것을 삼키면 숨이 막혀 죽을 것만 같다는 무서움이다.

"허어, 짜증스럽구나! 짐이 무안하게 마냥 기다려야 한단 말이냐?"

왕의 목청이 잠시 망설이던 그녀의 뒤통수를 후려친다. 새파랗게 독 오른 희란마마 눈빛도 재촉하고 있었다. 옥선은 황황히 머리를 숙여 감히 힘줄이 툭툭 얽힌 채 용틀임을 하고 있는 검붉은 주상의 일물을 깊이 입에 머금었다. 그리고는 정성스럽게 맛난 피리불기를 시작했다. 며칠 밤을 내내 희란마마의 매서운 회초리질을 받으며 소나무로 깎은 남근을 물고 연습한 바로 그 기술이다.

"핫하하. 너는 실로 짐의 귀여운 노리개가 될 만한 자격이 있도다! 그래, 그래. 짐은 게를 핥아주면 심히 동하느니라! 누이가 빼지 않고 가르쳐 주었겠지! 게는 잘근잘근 깨물어라!"

왕은 옥선의 그 혀와 입의 기술에 적지 아니하게 만족한 듯하였다. 그녀의 서투르나 정성스런 동작에 제법 쾌감을 느꼈는지 입안으로 거친 숨소리도 몇 번 내뱉는다. 어느 순간 그가 부르르 떠는 것이 느껴진다. 옥선의 작은 입이 터질 듯이 부풀어 오른다 싶더니 왕은 히죽 웃으며 궁녀의 입속에 망설임없이 파정을 했다.

신성한 옥정을 한가득 입에 머금은 옥선은 어찌할까요 하듯이 올려다보았다. 왕은 큰 은혜라도 베푼다는 듯이 고개를 끄덕하였다. 궁녀는 황공하게도 입안의 그것을 꿀꺽 삼켰다. 날계란 흰자처럼 미끌거리고 비릿한 맛이었다. 전하께서 은근한 목청으로 물어온 것은 그때였다.

"그래, 맛이 어떠냐? 달금하냐?"

옥선이 잠시 망설이다가 눈을 내리깔고 고개를 끄덕였다. 전하께서 제법 저의 기술에 만족을 하신 터라 자신이 그러하다 하면 더 좋아하실 것 같았기 때문이다.

"흠, 요년이 보통 색골이 아니군! 분명 사내를 처음 대하는 것일진대, 옥정을 삼키면서 맛매가 달금하다 난리라? 침방에 들어서기 전 요년의 행적이 심히 수상한 것이다! 네 이년! 무엄하게 짐의 승은을 받는데 네년이 먼저 재미는 다 본다 이 말이냐? 당장 꿇어 엎드리지 못할까?"

종잡을 수 없는 왕의 변덕이다. 만족하신 기색이 있으시고 은근한 목청으로 수작을 거시기에 일이 제대로 되어간다 싶어 안심을 하였는데 예상치 못했던 왕의 호령질에 반 넋이 나갔다. 납죽 방바닥에 죽여줍쇼 달라붙었다.

정색을 하여 계집을 쥐 잡듯이 잡아 호령하는 왕의 눈에는, 그러나 장난기가 가득했다. 이 밤에 침방에 드신 전하의 심정은 만만한 장난감을 손에 쥔 악동 같은 것이다. 화들짝 놀라 황황히 납작 방바닥에 엎드린 옥선에게 왕은 다시금 고개를 들어보아라 분부하였다.

주저주저 고개를 드는 계집의 얼굴이라 눈을 겁에 질려 있으되 이미 깨어난 육시의 음탕함으로 달뜬 숨이 내쉬어지는 묘한 것이있

손안의 새? 133

다. 두려움으로 안개처럼 흐려진 옥선의 눈과 왕의 눈이 마주쳤다. 실쭉 웃으며 왕은 손가락으로 붉고 작은 입술의 윤곽을 쓸어 내렸다. 연지가 반쯤 지워져 더 음탕하게 보이기도 하고 순진하게 보이기도 하는 그 모습이 사내의 춘정을 한껏 자극하였다. 왕이 씩 웃으며 희란마마를 바라보았다.

"앵도라 하더니 요것 맛이 딱 그렇구먼. 오데서 이런 계집들을 주워왔소?"

"마마의 즐거움을 위해서라면 신첩이 무엇을 못할까요? 하명만 하시어요, 신첩이 다 이루어 드리리라."

"눈꼬리가 붉고, 감히 추파 던지는 품이 보통은 아닌 고로 사내 여럿 잡을 팔자로다. 그 팔자 이뤄주어야지. 이년들을 관기(官妓)로 보내면 딱 맞춤이겠소. 상선, 바깥에 있느냐?"

"예, 전하."

마냥 방탕하게 놀아보자 하였다. 희롱하고 계집질하는 데는 이골이 난 터로 노골적인 수작질이다. 이대로 드러누워 한밤 내내 궁녀들의 시침을 들 것같이 보이던 왕이 갑자기 문밖의 장 내관을 불렀다. 훌쩍 몸을 일으켰다.

"짐이 심히 곤하여 더 있지 못하겠노라. 환궁하련다. 들어와 의대 정돈하여라. 허고 말에 등자 올려라."

"저, 전하, 누이가 그리워 상사병이 다 났나이다. 어찌 이리 급히 환궁하려 하심이뇨? 이 밤에라도 제발 신첩 곁에 머물러 주십시오."

숫처녀 옥선이를 상대로 질탕하게 능글맞게 육락의 즐거움을 취하시는 분을 바라보며 희란마마 안심하였다. 인제는 되었다. 발목 잡았구나, 즐거워한 것도 잠시 상감께서 환궁하련다 하신 말씀에 간장이 뒤집혀졌다. 애가 닳았다. 울먹울먹, 깔딱깔딱 숨이 넘어가 감히 소매 부여잡고 만류하였다.

"내일이 조참이라 짐이 오래 놀지 못하리라. 담에 다시 오리오. 그리고 저년들."

왕은 힐끗 엎드린 두 궁녀들을 바라보았다.

"몸으로 노는 꼴이 쓸 만하오. 명국 사신 놈들 들어오면 살베개로 써라 보내주면 아주 딱 맞춤이겠소. 월성궁에서 준비한 놀음이라는 것이 허구한 날 이렇듯이 방탕하니 짐더러 성군(聖君) 되라는 말인가, 계집 품에 녹아나서 세월아 네월아 하는 폭군(暴君) 되라는 뜻인가? 짐의 기분이 다소 떫소이다. 크흠!"

휙 소맷자락 떨치고 무정하게 떠나 버리시는구나. 기막히고 악에 받치고 황당하여진 희란마마. 퍼들퍼들 살을 떨다 거품 물고 넘어갔다. 다 네년들이 서투르게 굴어서 이렇게 되었다고 고함치며 죄 없는 옥선이와 경조 머리털만 바득바득 뜯어놓았다. 그러나 희란마마, 안즉도 일의 본말을 모르고 있음에랴. 날 밝아져 불어닥칠 날벼락에 비하면야 이 밤의 일은 그야말로 새 발의 피. 말 달려 환궁하시는 상감마마 심기를 한번 살펴볼 참이다.

'기가 막혀 말이 아니 나오는군. 그러니까 지금껏 짐 곁에 눈과 귀를 붙여놓고 감시하고 있었다는 말이 아닌가?'

생각할수록 머리끝에서 무락무락 김이 차올랐다. 일성궁을 돌아보는 눈에는 시퍼런 불줄기가 흐르고 있었다. 왕은 으드득 이를 갈았다.

'대체 저가 무엇이라고 미주알고주알 짐의 동정을 다 꿰려고 해? 방자하기가 유도 없음이라. 감히 짐 곁에 불측한 눈을 붙여? 무어 이리 고약한 짓이 다 있는가? 결국 그동안 월성궁 누이가 짐에게 어질고 민첩하다 천거한 궁인들이 모다 짐을 감시하는 눈이었단 말 아닌가?

희란마마가 설마 역모를 꾀하려고 그런 것은 아닐 테지만. 여하튼 그녀의 눈과 귀가 옆에 있어 졸졸졸 상감 당신의 일이 그곳으로 흘러 들어간다는 사실 자체가 일단은 노엽고 불쾌하며 사위스러웠다. 하물며 그렇게 들어온 무리들은 옥석(玉石)이 가려지지 않음이니. 불측한 무리들과 연결되어 간세 노릇을 하는 인간들이 그중에 있음에랴.

그저 월성궁 누이는 짐에게 충심이다. 짐을 위하여 항시 마음 쓰고 노력하누나 믿었다. 헌데 왕의 눈을 가리고 있던 두꺼운 껍질이 다시금 파사삭 깨어지는 소리가 났다.

왕은 그를 감싸듯이 옆에서 말을 달리는 윤재관을 돌아보았다.

"너는 지금 이대로 옥동 가서 남준이더러 기별하여라. 내일 조참 전에 짐이 독대할 것이다. 일찍 들라 하여라."

"병판 말씀이십니까?"

"허면 남준이가 그이 말고 누구 또 있더냐?"

하명을 받는 윤재관의 목청에 뜻밖이다는 기미가 서렸다. 남준을 독대한다고 불러라 하니 지척에서 모시는 호위밀들이 놀랄 만도 하였다.

솔직히 왕은 무뚝뚝하고 아첨할 줄도 모르며 우직한 병판을 좋아하지 않았다. 생김도 범같이 사납고 기상 당당하여 어쩐지 두렵기도 하고 낯설기도 하였다. 저이같이 멋없고 재미없는 인간도 없을 것이다 싶었다. 게다가 전하의 성총 가린 정안로와 희란마마가 하도 귀밑으로 속살거리기 험담만 해대던 참이었다. 자꾸만 곁에서 참소(讒訴)하기를 밉다 밉다 하니 더 미워지는 것이 인지상정. 다만 선대왕의 유훈(遺訓) 따라 보령 스물다섯이 될 때까지는 그를 중용하여 병조판서에 앉혀두되 절대로 바꾸지 말라 하신 터로 꾹 참고 중용해야지 하였을 뿐이었다.

허나 주상 심중으로 당신이 뜻한 바 일을 처리하자 하여 헤아리니 주변에 전부 정안로와 희란마마 천거로 들어온 사람들뿐 아닌가? 그들 줄이 아닌 사람을 찾자하니 믿음직하기로 오직 남준뿐이었다. 비로소 짐이 지존이되 얼마나 외롭고 망망대해 안의 고도와 같은 신세인 것이냐 깨달으셨다.

'짐이 이 몇 년 동안 오직 외숙(정안로)을 믿고 누이를 가까이하여 그들 말만 들었던 고로 이렇듯이 짐의 하명이 세워지지 않고 외로운 신세였구나. 아아, 짐이 허수아비가 된 것을 뉘를 탓하랴. 오직 짐의 모자란 탓인데.'

왕은 윤재관을 바라보며 날카롭게 분부하였다.

"긴요한 일이니라. 은밀히 움직여라."

"존명!"

말 머리를 돌린 그가 어둠 속으로 사라졌다. 이윽고 왕이 탄 말은 굳게 닫힌 광희문 앞에 가까워져 갔다.
"상께서 환궁하신다. 궐문 열어라!"
장고하는 지밀위사들의 호령에 궐문이 활짝 열렸다. 예전 같으면 고생하노라 숙위사들에게 한마디쯤 하실 터인데 말없이 바람처럼 스쳐 지나가 버린다. 심기가 몹시도 불편하시다는 뜻이다.
펄떡펄떡 솟구치는 분기(憤氣). 삭여지지 않는 괘씸함으로 도무지 잠을 이룰 수 없을 것 같다. 이토록이나 노엽고 헝클어진 심사를 어찌 달래지? 역시 떠오르기는 중전의 조용하고 어진 얼굴이었다. 지난번 희란마마 손톱에 용체 훼손되었을 때도 차분하니 가녀린 손길로 잘 달래주었지. 왕은 망설이지 않고 고삐를 당겨 중궁으로 달려갔다. 달거리를 하든지 말든지 내 안해이거니, 짐은 네 곁에서 잘란다. 흥.
밤이 제법 깊었으니 중궁의 내문은 이미 닫혀 있었다. 왕은 말 등에서 그대로 발을 내밀어 문짝을 냅다 걷어찼다. 천하에서 왕궁의 대문을 발로 걷어찰 수 있는 사람은 딱 한 분, 주상전하밖에 없다.
날이 채 저물기도 전에 말 달려 월성궁에 납시셨다 하였다. 아주 작정하고 월성궁 마마가 소매 걷고 성총 다툼에 나선 듯하니 어찌하랴? 아마도 몇 날 며칠 미혹하여 질탕한 춘몽을 꿀 것이야. 우리 중전마마 가엾으시다. 다시 한 번 소박을 맞으신 것 아니더냐?
삼삼오오 기둥 그늘에 모여 앉아 소곤소곤 대전마마 야속하다. 우리 중전마마 참으로 불쌍하다 눈물을 닦았다. 어진 분이 체면이 있으니 차마 속상하다 말씀은 못하시고 고개만 푹 숙인 채 밤늦다이 바느질만 하시었다. 수라상 올려드렸더니 반절도 못하시고 물리셨다.

 밤이 늦었으니 중문 닫아라, 이러면서 텅 빈 밤하늘 대전 쪽을 향하여 눈 한 번씩은 다 흘긴 나인들이었다. 헌데 깊은 밤에 웬일인고? 상감마마께서 중궁에 돌아오시었구나. 있는 요염 없는 애교 다 부리는 월성궁 마마를 버리고 중전마마께 돌아오셨구나. 대전마마께서 참말 우리 중전마마만 사모하게 되었다는 소문이 정말이로구나.

 왕은 말을 월대 앞에 세웠다. 훌쩍 내려섰다. 막 중궁 마루로 올라가려던 용안이 갑자기 찌푸려졌다. 분명 서온돌 중전의 방에서 새어 나오는 것은 여인들의 웃음소리, 그것도 그가 한 번도 들은 적 없다 싶은 명랑하고 고운 웃음소리가 아닌가?

제5장 욱하였다, 욱제. 못 참았소, 소혜

왕이 다시 환궁을 하였다는 것을 아직도 모르는 중전은 그때 서안을 펴놓고 글씨 연습을 하고 있었다.

심란하고 서러운 마음에 울적하니 일이 손에 잡히지 않았다. 의대를 짓는다 바늘에 실을 꿰어보아도 손이 나가지 않았다. 화계 위, 철이른 꽃망울을 피운 배꽃을 바라보아도 아픈 것은 똑같았다. 찾는 이 없이 어둠에 잠겨가는 하얀 꽃망울이 어찌 그리 불쌍한 중전 자신의 처지와 똑같은가. 야속한 지아비. 믿지 못할 사내의 말이라. 좁다란 어깨가 푹 처졌다. 처연하게 한숨만 내쉬었다.

"상감 마음속 진정을 쏟는 여인은 월성궁 계집뿐이라 하였는데 그런 계집이 깊은 병이 났다, 곧 죽어진다 엄살 부렸으니 어찌 마음이 쓰이지 않으리. 할 수 없는 노릇이지."

무연하게, 덤덤하게 말씀하시었다. 허나 그것은 겉의 이야기일 뿐이다. 중전 마음 깊은 곳의 심사는 어쩐지 달랐다. 무서운 분이 아니 오시니 밤 시중 아니 들어 좋아, 그런 안도감만은 아닌 기이하고 심란한 불쾌함. 혹은 시퍼런 투기심 같은 것이 무럭무럭 자라 오르던 것이었다.

더 솔직하게 말하자. 왕비는 잠자리에서 자신을 발가벗겨 끌어안고 별의별 짓을 다 하며 능욕하고 괴롭히는 왕이 정말 두렵고 무서웠다. 하지만 자꾸 당하다 보니 은근히 그 일에도 지금껏 제가 모르던 재미와 야릇한 일이 좀 있기는 있었다. 며칠 전만 하더라도 참으로 민망하지만은 왕이 저를 깔아 뭉개놓고 요리조리 안아주고 지분거리고 건드리는 그 일이 어쩐지 간질간질 좀 좋았다.

자연의 섭리랴, 물오르는 열여덟. 남녀지간 정분을 그리워하는 나이였다. 마음 깊은 한 켠에는 그가 또 자신을 찾아와 그렇게 안아주기를 바라며 은근히 기다리는 마음도 사실이었다. 구박하는 듯이 퉁명스럽게 하여도 쌀쌀맞게 타박을 하는 듯하여도 곰곰이 씹으면 은근히 정다운 그 목소리가 참 좋았다. 다른 사람들처럼 지아비를 자신의 잠자리에서 맞이하여 동침하며 밤을 지낸다는 것은 중전에게 있어 아주 중요한 일이라는 것도 알게 되었다.

지금껏 말만 부부지간이요, 남남처럼 살며 온갖 구박만 당하여 왔다. 초야 첫날부터 너무 못나서 지아비께 소박맞은 계집이라는 낙인은 여리나 도도한 그녀가 평생 품고 있을 깊은 상처이다. 궐의 안주인이란 허울은 그럴듯하되 월성궁에 도사리고 있는 천한 잉첩에게 밀려 지금껏 뒷방 신세라. 심지어 천한 무수리에게시까지 허수아비라는 조롱을 받고 있다는 것을 영리한 그녀가 모를 것인가?

그런데 궐의 인심이라 하는 것은 실로 조변석개였다.

주상께서 연이어 교태전에 듭시니 당장 아랫것들 태도부터가 달라진다. 이러다가 중전마마께서 회임이라도 하시면은 월성궁 계집은 당장 떨려 나갈 것이라는 생각이 저들도 들은 것인가? 이 며칠 새로 중전마마더러 허수아비라고 무시하는 것들이 자라목이 된 것은 불문가지. 중전은 그때 문득 자신이 왕에게 지어미 대접을 받지 못한다면 평생 이런 꼴일 것이다 하는 것을 뼈아프게 깨달은 것이다.

그런 생각만이 아니라 하여도 중전은 주상전하가 그리웠다. 어마마마를 부르며 마른 눈물을 흘리던 그를 안아주었다. 규칙적으로 흔들리는 든든한 가슴에 꼭 안아주며 다정하게 등을 쓰다듬어 주시었다. 짐을 사모하지? 몇 번이고 어린애처럼 물으시던 그분. 사모하옵니다 입보시하는 한마디에도 싱긋 웃던 그. 많이는 바라지 않으니 그가 그렇게만 자신을 대하여준다며 중전은 그를 진정 사모하고 웃을 수 있을 것 같았다.

일편단심 지아비 전하 그분을 바라보고 있었던 수줍은 자신의 마음을 다 보여 드릴 수 있을 것 같았다.

그런데 그렇게 왕에게로 살며시 벌어지는 자신의 마음을 눈치라도 챈 것마냥 월성궁 계집이 다시금 왕과 자신의 사이를 턱하니 가로막은 것이다.

중전은 병이 났다는 말 한마디로 왕의 발길을 단번에 돌리는 월성궁 계집의 그 수단에 도무지 자신은 영원히 그 계집을 이길 수 없을 것 같다는 절망을 느꼈었다.

수심에 젖어 참으려 하여도 한숨만 났다. 수라상도 채 비우지 못하는 어린 중전마마 심란한 속을 듣지 않는다 해도 모를 리가 없는 중궁전 상궁이었다. 박 상궁이 들어와 정성껏 욕간 시중을 들어주었다. 곤하신데 침수나 하옵시오 하였다. 하룻밤 지나면은 오십니다 하는 뜻으로 일찌감치 자리를 펴드린 것이다.

'달거리하여서 그렇지. 누가 쫓아냈다고? 흥흥.'

마음이 자꾸만 비틀렸다. 누가 무엇을 어찌했다고 볼 팅팅 부어서는 냉큼 월성궁에 나가시는 것 좀 보아. 암만 내가 잘하여 드려도 그 계집에 얽힌 정해만 못하신 게야. 홀로 누워 종알종알 원망이 장하였다.

'감히 손톱으로 용체를 훼손하는 계집이 아닌가 말야? 헌데도 좋이 용서하고 또 납시는 것 좀 보아. 방자한 그 계집이 그리도 고우실까. 어지간한 사내면 돌아보지도 않을 터인데, 다시 나가시어? 그 계집을 참말 어지간히도 좋아하신다. 흥흥.'

도통 잠이 오지 않았다. 이리 누웠다 저리 돌았다 대굴대굴 굴러보지만 왜 이리 방은 넓고 침장 속은 차가운지, 파루가 쳐도 잠이 오지 않았다. 어질고 여리다 하지만 여인네 마음이야 다 똑같은 것. 어린 중전마마 입술을 꼭 깨물고 또 한 번 흥, 흥! 어둠을 향하여 눈을 흘겼다. 왕비를 대하는 똑같이 그 계집을 대할지니, 얼마나 방탕하게 노시면서 곱다 어여쁘다 추어주실까?

'그 계집은 시내 녹이는 빙중술 공부 일등이고, 아주 요염의 꿀

이 뚝뚝 떨어진다 하였는데. 그 계집 옷고름 풀고 나한테 하시듯이 온갖 치태 다 하실 것 아냐? 하룻밤 내내 아주 재미 진진하시겠다? 흥흥.'

우원전에서 침수하시라 하였지, 언제 월성궁 가라 하였노. 안 시켜도 그 짓은 잘하지? 끄덕끄덕 말 안 해도 다른 계집 잘도 찾아가는 님의 고약한 저 다리. 놀부가 제비 다리 부러뜨리듯 와지끈 꺾어놓았으면. 중전마마 이를 아드득 물었다. 지금은 한 계집이되, 훗날 또 다른 후궁 보아 이렇듯이 당신 맘대로 이 꽃 저 꽃 팔랑팔랑 날아다니는 꼴을 어찌 보지?

'진정한 부부지간이 되자 하여놓고서… 앞으로는 꺼리지 말고 진정한 지아비로 사모하라 하여놓고서… 다시는 그분 약조를 믿지 않을 것이야. 다시는 그분의 오다가다 한마디 하신 무심한 말씀을 약속으로 믿어 기대하였다가 상처받지는 아니 할 것이야. 흥.'

도무지 잠도 오지 않는다. 결국 중전은 자리에서 부스스 일어나 앉았다. 이리 혼자 속 끓인다고 월성궁 계집 품 안에서 방탕하신 지아비가 돌아올 것도 아니다. 헛되이 투기로 시각을 보내느니 다 잊고 스승님께서 숙제로 내어준 글씨 연습이나 하자꾸나. 바깥의 숙침 나인을 불렀다.

"나 글씨 연습 할란다. 서안 대령하고 문방사우 준비하여라."

귀밑머리 내리고 자리옷 차림인 중전마마. 한 무릎 세우고 앉아 마음을 가다듬듯이 정성껏 먹을 갈았다. 붓을 들어 글씨를 쓰기 시작하였다. 헌데 마음이 혼란하니 실수를 하였구나. 먹물 몇 방울이 중전의 의대와 고운 볼에 몇 방울이 튀고 말았다. 중전은 자신도 모르게 어이없어 깔깔 웃어버렸다. 대면경 속의 얼굴에 뚜렷한 검은 점이 몇 개 생겨난 때문이다.

"이것 보아라, 진금아. 이 중전이 못났다 소문이 자자한데 점까정 얼굴에 찍혔으니 내일 중궁에 귀신이 앉았더라 소문이 날 것이다. 홋호호. 너도 몇 개 그려주랴? 너가 고우니 그 입가에 점 하나 찍으면 더 곱게 보일 것이다."

강학을 할 적에 노상 곁에서 시중드는 나인 진금이가 중전마마와 연치 비슷한 열일곱이었다. 또한 순진하고 명랑하여 신분은 다르지만 친구처럼 허물없이 지내는 터였다. 중전마마, 장난 삼아 옆에 앉아 시중들던 나인 얼굴에 붓으로 점 하나를 찍어주었다. 순진한 소녀들이니, 잠시 지엄한 신분을 잊고 서로 손가락질을 하며 홋호호 깔깔깔 웃음 지었다.

바로 그때 벌컥 서온돌 문이 열렸다. 불쑥 들어선 분이 산돼지처럼 씩씩 콧김을 내뿜고 있는 주상전하이셨다.

아무것도 모르고 중전은 돌아온 왕 앞에서 놀랍기도 하지만 너무 반가웠다. 솔직히 자신에게 돌아온 그분이 감사하고 좋았다. 하여 몸을 일으키어 지아비를 흔쾌히 맞이하려 하였다.

"월성궁 나가셨다 들어서 신첩은 이미 침수들랴 하였는데⋯⋯ 어찌 이 야심한 밤에 갑자기 듭시었어요?"

결코 밀어내는 말이 아니었다. 월성궁 계집 두고 다시 교태전 오시었으니 그 계집보다는 그녀를 중히 여긴다는 뜻이지. 자신도 모르게 반가운 미소가 보스스 피었다.

하지만 노염에 눈이 먼 왕은 어린 지어미의 그 마음을 몰랐다. 중전의 입가에 매달린 작은 한 송이 웃음을 오해하고 말았다.

실로 짐 마음을 장히도 몰라주는 계집! 짐을 싫어하지 말라 그리도 부탁하였는데 짐이 하루 아니 들어온다고 금세 얼굴에 웃음기란 말이냐 싶어 격분을 한 것이다. 노여운 김에 다짜고짜로 발길을 들어 앞에 놓인 중전의 문갑을 냅다 걷어차 버렸다.

"꼴같잖은 것이 짐의 심란한 마음도 모르고서! 그래, 중전 너 말이다! 짐이 중궁에 들지 않는다 하니 그리 즐거워 웃고 있는 것이니? 짐을 꺼려하지 말라 그리도 말하였건만, 짐과 더불어 할 적에는 고개도 들지 않고 매일 밤 훌쩍거리기만 하더니, 기가 막혀서! 당장 그 웃음소리 그치지 못해? 무엇이 그리 즐거워 계집의 웃음소리가 방자하게 문지방을 넘는단 말이냐? 천하의 고약한 것 같으니라고!"

중전의 입가에 작은 매화꽃망울처럼 피어오른 고운 미소가 순식간에 얼어붙었다. 갑자기 들이닥쳐 이유도 없이 길길이 날뛰며 무작정 자신을 후려잡는 왕 앞에서 어떻게 처신을 해야 하는 것인지. 너무 어이가 없어 아무 말도 못하였다. 두렵고 당황하여 얼굴이 절로 사색이 되고 말았다.

그러나 중전이 입을 봉하고 있으려니 그것이 더 큰 못마땅함인가? 왕은 더 길길이 날뛰며 감히 짐의 말을 같잖게 생각하여 도도하게 도사리고 있느냐 삿대질까지 하며 고함을 쳤다. 하는 수 없이 중전은 그저 신첩이 잘못하였습니다, 하고 두 손 모아 사죄할 수밖에 없었다.

하지만 이상한 일이었다. 그 밤에 왕의 억지 노염은 쉽사리 가라앉지 않았다. 중전이 무작정 사죄하고 비는 것까지도 노염거리라.

같잖은 것이 짐을 무시하여 사람 취급도 아니 하니 이렇게 한다 하며 다시 발길로 중전의 서안을 걷어차는 것이었다.

중전은 대체 왜 그가 이렇게나 자신에게 노염을 내고 트집을 잡는지 도무지 이유를 알 수 없었다. 다만 월성궁에서 머무르지 않고 그가 다시 환궁을 하였다는 것에서 희미하게나마 월성궁 계집과 불화를 하였구나 짐작을 했을 뿐이다.

오직 전하의 마음속에 든 정인이 월성궁 계집 저뿐이라 여기고 있었을 터이다. 그러니 필시 방자한 그 계집은 이 밤에 전하를 상대로 울고불고 앙탈을 하였겠지. 그것이 민망하고 무안하니 중궁전에 와서 괜스레 당한 무안을 중전의 잘못인 양 이렇게 난리법석을 떨며 푸는 것은 아닐까? 아니, 어쩌면 월성궁 그 계집이 전하더러 나를 수모 주어 자신에게 고정된 정분을 보여주라 억지 앙탈을 한 것은 아닐까?

생각이 거기에까지 미치자 말도 못하게 자존심이 상하였다. 아무리 그래도 자신 또한 주상 당신의 지어미이며 정비일진대 천한 잉첩의 비위를 맞추느라 이렇게 아무 죄도 없는 나를 능멸하시고 수모를 주시는가 싶어 서러움은 더하였다. 중전은 주먹을 꼭 쥔 채 바닥을 내려다보며 왕이 벅벅 억지 트집으로 길길이 날뛰며 자신을 후려잡는 것을 가만히 듣기만 하고 있었다.

'대체 왜 이리하십니까? 신첩이 무엇을 잘못하였다고 이렇게 수모를 주십니까? 실로 억울하고 분하옵니다!'

겉으로는 어질고 조용하다 하여도 은근히 고귀하고 도도한 그녀이다. 게다가 이 밤의 일은 아무리 어질다 하여도 참을 수 있는 '성질의 일이 아니었다. 중전은 솔직히 주상을 상대로 악을 쓰고 싶었다.

'배신을 하였다 하면 당신이 먼저이고 억장을 뒤집었다 함은 그것도 당신 먼저라. 천한 계집 가까이 두시어 이 몸에게 별별 망신을 다 당하게 하신 것도 모자라서 이 밤에는 또 왜 이리하시는고? 게서 무슨 심기를 어떻게 상하셨기에 듭시어서 나에게 이리 터무니없는 노염을 장히도 부리시는가? 그야말로 한강에서 뺨을 맞고 종로에 와서 눈 흘긴다더니 딱 그 짝이 아닌가요?'

어느 정도 하고 그만두었으면 좋으련만……

그러나 어지간히도 분에 겨운 터로 왕은 억지 노염을 쉽사리 접지 못하였다. 그저 저를 바라보는 짐의 뜻을 몰라주는 무정하기 짝이 없는 계집이라. 짐이 저를 버리고 다른 계집을 찾아갔으면 실상 울적하니 눈물짓고 심란한 얼굴을 하여야 정상이지, 헌데 감히 짐이 아니 온다 웃음소리를 낸단 말이더냐? 중전 보기에는 아무런 이유도 없이 길길이 삿대질을 하며 억지 트집을 계속하여 벅벅 부리는 왕의 속내는 바로 그것이었다.

그러나 대놓고 말을 아니 하니 어린 중전이 왕의 그 마음을 어찌 알랴? 알아주기는커녕 오히려 오해하여 중전 역시 분심만 더 커지는 것이라. 너무 억울하다 싶으니 순한 중전도 드디어 슬슬 독이 오르기 시작하였다.

나란 존재는 그저 당신이 노화나면 발길로 걷어차고 다니는 돌멩이인가? 월성궁 계집과 얼마나 장하게 불화를 하였는지는 모르지만 저들 사랑 싸움질에 왜 중간에 아무 상관도 없는 내가 경을 쳐야 하는가? 석강도 작파하고 그 계집을 찾아가셨으면 내키는 대로 질탕하게 침수 시중받으시고 방탕하실 일이지 돌아오시기는 왜 돌아와 나만 가지고 트집질이냔 말이다.

이러는 참에 아무리 날뛰어도 중전이 도무지 반응이 없으니 왕의 노염은 이제 아무 죄도 없는 진금이 쪽으로 돌려지고 있었다.

왕은 솔직히 진금이 년을 바라보며 말도 못하게 분하고 기분이 상하여 저것의 목을 졸라 죽여 버릴까 보다 하는 참이었다. 천한 아랫것이 감히 하늘 같은 중전을 동무 삼아 웃음을 짓게 만들어? 지아비인 짐이 단 한 번도 보지 못한 비의 웃음을 저 천한 것은 매일같이 대하고 있다는 것이 아니냐?

중전의 모든 것을 트집 잡고 곁의 아랫것들까지 엉뚱하게 경을 치려는 왕의 속내는 엄밀히 따지자면 격렬한 질투였다. 왕은 이 순간 중전을 둘러싼 모든 것을 투기하고 있는 것이다. 자신은 절대로 들어가지 못한다 싶은 그녀의 마음속을 헤아리는 사람들. 한없이 바라지만 언제나 자신에게 돌아오는 것은 침묵이거나 눈물뿐인 터로 저것들은 중전의 신임을 얻고 웃음소리를 듣고 산다 이 말이 아니냐?

"다른 사람 말고 짐에게 웃음을 지어주란 말야! 짐을 보란 말이야! 그대 바깥에서 빙빙 돌며 바라보고만 있는 짐을 보아주고 웃어달란 말야."

왕은 중전의 어깨를 부여잡고 흔들며 그렇게 소리치고 싶었다.

한편 아무것도 모르고 중전마마와 노닥거리던 불쌍한 진금이. 죄라고는 그저 중전마마 농거리에 한번 같이 웃었다는 것뿐이다.

달달 떨며 그저 죽여줍쇼 하고 윗목에 고개를 처박고 엎드려 고두하고 있었다. 전하께서 흘깃 저를 내려다보시는 눈빛이 시퍼렇기에 그녀는 이제 저가 딱 죽었구나 하였다. 아니나 다를까, 천한 나인 주제에 같잖게 중전마마를 상대로 경망되이 장난질을 벌였다는 죄목이 떨어졌다. 끌고 나가 회초리를 매우 쳐라 하는 하명이 떨어졌다.

몇 대만 맞으면 시뻘겋게 피가 맺히는 상정마마님의 무서운 회초리가 무려 삼십 대라. 나인은 저도 모르게 달달 떨며 눈물을 줄줄 흘렸다. 여린 제 종아리가 남아나지 않겠구나 하는 두려움도 두려움이지만, 이어지는 전하의 말씀에 그만 억 하고 기절을 했다.

이 밤에 내리신 상감마마의 처분은 가혹하기 이루 말도 할 수 없었다. 종아리를 치는 것도 모자라서 저년을 당장 궐에서 쫓아내라 하는 무서운 대처분이 더하여 내려진 것이다. 진금이에 대한 터무니없고 이유 모를 가혹한 처분이 바로 왕비가 감히 항명을 하게 된 결정적인 계기였다. 참다 참다 못한 터로 중전은 난생처음 겁없이 왕을 상대로 고개를 치켜들었다.

"전하, 실로 듣잡기로 너무 처분이 심하시옵니다. 어찌 이 밤의 허물이 진금이의 잘못이겠나이까? 제발 고정하시옵고 자비를 베풀어주옵소서."

처음부터 덤빈 것은 아니었다. 조곤조곤 사정을 아뢰자 하였다. 허나 말을 하다 보니 억울함은 더하였고 상궤에서 벗어난 난폭한 왕에 대한 야속함이 덧보태져 중전 역시 예전의 침착함을 벗어나고 말았다.

"일의 전말을 아뢰옵니다. 신첩이 감히 웃음소리를 낸 것은, 주상께서 아니 듭시어 그를 즐거워하는 터로 소리 내어 웃은 것은 절대로 아닙니다. 오직 먹을 갈다가 잠시 실수를 한 것을 가지고 우스개라, 허물이 없는 아랫것과 서로 잠깐 농을 주고받은 것일 뿐입니다. 이 잠시간의 일이 신첩의 체모를 잃게 한 것도 아닐진대 어찌하여 죄없는 아이를 두고 회초리로 매우 쳐라 하는 부당한 분부를 하십니까? 신첩이 먼저 실수하였고, 농도 먼저 신첩이 걸었으며, 웃음소리도 신첩의 그것이 더 컸으니 허물은 신첩이 일등이라. 그렇게 본다면 실로 신첩이 벌을 받아야 함이거늘, 어찌하여 이 아이에게만 그 죄를 물으시나이까? 종아리를 치라 하시는 그 처분도 가혹하시되 더구나 궐서 내치라니요? 이 아이가 궐에 들어온 지 십여 년이 되 큰 잘못 한 번 없음이라. 어찌 이 밤의 일만 가지고 함부로 출궁을 하명하시옵니까? 성상께서 가지실 으뜸의 덕은 눈이 밝으셔야 하는 것입니다. 잘잘못을 가려 죄를 주실 적에 어찌 진정 잘못한 이는 두고 불쌍한 아이를 핍박하시는고? 신첩을 치시옵소서!"

얌전하고 심약한 중전이 마치 사람이 달라진 것처럼 당차게 달려들자 왕은 처음에 어안이 벙벙하였다.

너무 놀란 터라 그는 왕비를 향해 삿대질을 하던 손가락을 내려놓을 생각도 못하였다. 너, 너! 하고 잠시 말을 잇지 못할 정도였다. 그러나 왕비는 조금도 굴하는 기색이 없이 야무지게 항변을 계속하였다.

"마마의 비(妃)로서 내전을 지키는 몸일진대 마마께서 노염 장하신 그 심기를 알지 못하여 경망되이 굴었으니 신첩이야말로 죄가 크옵니다. 오직 전하께서 이 못난 소첩에게 불만이 많으시니 신첩을 회초리 치시고 고정하옵소서. 성상께 감히 항명하여 달려든 신첩이니 달게 그 회초리를 맞을 것입니다."

작은 목청이되 군소리 한번 붙일 수 없게 딱 부러지는 터라, 그녀가 대놓고 사리분별 따지고 드는 말에 왕은 이 고얀, 이 고얀! 하고 부들부들 떨면서도 맞대답을 하지 못하였다. 허기는 시작부터 억지 트집이었으니 그가 할 말도 없었지만 말이다.

하지만 이미 노염이 머리끝까지 치밀어 들어온 길이 아닌가. 게다가 그저 자신의 말이라면 눈 꼭 감고 무작정 순명하옵니다 하던 중전까지 이 밤에는 감히 주상 당신을 상대로 한번 해보자 맞덤벼든 것이니 어찌 그리 무안하고 짜증스럽고 분한가? 격분을 한 터이니 이제 왕은 옳고 그름은 아예 따지지 않는다. 그저 자신의 격한 성질머리만 이기지 못하여 발을 탕탕 굴렀다.

"바, 방자한! 하, 그래, 이 같잖은 것! 너 하는 말을 듣자 하니 참으로 잘난 계집이구나? 아랫것의 사정 가려 저가 먼저 회초리를 맞겠다 감히 나서? 하, 기가 막혀서! 그렇게 네가 나서면 짐이 회초리를 아니 칠 줄 알았느냐? 이 방자한 것이 감히 뉘 앞이라고 눈을 치켜뜨고 짐을 상대로 입질이 이리도 교만한 게야? 이 같잖은 짓거리를 짐이 경계하지 않으면 두고두고 짐을 상대로 사사건건 간섭에다 교만하게 굴 것이니 너가 필시 회초리를 맞아야겠다! 게 누구 없느냐?"

왕은 문을 활짝 열어 벼락같이 고함을 버럭 질렀다.

"짐이 이 밤에 기강을 잡자하니 상정을 들라 하라! 고약한 저 계집을 회초리 칠 것이니 당장 등대하렷다!"

그렇게 하여 중전마마께서 종아리를 걷고 상감마마께 회초리를 맞는 초유의 사태가 벌어진 것이었다.

대전의 엄 상궁이 추상같은 왕의 명령을 덜덜 떨면서 궁녀들의 죄를 담당하는 상정을 인도하여 윗방에 들어섰다. 상정의 비단 주머니에서 회초리가 나오는데 훼가 그이면은 평생 가도 아니 지워진다는 물푸레나무로 만든 무서운 회초리이다.

중전은 이성을 잃은 터로 자신이 무슨 짓을 하고 있는지도 모르는 왕을 한번 처연히 올려다본다. 그리고는 더 이상 아무 말 않고 상정이 꿇어앉은 윗방으로 올라가 치맛자락을 걷고 퇴침 위에 올라가 섰다. 어디 때릴 테면 때려보아라 이런 도전적인 몸짓이다. 그런 중전의 모습에 왕은 더 흥분하였다. 열분이 나다 못하여 머리에서 김이 모락모락 날 지경이었다.

그저 신첩이 잘못하였습니다 하고 싹싹 빌면 얼마나 좋으랴? 허면 못 이긴 척 그만둘 것인데 도도한 저것이 하는 양을 볼작시니 어디 끝까지 한번 해보자 이러는 것이었다. 그래, 어디 한번 누가 이기나 해보자!

매운 바람 소리가 허공을 갈랐다. 보기에도 망극한 피멍이 새빨갛게 중전마마 여린 종아리에 새겨졌다. 겨우 세 대의 회초리이되 지존이 맞은 매질이라. 그것은 주리 돌림보다 더한 능멸이요, 가혹한 모욕이다. 중전의 종아리에는 매질 자국이 남았으며 왕의 마음에는 피 배인 아픔이 새겨졌다. 회초리가 중전을 칠 적마다 마치 제가 맞는 듯이 움찔하는 그 마음을 천하에서 누가 알랴?

어린 중전마마, 눈을 내리깐 채 도도하게 퇴침에 올라서서 회초리질을 당하는데 신음 소리 한번 내지 않는다. 눈 하나 까딱 않고 그 참혹한 매질을 감수하고는 내려섰다. 그리고는 왕이 있든지 말든지 바람 소리 나게 서온돌을 나가 버렸다.

왕도 그렇거니와 그 누구도 그녀를 잡을 수도, 저지할 수도 없었다. 그녀의 여린, 그러나 도도한 뒷모습에서 만약 예서 자신을 더 이상 건드리면 가만있지 않겠노라 하는 뜻을 분명히 보여주고 있었기 때문이다. 더하시면 신첩이 이 밤에 목을 맬 것이다 이런 표정이었다.

"등불을 다오!"

문밖에서 들려오는 앙칼진 목소리는 중전의 것이었다.

"저, 저 고약하고 방자한 것이!"

왕은 기가 끝까지 막혀 이제 헛웃음을 지을 도리밖에 없었다. 끝까지 자신이 잘못하였다는 것을 인정할 수 없는 오만한 상감마마. 저것더러 매질을 더 하였어야 하는데… 하고 중얼거리며 힐끗힐끗 방 안에 시립한 다른 사람 눈치를 살폈다. 만고에 없는 망극한 일을 목격한 터로 모든 아랫것들이 등을 돌리고 돌아앉아 있었다. 말은 못하지만 그들의 돌린 등은 하나같이 주상 당신더러 부당하였고 잘못하였나이다 하는 뜻만을 여실히 보여주고 있었다.

왕은 애써 태연한 안색을 지었다. 그러나 솔직히 참으로 민망하고 무안하여 비실비실 그 정도로 하고 동온돌로 피신하였다. 그 자리에 계속 앉아 있었다간 대전이고 중궁전 아랫것들의 눈총에 찔려 죽을 것 같았기 때문이다.

도무지 진정을 할 수가 없으니 왕은 계속하여 뒷짐을 지고 중얼 중얼 방 안을 왔다 갔다 하였다.

"기가 막혀서! 참말 기가 막혀서!"

솔직히 왕은 제 눈으로 보고 제 귀로 들었어도 도무지 믿을 수가 없었다. 세상에 유도 없을 만큼 순하고 어질며 아무것도 모르는 바보 멍청이인 줄 알았던 중전 저것이 짐에게 달려들어? 은근히 도도하고 결기가 차니 감히 짐을 이겨먹으려 나서는 것이 아니냐?

'그래, 너 잘났다!'

왕은 어금니 사이로 비웃음을 꾹꾹 눌러 씹었다.

'고집이라 하면 짐도 한 가닥을 하며 오기라 하면 짐도 지지 않는다! 어린 계집 주제에… 말이 없어 그저 고개만 숙이고 있기에 부덕이 높다 헛소문만 장하였구나. 저가 먼저 고개 숙이고 잘못하였나이다 했으면 짐이 못 이기는 척 그만두었을 것인데. 에잇! 짜증난다.'

왕은 보료에 발을 뻗고 털썩 주저앉아 휴우— 하고 한숨을 내쉬었다. 내일 당장 이 일이 소문이 나면 벌 떼같이 달려들어 부당하나이다 하고 상소질을 할 예조관리들의 얼굴이 휙휙 스치고 지나간다. 노화가 나서 방바닥을 두드릴 대왕대비전의 엄한 얼굴도 잠시 스쳐 사라졌다.

"제길!"

그는 다시 한 번 혼잣말로 상욕을 내뱉었다.

"다시 한 번 난리가 나겠군. 짐은 또다시 아무 죄도 없는 중전을 두고 능멸하여 수모를 준 천하의 혹독한 지아비가 된 것이라. 필시 강상의 기본을 어겼다 말 많은 선비들이 벌 떼같이 달려들 테지? 흥, 같잖도다. 중전 그 계집, 참으로 기가 막히는구나. 지금껏 얼마나 말짱하게 남을 속였으면 이렇게 짐에게 고개 치켜들고 패악질을 부리는 고약한 것인데 그저 어질고 잘났다 명성이 자자한 것이냐? 저가 이렇듯이 남들에게 그저 어질고 부덕이 높다 소문이 자자하니 짐이 조금만 저에게 호령질을 하여도 아무 죄 없는 사람을 두고 트집을 잡는다지? 아니, 아무것도 아닌 아랫것 대신 저가 종아리를 맞는다 하다니? 기가 막혀서! 실로 어떻게 그럴 수가 있는 것이냐? 흥. 소문은 또 그럴듯하게 나겠지? 필시 중전마마께서 어질어 아랫것들의 사정을 보아주시니 종아리까정 대신 맞았더라 하고 말이야! 같잖은 것! 아까 독이 올라서는 짐이 있든 말든 방을 차고 나가는 좀 보라지? 그런 것을 두고서 어질고 부덕이 높다 칭송한다고?"

에잇, 귀찮다!

그는 벌러덩 보료 위에 체모도 없이 드러누워 버렸다. 그러나 중전의 여린 종아리에 그어지던 시뻘건 훼를 생각하자 그는 자신도 모르게 벌떡 다시 일어나 앉았다. 심기가 상하고 분이 오른 만큼 또 한편으로는 몹시도 언짢고 괴롭다. 안절부절못하고 방 안에서 이리저리 거닐다가 철퍼덕 앉아 우두커니 턱을 고였다.

젠장! 젠장! 간간이 이를 갈 듯이 왕의 입에서 비틀려 새어 나오는 말은 오직 그 하나뿐이다. 이토록 헝클어지고 심란한 마음을 어찌 다스려야 할지 모르겠다는 듯이.

머리에 김이 모락모락 날 정도로 격한 분노와 흥분이 다소 가시었다. 시간이 흐르고 밤이 깊어가니 왕의 치솟아 꺼질 줄 모르던 격분도 슬슬 잦아들며 고약한 심술도 조금씩 죽어들기 시작하였다. 그러니 아까 일을 찬찬히 짚어보게 되는데 밀려드는 엉뚱한 생각이 있었다. 문득 왕은 그런 생각으로 흠칫 자세를 바로 하였다.

이것, 짐이 왜 이러느냐? 지금 짐이 저 건방진 것의 방자한 작태를 두고 오히려 흐뭇해하고 있는 것이냐?

왕은 피식 웃었다. 그랬다. 그는 지금 자신의 마음 한구석에서 기뻐하고 있는 자신을 발견하는 것이다. 그것이 노화이든 분노이든 간에 중전이 자신을 상대로 속내의 감정을 보여주었다는 것. 그것으로 왕은 어쩐지 훨씬 그녀에게 가까이 다가간 기분을 느꼈다.

'만날 중전은 아무것도 모르는 천하 멍충이에 그저 목석인 줄 알았거늘… 실로 사리분별 또렷하게 하고 짐의 못된 성질머리를 대놓고 경계하는 결기를 가진 이더라고. 이제 보니 짐이 가장 가까운 곳에 면도날보다 더 날카로운 간언한 사람을 둔 것이 아닐 것이냐? 항시 아바마마께서 이르시기 짐더러 꿀 바른 듯 아첨하는 이는 짐을 망치는 독이요, 귀에 듣기 거북한 쓴소리를 하는 사람이 진실한 벗이라 하였거늘, 실상 중전이야말로 짐에게 가장 번듯한 벗인지도 모르지.'

에잇! 모르겠다. 왕은 벌러덩 다시 누워버렸다. 이 밤은 면구하니 그만두고, 내일 아침에 솔직히 잘못하였다 사과하면 되겠지! 제멋대로이고 자기 중심적인 왕은 다른 사람 마음도 다 저만 같은 줄 알았다.

'젠장, 희란 누이하고 기분이 상한 터로 괜스레 중전에게 풀었으니 짐도 할 말이 없다. 하지만 월성궁 갔다가 저에게 다시 돌아온 것을 보면 모르나? 저도 짐의 이 마음을 알아주어 이해를 하여 주어야지. 쳇! 그러니까 짐도 없는데 왜 웃음을 지어? 짐은 한 번도 들은 적이 없는 저의 웃음소리인데. 짐이 없는데 웃는다 싶어서 오해하고 격분한 것이 아니냔 말이야. 사람이 참으로 쌀쌀맞고 무심하기도 하지! 짐이 이토록 저를 보고 있다는 것을 어찌 그리 몰라주냔 말이야.'

제정신이 드니 왕은 그제야 교태전을 차고 나간 중전이 지금껏 들어오는 기척이 없었다는 것을 깨달았다. 이미 야심하여 어둠이 깊어만 가는데 대체 어디로 나가서 아니 들어오는 것인가. 덜컥 걱정이 밀려들었다. 바깥의 아랫것에게 소리쳐 시각을 물었다.

"지금 막 파루를 친 것이니 자정되었나이다, 전하."

"벌써 자정이라? 그래, 허면은 중전께서 서온돌로 다시 듭셨느냐?"

"안즉 듭시지 않으신 줄 아옵니다. 윤 상궁께서 중전마마를 따라 나섰으니 걱정 마옵소서."

"웃기는 소리! 누가 그 방자한 것을 걱정한다 하였느냐? 입 닥쳐라, 이놈아!"

하문하는 말씀에 대답을 하는 것뿐, 아무 죄도 없는 홍 내관에게 왕은 불퉁하게 소리를 질렀다. 그러나 목청은 크지만 속내는 결코 편안치 않았다. 이미 시각이 한참 지났는데 중전이 아니 돌아왔다 하니 터무니없는 걱정이 슬슬 솟아오르는 것이다.

'이미 자정이 넘었는데 대체 어디 가서 청승을 떨고 앉아 있을꼬? 그 못난 것이 도도하고 결기는 강하니 이것, 혹여 짐에게 당한 수모를 잊지 못하여 목을 매러 간 것은 아니더냐?'

겉으로는 못났다 발로 걷어차고 다니는 어린 지어미가 실상 그저 소중하고 안타까운 젊은 상감마마. 별별 심술에 억지는 장하였지만 또 그녀가 보이지 않으니 그저 두렵고 가슴이 두근거리는 것이었다. 아랫것에게 소리쳐 중전을 찾아오라 할 참이었다. 윤 상궁이 들어온 것은 바로 그때였다.

"중전마마께서는 이 밤을 인지당에서 지새신다 고집하시옵니다. 성상께 불경하여 죄를 받은 처지이니 어찌 감히 전각을 차지하고 편안하니 잠을 잘 것이더냐. 이 밤은 근신함이 옳을 것이다, 하셨습니다. 상감마마께서 용서를 하셔야 교태전에 돌아라도 올 것이니 신첩의 다음 행적은 오직 전하께서 정하실 일이라 하였습니다."

"날이 아직 차고 선들바람이 부는 날이라. 하물며 인지당은 중궁에서도 가장 외지고 궁벽하여 바람막이도 제대로 되지 않는 곳인데 게서 하룻밤을 샌다고?"

왕은 벌떡 일어나 맞고함을 질렀다.

"참말 장히 간담도 큰 계집이구나. 독한 것! 계집 주제에 종종 산군(호랑이)도 내려온다 하는 금원 가까이 있는 그곳에서 홀로 밤을 새운다니. 이것은 완전히 짐을 협박하는 것이 아니냐? 그러니까 짐더러 지금 저에게 교태전으로 돌아오시오, 하고 직접 빌러 오라 그 말이 아니냐?"

풀 수 없을 만큼 비비 꼬여진 신술이다. 걱정과 근심, 미인함으로

막 풀어지려던 왕의 심기가 윤 상궁이 전하는 말로 다시 한 번 뒤집어지고 말았다. 주먹을 움켜쥐고 이를 으드득 갈던 그는 갑자기 벌떡 일어났다.

"그래, 간다! 가면 될 것이 아니냐? 고약한 것! 짐을 상대로 끝까지 건방을 떨고 방자하게 군다 이 말이야? 그래, 네 맘대로 하여주마! 그래 주면 될 것이 아니더냐?"

"저, 전하, 어찌 이러하오십니까? 제발 고정하옵소서."

벌컥 노화를 내며 당장 중전의 머리채라도 휘어잡아 내동댕이칠 것 같은 사나운 왕의 기세였다. 윤 상궁이 자지러질 듯이 놀라 만류를 하였다. 왕은 윤 상궁을 힐끗 노려보았다.

"왜 막는 것이냐? 지금 중전이 건방을 떠는 것이 네 눈에는 보이지를 않느냐? 지금 그 고약한 것이 감히 짐더러 잘못하였다고 먼저 엎드려라 하는 것이거늘! 그래, 그리하여 준다 이 말이다. 흥, 너들 이 말을 아니 하면 모를 줄 알더냐? 너들 또한 짐더러 모다 잘못하였다 하지 않았더냐?"

왕은 이를 득득 갈면서 등롱을 든 장 내관만을 앞세우고 인지당으로 찾아갔다.

인지당은 교태전 영역에서도 가장 외지고 궁벽한 곳이다. 대왕대비전하께서 희란마마와의 불측한 정해로 천지분간 못하고 날뛰던 주상을 경계하는 데 지쳐 모든 것이 꼴 보기 싫다 하시며 자경전을 벗어나 창희궁으로 이어하신 후이다. 비워진 지 오래인 자경전 담과 이어진 곳이니 인적이 드문 곳이라 중궁전 궁녀들도 자연히 인지당에는 발길을 꺼려하게 되었다.

또한 워낙에 인지당 자체가 무서운 곳이었다. 자경전과 교태전의 내전마마들께서 교만한 후궁들을 경계하시거나 잘못을 저지른 궁녀들을 치죄하는 곳이 바로 인지당의 마당이었기 때문이다. 그러므로 어쩐지 음침하고 가까이 가기 어려운 곳이라는 분위기가 떠돌고 있는 곳이었다. 하여 인지당은 한낮에도 사람의 발길이 거의 닿지 않는 곳이었다.

어찌 되었든 잘못하였다 하여 왕에게 종아리를 맞은 죄인이다. 서온돌에 머무는 것이 마땅치 않다 싶었다. 스스로 인지당으로 나온 것이다. 제발 이리 고집을 피우지 말고 돌아가옵사이다, 윤 상궁이 만류하였으되 거절을 한 것은 무슨 이유에서였을까? 중전은 새파랗게 뜬 초승달을 바라보며 그런 생각을 하였다.

'싫었던 게야. 나는 그분과 같은 처마 밑에 머무는 것이 싫었던 게야. 나를 사람 취급도 아니 하시며 무작정 당신 내키는 대로 하시는 그분이 인제는 지긋지긋하다. 그분은 오직 월성궁 계집의 정인이다. 나는 그분에게 아무것도 아닌데, 잠시잠깐의 변덕에 속아 이 마음 다 주려 하였다가 오늘과도 같은 수모를 당한 것이니 나, 다시는 마음을 열지 않을 것이야. 그분에게 기대하였다가 또다시 이 마음에 칼질하는 어리석은 짓은 절대 아니 할 것이야.'

이미 눈물도 말라 버렸다. 작은 가슴에 가득히 넘치고 있는 것은 쓸개즙보다 더 씁쓸한 패배감. 악 받친 오기였다. 아니, 텅 빈 허무요, 끝이 보이지 않는 무서운 공허였다.

나는 평생 이렇게 뒷방 신세. 당신이 내키는 대로 차고 다니는 보잘것없는 돌멩이같이 살아가겠지? 정말 아무것도 아닌, 철저하게 잊혀진 계집으로 살며 천한 잉첩이며 아랫것들에게까지 온갖 비웃음에 수모를 당하다가, 어느 날 그분이 흥하시면 내 마음과는 상관없이 죽음까지 그분 곁에서 같이하여 허울 좋은 안해로 같은 유택에 누워야겠지?

중전은 등골을 타고 오르는 으스스한 냉기로 작은 몸을 떨었다. 무릎을 세우고 두 팔로 자신의 몸을 단단히 끌어안았다. 자꾸만 나락으로 떨어지는 절망을 이겨내려는 듯이.

왕이 인지당의 마루에 오른 것은 바로 그때였다.

작은 촛불이 하나 켜진 어두컴컴한 방. 음산한 써늘함이 용안을 후려쳤다. 무심코 들어서다가 왕은 가슴이 철렁 내려앉았다. 문을 들어서던 발길을 멈추고 말았다.

어둠만이 가득한 허전한 방. 중전은 윗목에 앉아 자신의 무릎을 껴안고 동그마니 얼굴을 묻고 있었다. 그에게는 마치 어떤 외침처럼 느껴졌다. 내가 당하는 이 모든 것이 싫어! 하고 절규하는 것 같은. 왕은 그런 중전의 모습에서 지금 당장 자신에게서 도망을 칠 것 같다는 생각을 한다. 손을 대기라도 하면 흔적도 없이 금방 어디론가 사라져 버릴 것만 같은 위태위태한 느낌. 안타깝기도 하고, 괘씸하기도 하고, 또 미안하기도 한 그런 복잡한 기분으로 한참 동안 문간에 서서 고개를 말고 있는 왕비를 바라보기만 하였다.

아직은 이렇게 자신의 눈앞에 있다는 것에 안도하였다. 하지만 또한 자신을 돌아보지도 않고 도도하게 앉아 있기만 한 그녀의 모습이 몹시도 밉기만 한 그런 이율배반적인 느낌이기도 하였다.

　미안하오, 이 한마디면 될 일이다. 짐이 잘못하였소 하면 끝날 일이다.

　하지만 지금껏 그런 말을 해보지 않았다. 곧 죽어도 잘못하였다 말하지 못하는 것이 도도한 왕이 가진 약점이요, 일을 더 꼬이게 만드는 원인이었다.

　왕은 자신이 한참 동안 그렇게 서 있건만 끝까지 돌아보지도, 아는 척도 아니 하는 왕비에게 거의 머리에 김이 날 정도로 자존심이 상하였다.

　죽네 사네 하며 성총 바라여 생난리를 부리는 희란마마를 놓아두고 환궁하였다. 짐이 대궐로, 제게로 돌아왔으면 감사하다 말하고 생긋 웃으며 안겨들어도 모자라거늘, 이것은 곧 죽어도 저가 잘났다 표독하게 눈이나 치켜뜨고 짐의 비윗장이나 슬슬 긁고 말이야. 참말 못난 것이 같잖고 방자하구나. 냅다 발길을 굴려 애꿎은 문짝만 걷어찬다.

　"예서 자든 말든 맘대로 하여라! 얼어 죽으면 짐이야 더 좋단다. 천하박색 못난 네까짓것 대신 명문대가 고운 처자 다시 간택하여 비(妃)로 앉힐 것이니 제발 죽어져 주렴."

　무어라고 쏘아붙이기라도 했으면. 그러나 중전은 미동도 없이 가만히 얼굴을 묻고 앉아 있기만 했다. 무슨 말을 하든지 아니 들으련다. 너는 인제 나에게 사람도 아니니라. 그 뜻이 너무 여실한 무응답에 왕의 인내는 거의 한계에 도달하였다. 무슨 수를 써서라도 저 사람의 눈을 돌리고 싶었다 어떻게 하든지 저 도도하고 무서운 침묵을 깨버리고 싶었다. 자신을 미워해도 좋으니, 증오하고 거부해도 좋으니 아까처럼 자신에게 사람다운 반응을 보이는 중전을 보고 싶었다.

'제발 신첩을 버려두고 그만 나가주옵소서.'

왕비는 마음속으로 부르짖었다. 입술을 꼭 깨물었다. 왕이 무슨 말을 하고 무슨 짓을 하든지 참아내리라고 다짐하고 또 다짐하였다. 이 시각만 넘기면 끝난다 다짐하며 바들바들 떨리는 마음을 안간힘을 다해 다잡았다.

절대로 고개를 들지 말자 하였다. 모질기만 한 억지 심술을 부리는 용안을 다시 보게 되면 그녀 자신이 무슨 말을 어찌 내뱉게 될지 모른다는 것을 직감하였다.

'신첩이 못마땅하고 미우실 양이면 예전처럼 머리통이라도 한 대 쥐어박으시고 돌아나가 주옵소서. 더 이상은 신첩이 마마를 상대로 인내할 수 없으니 어떤 불경을 저지를 줄 모르옵니다. 이미 장히도 신첩을 고약하다 하시고 미워하시고 계실 것이니 예전에 그러하셨듯이 신첩에게 발길질이나 하시고 돌아가오소서.'

하지만 왕을 외면한 채 그저 침묵하고만 있는 것이 못된 성미를 정통으로 건드린 것이 분명하였다. 왕이 격한 숨을 씩씩거리며 다가왔다. 사납게 왕비의 머리타래를 잡아 자신 쪽으로 고개를 돌리게 하였다.

"왜? 왜?"

거친 숨소리가 아주 가까이 들렸다. 격한 눈 속에 타고 있는 빛이 어쩐지 무척이나 안타깝고 슬펐다. 중전의 눈에 눈물이 반쯤 어린 터라 생긴 착각일 것이다.

　단순한 못마땅함이나 오다가다 벌컥벌컥 터뜨리던 버릇 같은 노화하고는 아예 성질이 다른 으스스한 분노, 혹은 자존심의 상처. 왕의 눈에 담긴 그 시퍼런 불이 실상 어린 지어미에게서 버림을 받을지도 모른다는 두려움, 혹은 홀로 남겨질 외로움에 대한 본능적인 공포였다는 것을 중전이 읽을 수만 있었다면 그 밤의 두 사람 사이는 무엇인가 달라졌을지도 모른다.

　그러나 도도하고 자존심 강한 사내의 그 복잡한 마음을 알지 못하는 어린 소녀 중전마마. 왕의 눈빛이 자신에게 억지 트집이나 잡고 괴롭히려고만 하는 것이라고 오해할 뿐이었다. 그래서 뼈아프도록 서럽고 고통스럽고 분하였다. 왜 이분은 이토록 나를 미워하고 나만을 못마땅해할까? 그렇다면 차라리 아까 말씀대로 나를 폐하여 쫓아내면 될 것인데!

　이미 눈물이 찰랑거리는 커다란 눈을 노려보는 왕은 어금니를 꽉 물고 있었다. 터지기 일보 직전인 격한 분노를 억지로 참아내듯이… 나직하고 음산한 목청이 무서웠다. 단 한순간도 시선을 잡고 놓아주지 않는 눈빛이 얼음보다 싸늘하고 날카로웠다.

　"천하박색 촌것을 짐이 한순간 실수하여 지엄한 중궁에 앉혀두기 몇 해랴, 너가 인제 눈에 보이는 것이 없어졌구나? 감히 짐을 상대로 건방이나 떨어대며 말대꾸나 꼬박꼬박 하면서 아주 짐의 비윗장을 건드리기까정 하니 말이다. 그래 보았자 짐이 한 손으로 목줄 눌러 버리면 꼼짝도 못하고 엎드릴 것이! 너, 무엇이 그리 잘났더냐?"

"시, 신첩이 잘난 것이 없으되 사람의 도리는 다소 아옵니다. 할마마마께서 가르침을 주시기로 항시 아랫것들을 다스릴 적에 사리분별을 눅게 하고 허물을 어질게 돌려 경계하며 그들의 어려운 사정을 돌보아주는 것이 상전의 도리라 하였습니다. 이 밤에 그 가르침을 따라 행한 것이니 신첩은 잘못한 것도 없고 그러니 성상께 불경하였다 여기지도 않나이다. 허나 마마께서는 신첩의 마음과 다르시니 신첩에게 못마땅한 것이 많으실사, 회초리를 치셨으니 이 밤에 그로써 경계를 하신 것이 아닌지요? 헌데 어째서 예까정 오시어 다시금 신첩을 핍박하심이 이리도 모지시옵니까?"

"닥쳐! 너 잘났다 하는 소리는 이 밤에 물리도록 들었으니 입 닥쳐라 이 말이야! 짐도 할 말이 없는 줄 아니? 너, 지금 상전의 도리를 가지고 짐을 꾸짖었더냐? 허면 짐이 말하여 보까? 짐 또한 이 밤에 너 하는 양이 줄줄이 마음에 들지 않으니 여인으로, 중전으로, 안해로서 너 무엇을 그리 잘하였더냐? 감히 짐이 내전에 들지도 않았는데 먼저 자리옷 갈아입고 침수들 작정을 하고 있었으니 그것이 안해로서 옳은 도리이냐? 중전이라 하는 자리는 바로 사직의 안주인이며 국모라, 그 언행이 진중해야 하는 것이며 털끝만큼도 어리석음이 없어야 하는 것인데 꼴갑잖게 나인을 상대로 장난질이나 하고 있었으니 그것 또한 중궁전 부덕을 벗어난 일. 하물며 짐이 너를 찾아 내전에 들었으면 계집이 되어서 말이야, 버선발로 달려나와 생긋 웃으며 살살 요염 떨고 두 팔 벌려 반기는 빛을 보여야 그것이 올바른 일일 것이지. 헌데 이 목석같은 것은 짐이 없다고 오히려 좋아 날뛰니……. 너, 그러고도 짐더러 너를 어여뻐해 달라 잘난 척을 할 수 있느냐? 천하의 목석도 너보다는 곱고 부드러울 것이다."

광인인 양 왕이 말을 하며 히죽히죽 웃었다. 보는 왕비로 하여금 등골에 소름이 돋도록 차갑고도 잔인한 웃음이었다. 한 번도 자존심이 다쳐 보지 않은 도도한 그가 짓는 우울한 웃음. 좌절감에 휩싸인 상처받은 웃음이다. 피울음처럼 들렸다. 왕의 싸늘한 손이 매끈한 턱을 쥐고 치켜올렸다.

"어디 한번 해보자꾸나! 그래 보았자 너는 짐의 계집이 아니더냐? 시건방을 떨어보았자 짐 마음대로지!"

왕의 사나운 손길이 갑자기 중전의 자리옷 저고리 고름을 북 뜯어냈다. 그리고 연이어 치마 고를 더듬으며 차가운 맨바닥에 냅다 깔아뭉갰다.

"움직이지 말아라!"

이런 마음으로 어찌 밤을 같이할 수 있으랴? 중전은 발버둥을 치며 벗어나려 안간힘을 다했다. 그러나 피할 수가 없었다. 왕비의 몸을 타고 올라 누르며 왕이 무섭게 으르렁거렸다.

"이 밤에 짐을 피하면, 네 마음속에 다른 사내가 있다 여기리라! 짐을 외면하고 배신한 터로 짐이 반드시 그놈을 참하여 버리고 말 것이니 가만히 있으란 말이다!"

어느새 한 겹 남은 속적삼도 벗겨진 채, 중전은 바닥과 왕의 몸 사이에 끼어 달달 떨고만 있었다. 눈물이 글썽글썽. 파랗게 질린 절망적인 얼굴이 보이지도 않는 것인가? 왕의 손이 한사코 부여잡고 있는 속고의까지 다가왔다.

"워, 월성궁 계집에게 가시어요! 못난 신첩 말고 항시 곱다 하시는 그 계집에게 가시면 되지 않아요?"

 어디서 그런 용기가 났을까? 왕비는 똑바로 무서운 왕의 눈을 바라보며 싸늘하게 내뱉었다. 아무리 여리고 조용한 그녀라 하여도 이판사판이었다. 중전은 더 이상 참을 수 없을 것이다 싶었다.

 왕에게 대들면 엄청난 불경죄라 아마 내일쯤 내 목을 베라 하시겠지? 그래도 좋아! 죽어도 좋아! 더 이상 이렇게는 살지 않을 것이야. 이렇게 견디기 힘든 능멸을 당하고 매사 수모를 받으며 사느니 난 죽어버릴 것이야! 그래서 당신 가슴에 못을 박아줄 것이야! 죽어도 난 절대로 당신을 사모하여 그 눈길을 바랐다는 이야기는 하여주지 않을 것이야! 내가 죽어서라도 당신을 거부하고 미워했다는 느낌을 가지게 해줄 것이야!

 몸을 더듬던 손을 멈춘 채 왕은 중전의 눈을 멍하니 들여다보기만 했다. 그 얼굴은 지금 자신이 들은 왕비의 이야기를 믿을 수 없다는 듯 일그러져 있었다.

 중전은 한편으로는 후련하게, 또 한편으로는 자포자기한 사람이 마지막 발악을 하듯이 소리쳤다. 매섭게 왕을 응시하며 한 마디, 한 마디 모진 못을 박아주었다. 밉기만 하고 야속하기만 한 그 마음에 상채기를 내줄 수 있다면 그보다 더한 말도 할 수 있을 것 같다는 잔인한 충동으로 앙탈을 했다.

 "그 계집은 무엇이든 다 하여줄 터이니까! 발가벗고 말놀음도 한다니까, 어떤 짓도 마다않고 다 하여줄 것이니까 그 계집에게 가시어요! 하냥 좋다 하시며 그 계집에게로 가시던 옥보라, 어찌하여 이 밤에는 환궁하시어 이렇게도 신첩을 수모 주시는고? 더 이상 견디지 못할 바이니 신첩을 내쫓아 죽이시고 그 계집을 교태전에 앉히면 되지 않아요? 이왕지사 신첩이 누워 있는 마루 하나 사이에 두고 동온돌까정 그 계집을 부르시어 침수시중 받으실까 하신 분이더라! 그런 터인데 신첩이 무엇 주상이 곱다 사모함을 바라시는고? 지금껏 신첩에게 온갖 수모를 다 주시어놓고서 이제 와서 은애하고 사모하라고요? 아니 웃는다 노하신다고요? 그리는 못하니 신첩을 죽이시고 그저 살랑거리는 그 계집을 중궁에 들이시면 되지 않아요?"

왕비는 자신의 몸을 누르며 더듬던 그의 몸에서 억지로 벗어나며 앙칼지게 소리치고 있었다. 자신을 비천한 창기만도 못하게 대하는 그에게 참다못한 분노가 폭발한 것이다. 젖가슴 쪽을 향해 지분거리는 팔을 뿌리치고 그래도 달려오는 팔뚝을 꽉 물어뜯어 버렸다. 주춤하는 사이 문 쪽으로 달려 도망치려 했다.

싫어, 싫어! 다시는 싫어! 절대로 내 몸에 손을 대지 못하게 할 거야! 다시는 나를 이렇게 하찮게 막 대하지 못하게 할 거야!

그러나 왕이 그녀를 그대로 놓아둘 리가 만무하다. 그가 금세 왕비를 쫓아 문을 열고 도망가려는 작은 몸을 낚아채 다시금 방 안으로 끌어들였다. 자신의 몸과 벽 사이에 밀어 넣고 노려보았다. 이미 거의 나신이 된 중전과 저고리 고름이 풀려 날가슴이 드러난 왕. 그런 모습으로 마주 보며 선 두 사람이다. 왕은 앙칼진 고양이처럼 눈을 빛내며 온몸으로 거부하는 그녀를 내려다보며 입꼬리를 비틀었다.

"짐더러 월성궁에 가라고? 월성궁 누이를 중궁에 앉히라 하였니? 절대로 짐을 은애하지도 못하고, 사모하지도 않으니 차라리 네 목을 베라고?"

"이렇게 사느니, 차라리 죽는 게 낫지!"

중전은 절망하여 울먹이며 소리쳤다. 두 손을 모아 싹싹 빌기까지 하며 애원했다.

"제발 그 계집에게 가시어요. 네네? 신첩은 아무것도 재미없는 천하박색 어린 계집이라 하였으니 버리셔도 되지 않아요?"

"누가 맘대로 너를 놓아준다니? 웃기는 소리! 짐을 사모함도, 은애함도 못하니 너를 버리라고? 그것, 참으로 재미있구나! 천하의 주인인 짐이 겨우 촌것박색인 너에게서 버림을 받으란 말이냐? 짐이 너를 버리는 것도 아니고 같잖게스리 너가 먼저 짐을 거부하고 버린다고? 그래, 소원이라면 그리하마. 그래 줄 것이니라! 날이 밝아지면 네 소원대로 폐비시켜 줄 것이야. 하지만 이 밤은 짐 마음대로 하여야겠다! 너는 짐의 계집이니 짐 마음대로 하는 것이지! 건방진 것! 저가 무어관대 감히 짐을 거부하고 피하려 든단 말이더냐?!"

"아얏!"

중전은 비명을 지르며 볼을 싸쥐었다. 자존심 상한 분노, 혹은 노여움을 참지 못한 터로 왕의 어수가 바람 소리를 내며 여린 볼을 갈긴 것이다. 왕의 눈에는 시퍼런 불이 타고 있었다. 단 한 번도 남에게 거부당하거나 무시당한 적이 없었을 고귀한 그 사내가 처음 당하는 거부요, 모욕이었기에 그 상처는 더 심하였고 그 자존심의 분노는 더 치열하였다.

그러나 중전은 볼에서 전해지는 아픔을 느끼지 못할 정도로 속시원하였다. 자신이 작으나마 왕에게 상처를 주었다는 것이 너무 통쾌하고 후련하였던 것이다. 왕이 부들부들 떨고 있었다. 너무 큰 분노와 자존심의 상처로 거의 발광 직전이었다.

"고약한 것이 참말 죽으려고 환장을 하였구나. 감히 짐을 거부하고 도도하게 제가 먼저 싫다 나서? 잘 들어라, 이 멍청한 것아! 넌 짐의 계집이야! 허니 짐이 시키면 무엇이든 다 하여야 하는 짐의 계집이란 말이다. 대체 계집의 도리가 무엇인데? 짐이 동하면 순응하여 팔을 벌려주는 것이 지어미의 도리이지. 헌데 이 못된 것이 감히 어디서 짐을 물어뜯고 앙탈을 부리는 게야?"

독이 오를 대로 오른 중전은 자신의 어깨를 부여잡는 팔뚝을 다시 앙칼지게 물어뜯어 버렸다. 죽을 때는 죽더라도 지금껏 수모당한 앙갚음은 하고 가야지 하였다. 그러나 연약한 여자의 힘으로 억센 사내를 이길 방도가 애초에 없다는 것을 어린 그녀는 아직 모른다. 왕은 훗 하고 신음 소리 같은 짧은 웃음을 터뜨렸다. 그녀가 자신을 물어뜯은 것을 오히려 즐기는 듯이 아주 유쾌한 얼굴이기도 하였다.

"감히 짐의 용체를 훼손하였으니 너는 이제 시신도 제대로 건사하지 못할 게야. 그래, 짐이 이 고마운 일의 대접으로 필히 너를 폐비하여 능지처참을 하여주마."

지독히도 잔인한 말을 서슴지 않고 내뱉으며 왕은 왕비의 머리타래를 움켜잡아 아주 쉽게 얼굴을 치켜들게 했다. 마치 벌을 주듯이 작은 입안에 자신의 두툼한 혀를 억지로 밀어 넣었다.

왕은 자신의 몸 아래로 느껴지는 보드랍고 따뜻한 여체로 인해 미칠 것 같았다. 비뚤어진 쾌락을 기대하는 비틀린 신장이 미친 듯이 뛰고 있었다. 단지 이렇게 접촉하는 것만으로도 이성을 잃게 할 정도로 만드는 여인은 천하에서 오직 어린 왕비 한 사람뿐이다. 지아비인 왕 자신을 절대로 받아들이지 않는 오만한 이 계집. 아무리 빙빙 돌며 바라보아도 절대로 먼저 웃음 지어주지 않는 쌀쌀맞은 이 여인에게 짐은 어찌하여 이토록 집착하게 된 것일까?

마구 그를 떼밀고 때리고 다시 물어뜯으려고 하는 중전의 두 손을 어이없을 정도로 쉽게 잡아채 머리 위로 올렸다. 싫다 도리질치며 벗어나려 안간힘을 다하며 온몸을 비트는 고운 젖무덤을 한 손으로 뿌듯하게 움켜쥐었다. 놓아주시어요! 제발 이렇게 하지 마시어요! 서럽고 가냘픈 애원을 하며 무작정 도망치려 하는 왕비의 작은 입술을 꽉 물어버렸다.

솔직히 말해 왕은 어떤 야릇한 흥분까지 느끼고 있었다. 그는 자신 앞에서 이토록 필사적이고 대담한 반항을 하며 벗어나고자 안간힘을 다하는 여인을 안은 적이 없었다. 전부 다 순응하거나 먼저 유혹하지 못해 안달이던 계집만 보았을 뿐이다. 마구 몸부림치며 무작정 벗어나려고만 하는 왕비의 몸을 억지로 잡아 자신의 몸 안에 가두면서 왕은 마치 자신이 암컷을 겁간하는 수컷인 양 잔인한 욕망에 사로잡히는 것이다. 사내의 핏속에 잠든 본능적인 야수성이 깨어나는 순간이었다.

"이게 네 팔자야. 알겠니? 짐이 달라 하면 내어주는 것이 네 팔자라고! 감히 짐을 반항해? 네 그 잘난 마음속에 다른 사내를 담고 있는 것이 아니라면 이러지 못하겠지! 핫하하. 짐을 사모한다 말하여라! 그러면 모든 것을 용서하여 주마. 월성궁 누이에게 가라고 하였니? 하지만 짐은 네가 더 갖고 싶어. 짐에게 무엇이든 다 해주는 월성궁 계집보다 목석같은 네가 좋아. 널 갖겠어! 무슨 수를 쓰더라도 짐은 널 갖고야 만다고!"

사납게 윽박지르는 남자의 힘 앞에서 반항이란 이미 무력하다. 이윽고 왕은 낮게 신음하며 어린 지어미의 순결한 몸 안에 거칠게 분출했다. 수치심과 두려움에 젖어 반정신을 잃은 왕비는 이윽고 왕에 의하여 차가운 맨바닥에 거칠게 내팽개쳐졌다. 왕은 다시금 애처로울 정도로 여리고 투명한 몸을 타고 올라 그녀의 전부를 더럽히고 맛보고 샅샅이 더듬어 자신의 흔적을 찍어놓았다.

이미 한 번 파정을 하였음에도 불구하고 왕의 욕심은 도무지 줄지 않았다. 중전의 향기로운 체취는 무한한 쾌락을 주는 최음제와도 같았기 때문이다. 월성궁에 가라 한 말은 왕의 사나운 욕정에 기름을 부은 격이었다. 그렇게 짐을 싫어하고 꺼려하는 너란 계집을 반드시 정복하고야 말리라 하는 오기까지 겹친 것이다. 네 입에서 반드시 갈구하는 신음을 내게 하고야 말리라! 짐 아래 깔려서 쾌락에 떨며 죽느니 사느니 하는 꼴을 반드시 보고야 말련다 이런 비틀린 자존심이었다.

"월성궁에 나가면 짐이 벌거벗고 말놀음을 한다 하였느냐? 그래, 그리하여 주면 될 것이 아니냐? 의대를 입으면 지엄한 지존일지 몰라도 벗겨놓은 지금 너도 한낱 계집이야! 허니 짐의 그 즐거움을 만들어다오! 그게 네 책무인 게야!"

왕은 사나운 눈초리로 노려보며 조롱하였다. 눈을 꼭 감은 채 미동도 없이 누워 자신의 사나운 욕정을 그저 감당하고 있는 왕비의 여린 몸을 갑자기 뒤집었다. 그리고는 마치 야수의 수컷이 암컷에게 덤벼들 듯이 만월 같은 엉덩이를 치켜올려 뒤에서부터 꽃집 속으로 돌진했다.

으흑! 하는 신음이 순간적으로 축 늘어져 있던 왕비의 입에서 터졌다. 이미 힘을 회복하여 하늘로 뻗친 무자비한 철주가 아무 예고도 없이 뒤에서부터 작은 동굴을 공격하여 단번에 꿰뚫어 버렸던 것이다. 사내의 그 부피와 거대함은 너무 장하여 어린 소녀인 왕비는 잠시 숨을 쉴 수가 없을 지경이었다. 마치 자신이 철기둥에 꿰인 듯한 얼얼한 고통이 아래로 둔중하게 전해진다. 짐승의 교접 자세와 비슷한 지금의 해괴한 체위에 따른 심한 수치심까지 겹쳐 중전은 거의 혼절한 참이었다. 왕은 하얀 엉덩이를 철썩 내려치며 조롱하였다.

"짐이 말놀음을 좋아한다 하였더냐? 그래, 짐은 이런 말놀음을 좋아한단다. 어린 망아지를 타고 노는 것보다 고운 계집을 타고 노는 것이 더 맛이 나거든. 훗훗, 네 엉덩이가 심히 귀여우니 짐이 아주 흥그럽구나! 홍, 그래. 고통스러울 거야. 하지만 견뎌! 넌 짐의 지어미이니 짐의 무엇이든 받아주어야 하지를 않더냐? 짐이 이를 바라면 너는 언제고 이렇게 짐 앞에서 드러누워야 한다 이 말이다!"

왕은 어린 중전이 이런 체위로 자신을 받아들이는 것이 극심한 고통일 것이라는 것을 알고 있었다. 그의 양물이 워낙 장대한 데다가 이런 교접의 체위를 하면 여인들이 사내를 더 거대하게 느끼게 된다. 그래서 어린 궁녀들이 이런 자세로 왕을 받아들이면 열이면 열 견뎌내지 못하였던 것을 보았다. 그래서 왕은 능숙한 희란마마와의 교접 때를 제외하고는 웬만해서는 호보의 자세로 계집을 취하지 않았다. 하물며 중전의 샘은 다른 여인보다 더 좁고 가녀리니 지금 이 순간 거의 숨을 쉴 수 없을 만큼의 고통을 느끼리란 것을 그가 더 잘 알고 있었다.

하지만 왕은 더 깊숙하게 왕비의 좁은 몸 안으로 자신을 밀어 넣으려고 용을 썼다. 낙인을 찍고 싶었다. 혼백에까지 중전이 자신의 것이라고 느껴주기를 바랐다. 고통도 느낌이라면 목석같은 사람에게 고통이라도 좋으니 자신의 느낌을 새겨주고 싶었다.

"아아학!"

가엾은 왕비의 힘없는 비명이 인지당의 창문을 뚫고 밤하늘에 울렸다. 그러나 아무도 듣는 사람이 없으니 슬픈 소녀를 구원해 주지 못하였다. 섬돌 아래 장 내관이 있다지만 지아비인 전하께서 지어미인 중전마마와 동침하는 그 일을 누가 있어 간섭할 것이며 말려 줄 것인가?

튼튼한 왕의 치아가 다시금 옥과 같이 투명한 어깨를 힘차게 물어버렸다. 왕은 보드라운 안해의 목덜미와 어깨에, 또한 매끄러운 등과 허리에, 엉덩이에 뜨거운 입술을, 따가운 자신의 볼을 거칠게 비빈다. 가능하다면 어린 지어미의 모든 것을 삼켜 버리고 싶다고 생각한다. 언제 어디서고 원하면 가질 수 있게 주머니에 넣어 허리춤에 달고 다니고 싶다고 여긴다. 아무도 보지 못하게 오직 자신만이 가지고 사랑할 수 있게 몸 깊이 어디엔가 꼭꼭 숨겨놓고 싶은 단 한 사람.

"싫어! 싫어요, 이러지 마시어요."

왕비는 마지막으로 정신의 끈을 놓아버리면서도 끝까지 힘없는 반항을 한다. 이 궐을 나갈 거야! 다시는 돌아오지 않을 것이야! 이제는 싫어! 절대로 이렇게는 못살아! 죽어버릴 것이야!

어느 순간, 왕은 자신의 몸 아래 흔들리던 작은 몸이 힘없이 축 늘어지는 것을 느꼈다. 광풍보다 더 사납고 해일보다 더 거대한 지아비의 난폭한 욕정을 감당하지 못한 터로 중전이 혼절을 한 것이다. 하지만 정신을 잃는 그 순간까지 왕을 거부하고 도망을 치겠다 맹세하던 그녀. 이미 사나운 정욕의 포로가 되어 있던 터로 눈이 먼 왕은 정신을 잃은 어린 몸을 끝까지 욕심껏 소유하고야 만다. 한참 후 다시 한 번 포효하며 여린 몸에 분출한 왕은 땀에 젖어 굴러 떨어졌다.

"고약한 것!"

왕은 축 늘어진 왕비의 몸을 두 팔로 굳게 아듬으며 이를 갈았다. 끝까지 짐을 거역하고 반항을 한단 말이더냐? 하지만 입에서 나오는 말과는 달리 왕의 얼굴은 쓰라렸다. 혼절하여 파르라니 보이는 여린 얼굴을 내려다보는 용안은 슬프게 일그러져 있었다. 가슴 깊이 젖어드는 자괴감과 더불어 쓰디쓴 패배감을 이기지 못하였다.

"신첩에게 온갖 수모와 능멸을 다 하여놓고서 이제 와서 마마를 은애하고 사모하라고요? 그리는 못하니 차라리 신첩을 죽여줍시오!"

죽어도 주상 당신을 사모하지 못하리라, 왕이 바라는 단 한 여인이 도도하게 선언하였다. 거절당한 것이었다. 평생 이 사람의 마음속에는 들어가지 못하리라 밀려 나온 것이었다.

왕은 왕비의 작은 몸을 안아 이부자리 안에 눕혔다. 가만히 금침 깃을 올려주고는 꼭 안아보았다. 그를 내치기만 하는 어린 아내를 품에 안고 창백한 얼굴을 하염없이 내려다보기만 했다.

어둠처럼 절망한 얼굴로 이마를 고였다. 푹 떨어진 고개는 들려질 줄 몰랐다. 이윽고 검고 짙은 남자의 눈물 한 방울이 뚝 하고 떨어졌다. 달빛같이 하얀 볼에 후회와 괴로움에 가득 찬 눈물이 뚝뚝 떨어졌다.

"그래, 그리하여 주마. 언젠든 너가 짐에게서 벗어나지 못하게 될 때, 보란 듯이 너를 폐비하여 쫓아낼 것이다. 너가 진정 짐 품 안에서 죽고 못사는 계집이 되면 그날로 널 쫓아내 버릴 것이라고. 알아?"

고래고래 소리치고 싶었다. 누구든지 곁에 있으면 무작정 박살을 내버리고 싶은 그런 파괴욕, 혹은 절망이다. 짐을 이렇게나 싫어하고 무작정 밀쳐 내는 너에게 짐인들 정이 있는 줄 알아, 이 멍청한 것아? 짐이 너에게 집착하는 것은 다만, 다만 자존심이 상해서라고! 계집 같지도 않는 못난 너가 감히 짐을 피하려 하는 것이 신기하고 같잖아서 그러는 것이라고.

'아니, 아니야. 그것만은 아니야.'

왕은 이미 혼절하여 미동도 없는 여린 몸을 감싸 안으며 소리없이 절규했다. 이토록 바라는데 그의 마음을 몰라주는 야속한 사람더러 밉다 원망했다.

'그대를 안으면, 깊은 외로움이 가시는 것 같아서. 집에 돌아온 것처럼 편안하여 그대를 안는 것이야. 그대를 사모하니까, 원하니까. 그래서 그대를 이렇게 가져. 그대가 웃으면 천하를 가진 것보다 더 행복할 것 같아서 그래서 오직 그대만을 갈망하게 돼. 짐을 나누고 싶어. 그래서 이렇게 그대를 가져. 그럼에도 불구하고 짐을 보아주지 않는 그대가 밉구나. 이렇게 사모하는데 조금도 흔들림없이 짐을 꺼려하는 그대가 괴로워서 짐은 이렇게 힘들게 해. 그래서 이렇게 절망하여 그대를 아프게 해.'

제6장 전광석화(電光石火)

　　　　　　　인지당에서 하룻밤을 꼬박 세웠다. 새벽녘. 왕은 금침에 돌돌 싼 왕비를 직접 품에 안고 교태전으로 돌아왔다. 두 분만 보낸 그 밤. 대체 무슨 일이 있었노? 중전마마는 혼절한 채 여전히 깨어나지 못하였으며, 지난밤 광증이 가신 후, 왕의 용안은 시커멓게 우울하고 몹시 수척하였다.
　"비가 옥체 몹시 미령하시다. 깨우지 말고 조심하여 보살펴라. 전의더러 들라 하여 진맥케 하고 탕제 올려라."
　그 밤 사이 심신 모두가 괴로운 터로 단단히 몸살이 나시고 고뿔 드셨나 보다. 신열이 펄펄 끓어오르고 도무지 정신을 차리지 못하는 중전을 가만히 내려다보던 왕이 훌쩍 일어났다. 문을 나서면서 힐끗 돌아보는 시선이 안타깝고 후회에 차고 자괴 어린 것이었다.

무리죽 받으시고 용포 차려입고 편전 나가시니 그냥 예사로울 뿐. 지난밤 중궁에서 벌어진 기막힌 소동은 묻히는 듯하였다. 편전에는 이미 독대를 명한 병조판서 남준이 부복하여 기다리고 있었다.

"전하, 불러 계시었나이까?"

단 한 번도 먼저 그를 청한 적이 없는 상감이시다. 게다가 독대라니. 남준은 몹시도 긴장한 얼굴이었다.

"짐이 긴히 경에게 하명을 할 일이 있어 불렀소."

"분부받자와 소임을 다할 것입니다."

"짐이 심히 노엽고 불쾌하오. 궐 주변에 사리사욕 생각하여 짐의 행적을 사사로이 들고나며 소문 피우는 불측한 무리들이 있다 싶은 것이라. 경은 내일 신위영의 병졸들을 이끌고 입궐하오. 상선과 재관이와 엄 상궁이 골라내는 인간들을 모다 굴비 두름하여 곤장 늘씬하게 두드린 다음서 장성 쌓는 삭주로 내쫓아 버리시오! 같잖은 것들이 감히 궐에 들어와 묵묵히 제 소임을 다하여야 하는 것이거늘, 사사로이 지존인 짐의 행적을 미주알고주알 입질하여 위엄을 떨어뜨려? 도저히 용서할 수가 없으니 단단히 버릇을 가르쳐 줄 것이다."

"명심 봉행할 것입니다."

희란마마의 실언(失言)으로 야기된 궐내 첫 번째 숙청이었다. 이놈 저놈 다 골라내라. 월성궁 줄로 들어온 것들을 다 가지 쳐내고야 말 작정이었다. 믿음직한 목소리로 다짐하는 남준을 내보내 놓고 왕은 서안에 팔을 기대고 홀로 중얼거렸다.

"이럴 때를 대비하여 한인(남준의 호)을 내내 신임하고 곁에 두라 당부하신 것입니까?"

훗날에도 그를 거역하는 불측한 조하의 무리들을 가지 쳐낼 참에 병판이 건재한 터로 병권(兵權)만은 그의 손에 있음이 아니던가? 왕은 비로소 뼈저리게 깨달았다.

'지존의 위엄은 바로 힘이라. 아바마마께서 그러한 뜻으로 한인을 스물다섯이 될 때까정 바꾸지 말라 하신 게지요. 어린 소자를 두고 가시면서 차마 눈을 감지 못하고 가신 터라, 이렇듯이 짐을 위한 별별 방비를 다 하여두고 가시었군요. 이런 사랑을 받은 소자가 성군은커녕 폭군 소리나 듣고 있을 참이니 참으로 낯을 들 수가 없나이다. 인제 욱제가 한번 잘하여보겠습니다.'

다음날 아침 대궐이 발칵 뒤집어졌다. 궁녀들이 일어나 막 일을 시작할 참이었다. 갑자기 창칼을 치켜든 군졸들이 눈을 부릅뜨고 나타났다. 너 당장 보따리 싸서 나가라 하는 호령질 소리라. 그 수가 수십 명인데 모다 큰 죄인 취급이다. 대뜸 엄히 하명하기 나무 수레에 태워 장성 쌓는 함경부 삭주로 내쫓는다 하는 청천날벼락이 터졌다.

"마마님, 대체 저희가 무슨 죄를 지었다고 모질게 핍박하십니까? 이유나 알고서 쫓겨나야 쫓겨나도 원한도, 분함도 없을 것입니다. 흑흑흑. 억울합니다. 어찌 이러십니까?"

부제조 홍 상궁, 그동안 월성궁 큰마마 위세 업고 궐에서 갖잖은 권세 부리며 당당하기 일등이었다. 부귀영화 놓아두고 영문도 모르고 쫓겨나게 되었으니 그냥 곱게 나갈 수 있나? 눈물 철철 흘리며 발악하였다. 엄 상궁이 매섭게 볼을 후려치며 호령하였다.

"입 닥치지 못할까? 네년이 월성궁 계집의 위세 업고 전하 곁에서 살살거리며 눈질하여서는 지존이신 전하의 행적을 졸졸 꿰다 바친 줄 모르는 줄 아느냐? 목이 딱 잘릴 것을 그나마 어진 처분하여 귀양으로 끝난 참인데 오데서 억울하다 잘난 척을 하느냐? 네가 진정 주리 돌림부터 하고 내쫓길 것이냐? 여보시오, 고약한 이년들을 당장에 궐 바깥으로 내동댕이치시오!"

때 아닌 궁녀들의 울음소리가 궐 안에 진동하였다. 하루아침에 궐내 판도가 홀라당 뒤집어진 셈이다. 혹시 나도 걸려들까 간이 쪼그라들어 전전긍긍 식은땀을 흘리고 있는 사람이 있는가 하면 십년 묵은 체기가 다 가신 듯이 신이 난 사람도 있었으니, 바로 윤 상궁 이하 중궁전 궁녀들이었다.

희색이 만면. 윤 상궁은 김 상궁을 비롯한 중궁 나인들을 거느리고 광희문 누루에 올랐다.

희란마마 뒷곁으로 들어와 의기양양 한시절 잘 보낸 궁녀들이 모다 아무렇게나 몰림을 당하여 죄인들 타는 나무 수레에 내팽개쳐져서 울며불며 귀양 가는 모습을 보아하며 한마디 하였다.

"흥, 저년들이 월성궁 계집 위세 믿고 은근히 우리 중전마마 무시하여 속살거리는 입질이 고약하였고 중궁전 상궁들을 깔고 보았지? 어, 시원하다! 감히 제년들이 무엇이라고 전하의 동정을 살펴 바깥으로 입질하여 지존의 위엄을 떨어뜨리는 것이야? 조년들, 고생을 진탕 하여야 정신을 차릴 것이니 내가 병정들보고 삭주 가는 도중 고년들 단단히 버릇을 가르쳐라 하였지?"

노회한 윤 상궁, 그동안 중궁전 무시한 대전 궁녀들에게 분한 감정이 쌓일 대로 쌓인 터였다. 눈치 빠르게 쪼르르 궁녀들 호송하는 경비대장에게 전낭을 쥐어주고 왔다. 조년들이 전하의 행적 눈질하여 바깥으로 경박하게 소문 피우고 분란을 만든 아주 고약한 것들이오. 허니 단단히 버릇을 고치게 하소! 하고 술값을 준 것이다. 그 뜻이 무엇이더냐? 이 돈 가지고 고기반찬 술 한상 잘 받아먹고 조년들 아주 들들 볶아 골병들게 괴롭혀 주시오, 이런 부탁이다.

그렇게 하여 희란마마 입질 한 번 잘못한 터로 주상전하, 그녀의 간교하고 음험한 속내를 단번에 깨달으셨다. 보란 듯이 궐 안을 싹 물갈이해 버리셨다.

몇 년 동안 고심하여 주상의 주위에 제 사람 박아놓고 위세 부리던 희란마마, 그 소식 듣고는 앗, 뜨거라. 아차차. 내가 실수하였도다. 후회하며 발을 동동 굴렀다. 불타는 숯을 삼킨 것처럼 쓰라리지만 일은 이미 끝났다. 당장에 저도 날벼락 맞게 생겼으니 머리 싸매고 끙끙 앓을 뿐 유구무언(有口無言). 차마 입 벌려 편들어달라 말도 못하니 속병만 들고 창자가 뒤집어지지만 별수가 있나? 곧 죽어도 저가 전하의 동정 살펴 강새암을 못 이겨 입방정 부리다가 날벼락을 맞았다는 말은 못하였다.

그야말로 그 일은 역모나 꾀하지 않는다면 있을 수 없는 일이라. 만일 그것이 소문이라도 나면 대왕대비전이나 중궁전에서 내금위 무사 보내어 그녀를 장살한다 하여도 구원해 줄 사람이 없는 것이기 때문이다. 하물며 속내로 참말 고약한 역모 준비하는 그들이 아닌가. 도둑이 제 발 저린다고 더 아뜩하다.

궐 안의 동정을 낱낱이 살펴 일을 도모하여야 하는데, 좋은 기회가 재가루처럼 날아가 버렸다. 괜히 상감마마 동정 살피는 무리의 근본으로 낙인찍힌 셈이니 그야말로 가시방석. 어찌할거나. 어찌할거나. 창날처럼 날카롭고 명민하신 상감마마, 인제 저들을 향하여 의혹의 눈길을 보내고 있음이 아니냐.

등골 서늘한 희란마마, 이를 아드득 깨물었다. 이판사판. 제 세력이 더 잘리고 제 처지 더 좁아들기 전에 대사(大事)를 도모하리라 더 큰 악심을 다짐하였다. 과연 세상일이 간특한 제 속셈대로 흘러갈지 어디 한번 두고 볼 일이다.

먹물 뿌린 듯 날이 어두워졌다. 밤하늘에는 별만 총총, 정적이 이슬처럼 내렸다. 도성 사람들 모다 깊은 잠이 든 시각.

파루가 친 지도 이미 오래. 호드기호드기 밤새가 날아간다. 달 그늘 하나 없는 어둠. 번동의 솟은 대문 하나가 삐걱 열렸다. 인적이 끊어진 골목길 좌우를 살핀 후에 교자 하나가 빠져나왔다. 교자는 나는 것처럼 중경의 밤길을 달려 배오개 고개로 다다랐다. 늦은 밤임에도 까물락까물락 등불이 켜져 있는 노란 창문 하나. 흠흠 하는 헛기침 소리에 기다린 듯이 살그머니 문이 열렸다.

교자가 빨려들 듯이 문안으로 사라졌다. 어둔 담 위에서 선 그림자 둘. 안광이 형형하였고 허리에는 *동개를 차고 등에는 삐죽 검을 메고 있었다. 교자가 들어간 집을 매섭게 노려보며 뇌까렸다.

"기생집일세그려."

---

*동개:화살통

"원래 계집과 술이 있어야 혀도 더 잘 돌아가고 호기로워지는 법이지."

"이대로 덮칠까?"

"안즉은 멀었어. 빼도 박도 못할 증거를 잡아 바로 그 자리에서 해치워야 하네. 좀 더 동정을 살펴보세."

검은 그림자 둘이 훌쩍 담을 넘어갔다. 바람을 다리에 진 듯 날렵하고 민첩하였다. 두어 식경이 지난 후이다. 흠흠 헛기침을 하며 문이 다시 열렸다. 명국 복색을 하고 풍채가 좋은 사내가 두 명의 수종을 딸리고 교자를 탄 채 먼저 나섰다. 그 뒤로 아까 들어간 사내가 말을 탄 두 사내와 함께 따랐다. 그들 일행이 도착한 곳은 어제 막 도착하여 이것저것 짐을 부리느라 여전히 분주한 명국 상인들의 숙소였다.

상인 복장을 한 한 사내가 일행을 맞이하였다. 교자를 탄 명국 사내의 하명에 고개를 끄덕였다. 창고 뒤에서 우마차 두 대가 굴러 나왔다. 바깥에서는 살펴볼 수 없도록 두텁게 이엉과 천으로 꼼꼼히 가려지고 방비된 짐을 가득 싣고 있었다. 뒤따라온 사내가 슬며시 천을 들추었다. 만족하여 웃음 지으며 명국 복장을 한 사내에게 고개를 끄덕였다. 묵직한 자개함이 이 손에서 저 손으로 넘어갔다.

얼핏 보면 예사로운 광경이었다. 명국 상인들에게서 물건을 사는 듯, 평범한 거래일 뿐이다. 교자를 타고 온 사내가 말을 타고 있던 두 사내에게 우마차를 끌고 가라 지시하였다.

"한 사나흘 있다가 내가 한번 산채로 감세. 조심하게."

"여부가 있겠습니까?"

말을 탄 텁석부리가 고개를 까딱해 보이고는 우마차 뒤를 따랐다. 교자를 탄 사내는 사내들과 마차가 완전히 사라지는 것을 바라보다 가자! 하고 가마잡이에게 명령하였다. 사내의 교자가 골목길을 돌아 나오던 순간이었다. 교자의 채를 잡은 이들의 발길이 멈칫하였다. 전포 차림에 등에 검을 지고 주상전하 직속 호위밀 표식인 비룡이 수놓아진 소매가 달린 동달이를 입은 사내들이 앞을 가로막았기 때문이다.

"누, 누구냐? 좌랑영감 행차시다. 감히 오데서 귀인의 앞길을 가로막느냐?"

"묻고 싶은 것은 소인들이올시다. 야심한 밤에 어인 행차시오?"

"어허! 물러서라! 은밀히 하는 조정 일이니라. 가자, 얘들아."

교자에 탄 이조좌랑. 이름이 이익회인데, 짐짓 흠칫 떨리는 기색을 감추고 호령하였다. 그러나 앞을 가로막고 선 사내들, 만만치 않았다.

"은밀히 하는 조정 일이라, 괴이합니다그려. 대전께서 하명하지 않은 조정 일은 어디 있을 것인가? 분명 명국과의 사사로운 교역은 국법으로 금지된 줄 아는데 어찌하여 금전을 주고받고 물건을 옮기는 일이 생기는 것이오? 저희를 따르십시오."

"어허. 이놈들, 너희들이 상감마마를 지척에서 뫼시는 호위밀이라도 그렇지. 이리 아무런 이유 없이 조하중신을 핍박하느냐? 당잘 비키렷! 내, 밝은 날 상감께 너희들의 무례함을 반드시 고변하리라!"

"순순히 말로는 아니 들으실 분. 애들아, 좌랑영감을 뫼시라! 상감마마께서도 이 야심한 밤에 사사로이 명국 사신을 만나고, 상인들과 은밀히 내통하여 금전 주고 받으며 국법이 금하는 바, 사사로이 물건을 사다 나르는 악적이 뉘인지를 알고 싶어하시었다. 당장 탑전에 끌고 갈 것이다!"

순간 교자에 탄 사내 이익회, 등골에 소름이 쫙 끼쳤다. 저절로 진땀이 이마에 서렸다. 이 사내들, 그 뒤에 앉아 있는 왕이 이미 그들의 모반함을 눈치채 동정을 살피고 감시하고 있었다는 말이 아닌가? 이대로 내가 끌려가면 월성궁 마마 이하 우리는 오늘 다 죽는다. 어찌하면 좋은가?

바로 그 순간이었다. 피잉 하고 날카로운 소리를 내며 어디선가 화살이 날아왔다. 교자 위에서 어찌할 바를 몰라 허둥대는 이익회의 목을 사정 두지 않고 꿰뚫어 버렸다. 아차차 혀를 차며 호위밀한 사람이 훌쩍 몸을 날려 화살이 날아온 방향을 향하여 달렸으되 어둠 속으로 사라진 암적을 잡기에는 이미 너무 늦었다.

으헉, 비명 소리도 채 내지 못하고 교자에서 툭 굴러 떨어지는 이익회를 바라보며 앞장선 사내, 정일성이 혀를 찼다.

"여차하면 꼬리를 끊고 사라지는 것이 가장 좋은 방법. 등 뒤에 다른 그림자가 뒤따르며 감시하고 있는 줄을 미처 염두에 두지 못하였군."

한편 몰래 몸을 숨기고 우마차를 따라가는 사람들은 윤재관이 이끄는 일행이었다. 새벽나절, 우마차는 북문 바깥 매전 고개에서 그를 기다리는 장정 너덧을 만났다. 목장에서 도둑맞은 한혈마를 탄 화적 떼였다. 실쭉 비릿하고 득의양양한 웃음을 나눈 후에 우마차를 끌고 가려는 화적 떼를 바라보던 윤재관이 나지막이, 허나 날카롭게 소리쳤다.

"국법을 어기는 죄인들이다. 모반을 꾀하는 대역죄인이다. 한 놈도 놓치지 말고 덮치되, 도망치면 죽여라."

"존명!"

삐익, 윤재관이 입에 손가락을 물어 날카로운 휘파람 소리를 냈다. 그것이 신호였다. 미리 대기하여 숨어 있던 호위밀들이 우마차를 호위하여 끌고 가던 사내들을 일거에 덮쳤다. 미리 예기치 못하였던 급습이다. 우왕좌왕. 지리멸렬, 그러나 화적 떼들도 이왕지사 만만치 않았다. 어차피 이러나저러나 죽는 목숨. 마지막 대적이나 한번 하고지고! 칼바람이 일고 검광이 번뜩였다. 허나 중과부적. 게다가 무술 솜씨라 할 것이면 천하에서 알아주는 호위밀들을 감히 누가 당하랴? 이내 산적들은 다 제압당하고 말았다. 칼을 맞아 죽은 놈 너덧, 살려두어 입을 열게 하리라 하였던 두목 놈이 입안에 숨겼던 독을 깨물었는지 시커먼 피를 흘리며 축 늘어졌다.

"독한 놈이로고! 이토록이나 비밀을 지키려 엄히 단속함이라, 이 무리들은 성상의 말씀대로 역모의 작당질을 한 것이 분명하다. 산 놈이 없느냐?"

"산 놈은 없되 소장이 더 좋은 단초를 발견하였나이다."

윤재관 휘하 한 호위밀이 죽은 화적 떼 등에 멘 동개에서 화살 하나를 잡아 뺐다. 싱긋 웃으며 자신만만 단언하였다.

"이 화살촉을 보아하니, 조잡합니다. 조정의 무기고에서 빼낸 것이 아니라 대장장이를 시켜 저들이 직접 만든 것입니다. 이것을 만든 놈만 잡으면 이들의 산채를 알 수 있을 것입니다."

"그렇구먼. 오늘이 가기 전에 찾아내야 흉적들이 숨지를 못할 것이다. 헌데 이것이 무엇인가?"

윤재관이 우마차의 장막을 걷었다. 혀를 찼다. 수레 한 가득 번쩍번쩍 빛나는 신품의 수리제 총이 가득 실려 있었기 때문이다. 눈으로 어림짐작을 하여도 오십여 정은 될 듯싶었다.

"호오, 이놈들, 장히 간담도 크구나. 수리제 총이 아닌가?"

"대장, 이는 불랑기포이올시다. 진정 역모가 분명합니다. 감히 화적 떼 주제에 명국과 내통하여 신식 포가정 구하여요? 필시 궐을 치고 들어올 생각을 한 것이 분명합니다."

"흉수가 누구인지는 모르되 장히 간담도 큰 놈들이라. 이런 기미도 모를 줄 알고? 우리는 당달봉사인 줄 아는가?"

윤재관이 혀를 찼다. 발로 수레를 툭 걷어찼다.

"저들이 작심하여 구하려던 신형 무기를 탈취당하였으니 배가 꽤나 아플 것이다. 너희들은 이 수레를 끌고 재포나루로 나가 수운을 이용하여 중수영으로 옮겨라. 나는 성상께 일의 전말을 고변할 것이다. 허고 너희 둘은 금부로 가서 아랫것들을 풀어 샅샅이 대장간들을 훑어라. 날이 어두워질 때까지 찾지 못하면 군율로 다스리리라!"

"존명!"

윤재관이 날랜 말을 타고 대궐로 돌아가고 호위밀 아랫것들도 하명받은 바를 이루기 위하여 뿔뿔이 흩어졌다. 개미 떼처럼 퍼진 호위밀들이 도성뿐 아니라 도성 바깥의 모든 대장간을 낱낱이 훑었다. 마침내 찾아내고야 말았다. 고문에 못 이긴 대장장이가 결국은 화살촉을 대주던 산채를 토설하였고, 하시라도 군사를 일으킬 준비를 하고 있던 진성대군, 왕이 윤재관을 보내 하명을 하기가 무섭게 그 밤으로 진봉산에 머무르고 있던 무뢰한들의 산채를 급습하였다.

감히 겁도 없이 불랑기포를 사들이려 하며 국가의 창고에서 무구를 훔쳐 내가고 목장에서 군마를 빼내었으니 역모라. 단 한 놈도 살려두지 말라 엄히 하명하시었다.

전광석화(電光石火).

급습을 당한 산채는 불태워지고 그곳에 머무르고 있던 화적 떼 사오백 명이 다 죽임을 당하였다. 그러면서도 소문 하나 나지 않게 처리함이라. 당당하게 회군하여 고변하는 진성대군. 다만 역모를 분쇄함이 아니라 백성을 괴롭히는 화적 떼를 섬멸하였노라 아뢰었다. 이렇게 하여 미수에 그친 역모의 음모. 단국의 사직은 온전히 보전되었다.

"산채가 불태워짐은 그동안 간세들이 궐 안의 동정을 살피지 못함이었으되, 이번 일로 더 은밀하게 경계를 할 것이오. 우리도 더 신중하게 지켜보아야 할 것이오."

왕의 예측이 빗나가지 않았다.

참으로 천운(天運)이지. 하늘은 아직 악인들의 말로를 여기서 끝낼 생각은 아니었던 게다. 이익회를 따르던 두목과 월성궁 사이 끈인 양주부 놈이 운 좋게도 목숨을 부지하여 달아난 터였다. 하도 은밀하게 일을 처리함이니, 떼죽음을 당한 산적들은 그들이 단지 도적질을 하는 화적이라 생각하였지 역모의 도구였음은 생각하지 못하였다.

　게다가 진정한 흉적과 내통하여 무기를 팔아넘긴 명국의 사신도 다음날 아침, 싸늘한 시신으로 발견되었다. 기생과 잠자리를 같이한 후 느지막이 일어나나 싶었는데, 눈을 부릅뜬 채 절명하여 있었다. 독에 당한 듯싶었다. 밤에 시침을 든 기생은 온데간데 종적을 찾을 수가 없었다.

　사신으로 온 명국인이 죽었으니 커다란 외교문제로 비화될 뻔하였다. 하나 감히 사사로이 국법으로 금지된 무기를 팔아넘긴 증거라, 그의 하명에 따라 들여와서는 아니 될 무기를 넘겨준 상인의 증언과 벽장 속의 자개함에 가득한 황금이 발견된 이후, 사신 우두머리도 할 말이 없었다. 하물며 명국에서조차 반출을 금지한 신무기임에랴.

　"그놈이 감히 관복을 입고 사신의 탈을 쓰고 들어와 일으킨 문제라니. 역당이 분명합니다. 이놈의 시신을 그대로 가져다가 우리 폐하께 아뢰겠나이다."

　고개를 조아리며 조사차 나온 병조판서에게 사정조로 덮어달라 말할 수밖에 없었다. 덫을 놓아 마지막 원흉을 끝내 잡아챌 것이다 하였으되 이렇듯이 도마뱀 꼬리가 잘리듯이 드러난 적들이 진정한 흉수들에 의하여 죽임을 당함이라. 은밀하고 깊은 어둠에 묻혀 모호해지고 말았다. 짐짓 아무것도 모르는 척, 태연한 얼굴로 왕은 산채에서 돌아온 진성대군을 맞이하였다.

　"짐이 느끼기에 안즉 멀었소. 큰 군사는 제거하였으되 깊은 화근은 안즉 잘리지 않았소. 매사 조심하고 더 살펴야 할 것. 숙부께서도 한시도 경계를 늦추지 말고 짐의 전갈을 기대리십시오."

한편, 월성궁. 거복이 놈, 무구를 구하는 일도 어그러지고 산채까지 불타 버렸다. 간이 손톱만큼 졸아들었다. 아연 놀라 몰래 밤비처럼 월성궁으로 스며들었다. 새파랗게 질린 희란마마에게 일의 전말을 고하였다.

"불랑기포를 흥정하던 그 시간에 군졸들이 급습하였으니, 필시 우리의 동정을 지켜보고 있던 눈이 그동안 있었던 것입니다. 심히 조심하지 않으면 안 될 듯합니다. 잘못하면 줄줄이 *감저 뿌리처럼 딸려 나갈 듯합니다. 쇤네도 당분간 어디 지방에 몸을 숨기고 때를 기대리겠습니다요."

희란마마 가슴을 쥐어뜯으며 억울하고 분하여 아까워서 데굴데굴 굴렀다. 그동안 들인 공력은 얼마이며, 퍼부은 금전은 또 얼마인가? 허나 저들의 목은 온전하였으니 다시의 때를 기다릴 수 있음이련가? 천행인 것은 아비 정안로가 군마의 일로 탐라에 가 있는 참이니 이번 역모의 일에서 번듯하니 빠져나온 것이었다.

"알았어. 몸조심하여 때를 살펴보세. 내 난중에 사람을 보내어 기별함세."

돌아서는 거복이 놈에게 희란마마, 나지막이 후려쳤다.

"명국 사신 죽인 경조 년은 어디 있는가?"

"지금 세암정 별저에 숨어 있습니다요."

"자네 떠나면서 그년 명줄을 따버리게. 눈빛을 보암직하니 그년

---
*감저:고구마

이 항시 앙앙불락. 제 맘에 일이 어그러진다 싶으면 필시 우리를 배신하고 졸졸 다 꿰어바칠 년일세."

옥선이와 경조는 상감의 하명대로 명국 사신을 접대하는 영은사 관기로 보내졌다. 월성궁과 끈이 닿은 사신에게 시침을 들게 되었다. 그놈의 입을 막아라 하면서 극독이 든 반지를 끼워주었다. 시키는 대로 경조가 독을 술잔에 타서 그를 죽인 것이다.

무심한 달빛 아래 밤이슬이 젖었다. 피에 젖은 일은 침묵의 소문 속에 묻혀 스러져 갔다. 역모의 기운이라. 쉬쉬하는 와중에서 시간은 흐른다. 월성궁과 이어진 줄은 다 죽음으로 입이 막히고 드러난 이는 오직 이조좌랑 이익회 한 사람. 모든 죄를 홀라당 다 뒤집어썼다. 그 가솔들 다 역적의 뿌리라. 가문의 남자들은 그날로 죽임을 당하고 여자들은 전부 관비가 되어 얼굴에 *묵형을 당하여 먼 탐라며 율도로 쫓겨간 것은 그 사흘 후였다.

속살속살 가는 비가 내린다. 오후 맞춤하여 장 내관이 보따리를 들고 중궁으로 건너왔다. 우원전을 돌아보는 눈빛이 영 한심스럽다는 표정이다.

'여하간에 철없는 어린애라니깐. 덩치만 커다라면 무엇 해? 도무지 가녀린 여심(女心)을 헤아리지 못하시는데. 죽도록 괴롭혀 놓고 나중에 잘하여준다 난리치면 어쩌라고? 기가 차서! 심신이 괴로워서 운신도 못하시는 분더러 잉태를 잘하는 보약을 지어가라 하시면은 대체 어찌하란 말이냐?'

---

*묵형:얼굴에 먹으로 글씨를 새기는 형벌

전광석화(電光石火)

울컥하는 성질머리에 뒷일 생각하지 않고 무작정 일단 저질러 놓고 난 후, 뒷날 벅벅 땅바닥 긁으며 후회하는 버릇은 아직도 고쳐지지 않았다. 도무지 철딱서니없는 주상 하는 노릇이 전부 다 못마땅한 장 내관, 혀를 쯧쯧 찼다.
 인지당의 망극한 사건 이후 벌써 엿새가 지났다. 중전마마께서는 안즉도 자리보전이라. 그만큼 지아비 왕의 억지 광증에 심신이 지치고 망가졌다는 뜻이리라. 그래도 걱정은 된 모양이지? 뱅뱅 중전마마 옆에서만 돌았다. 부원군도 들어오라 선심 쓰고 끼니마다 대전서 귀한 음식 붉은 보에 싸서 중궁 가져가라 하명도 한다. 흥. 그러면 다 무엇 하시냔 말야. 늙은 내관 다시 한 번 혀를 찼다. 지금껏 벌어놓은 것, 한 번 실수에 몽땅 톡 털어 까먹고 마는 것을.
 여하튼 하명을 받았으니 봉명은 해야지. 중궁문을 넘었다. 마루 끝에 서 있던 윤 상궁이 맞이하였다. 왕이 하는 짓이 밉살스럽다 싶으니 모시는 사람까지도 미운 터다. 바라보는 눈길조차 쌀쌀맞았다. 죄도 없는데, 상전의 허물이 바로 제 허물이라. 장 내관은 어름어름 땀도 나지 않는 이마를 훔쳤다.
 "흠흠흠. 윤 상궁, 금일 유난히 고와 보이오."
 "아니, 객쩍은 소리 하시러 예로 오시었소?"
 "헛허. 내가 무슨 말을 하였다고 눈날부터 세우고 그러시나? 중전마마 옥체는 좀 어떠하시오?"
 "흥. 몰라서 물으시오? 몸살 들고 마음 상하여 신열이 끓어오르는 분이 가엾지도 않나? 그리 걱정이시면 당신 상전더러 중궁전 못 듭시게 하여주구려. 허구한 날 가엾은 분을 사람 구실도 못하게 짓밟아놓고 무어라? 이리 약 보따리 들고 나오면 누가 얼씨구나 좋다 할 것 같소?"

"윤 상궁 자네도 참말 대단하오. 내소박 대차게 맞는 상감 사정도 좀 알아주구려. 흠흠흠."

윤 상궁이 눈을 있는 대로 흘겼다. 장 내관 손에 든 보따리를 사납게 잡아채 갔다.

"중전마마께서는 안즉도 미령하시오. 제정신이 아니올시다. 허니 금일 밤은 제발 우원전에서 침수하시도록 상선 영감께서 힘을 써보시오."

장 내관이 휘유우 한숨을 내쉬었다. 당신 맘대로 하고 사시는 분의 성정을 몰라 저이가 나에게 이런 말을 하는가? 어름어름 눈치를 살피면서도 대꾸하였다.

"그, 그야 말씀은 올려보겠으되 상감께서 하시는 일인지라 감히 미천한 내가 어찌 막을 것이오?"

"허면은 이 밤도 또 주상께서 중궁전 듭신다 하시었답니까?"

"내가 말씀 올렸지. 중전마마께서 미령하시고 옥체 허하시니 편안하게 쉬시도록 하옵시지요."

"헌데요?"

"대답 대신 전의부터 불러 약 보따리 챙겨라 합디다. 그게 상감마마 하답이라. 이 밤도 중궁전 가련다 돌려치는 말씀이 아니고 무엇이오? 기가 차서! 이게 무엇인지 아시오? 여인들이 잉태 잘하게 돕는 약재라 하오."

장 내관 말을 듣는 순간, 기가 차서 윤 상궁이 뒤로 넘어갔다. 뭐

전광석화(電光石火) 195

라? 이분이 참으로 불쌍한 지어미를 잡아죽이려 작정을 하였고나. 기어코 인지당에 쫓아가서 죽도록 괴롭힌 것으로도 심에 차지 않았는지 폐비시켜 주마 무섭게 을렀다고 하였다. 마음 아프고 몸도 아프고 도무지 살아갈 기운조차 없는 중전마마. 혼몽한 얼굴로 시름시름 앓기 며칠. 저 때문에 몸 망가지고 마음 문드러진 이라면 염치가 있어야지. 예전에는 오셔라 하여도 고개 돌리지도 않더니 이제는 오지 마소서 하여도 줄기차게 찾아온다. 중전마마 옥체가 심히 미령하시니 동온돌서 침수하시지요 하여도 묵묵부답. 서온돌에 기수 배설하라 하시고는 끝끝내 신열 돋아 끙끙 앓는 중전마마 옆에서 당신은 코만 골며 잘도 주무시는고나.

이런 만고에 없는 변이 있나. 아무리 그러하여도 그렇지. 뭐라? 이제는 잉태 잘하는 보약까지 먹여서 어찌하겠다고? 수저 들 힘도 없으신 분을 당신 맘대로 내려 눌러 겁간하시겠다는 뜻이냐? 윤 상궁은 하도 어이없고 기가 막혀 핫! 하고 허공을 향해 웃음을 날렸다.

마루에서는 이런 소동인데, 그럼 방 안에서는 중전마마 무엇 하시나.

문안 인사도 여쭙지 못할 만큼 옥체 미령하시다는 기별에 아연 놀라시었다 대왕대비전하께서 명온공주 마마와 더불어 문병차 교태전에 듭시었다. 어려운 분이라, 간신히 자리 걷고 일어나 두 분을 맞이하였다.

"몸조심 좀 하시지 않고서요. 중전의 옥체는 여염집 처자의 몸이 아닙니다. 만민의 것이에요. 아끼세요."

"망극하옵니다, 마마. 하교 명심하여 앞으로는 조심할 것입니다."

"……휴우, 주상께서 또 한 번 트집 잡아 교태전을 뒤집으셨다구요?"

다 알고 오신 분 앞에서 무엇을 가리고 변명하랴. 대왕대비전하의 어진 얼굴에 검은 구름이 가득 끼어 있었다. 쯧쯧쯧, 혀를 차며 섬약한 손을 잡아 차마 말씀은 못하시고 그저 쓰다듬고 또 쓰다듬고…… 중전은 가만히 고개를 숙였다. 떨리는 입술 열어 자신이 모자라다 사죄하였다. 말없이 위로하시는 손길. 그 위로 어느새 넘쳐 흐른 눈물이 한 방울 똑 떨어졌다. 하지만 내내 이렇게는 못살 것이다. 차라리 폐비되는 것이 더 행복한 일이거니. 감히 입벌려 염치없는 소원을 처음으로 발설하였다.

"더없이 모자라고 많이 부족하와, 주상전하 심기를 편안케 하여 드리지 못하는 소인의 부덕이옵니다. 입이 열이라도 할 말이 없나이다. 하지만 마마, 오직 피를 나눈 친조모님이라 이리 생각하옵고 심중의 말씀을 드리옵나니, 이날을 기화로 차라리 이 보잘것없는 것이 교태전에서 물러남이 옳은 일이 아니겠는지요? 밤을 새워 생각하여 보아도 이렇게 신첩을 못마땅하게 여기심은 전하의 실덕이 아니라 이 몸의 모자란 점이옵니다."

"어허, 망극하오! 쓸데없는 소리. 윗전이 심지 굳어서 모든 일을 의연하니 처리하셔야지요! 중전은 보통 분이 아니세요! 사직의 어미이며 이 나라 대통을 이어주실 막중한 분이십니다. 한 번만 더 못난 그 사람 이해하고 용서하여 주시구려. 내 부탁하오. 상감이 속내는 여린데, 마음 같지 않게 겉으로는 꼭 강한 척 잘난 척, 궂은일을 일부러 하는 이가 아니오? 생각없이 일을 벌여놓고 나중에 가서는 또 어쩔 줄 몰라 하며 애면글면 하는 버릇인 줄 내 아오. 겉으로만 저 혼자 잘났지, 실속은 도통 없는 상감. 한 번만 어질고 야무진 우리 중전께서 이해하고 덮어주시오."

"참으로 민망하고 죄송합니다. 전하의 위엄에 걸맞는 중궁전이 이 자리에 앉으셨어야 하는 것인데, 모자란 이 몸이 어찌하다 이 자리에 앉아서 이런 모습을 보여 드리게 되었는지……. 신첩이 먼저 물러나야 할 것 같습니다. 내전의 불화로 이렇게 할마마마 심기 어지럽히는 일도 없을 것이며 전하께서도 쓸데없이 중신으로부터 중궁전 외면한다 비난도 받지 않으실 참이니, 이날 소인은 오직 그런 생각만 하옵니다."

깊이 감추어둔 속내를 마침내 드러낸 중전마마. 바들바들 떨며 간신히 말씀을 이었다. 어느덧 설움이 다시 솟구쳤다. 후드득 떨어진 눈물방울들. 체모를 훼손하는 그 어떤 말도 함부로 섣불리 드러내지 않는 조용하고 입 무거운 사람이 그런 말까지 할 참이면 그 속은 얼마나 미어 터지는 것이냐? 그토록 가엾은 중전마마 꼴을 보고 돌아서는 대왕대비전하인들 마음이 어찌 편하실까?

창희궁으로 돌아오시어, 신임하는 따님 앞에서 비로소 심중의 깊은 말씀을 털어놓았다.

"휴우, 곤전의 딱한 꼴을 보아하니 마음이 아파 차마 그이만 홀로 두고 발을 움직일 수가 없더구나."

"중전마마께서 상심이 극(極)하신 모양입니다. 허니 조용하신 분

입에서 먼저 폐비됨이 나으리라 하는 말까정 나오지요."

"말하지 않고 보지 않는다 하여도 그 속을 짐작치 못할 것은 아니지. 내 이런 말은 차마 할 수 없는 것이나 중전이 차라리 폐서인 되어 사가로 나가심이 나으리라 싶을 정도로다."

"아이고, 어찌 그런 말씀을 하시는지요? 중전마마의 단 한 분 든든한 뒷곁이 되어주어야 할 분이 오직 어마마마이십니다."

"낸들 몰라서 그러하느냐? 하도 그이 꼴이 딱하여 그러하지. 교태전에서 이렇듯이 모질고 망극한 수모를 견디며 사는 것보다는 사가로 나가 사람답게 사는 것이 오히려 그이를 돕는 길인 듯하였다. 대례 치를 적에 보았던 중전의 첫인상은 맑고 영리하고 어질어서 참말 고왔지 않니? 헌데 이리 뒷방 차지 삼 년, 온갖 수모에 박대당하며 산 터라 사람의 눈에 빛이 꺼지고 매사 겁에 질려 오들오들 떠는 것이라. 어찌 저것이 사람의 올바른 꼴이라 하겠더냐? 마치 자유로운 새 한 마리를 억지로 날개 꺾어 조롱 속에 가둔 꼴이라 할 것이니 참혹한지고, 참혹한지고!"

대왕대비전하의 눈시울이 다시금 설핏 붉어졌다. 중전 앞에서 억지로 참아낸 눈물이 인제야 노안(老顔)을 적시었다.

"귀한 집 고운 따님 데려다가 어찌 그런 꼴만 보이며 살게 할 것이냐? 선대왕의 유훈으로 진성이 간택에 올렸을 때 참으로 영명하고 어질며 야무진 터라. 내 그이를 교태전에 앉힐 적에 주상의 혼인을 잘 치렀거니 싶어 마음이 그득하였다. 인제는 후회하느니, 휴우. 내 마음에 들면 무엇 하겠니? 지아비인 상감이 저리 박대를 하고 구박만 하는걸. 악연인 게지."

어린 중전은 대왕대비전하께는 친손녀와 진배없었다. 그 아끼시는 뜻이 한없이 깊고 깊었다. 사직과 종실을 생각하면 전하께서 절대로 그런 일을 하면 아니 되리라 만류하셔야 하지만 대왕대비마마 실상은 그러고 싶지가 않았다. 중전을 위하여서는 차라리 일이 그렇게 흘러갔으면 하고 바라보실 정도였다. 그토록 오늘 보고 돌아선 중전마마 꼴이 가엾고 눈물겨웠던 것이다. 노인은 다시 깊은 한숨이다.

"모른다 모른다 하지만 주상의 그 심사는 참으로 모를 일일레라. 상감이 비록 월성궁 고 요망한 것에 미혹하여 천지분간 못한다 하여도 워낙에 명민하여 사리분별 잘하던 터가 아니냐? 게다가 그 천성이 타고나기 그래도 쾌활하고 착하였기로 모질거나 부당하게 잔인한 이가 아닌데. 어찌 그리 제 안해에게만은 매사 차갑고 심술궂을까? 실로 내가 두 분 생각을 하면 밤잠이 아니 오는 것이다."

"어마마마, 혹여 주상께서 중전마마를 혼자 외사랑을 하고 있는 것은 아니옵니까?"

영 엉뚱한 말에 대왕대비전하, 명온공주 마마를 바라보았다.

"뭐라? 주상이 외사랑을 해서 중전을 괴롭힌다고? 그랬으면 얼마나 좋을 것이냐? 하지만 도통 주상의 눈치가 그런 것은 아닌 것 같아 근심이지. 그이가 눈은 높단다. 한밤씩 찾은 궁녀들이 모다 꽃같이 고운 터인데 솔직히 중전이 어질고 총명하나 그 낯은 볼 것이 없음이라, 도도한 주상이 여인으로 사모하기란 좀 그런 터가 아닐 것이냐?"

"단순히 겉볼 용색에 마냥 취하기에는 주상이 뜻밖에 녹록치 않음입니다, 어마마마."

"상감이 어떤 이더냐? 그 도도한 이가 외사랑이나 하고 있을 사람이더냐? 너는 모르겠니? 당장에 저가 원하는 것이 있달지면은 반드시 손에 넣어야 직성이 풀리는 성미니라."

명온공주 마마가 답답하다는 듯이 목청을 높였다.

"생각해 보시옵소서. 그 도도한 분의 손에 아니 들어오는 분이 오직 중전마마입니다. 상감께서 손에 넣지 못한 계집이 천하에 뉘가 있나이까? 오직 한 분 중전마마만을 당신 마음대로 하지 못하니 이번 일도 혹여 그래서 심술통이 불이 붙어 갑작스레 일어난 일은 아닐 것인지? 괜히 한번 중전마마 억장을 뒤집으려 일으키신 일은 아닐까요? 아이고, 참으로 소녀도 그 두 분 심사를 모르겠나이다. 날마다 중궁 찾는다면서, 또 죽지 못해 살도록 괴롭히기는 왜 괴롭히시노? 대체 어느 것이 주상의 진심인지, 원!"

말을 하다 보니 또다시 미궁이다. 공주마마 혀를 쯧쯧 찼다. 대왕대비전하께서도 마주 한숨을 내쉬었다. 옷고름으로 눈가의 물기를 훔치었다. 밤이 깊도록 윗전 두 분 마마, 가엾은 중전마마 근심에 차마 말을 잇지 못하는구나. 심란한 사람들의 속내인 양 바깥에서는 파초잎에 떨어지는 봄비가 처연하다.

이 사람, 저 사람에게 못났다, 어리석다 실컷 욕을 들어먹고 있는 상감마마. 밤수라 아니 하여도 배가 부르다. 그날 밤도 털레털레 교태전에 들었다. 따귀 치며 폐비시킨다 윽박지를 때는 언제고, 그런 말 따윈 까마득히 잊어먹은 얼굴이다. 제발 오지 마시어요 하여도 무작정 찾아오는 그 심사. 참말 이상도 하지. 흥.

중전이 막 죽상을 물리고 있었다. 전의가 들어와 진맥하고 약방 상궁이 탕제를 바치었다.

"훗날 원자를 생산하셔야 할 옥체가 유약하여 짐이 만날 걱정이다. 비의 옥체를 잘 보살펴라."

쌀쌀맞고 무정하다던 왕의 목청이 어쩐지 참으로 부드럽고 상냥하였다. 헌데 왕이나 중전이나 서로를 바라보지도 않았다. 왕은 무연히 지창(紙窓) 쪽만 바라보고 있었고, 중전은 탕제 대접만 노려보고 있다. 그릇을 든 손이 달달 떨리고 있었다. 인지당의 그 밤 이후, 두 분의 사이는 그야말로 살얼음판. 누가 먼저 깨어줄까?

"어떠하냐? 중전께서 나아지신 게냐?"

"조섭 잘하시고 탕제 두어 번만 더 하시면 이내 자리를 차고 일어나실 것입니다."

"흥, 제 마음이 심약하여 일어나기 싫은 터라 그러한 것 아니겠어?"

쓴 약물에 진저리를 치며 냉수 대접을 찾아 마시는 중전의 옆얼굴을 바라보며 상감마마 불퉁하게 혼잣말이었다. 허나 눈 속에 든 것은 깊은 근심이었다. 보면 볼 때마다 살이 내리고 시들어가는 꽃송이처럼 기운이 잦아 들어가는 것이 보였다. 뼈만 남은 듯 가냘픈 손목을 꾹 눌러 잡고 침수를 하기는 하는데, 몇 번이고 깨어 이 사람이 꼭 짐 곁에 누워 있나 확인을 하여야 안심이 되었다. 시신처럼 미동없이 누워 있는 작은 몸을 꼭 끌어안아 보면 생기 대신 차디찬 절망과 아득한 슬픔만이 흘러나오곤 했다. 그럴 때마다 왕도 울고 싶었다.

"짐을 보오, 짐을 보아주오."
"짐이 무조건 다 잘못하였으니 그만 벌을 주시오. 용서하여 주시오."

중궁전에 들 적마다 말을 하여야지. 꼭 말을 하여야지 하면서도 정작 말 못하는 답답한 심사. 배배 꼬인 심술도 하루 이틀. 도통 기운을 차리지 못하고 멍하니 허공만을 떠돌고 있는 듯한 사람을 바라보면 아뜩하니 눈앞이 보이지 않았다.

그날 밤, 중전 옆에 누웠어도 마음은 심란하고 편안치 않지. 풀리지 않는 대국 난제의 문제에다 제대로 돌아가는 게 없다 싶은 조하의 복잡한 사정까지, 그날 밤 왕은 내내 잠을 이루지 못하였다. 이리 돌아눕다 저리 돌아눕다 결국 벌떡 일어나 앉고 말았다.

"어이하여 침수 이루지 못하십니까? 심중에 불편하신 일이라도 있으십니까?"

곁에 누운 지아비가 잠을 이루지 못하니 중전 역시 편안치 못하였다. 따라 일어나 앉으며 자그마한 목청으로 물었다. 도도하고 괄괄한 왕이, 곧 죽어도 힘들다 편안치 않다 말하지는 않는 강한 그가 근심이 역력한 얼굴을 하고 있으려니 신경이 마냥 쓰였던 터다.

"어, 아니 주무신 것이오? 침수를 하오. 짐이 다소간 마음에 심란하여 그렇소이다. 곧 자리에 들 것이니 먼저 주무시오."

"무엇이 그리 편안치 않으십니까? 말씀을 하여보십시오. 신첩이 어리석은 여인네이되, 들어는 드릴 수 있습니다. 나누면 짐이 반이라 하였습니다."

"짐이 다소간 곤란한 일에 부딪친 듯하여 그렇소이다."

윗목의 자리끼 대접을 비우고 왕이 책상다리를 한 채 앉았다. 중전도 이부자리를 걷고 마주 앉았다.

"음, 중전이 영명하시고 지혜가 뛰어나다 이리 생각하여서 하는 말인데 말이지. 짐더러 어리석다 아니 하면 말을 하게."

"말씀하여 보십시오. 감히 뉘가 성상더러 어리석다 할 것입니까?"

"허구한 날 똑같은 잘못만 저지르는 짐이니 어리석다 하는 게지. 만날 중전을 상대로 맘은 그러하지 아니한데, 고함질만 벅벅 하고 꼭 나중에 후회할 일만 골라서 하니 그런 게지. 음음음. 많이 반성을 하였으니, 음음. 이젠 중전도 좀 용서하소?"

어둠 속에 벌게진 왕의 안색이 보이지 않았다. 허나 목청에 자꾸 헛기침이 돋고 흠흠거리는 것이 민망하고 중전더러 대하기 부끄럽다 하는 뜻이었다. 목에 칼이 들어와도 잘못하였다 말씀은 아니 하시는 분이었다. 그런데 이제 와서 중전더러 용서하라 하니 어린 중전마마, 처음에는 귀가 잘못되어 잘못 들었고나 싶었다.

병 주고 약 줌이냐. 언제는 죽이니 살리니, 별의별 희롱에 견디기 힘든 수모를 주시고 사람을 살지도 못하게 만들어놓더니 이제 와서 당신이 잘못하였다 용서해 달라? 말 한마디로 당신 잘못 가리려고 들며 미친 광증 덮어보려 하지만 어림도 없으십니다? 중전의 오기 서린 목청이 서릿발처럼 쌀쌀하였다.

"신첩이 감히 무어관대 성상더러 용서하고 말고 할 것입니까? 신첩은 벌써 잊었습니다."

 "흥, 잊기는? 아직도 짐에 대한 원망이 사무쳤구먼?"

 "모진 소리 좋아할 이가 누가 있으니까? 부당하니 당한 대접, 하룻밤새 잊는 어진 덕성이 신첩은 다소 부족하옵니다."

 "어진 중전이라며? 지아비 허물을 지어미가 아니 가려주면 대체 누가 가려준다니? 흥, 만고에도 없는 일들이라, 무어라? 너는 그럼 잘한 줄 아니? 지아비더러 다른 계집 보러 가라니? 도대체 이 천지간에 그런 여인이 어디 있노? 그런 소리 들은 사내가 얼씨구나 좋다 할 줄 아니?"

 말을 하다 보니 다시 돋는 원망과 열불이라, 왕이 발을 내밀어 중전 베개를 툭 걷어찼다.

 '저, 저 못된 버릇, 성질머리 하고는.'

 중전마마, 어둠 속에서 보이지 않는 것을 기화로 있는 대로 입을 삐죽이고 눈을 흘겨주었다. 말로만 잘못하였다 반성한다 하면 무엇하니? 무에 달라진 것이 있을까? 제멋대로 역정 내고 제멋대로 풀어지고 제멋대로 삐치어대는 이 철없는 주상아. 내 이미 마음 접고 이 궐 쫓겨나갈 생각하였으니 어디 한번 붙어보자. 내 이 평생 처음이되 마지막으로 앙탈이나 대차게 하고 나갈련다.

 "신첩은 이 기회에 딱 폐서인될 참이어요. 희망도 없고 앞길도 없으니 말씀하신 대로 대처분하여 주시어요."

 "부부지간 싸움은 칼로 물 베기라 하는데, 너는 어찌 그리 모질어서 마냥 꿍쳐 두고 꼬아서 짐을 들들 볶고 괴롭히는 것이니? 짐이 다소간 격하여 천지분간 못하고 헛소리한 것이니 잊어버릴 일이지. 흥."

"잊을 게 따로 있고 덮을 게 따로 있지. 아무리 참자 하는 여인네 덕성이 장하다 하여도 이리는 못사니 쫓아내어 주시어요. 신첩은 딱 그리 알고 패물 다 싸놓았고 용잠 빼었으니 나머지는 성상이 알아서 할 일이지요."

중전의 야무진 반격에 왕이 씩씩거리며 획 고개를 돌렸다. 있는 대로 골을 내며 중전을 노려보다가 푸후! 하고 격한 한숨을 내쉬었다.

"자, 잘못하였다 하지 않니? 짐이 말이야, 얼마나 한 것이 많나 헤아려 보아라? 흥, 부원군 들어오시게 하여주었지? 네 말대로 나인 고것 용서하여 주었지. 어제는 새로이 대삼작노리개 선사하였지, 쌍가락지도 가져왔잖어?"

손가락까정 꼽아가면서 철없는 주상전하. 어린 지어미 중전마마의 마음을 돌리려 했던 일을 줄줄이 꿰었다. 그런데도 지금껏 찬물 한 사발 얻어먹지도 못하고 내쳐짐만 당한 설움과 섭섭함이 겹쳐 목청이 절로 높아졌다.

"게다가 중궁전 내탕금 배로나 올려라 하였지. 내일은 일가친척까지도 보게 해줄 참인데, 너가 참말 이렇게 쌀쌀맞을 줄은 몰랐다. 흥. 짐처럼 하릴없는 사내도 없음이라, 날마다 비루먹은 개처럼 중궁전에서 들어와서 가련하게 외면당하는 줄은 천하 아무도 모를 것이다."

목청이 높아졌다. 하지만 힘은 없었다. 힐끔힐끔 눈치를 보는 품이 잘못했단 말이야 하고 떼를 쓰는 격이었다. 아무리 생각하여도 저가 그날 저지른 실책이 장하고 미안한 마음은 끝이 없었다. 위신과 체통을 잊을 정도로 민망한 짓을 한 것을 사실이며 어린 지어미를 상대로 하여서는 절대로 아니 되는 짓을 한 것도 사실이기에 끝내 저자세일 수밖에 없었다.

"앞으로도 더 잘할 생각이구먼. 그 맘도 몰라주니? 흥."

"날이면 날마다 변덕이 죽을 끓는 분이라. 아침이 다르고 저녁이 다르며 어제 한 말과 내일 하신 행동이 다르니 대체 무엇을 믿고 살란 말인가? 신첩은 이제 몰라요. 그저 폐비시켜만 줍시오. 희망은 그것뿐이어요."

"원자 낳고 나가거라!"

"새 중전 얻으시어 원자 얻으실 일이지, 못난 박색 하냥 밉다 하시더니, 신첩 태에서 아기씨 얻어보았자 밉다 하실 것 아닙니까?"

"기가 막혀서! 짐이 얼마나 아기씨 바라는지 잘 알면서 감히 네가 그런 말을 하는 것이니? 원자 낳고 보자꾸나. 그때 소원대로 폐비시켜 줄 것이다. 흥! 잉태 잘하라고 보약 보냈으니 시각 맞추어 잘 마시란 말이다. 아니 마시기만 하여봐, 경을 칠 줄 알아라."

마음속에 검은 물처럼 고인 말들을 한바탕 쏟아내고 나니 중전이나 왕이나 어느새 미운 정이다. 서로를 향해 눈 흘기고 입을 삐죽이며 세모꼴로 눈 치켜뜨고 앙살 부리고 억지 쓰고 떼를 부리며 골을 내는데 왜 그사이 몸은 한 무릎씩 더 가까이 다가간 것이야? 참으로 모를 일이지. 지분지분 손가락 내밀어 중전을 건드리는데, 그 손길 뿌리치며 새치름하니 돌아앉아 중전마마 상감을 한 번 더 물어뜯이 말어? 곧 죽어도 싫다는 손 꽉 부여잡고 손가락에 끼어진 가락지 가지고 장난질치면서 왕이 속 터져 죽겠다는 목청으로 내뱉었다.

"명국서 바람을 공물로 바치란다."

"네에? 그것이 무슨 얼토당토아니한 말씀이셔요?"

"제길. 짐인들 아니?"

왕이 울컥 노화가 돋은 목청으로 내뱉었다. 다시 생각해 보아도 분하고 모욕감이 사무쳤다. 하잘것없는 사신 놈에게 당한 수모가 뼈에 사무쳤고 나라의 힘이 약하여 짐이 이날 이런 모욕을 당하고도 입 한 번 벙긋 못하는구나 싶어서 열불이 났다.

"명국의 늙은 왕이 짐을 망신 주려 난제를 보냈구먼. 잘난 척 보란 듯이 사람들 앞에서 턱 하니 내어놓으며 짐더러 풀어라 하는데……."

"그런데요?"

"음음. 짐이 지기 싫어서, 풀었다 큰소리를 쳤지."

도도한 자존심이 하늘을 찌르는 것은 알았지만 스스로 감당도 못할 일까지 무조건 입 밖으로 내어놓고 뒷수습을 하지 못하여 이렇게 끙끙 앓고 있을 줄은 몰랐다. 아이고, 이 어리석은 주상마마야. 중전은 저절로 한숨이 나왔다. 격하고 성급하여 앞뒤 생각하지 않고 무조건 일을 치고 보자는 성미인지라, 중전 저한테 하듯이 조정 일도 보고 있는 것이었다. 이러니 어찌 하명에 위엄이 설 것이며 중신들이 주상전하를 알기 진정으로 승복하여 두려워하겠는가?

"조하에 사람들이 몇몇입니까? 지혜롭고 학문 높으신 분들 많으니 난제쯤이야 풀 수 있을 것입니다."

"그렇다면 짐이 무엇을 걱정하니? 푼 놈들이 하나도 없음이니 그러하지. 대놓고 짐은 이미 다 풀었도다 하였으니 모다 짐 입만 바라보고 있더라. 젠장. 사신 놈들이 떠나는 날이 이틀 후인데 그때에 답을 하여준다 하였거든. 참말 걱정이 되어서 말야."

"답을 못 찾으시면 어찌하시는데요?"

"음음음. 저기 말이지, 짐이 좀 경솔하게 말을 한 것 같기는 하여."

"풀지 못하면 어찌하시기로 약조하셨나이까?"

캐묻는 중전 앞에서 한없이 면구하고 민망하였다. 손을 놓고 왕이 바닥이 내려앉도록 한숨을 내쉬었다. 어깨를 축 늘어뜨리고 어물어물 대꾸하였다.

"짐이 관을 벗고 사신 놈들 앞에서 무릎을 꿇고 절을 하기로 하였지 뭐."

"에구머니! 망극하여라!"

저도 모르게 중전이 비명을 질렀다. 아무리 그러하여도 그렇지, 일국의 지존께서 천한 사신들 앞에서 관을 벗고 무릎을 꿇고 절을 하기로 하였다니. 이것은 주상 당신의 망신이고, 단국의 수치가 아니더냐? 왕이 중전의 눈치를 살살 살피며 짐이 경솔하였지? 하고 자신없는 목청으로 되물었다. 그럼 잘했다고 묻는 것이니? 가능하다면 저 철없는 상감마마 면상이라도 한 대 쳐주었으면 싶었다.

"상감마마 위엄은 대체 어디로 간 것입니까? 일국의 지존께서 망신을 당함은 바로 아국의 망신이라. 어찌 그러하셨어요?"

"수, 순간적으로 울컥하여서 그러했지 뭐, 아니, 그 건방진 것들을 보았나? 아국이 저들보다 다소 약소국이라 하여도 그렇지, 감히 짐을 능멸하여 시험을 들게 해? 같잖게스리. 언제고 짐이 잘난 척하는 명국 국왕 그놈 수염을 잡아 뜯어버릴 것이다! 홍."

곧 죽어도 저가 잘못하였다곤 하지 않았다. 오로지 나라가 약한 탓, 상대인 명국 국왕이 음험하고 교활하고 같잖아서 그렇다고만 하였다. 이러니 평생 당신은 어리석은 어린애라. 중전은 기가 막혀 난리를 피우고 골을 내는 왕을 가만히 건너다보았다. 왕이 어깨를 들썩였다. 다시 울적하니 깊은 한숨을 내쉬었다. 곁눈질하면서 어물어물 손을 내밀었다.

"도와주어. 비(妃)가 짐보다 영리하잖어. 부부지간은 일심동체라 짐 마음은 곧 비의 마음이니, 요것을 달리 말하자면 짐이 망신당하면 비도 망신당하는 것 아니야?"

"아니, 이보셔요. 내전의 어리석고 멍청한 아낙네가 무엇을 안다고 주상께서도 풀지 못한 난제를 풀어낼 것입니까?"

"짐이 다 기억하고 있구먼. 간택받을 적에 중전이 중신들 앞에서나 할마마마 앞에서 기가 막힌 계교를 내어 난제를 풀었다 하였잖어. 이번도 생각을 좀 짜내어보아. 그대는 짐이 중신들 앞에서 망신스럽게 건방진 사신 놈들 앞에 무릎을 꿇는 것을 보고 싶으니?"

한동안 곰곰이 생각에 잠기는 눈치였다. 이윽고 눈을 빛내며 생긋 웃었다.

"신첩이 생각하기 은근히 짚이는 데가 있습니다만은, 이는 전하께서도 이미 알고 계신 하답 같사와요."

반쯤은 이미 풀었다는 말이었다. 반갑고도 고마워서 왕은 한 무를 더 다가앉았다. 빨리 말하여 보라 보챘다. 여하튼 중전은 영리하거든? 지혜롭거든? 이것 봐, 짐이 말하자마자 금세 턱 하니 풀어내는 것이야. 요런 신통방통 꾀주머니를 곁에 두고 짐이 지금껏 엉뚱한 데서 난리를 피우고 있었고나. 왕의 채근에 중전이 나지막이 속삭였다.

"바람을 가져오란 말은 직접 바람 그것을 보내라 하는 것은 아닌 것 같사와요. 가둘 수도 없고, 잡을 수도 없는 바람을 어찌 공물로 보낼 것입니까? 제가 생각하기로 명국에서는 바람을 일으키는 물건을 보내라고 돌려친 것 같습니다."

"허면 부채를 보내란 뜻이야?"

"전하의 말씀이 옳다고 보아집니다. 아국의 부채는 아름답고 질이 좋아 각국에서 탐내하는 물건이 아닙니까? 그를 이르는 듯싶어요."

"부채라? 바람을 일으키는 물건을 보내라? 이야아, 참으로 절묘한 하답이로구나? 비의 말이 참으로 신기하구나."

"부채를 찾아낸 분은 신첩이 아니라 전하이신걸요."

왕이 실쭉 웃었다. 괜히 기분이 좋아 흐흐거렸다. 이 근래 내내 골치를 아프게 만든 난제를 절묘하게 풀어낸 중전의 답도 그러했지만, 부채란 답을 금세 가려낸 저를 칭찬하는 중전의 말이 곱고 기뻤다. 요런 고운 사람이 있나? 짐의 자존심이 상하지 않게 슬쩍 돌려쳐 짐더러 답을 찾아내게 한 것이거든? 중전 손을 꼭 붙잡고 가락지를 가지고 장난질치면서 다음 것을 물었다.

"하나 더 있거든. 똑같은 나무토막을 두고 아래위를 가려내라는 것이야."

"신첩이 읽은 경전에 보면 근본은 무겁고 말단은 가볍다 하는 말이 있습니다."

"흠, 짐도 읽은 글줄이다. 그래? 음, 어찌하여 보까? 아, 물에 띄워보면 알겠구나? 무거운 쪽이 가라앉을 터이니 그쪽이 뿌리라 이 말이지?"

"성상의 말씀이 참으로 사리에 맞고 타당하여 보입니다."

한동안 가슴에 쟁여져 있던 체기가 쑥 내려갔다. 오장육부에 바람이 드나드는 듯이 속시원하였다. 겨우 요런 것을 가지고 짐이 골머리를 썩였구나. 이제부터 난처한 것이 있으면 중전에게 물어보아야지. 왕은 흐뭇하여 금침에 바로 누웠다. 톡 하니 야속하게 다정한 지아비 손길을 끝까지 뿌리치는 중전을 끝까지 끌어당겼다. 싫다 요동치는 작은 몸을 꾹 눌러놓고 팔베개하여 주었다. 머리통을 한 대 쥐어박으며 윽박질렀다.

"요것이! 뉘가 옷고름 푼다니? 짐도 반성하고 있다 하지 않았니? 비가 싫다 하는 일은 아니 한다 이 말이다! 같이 침수나 하잔 말이다."

"……만날 말씀은 그러하시면서? 한 번 속지 두 번 속나?"

말꼬리에 묻은 원망. 그래 놓고 무작정 저 하고 잡은 대로 다 하시는 분이라. 그 변덕 어찌 믿나? 약조하시어도 나는 믿을 수 없고 싫소이다. 종알종알 잔소리하고 바가지 긁는 것이 사뭇 야무졌다. 말이 없고 어질다 하는 것은 순전히 거짓부렁. 끝까정 사람을 잡아채서는 매듭을 짓고 마는 짓거리가 매서웠고 당당하였다. 찬바람

나게 돌아누우면서 흥 하고 비웃음을 날렸다.

"혈서라도 쓰랴? 짐이 다 잘못하였으니 중전 뜻이 아니면 옷고름도 풀지 않으리라. 이렇게 쓰랴? 엉?"

"방금은 원자 낳으라면서요? 도대체 신첩에게 바라시는 바가 무엇인고? 장부일언 중천금이라, 헌데 우리 상감께서 원하시는 바라, 시시각각 장단이 하도 자주 바뀌니 신첩이 따라갈 수가 없나이다."

"흥, 아주 짐을 잡아먹어라? 어쩌란 말이니? 만날 짐이 밤자리 안에서 중전더러 내소박당하는 줄 아무도 모를 것이다? 지난 엿새 동안, 너 눈길 한번 주었니? 손가락 끝도 못 대게 하였잖어? 천지간에 너처럼 쌀쌀맞은 계집도 없을 것이다."

"신열로 끙끙 앓는 신첩더러 침수시중 들라 하시는 분은 그럼 잘하신 것인가?"

"하여 밤 내내 찬물 수건 갈아주고 탕제 마실 적에 단물 생강 접시 건네준 이는 그럼 누구냐? 밤 내내 행여 불편할까 일어났다 잠들었다 하면서 보아준 사람은 또 누구더냐? 짐이 아니고 딴 놈이더냐? 야아야, 그러지 말아라? 짐더러 살길 찾아놓고 밀어내라? 지금 너가 하는 일은 부덕 높은 어진 중전 처신이더냐?"

왕이 억센 팔로 휙 하니 중전의 작은 몸을 자신 쪽으로 돌려 안았다. 머리타래 위에 턱을 얹고 주저리주저리 내뱉었다. 어찌 그리 야속한가, 사내 맘 따위는 도무지 몰라주고 보아주지 않아 애타는 심사를 반쯤 슬며시 들어 보였다.

모든 것이 다 귀찮고 짜증나고 하릴없어 외면하였다. 왕 너가 무슨 짓을 하든 나는 상관 아니 할란다 하면서 찬바람 날린 것은 중전

전광석화(電光石火) 213

이되 사실, 밤 내내 곁에 붙어서는 아랫것들 다 물리치고 병시중 들어준 것은 왕이었다. 그 대목에서 입이 막힌 터라 중전은 입술만 꼭 깨물었다.

"신첩이 언제 어진 중전이라 하였나이까? 매사 못나고 어리석은 폭비올시다."

"허면 날마다 짐을 내소박 놓겠다는 말이냐?"

"좋아라 하며 안겨드는 계집 많다면서요? 그리로 가시면 되지? 예전마냥 하시어요. 싫다 하는 이 계집 머리통 한번 쥐어박으시고 중궁전 기둥 걷어차고 나가셔요. 이젠 놀랍지도 않습니다."

"지, 짐이…… 언제 기둥을 걷어찼다고? 그, 그것은 한 번뿐이잖어!"

지은 죄가 없다 말 못하니 왕의 목청이 높아졌다가 다시 잦아졌다. 면구하고 염치가 없어 어둠 속에서 눈만 굴렸다. 어차피 나온 말, 끝까지 한번 가보자꾸나. 잘못되면 폐비되어 쫓겨나기밖에 더 하겠어? 어차피 각오한 일. 중전은 나직한 목청으로 고춧가루 뿌리듯이 쏘아붙였다.

"한 번이 두 번 되고 두 번이 세 번 되니, 그것이 바로 버릇이라 합니다."

"그래서? 짐더러 지금 못된 버릇 가진 못난 사내다 하는 말이냐?"

"거동에 있어 점잖으시고 아랫것들의 귀감이 되시어야 할 분이 상감마마 아니십니까? 헌데 신첩더러 하시는 일을 보면 매사가 짐작되느니, 격한 성정 못 이기시고 조그마한 일에도 벌컥벌컥 노화

내시고 골 부리시고 앞뒤 가리지 않으신 채 격한 처분 내리심이라. 그리고 훗날 후회하시면 무엇 합니까?"

"이렇듯이 비(妃)가 경계를 하여주면 되지 않니? 짐도 영 어리석은 터라 남의 말을 도통 알아듣지 못하는 이는 아닐진대, 입 봉하고 있지만 말고 짐더러 잘못하였다 하여라."

"보령이 높아지시면 영명한 지혜와 덕성이 따라 높아짐이 당연할 것입니다. 오로지 지아비만 바라보는 지어미가 무엇을 바라겠습니까? 여인이 마음 주어 마냥 의지하고 믿고 은애하는 것에도 지아비께서 보여주시는 것이 있어야 가능한 것이지요."

잠시 침묵이 흘렀다. 중전을 안은 왕의 팔에 힘이 풀렸다. 자존심이 몹시 상한 듯, 등을 보이고 휙 하니 돌아누웠다. 이토록 협량(狹量)이었다. 아주 사소한 것이라 해도 못한다 아니다 하는 말을 듣지 못하고, 듣기 싫은 이야기는 외면만 하려 한다. 중전은 조그맣게 한숨을 쉬었다.

"허구한 날 쓴소리에 매사 못마땅함이라, 신첩에게 만정이 떨어졌을 것이니 알아서 처분하시옵소서. 신첩은 다만 이 말씀만 드리옵니다."

"입에 단 소리는 몸을 망치고 귀에 쓴소리는 짐을 이롭게 하느니. 짐인들 영 천치 바보가 아닌 다음에야 옳고 그름을 가리지 못할 것 같으냐? 타고난 성정이 격하고 급한 터로, 애초에 짐은 왕이니 꾹 눌러주어 다스리는 이가 없음에랴. 구부러지고 못돼먹은 것만 넘쳐서 이 모양이 되었다. 짐도 알고 있으니 나 못났다 너 잘났다 하는 잔소리 그만 하여라."

전광석화(電光石火)

왕이 벌떡 몸을 일으켰다. 밉살스러운 듯이 중전을 쏘아보았다. 작은 어깨를 눌러잡고 으르렁거렸다.

"하여서? 그래서 네가 짐을 지아비로도 아니 여기고 은애 아니 한다 그 말이니?"

"언제 그러하였나이까? 지어미가 지아비를 사모하는 것에도 그 연유가 있음에랴, 전하께서 그런 분이어야 신첩이 믿고 의지하고 사모할 수 있다 한 말입니다."

"짐이 성군(聖君) 되고 믿음직한 사내 되면은 너, 짐을 은애하고 사모하여 준다 그 말이잖어."

"팔자이려니 하고 지아비이시니 전하를 마음에 담습니다만은, 하나 소원이라. 전하께서 아름다운 성군이 되시면 신첩 역시 보람 찬 삶이라. 아니라 말 못하겠나이다."

"짐은 곧 죽어도 폭군인데 평생 가야 너는 짐을 사모 아니 하겠다?"

어린 날 꼬아 만드는 타래과를 장히도 잡수셨나 보다. 한마디만 하면 무조건 비비 꼬아듣는 버릇이 다시 나왔다. 중전은 침착하게 대꾸하였다. 말 아니 하고 입 다물고 잘못하였다 한다 하여 이 사내가 누그러지고 좋이 듣지 않는다는 것을 이미 알게 되었다. 말이나 하고 죽고지고. 그래야 여한이 없지.

"스스로 허물을 내어 말하시면 그것이 어찌 허물이라 할 것입니까? 허물을 아시면 고치시면 되는 것이지요. 신첩은 당당하니 허물을 알고 고치련다 하는 사내를 은애하옵니다."

"삼대뿌리를 고아 먹었니? 졸졸졸 말도 잘하는고나. 요것! 눈 똑

바로 뜨고 짐더러 경계하는 것이 기가 차는구나. 훗날 너의 태에서 태어나는 원자는 실로 영명하고 대가 찰 것이다. 모후(母后)가 이토록 바르고 곧고 결기 차니 그 가르침을 받는 아기가 어찌 어리석어지리?"

어이없어 왕은 흐흐거렸다. 감탄하여 흐뭇하게 웃었다. 그 앞에서 너 잘못하였다, 앞으로는 잘하여라 쏘아붙인 인간은 중전이 처음이라. 당하고 나니 아프지만 어쩐지 속이 시원하였다. 굵은 대바늘로 가볍게 쑤셔대던 고름 주머니 하나를 툭 터뜨린 기분이 그러할까? 얄밉게 앙앙대는 지어미 입을 막는 수는 딱 한 가지. 에라, 모르겠다. 귀여워서 죽겠는데 나중 일은 나중에 하잔 이 말이다. 냅다 달큼한 즙이 흐를 것 같은 앵도를 따 물었다.

"아이고, 신첩을 아니 건드리신다면서요?"

"옷고름 아니 푼다 하였지 요것 아니 먹는다는 말은 아니 하였다? 흥."

볼을 마주 대인 채 음흉하게 웃는 왕을 올려다보며 중전이 기가 차서 웃었다. 어이없어 웃은 그 웃음 하나로도 용기가 솟았다. 화해를 한 것이다. 저이가 나를 용서한 게야 싶었다. 손가락으로 야들한 볼을 건드리며 상감마마, 난생처음으로 중전마마더러 잘못하였다 빌었다.

"짐이 다 잘못하였으니 중전이 한 번만 더 짐을 보아주란 말이야. 앞으로 잘하여 볼 것이다. 성군 되고 바른 성정 가지려 노력하겠으니 게는 짐 옆에서 요런 잔소리를 하여달란 말이야. 항시 중전 말은 잘 들으려 할 것이니 짐을 경계하여 달란 말이야."

부부지간 칼로 물 베기. 이러고저러고하여 끝장내자, 갈라서자 하였던 상감마마와 중전마마. 그놈의 미운 정 덕분에 또 한 번 더 첩첩하게 묶여지고 말았것다? 헝클어진 금침 안. 굼실굼실 용이 하늘을 날 듯이, 인동덩굴이 나무를 휘감듯이 구름과 바람이 얽혀 녹신하게 비[雨]로 내렸다. 땀이 밴 날가슴 안에 어린 지어미 향기로운 몸을 꽃송이 안듯이 담쑥 감싸 안은 상감마마. 꿀단지 차고앉은 곰마냥 느긋하고 행복하였다.

"헌데 말이지, 명국 난제 요것은 다 풀었지만 말이야. 중전, 짐이 그 사신 놈들 머리 꼭대기에 앉아 혼구멍을 좀 내고 싶구나. 그들이 돌아갈 적에 짐도 명국 국왕에게 난제 하나를 보내려고 하거든. 그놈들이 새파랗게 질릴 난제 하나 만들어보소."

잠시 생각에 잠겼던 중전이 상감마마 귀에 대고 무어라 속삭였다. 종알종알, 이러고저러고, 요렇게 조렇게 하옵소서, 음음음. 그리하란 말이지? 상감마마, 가가대소(呵呵大笑)하시었다. 올타구나, 절묘하오. 홋흐흐. 그놈들 이제 다 죽었다, 어디 한번 두고 보자꾸나!

대국 사신들이 도성을 떠나는 날이 돌아왔다. 전하께서 명 국왕의 난제에 대한 하답을 하리라 큰소리 탕탕치며 약조를 한 날이기도 하였다.

"짐이 약조한 터로 사신께서 도성을 떠나기 전 난제의 하답을 하리라 하였소이다. 짐이 말하기를 그대들에게도 기회를 준다 하였는데 허면은 그대들은 그 하답을 찾았소?"

곤룡포에 익선관으로 성장하신 전하, 용상에 앉아 사신의 우두머리를 바라보았다. 여유만만한 미소가 용안에 스며 있었다. 약은 오르되 할 말이 없었다. 우두머리는 고개를 조아렸다.
　"도모지 그 하답을 찾을 수 없는 고로 신등은 미처 발견하지 못하였나이다. 영명하신 터로 단국의 전하께서 신의 안전(眼前)을 넓혀 주시기를 바라옵니다."
　"실로 쉬운 문제가 아니오? 사신께서 너무 어렵게 생각을 하신 듯하오. 모른다 하니 허면은 짐이 대답을 하리다! 먼저, 내년에 우리 단국에서는 명국에 부채를 많이 보낼 것이오. 대국서 바람을 보내라 하는데 바람을 보냄은 있을 수 없는 일. 그 말은 필시 달리 돌려친 말이 아닐 것인가? 바람을 일으키는 물건을 보내라 그 말인 듯하오. 아마 우리 단국의 부채가 아름답고 유명하다 하니 국왕께서 대놓고 요구하기는 체통에 어긋나시니 그리 말씀하심이라 사료되오. 가서 아뢰시오. 짐은 내년엔 국왕께서 흡족하실 만큼 부채를 예물로 보내 드릴 것이오!"
　사신의 입이 쩍 벌어졌다. 대전에 모인 중신들 또한 마찬가지였다. 의기양양, 상감마마. 스윽 노려보았다. 어떠냐, 이놈들아? 코가 납작하여졌겠지?
　"허어― 바람을 보내라 하는 그 말이 부채를 보내라 하는 말이었다? 실로 사리에 온당한 말씀이니 절묘하옵니다. 허면은 다른 난제의 하답을 주시옵소서."
　"그는 더 쉬운 터요. 항시 물은 위에서 아래로 흐르는 법이며 무거운 것은 가라앉고 가벼운 것은 뜨는 것이 이치가 아니겠소? 원례

전광석화(電光石火) 219

나무는 가지 쪽이 가볍고 뿌리 쪽이 무거운 것이니 물에 나무토막을 띄워서 가라앉는 쪽이 뿌리이며 뜨는 쪽이 가지이오."

일순간 대전에는 정적이 흘렀다. 젊은 왕의 말이 너무 절묘하고 이치에 맞는 터로 명국 사신들뿐만 아니라 대전에 모인 중신들 모다 감탄하여 할 말을 잊은 것이다. 왕은 턱을 쓰다듬었다. 실쭉 심술맞은 미소가 붉은 입술에 걸렸다. 이번에는 네놈들 차례라. 어디 한번 망신을 당하여보렴?

"명국의 국왕께서 수수께끼 풀기가 작은 희락이라 하시니 짐도 재미 삼아 동참을 하여드리고 싶구려. 짐이 작은 수수께끼를 낼 것인즉 국왕께 보여 드리시오. 물론 명국의 국왕께서도 짐처럼 삽시간에 풀겠지요?"

"대체 어떤 난제이시옵니까?"

"내년에 그대들이 짐을 찾아 예물을 바칠 적에 반드시 재로 만든 새끼줄로 상자를 묶어오시되, 살아 있지만 산 것이 아니며 죽어야 사는 것을 담아오시오."

끄응. 말문이 막힌 명국의 사신들 얼굴이 볼만하였다. 재로 만든 새끼줄이라고? 불에 탄 재로 어찌 새끼줄을 꼰단 말인가? 게다가 산 것이되 산 것이 아니며 죽어야 사는 것이 대체 무엇이냐? 내년에 그것을 알아서 가져오지 못하면 이야말로 망신이라. 눈앞이 아득하고 기운이 떨어져 고개 떨어뜨리고 코가 석 자나 빠져 물러날 도리밖에 없었다.

이렇게 하여 젊은 상감마마, 당당하게 단국의 위신을 세웠다. 주상 당신의 영명함을 떨친 것이었다. 거만한 명국 사신들, 꽁지 말은 개처럼 풀이 팍 죽고 기가 꺾여 도망이나 치듯이 서둘러 궐문을 나갔다 중경을 떠났다. 싱긋이 비웃음을 담고 왕은 용상에 앉아 그들의 당황한 모습을 팔짱을 끼고 지켜보고 있을 뿐이었다.

"참으로 절묘하십니다, 중전마마. 어찌 그런 지혜로운 대답을 찾아내신 것입니까?"
 막 중전의 학강이 끝났다. 강두수가 주섬주섬 서책을 챙겼다. 늘 그러한 대로 조촐한 다담상이 사제지간에 올려졌다. 드옵시지요 하고 중전이 찻잔을 권하였다. 아랫것들의 말로 대전에서 벌어진 명국 난제 전말을 들은 터, 크게 칭찬을 하는 스승 앞에서 중전마마 빙그레 미소만 지었다. 겸손하니 대답하였다.
 "저가 풀어낸 것이 아니라니까요? 전하께서 찾아내신 것입니다. 저는 다만 전하께서 바른 대답을 찾으시도록 들어만 주었을 따름입니다. 전하께서 나날이 학문 높아지시고 사리분별이 또렷하시니 참으로 이 나라 홍복이옵니다."
 "헛허. 그러하지요. 헌데 신이 읽은 서책에는 이런 말이 있습니다."
 강두수 벙긋 웃으며 읍을 하였다.
 "군자호구(君子好逑)는 요조숙녀(窈窕淑女)라. 바깥의 덕은 안에서부터 이루나니, 어진 중전마마의 성덕이 사직의 광휘로 미침이라. 그 덕을 감축하나이다."
 두 사람의 웃음소리가 조용한 중궁의 뜨락에 새어 나왔다.

제7장 애증의 교차로

역모 꾀하려 작정하여 두고 오랜 시간 동안 공들였던 군사 다 잃었지, 명국하고 통하던 연줄 끊어졌지. 팥으로 메주 쏜다 하여도 오냐오냐하였던 상감 신임까지 잃었다. 이것 잘못하다간 정말 나락에 떨어지겠고나. 아연 위기의식을 느낀 희란마마, 일단 살길을 찾아야지. 반성하는 태라도 비치며 변명이나 하자꾸나.

소복(素服) 하고 철철 울며 대궐로 들어온 것은 대처분이 있은 지 사흘이 지난 날 오후였다.

왕이 항시 그 앞에서는 마음이 약하여지는 사람이 있었다. 바로 주상의 이모뻘 되는 좌의정 정안로의 안해 정경부인이었다. 노염이 크신 상감께서 저를 보지 않으리라 할까 봐서 제 편 들어줄 어미를 앞장세워 처연한 눈물을 흘리며 입궐하였다.

　그런데 어지간히 노염이 큰 듯하였다. 만만치 않았다. 땡볕 떨어지는 뜨락에서 몇 시간이고 고두하고 기다리는 수모를 주었다. 들어오란 말이 없으니 마냥 엎드린 채 통촉하시기를 기원하는 두 여인네의 행적이여. 오며 가며 월대 아래 고두한 그들을 바라보는 사람들의 눈빛은 예전만 같지 않았다. 더없이 싸늘하고 비웃음마저 낀 듯하였다.

　입술 깨물고 참아내야지 어쩌나. 지은 죄가 있는데. 인제 월성궁마마 성총도 다한 듯싶습니다요. 들까부는 아랫것들 옆눈으로 눈여기며 이를 악물었다. 저 인간들, 내가 권세 다시 찾으면 당장 목을 베어버릴 테다! 하지만 그것은 덧없는 춘몽(春夢). 그녀의 처지는 이제 누가 보아도 땅바닥의 흙먼지만도 못한 것을.

　아랫것을 딸리고 대용잠에 금박 스란치마 끌고 중전마마께서 우원전으로 나오신 것은 바로 그때. 차 끓여다오 하신 상감마마 소청에 다구 들고 나오시던 참이다. 예상치 못한 광경에 깜짝 놀라 발길을 멈추었다.

　"아니, 저이는 월성궁 여인이 아닌가? 또 번동 정경부인이시고. 어찌 저리 두 양반이 땡볕에 벌을 서고 있는가?"

　"낸들 아옵니까? 상감마마께 결례를 하여 사죄하러 들었나 본데요. 알현을 허락지 않아 저러고 있다 합니다. 벌써 서너 식경은 되었다 합니다."

　윤 상궁이 아뢰었다. 인정상 땡볕에서 무작정 고두하여 벌을 청하는 모습에 가엾지 않을 수가 없다. 더구나 한 분은 정승이 부인이며 노인이 아니냐. 하지만 대전께서 허락지 못한 일을 중전께서 마음대로 가릴 수는 없는 노릇. 일단 들어가서 노인이라도 알현하라 청하고 그늘에 모시어야지 생각하며 중전은 그들 곁을 스쳐 지나갔다.

그러나 비틀린 희란마마 눈에는 달리 보였다. 도도하니 오만한 중전이 저를 무시하고, 어디 한번 당하여보렴 하고 비웃는 것같이 느껴졌다. 못난 것이 화려한 비단옷에 탐나는 야광주 떨잠으로 치장하였다. 중전이라 이리하여서 용잠 찌르고 수십 명 아랫것들을 거느렸다. 땀 뻘뻘 흘리며 기진하여 쓰러지기 일보 직전인 저는 일별도 아니 하였다. 없는 것처럼 슥 스쳐 지나가 버린다. 인정 많고 어질다 하는 것은 다 거짓부렁. 야박하기 이를 데 없구나. 중전에 대한 독한 앙심은 더 강하여지고, 표독한 미움은 더 쌓였다.

"참말 오늘 차 맛이 좋구나. 중전, 세작이 진상되었다더니 이것이니?"

기오헌에 앉으신 전하, 곁에 앉은 중전이 쪼르르 청화 백자 잔에 따라 드린 찻물을 음미하신다. 흐뭇해 벙긋 웃으신다.

"역시 새 차가 좋으시지요? 저가 돌단지에 봉하여 두고 조금씩 꺼내 드리려고 하지요. 헌데 마마, 바깥에 월성궁 여인이 들어 있더이다."

"내버려 두소. 모른 척하오. 그들은 벌 좀 받아야 해."

말을 아니 하였으니 중전은 안즉 희란마마가 무슨 일로 노염을 샀는지 모른다. 하지만 노인인 정경부인 처지가 영 안타까웠다. 살그머니 청원을 하였다.

"번동 정경부인께서조차 같이 와 계시더군요. 땡볕 아래 너무 오래 서 계시면 기진하여 쓰러지실지 모릅니다. 노인이 병나시겠어요. 이만하시고 알현하여 주셔요."

"더한 벌도 감수해야 하거늘, 이것은 오히려 약과인걸. 성총 다투는 월성궁 누이를 중전이 먼저 나서 용서하여 달라 하니 이것 기분 나쁘단 말야. 그건 어진 게 아냐. 짐을 사모 아니 한다는 말이잖어? 그대가 신경 쓸 일이 아닌 고로 그만 하여. 듣기 싫어."

찻잔을 놓으며 다시는 말을 꺼내지 못하도록 딱 잘라 버렸다. 어려운 청을 하였다가 그만 무안을 당한 셈이다. 면구하여 중전 얼굴이 홍시감이 되었다. 눈을 내리깔고 말없이 달그락거리며 다구를 챙기는 옆얼굴을 왕이 빤히 노려보았다. 실죽 웃었다.

"용서하여 줘?"

"네에?"

"처음으로 중전이 청하였으니 뭐, 한번 보아주었다. 상선, 게 있니?"

"예, 전하."

"너 나가서 그이들 우원전으로 들라 하여라. 짐이 한 번만 낯 보아주련다."

나 잘하였지? 머리라도 한번 부비부비 쓰다듬어 주기를 바라는 용안을 한 왕을 마주 바라보며 중전은 그만 보시시 웃고 말았다. 작으나마 왕이 그녀의 청을 냉큼 들어준 것이 처음이다. 신기하기도 하고, 또 뿌듯하기도 하고, 감사하기도 하였다.

중전이 물러나고 왕은 희란마마와 정경부인더러 간신히 우원전으로 오르라 허락하시었다. 하도 오래 꿇어앉아 있어 제대로 풀리지도 않는 다리를 억지로 가누며 부축을 받아 고생하여 간신히 방에 든 희란마마와 정경부인 얼굴이 뜨거운 햇살에 삭아 땡땡 익었다. 삭아질 듯 골병든 얼굴이었다. 얼마 후 용포 자락을 떨치고 왕이 들었다. 절을 하여도 받는 둥 마는 둥, 딴 데만 바라본다. 마지못해 알현을 허락한다는 뜻이 역력하였다. 바라보는 용안은 무정하고 눈빛은 더없이 쌀쌀맞았다.

죽을힘을 다하여 사지에서 벗어나고져 희란마마, 첫 참부터 신첩이 잘못하였습니다. 손 모아 싹싹 빌었다. 끊어질 듯하면 이어지는 처량맞은 울음소리, 되풀이되는 변명의 사설에 귀가 아파오기 시작하였다. 왕은 짜증스럽게 내뱉었다.

"닥치오! 듣기 싫소."

"전하, 딱 한 번만 용서하여 주옵소서. 다시는 감히 방자한 일을 하지 않을 것입니다. 흑흑흑."

"무엇이 모자라고 무엇이 그리 부족하여 해서는 안 되는 일까지 하는 것인가? 짐은 실로 흠 하나 없는 순정이었기에, 무엇이든 넘치게 달라 하는 대로 다 드리었소. 짐은 그랬거늘 누이는 짐을 이리 기만하고 배신을 해? 꼴도 보기 싫소! 흥, 아예 월성궁 편액을 쪼개 버릴 참이다! 같잖게스리! 천한 잉첩 주제에 감히 짐을 감시하여? 오데를 가든 그건 짐 마음이지 어디서 꼴같잖게 간섭해?"

노려보는 눈빛 앞에서 희란마마 그저 죽여줍쇼 엎드려 숨을 죽이었다. 흑흑흑 애잔한 눈물로만 호소하였다. 이러다가는 정말로 우리 큰마마께서 경을 치는고나. 우리가 다 죽은 목숨 되겠다 싶어 정경부인이 끼어든 것은 그때였다. 통곡하며 한 번만 제 딸년을 용서하라 애원하였다.

"다 이 노물(老物)의 허물이올시다. 흑흑흑. 큰마마께서도 말씀하시었다시피 어디 불측한 마음을 품고 전하의 곁을 살피려 하였나이까? 오직 좁은 여인네 소견머리로 성총 다투는 그 마음이 넘치어 저지른 실책이 아니옵니까? 한 번만 용서하여 주옵소서. 전하! 통촉하여 주십시오."

반백의 머리를 바닥에 쾅쾅 부딪치며 한 번만 용서해 달라 애원하는 노인의 모습이 가긍하였다. 어린 날 생모를 잃고 어마마마 대신이오 하고 여긴 분이 아니냐? 왕은 한숨을 내쉬었다. 입맛이 더없이 썼지만 더 이상 어찌할 것이냐? 툭툭 터지는 모진 말을 더 이상은 계속하기 힘들었다. 귀찮고 짜증나고 속상하여 원래의 마음이 헝클어졌다. 왕은 훌쩍거리는 두 여인네를 바라보며 손을 훼훼 저었다.

"사정을 알았으니 그만 하시오. 짐이 한 번만 더 용서하오. 중전이 아니었으면 이날 아주 짐이 요절을 낼 참이었다. 그나마 내전의 수장인 그이가 어질어 누이를 용서하여 달라 청원하였느니 한 번만 보아주지만, 다음에는 법도대로 다스리리라. 다시는 짐 눈에 벗어나지 말며, 허튼수작 절대로 하지 마오. 그만 나가보시오!"

인제 희란마마 이름만 생각하여도 골치가 아팠다. 지친 왕은 용안을 찡그리며 그녀들을 내보냈다. 깊이 반성하여 근신하옷! 마지막 한마디가 비수처럼 날아가 옆구리에 푹 박혔다.

순진한 왕은 이것으로 희란마마 기승스런 성질머리와 비릇을 질

눌렀다고 생각하였다. 허나 염치없이 방자한 이 악녀의 꿍속은 영 딴판이다. 참으로 기막힌 일이다. 성상께서 다시 한 번 너그러이 용서하여 주심을 감사해하기는커녕, 오히려 더 큰 앙심과 원망 품고 돌아선 터이니 어찌하랴. 뽀드득 이를 갈며 새파란 원독이 철철 넘치는 눈빛으로 교태전을 노려보는 것을 왕은 알지 못하였다.

'뭐라? 중전 때문에 한번 보아주신다고? 〈어진〉 중전의 덕이 높아 내전의 수장이 청원하는 바 우리를 용서하여 주신다고?'

가마를 타고 월성궁 나오는 희란마마 입술이 얄궂게 비틀렸다. 더없이 교만한 자존심이 상하였고 비틀린 배신감에 독악한 복수심이 철철 넘쳐찼다. 저를 버리고 외면하는 상감에 대한 미움과 원망 못지 않게 제가 갖고 있던 자리를 차지한 듯해 보이는 중전에 대한 증오심과 투기는 더하였다.

"중전 고년은 흉악한 도둑년이다! 꼴같잖게 고 못난 아랫도리로 상감을 미혹하였구나. 내 정인의 성총을 홀라당 빼앗아가, 이날 제년이 정궁이라 위세 부리며 나를 능멸하는 것 좀 보아라!"

세 해 전. 고년이 입궐할 적 제일 못나고 멍청하여 내 이 손가락으로 뽑은 하찮은 계집이었거늘! 이날은 하늘과 땅이 뒤바꾸어져 의기양양 제년이 내 앞에서 잘난 척하는구나. 어진 중전 탈을 쓰고 성총 다투는 나를 위하는 척 보아주는 척하는구나. 아이고, 데이고. 배 아파서 내 못살겠네!

희란마마, 솔직히 하늘이 무너지는 충격이었다. 왕의 성총이나 기색이 예전만 못하여도, 사내란 첫정 준 계집을 절대로 잊지 못한다 하였다. 게다가 그들의 정분이 어디 보통 정분이었어야지. 천하

강토 다 퍼주고도 모자란다 웃어주던 그날의 상감마마는 어디 가셨노? 말 그대로 광증이니 희란마마 제 치마폭에 감긴 주상의 정해와 일편단심은 절대로 돌려질 수 없고 끊어질 수 없는 요지부동의 것이라 생각하였다.

헌데 그 확신이 말 그대로 박살이 난 것이다. 이미 그 상감은 그녀의 정인이 아니라 흠뻑 딴 년의 사내였다. 상감마마 모든 총애가 간 곳이 어디인가? 발가락 때만도 여기지 않았던 못난 중전 고년이었다. 중전도 모르고 왕 자신도 안즉 깨닫지 못하였지만 옆에서 살피는 희란마마 눈에는 똑똑히 보였다.

'배신도 이런 배신이 없다. 사내의 풋정에 매달린 내 꼴이 우습구나. 못난 박색 마지못해 교태전에 앉혀두고, 우리끼리 알콩달콩 정분이어 살아보자. 이 맘에는 누이뿐이오. 일편단심 변치 않소. 평생 책임지마 맹서하며 옷고름 풀었었지. 그러던 님이 십 년도 못 가서 나를 먼저 배신하는구나. 천하박색 꼴같잖은 중전 고년 때문에 나를 버리는구나!'

지금껏 제년이 한 행악이며, 주상을 허수아비로 만들어놓고 나라를 어지럽히던 짓거리는 하나도 생각하지 않는다. 몽땅 다 남 탓이다. 배신한 상감 탓, 그 성총 앗아간 중전 년 탓. 운수소관 제대로 풀리지 않아 역모의 수단을 잃게 한 하늘 탓. 희란마마 이를 뽀득뽀득 갈았다.

"내 팔자야, 내 팔자야. 불쌍한 내 팔자야! 이렇듯이 첩첩하고 심란하게 되었으니 이 원망을 대체 누구에게 풀까? 누구 때문에 이 희란의 팔자가 이 모양 이 꼴이 되었노? 흑흑흑."

다 중전 고년 탓이다아아—! 희란마마, 모든 일을 제 수단대로 해석하고 풀어가니, 아무 죄도 없는 중전만을 잡아 뜯어죽이고 싶을 뿐이었다. 늘 제가 하던 대로 중전 고년이 상감을 미혹하여 베갯머리에서 참소한 탓이라고 생억지를 부렸다.

'고년하고 나는 팔자 타고나기, 천적(天敵)이다. 한하늘을 이고 절대로 같이 살 수 없는 계집이다. 무슨 수를 쓰든지 고년을 잡아 죽여야 내 팔자가 다시 펴진다. 고년을 교태전에서 몰아내고 만만한 딴 년을 다시 중궁 올려서는, 새 중전더러 우리 혁이를 왕자로 인정받게 하여야 우리 생로(生路)가 뚫리는 게야. 어찌하든지 고년을 잡아 죽일 구실을 만들어야 한다. 더 늦기 전에! 상감하고 정분 깊어져 정말 뗄 수 없기 전에, 용정받아 원자 회임하기 전에 폐비시켜 죽이지 않으면 우리 일파 다 죽는 꼴이다.'

오직 하나 내 희망이다. 금쪽 같은 아들놈 안고 등허리 어루만지며 희란마마 새파란 빛을 철철 토해냈다. 궐이 있는 북쪽을 노려보는 눈빛이 악귀처럼 무섭고 또 독하였다.

오호, 통재라. 이렇듯이 월성궁 계집이 제 팔자 몰락한 이유를 엉뚱하게 전부 다 애먼 중전 탓으로 돌렸구나. 제것이던 사내를 빼앗겼다 싶은 원망과 강새암까지 겹쳐, 독을 바른 날카로운 비수 끝을 교태전으로 향하였으니 이를 어쩌면 좋단 말인가? 아주 조그만 구실조차도 중전마마를 모해하고 얽어매는 올가미로 만들랴 아주 작정을 한 듯한데…… 하물며 궐 안에서도 두 분 마마 수줍고 곱다운 사모지정을 시기하는 암운(暗雲)이 슬슬 몰려들기 시작하고 있었으니.

"재관이 게 있니?"

"예, 전하! 소장 대령하였나이다."

아침 수라 마친 전하. 조하 일도 한가하고 참례도 없으시니 격구나 한판 뛰고지고. 말에다가 등자 올려라 하시었다.

"날이 더워지니 입맛도 없고 몸도 축 늘어지는구나. 말 달려 땀 흘리고 시원하게 놀란다."

"차비하겠나이다."

내관이 들어와 상감마마 용포를 벗기우고 전복으로 갈아입혀 드리었다.

활 쏘기와 말 타기는 군주가 익혀야 할 기본무예다. 게다가 격구는 장조께서 이르시기를 군사들의 마술(馬術)솜씨를 드높이는 기예다 하시면서 많이 장려하였다. 선대왕께서 어느 정도로 격구를 좋아하시었느냐면 다섯 살 된 어린 세자를 가죽띠로 등에 묶어 업고 격구를 하실 정도였다. 무장들이 익혀야 할 지상 무예 열여덟 가지, 마상무예 여섯 가지를 수록하여 무장들의 무술 수련 교본으로 삼은 〈무예도보통고〉 안에도 당당히 격구를 수록하라 분부하시니 명국까지도 소문이 날 정도로 기막힌 마상무술로 이름 높았다.

상감마마 또한 타고난 성정부터가 씩씩하고 활달하였다. 하여 세자 시절부터 조랑말에 매달려 격구를 익히니 벌써 십여 년을 훌쩍 넘어선 취미이시다. 궐 안 어느 무장에도 지지 않는 솜씨가 되었다.

항시 곁에 두시는 호위밀들과 더불어 영회루 앞 격구장에 나가신다. *출마표 깃발 아래 **푸르르푸르르** 날뛰는 밀을 달래며 내서운 눈을 빛내시누나. 궁녀가 사뿐사뿐 나아가다 *구표에서 공을 던졌다. 기다리던 열 필의 말이 한꺼번에 *비이하여 달려들었다.

자욱한 먼지 위로 말발굽 소리가 요란하고 서로 편을 찾아 호령하여 신호하는 고함 소리. 제맘대로 나가려는 말고삐 당기어 능숙하게 조종하며 한 개의 공을 빼앗으려는 열 무장들의 화려한 전포가 바람에 휘날렸다. 시립한 아랫것들. 구경하여 둘러싼 호위밀들 모다 목을 빼어 누가 먼저 공을 잡나 탄성이 장하였다.

맑은 햇살이 허공에 무지갯빛으로 어렸다. 상감마마 제일 먼저 능숙하게 공을 잡아채 수격이라. *지피 도령하여 요리조리 잡아채려는 방해꾼들을 물리치며 잘도잘도 홍문으로 달려가신다. 어수 높이 들어 아래로 힘차게 채 드리워 공을 날리니 *수양수로다. 지화자 좋다! 구문 안으로 멋지게 들어가는구나! 왕이 이끄는 청군이 먼저 열다섯 점을 얻었다.

땀 흠뻑 흘리며 격구 한순을 잘 즐기시었다. 청군이 구십점이오, 홍군이 백오점이라. 왕 못지않게 격구에 능숙하여 장치기귀신이라고 불리는 정일성이 홍군 수령으로 요리조리 기술 부려 잘도 공을 넣은 덕분이다.

무장들이 면건으로 땀투성이 얼굴을 문지르며 탑전에 모여들었다. 고두하여 재배(再拜)한 연후에 어주 한잔 받아 마시며 만세를 부

*출마표:공을 치기 위해 대기하는 장소
*구표:공을 허공으로 쳐올리는 자리
*비이:격구채를 위로 치켜올려 말 다리와 말 귀 방향으로 가지런하게 잡는 법
*지피:채의 바깥으로 공을 밀었다가 끌어들이는 동작
*수양수:채에다 공을 담아 구문 안에 던지는 동작

른다. 왕은 특별히 정일성에게는 큰 잔으로 철철 넘치도록 술을 주었다. 싱긋 웃으며 농(弄)하시었다.

"너 감히 짐을 이겨먹었으니 벌주(罰酒)니라. 특별히 큰 그릇으로 하여 세 잔 마셔라."

"빗나간 공이 두 번이나 되는뎁쇼. 전하야말로 신기(神技)이시니 두 번 다 십오점을 얻지 않으셨사옵니까? 나날이 아름다워지는 기마 솜씨라. 참말로 두려워 땀이 나옵니다."

"오냐. 짐이 반드시 너를 이겨볼 참이다. 언제고 한 번 더 붙어보자꾸나."

격한 동작으로 말 다루시고 근 한 시진을 격구하시었다. 우원전 돌아오시어 욕간하고 낮것 받으시니 산들바람 불어오듯이 졸음이 슬근슬근 침입하였다. 하지만 깐깐한 대제학과 스승인 전암 선생이 가만두지 않는구나. 주강합니다요 하면서 두꺼운 책을 들고 들어왔다.

열린 창으로는 상쾌한 바람이 불지. 배는 부르지. 용체는 곤하지. 왕은 한심한 눈으로 손가락 세 마디나 되는 책을 내려다보았다. 선왕재에서 빼내온 〈백리해장〉이다. 전암 스승이 천 번을 읽었다는 책. 나달나달 귀퉁이가 닳을 정도로 읽어 외우라 하시었지. 왕은 바늘 끝 하나 들어가지 않을 듯하는 꼿꼿한 늙은 스승들을 일별하고는 한숨을 푹 쉬었다. 천근만근 내려앉는 눈꺼풀을 억지로 부릅뜨고 얌전하게 글을 읽는 시늉을 하기 시작하였다.

미치겠다, 미치겠다! 졸음이 와서 못살겠고나. 딱 맞춤하여 중전의 야들한 무릎이나 베고 낮잠 한번 실컷 자보았으면. 두어 줄 읽다

하니 어느덧 고개가 털썩. 흠흠 못마땅한 헛기침 소리에 정신 차리어 눈을 깜빡깜빡. 다시 근엄한 용안으로 중얼중얼 해석하는 소리를 귀담아듣는 척하였다.

수마(睡魔)는 물러가지 않고, 스승들 단조로운 목청은 자장가처럼만 들리고. 노곤한 몸은 자꾸만 앞으로 기울어지고, 눈치 보며 졸던 왕은 기어코 민망하게 서안에 이마를 찧고 말았다.

"흠흠흠. 짐이 아침에 격한 거동을 하였기에 다소간 정신이 산란하구려. 흠흠흠."

참말 망신이로고! 용안이 벌게져서 스승들 앞에서 공부 중 졸던 변명을 하려는데 바깥에서 고변들었다.

"전하, 중전마마께서 공부 중 소진한 기운 되찾으시라 소반과 보내셨나이다."

살았다. 소반과 핑계 대니 난처한 변명을 아니 하여도 좋았다. 전하께는 항시 즐기는 세작이, 두 스승에게는 송화밀수가 올려졌다. 소반 이고 온 윤 상궁더러 물었다.

"날마다 시각 맞추어 보내주시니 거참, 감사한 어처로고! 지금 중전 오데 계시니?"

"금원의 침향정에서 글 스승과 더불어 시를 짓는다 하셨습니다."

"운치있도다. 날도 좋으니 시 짓기 딱 맞춤이구나."

왕은 앞에 앉은 스승에게 몸을 돌렸다. 솔직하게 공부하기 싫다 딱 털었다.

"이왕지사 짐의 용체가 곤고한 고로, 마냥 앉아서 글을 읽기가 좀 그렇소. 짐도 금원 나가서 오랜만에 글씨나 쓰고 싶구려. 경학은 내일 많이 하리다."

　문방사우 안은 아랫것들을 거느린 채 왕은 중전 찾아 시를 짓는다는 핑계를 대고 금원으로 나갔다. 어린 정인 찾아가는 발길이니 저절로 흥이 겹고나. 상감마마 입술 사이로 방탕한 행락가가 한줄기 흘러나온다. 노세노세, 젊어서 노세.

　그대 비단옷 아끼지 말고
　그대 젊은 날 꽃다운 시절을 아끼게.
　꺾을 만한 꽃 있으면 그 당장 꺾으시게.
　꽃 질 때 기다렸다 빈가지 꺾지 말게.
　　　　　　　　　—작자 미상. 원제(原題) 금루의(金縷衣).

　거참 날도 좋을시고! 시 구절은 더 좋을시고! 꺾을 만한 꽃 있으면 당장 꺾으란다. 암암, 당연한 말이지. 그래서 요렇게 중전 찾아가지 않냔 말야. 천지사방 탁 트인 누루에 올라 부드러운 살 베개 베고 잠시 자다가 은근슬쩍 손목 잡아당겨야지. 스란치맛자락 훌러덩 벗겨내고 용포 깔면 침상이라. 고 위에 딱 눌러놓고 한번 얌전한 고 사람을 희롱하여 보아야지. 새빨개져는 바둥거릴 것이다. 힛히히. 수양버들 난만하고 하늘하늘 꽃잎 떨어지는데 파랑새가 쪼롱쪼롱 놀라 날아간다. 옥보 앞으로 다람쥐가 포르르 달아나 나무 위에 기어올라 가 검고 동그란 눈동자로 사람들을 바라보았다.

　침향정 가까이 왔을 때였다. 문득 왕의 발길이 우뚝 멎고 말았다.
　'응? 저이는?'

침향정 책상 앞에 시립한 윤 상궁을 뒤에 두고 중전과 옥색 도포 차림의 한 사내가 마주 앉아 있었다. 그 아래 중궁전 궁녀들이 모여 투호 놀이를 하고 있었는데, 마침 한 궁녀가 실력도 좋지, 연하여 휙휙 살대를 항아리 안에 집어넣었다. 궁녀들의 박장대소에 누루 위의 두 사람이 똑같이 미소 지으며 고개 빼고 그 광경을 바라보고 있었다.

왕이 깜짝 놀란 것은 내외가 엄격한데, 감히 지엄한 지존 앞에 젊은 사내가 더불어 있다는 것이었다. 하지만 그를 더 경악케 한 것은 중전 앞의 그 사내가 언제이던가, 왕이 말 타고 지나치며 참 잘났구먼 하고 눈여긴 바로 그 젊으나 젊은 선비란 사실이었다. 맑고 어질고 정결하였다. 중전과 그 사내의 마주한 표정은 참으로 닮은꼴이란 것이었다.

"상선, 중전과 함께 있는 저이가 누구냐?"

"전하께서 보내주시고도 잊으셨습니까? 중궁전 강학을 담당하는 글 스승 아니옵니까? 매일 이 시각에 들어와 글을 가르치는 줄 아옵니다."

"뭐, 뭐라? 저 젊은 선비가 중궁전 강학을 담당하는 글 스승이라고?"

흠칫 말꼬리가 흔들렸다. 장 내관을 바라보는 왕의 눈빛에 경악이 어려 있었다.

'참으로 기가 막히는구나. 짐은 그저 오륙십 줄 넘은 늙은이라고 생각하였더니 말이야. 심산의 청송인 양 고고하고 학 같은 소탈한 인품이 짐으로서도 첫눈에 반할 만큼 멋진 사내라. 저이가 중전의

스승이란 말이더냐?'

어쩐지 가슴 부근이 얼음을 문 듯 써늘했다. 구중심처에 앉은 터로 중전이 시정의 일과는 인연을 끊고 살아가는 줄로만 알았다. 헌데 실상 그도 모르는 사이에 바깥세상을 만나고 있었다니. 왕 자신만 바라보며 살아간다 하였던 그녀가 왕 자신을 뛰어넘을 정도로 멋진 헌헌장부를 글 스승이라 하여 곁에 두고 매일 같이 만나고 있었다니. 이런 빌어먹을 일이 있나!

언덕 위에서 왕이 그들을 지켜보고 있는 줄도 모르고 중전이 미소 머금으며 글씨를 쓴 종이폭을 선비에게 내밀고 있었다. 낭랑한 목소리로 학사가 중전께서 지으신 시를 읽어 내려가는구나. 격운 고치고 비점 찍고 같이 웃는 목청도 좋을시고! 턱 하니 누루의 난간 짚고 시 한 수를 외우네.

차가운 촛불 연기 없고 줄기는 파란 밀랍
잎 아직 말고 있음은 봄 추위 겁나서겠지.
꽁꽁 봉한 서찰 그 속에 무슨 사연 담겼을까?
두었다가 봄바람이 몰래몰래 펼쳐나 보시겠지.
　　　　　　—전후의 시 파초. 원제(原題) 미전파초(未展芭蕉).

"곱기도 하지요. 아직 덜 펼쳐져 도르르 말려 있는 파초잎을 두고 사연이 담긴 서찰이라니요. 참말 멋집니다."

중전마마, 고개를 갸웃하면서 스승이 외운 시를 다시 곱씹어보는데, 대가의 시 앞에서 못난 글줄이 민망하다. 아담한 볼에 웃음이 살포시 어렸다. 잠시 움직이던 왕의 발길이 어쩐지 다시 잠시 주춤하였다. 저들이 같이 앉아 시를 읽고 공부하는 것을 방해하여서는 아니 될 것 같은 느낌이 들었던 것이다. 왕 당신은 방탕하게 놀고지고 나온 길인데 중전과 선비는 열심히 공부 중이라, 맑은 시를 외우고 있었다. 두 사람만이 통하는 세계가 있어 어쩐지 도무지 근접치 못하리라 하는 저어함이 있었다.

"전하, 중전마마께 듭시었다 사뢰리까?"

"……아니다. 돌아가자. 공부 중이시니 짐이 다가가면 방해라. 너 나가서 대제학이 행각에 계시는지 알아보고 뫼시어오너라."

돌아서서 걸어가며 왕은 속으로 혀를 찼다. 저이가 중전의 글 스승이었다고? 저 젊으나 젊은 사내가 비와 허구한 날 지척에서 같이 지냈단 말이지?

대제학 심우정이 우원전에 들어왔다. 성급한 성품답게 앉아라 말도 없이 거두절미 그를 바라보며 왕은 바로 찔러들었다.

"중궁전 강학을 하는 이가 대체 뉘오?"

"강씨 성을 가진 성균관 진감 일을 하는 이인데 이름은 두수라 하옵니다. 제술, 양원 양과를 두루 장원급제하고 곧바로 낙향하여 도산 이현의 수제자로 공부만 하였답니다. 강권하였으되 사양만 하고 입조를 하지 않았는데 몇 해 전에는 명국으로 건너가서 동빈 선생 제자로 오 년을 있다 돌아온 터라 전하께서는 잘 모르실 것입니다."

"흠. 그래? 벼슬자리에는 관심도 없이 학문만 하는 이라고? 기이한 사내로군. 허면은 나이는 몇이냐?"

"이제 갓 서른이 넘은 줄 아옵니다."

왕의 미간이 저절로 찌푸려졌다. 대제학을 바라보는 시선이 도통 곱지 않았다. 심우정은 몹시 얼떨떨하였다. 강두수를 글 스승으로 보내놓고 일 년여가 다 되어가는데 한 번도 관심을 보이지 않으시다 갑자기 캐물으시는 이유가 무엇이냐? 상감 미간에 서린 것은 분명 노염이겠다?

"이제 겨우 이립(서른)이라고? 중궁전 강학을 하기에는 너무 젊지 않느냐? 그래도 사직의 안주인을 가르치는 스승이다. 경륜이며 인품이며 무엇 하나 모자라는 것이 없어야 할 것인데 말이야. 허면은 혼인은 하였는가?"

"여덟 해 전에 성가(成家)하여 딸 둘과 아들 하나를 두었다 들었습니다. 부부지간 서로 존경하는 덕이 아름다워 세상의 귀감으로 칭송이 자자한 터입니다. 조하 중신들 모두 다 글 스승을 잘 골랐다 칭찬이 자자한 줄 아옵니다."

성가하고 아들딸 둔 사내라니 어쩐지 마음이 다소 놓이는 듯하였다. 게다가 중신들이 하나같이 잘 뽑았다 말한다는 데야 무엇을 어찌 더 말하리. 마지못하여 왕이 고개를 끄덕였다. 모든 사람이 하나같이 칭찬하고 존경하는 사내라? 이왕 씁쓸한 입맛이 더 시고 떫게 변해갔다.

"듣고 보니 참으로 존경할 만한 인재로군. 알았소. 허기는 중전의 글 스승이면 작은 흠도 있어서는 아니 되지. 중전의 학문 진척이 어느 정도인지도 궁금하고 그이의 인품이 어떠한지 짐이 직접 눈으로도 보고 싶소이다. 경이 내일 중궁전 강학이 끝나면 그이를 데리

애증의 교차로 239

고 편전으로 들어오시오."

대제학을 내보내고 왕은 중궁에 들리라 하며 훌쩍 일어났다. 갈수록 어찌하지 못하는 마음이 배배 꼬이고 비틀리기만 하니 이것 큰일이로고!

그동안 지은 죄가 장하고 정결한 그 사람에게 은애받을 자격조차 없다 생각하는 자격지심. 말은 못하지만 요 근래 어린 지어미에 대한 수줍은 외사랑에 속을 끓이는 왕에게 새로 생긴 병이 있었다. 왕비가 중궁을 비우거나 눈앞에 보이지 않으면 혹여 그 사람이 도망갔을까 저절로 불안하여 안절부절못하게 되는 괴질(怪疾)이다.

또한 자신이 아닌 다른 사내가 중전의 얼굴을 한 번이라도 곁눈질하는 것조차 싫다 생각하는 치열한 독점욕이 무럭무럭 자라고 있었다. 그러한 욕심과 집착이 얼마나 강하였으면 심지어 사내라 할 수도 없는 내관들까지 중궁전을 드나드는 이들은 모다 환갑을 넘긴 늙은이들뿐이었다.

왕에게 있어서 내관들은 사람이 아닌 편리한 도구에 불과한 존재들이다. 그런데 그런 인간들에게조차 젊은 놈들에게는 중전의 얼굴을 보여주는 것도 싫은 터다. 하물며 훤칠하고 멋지며 당당한 미장부라. 왕 자신조차 한눈에 반할 만큼 뛰어나던 그 학사 놈에게는 더더욱이나 아니다.

'짐의 여인이다! 그이는 짐의 것이야.'

마침 수라 때 즈음이라, 보스스 미소 지으며 그를 맞이해 주는 중전의 모습을 바라보며 왕은 억지로 마음을 가다듬었다.

이렇게 앞에 앉아 함께 수라상을 받는 저 사람. 별찬이 기이합니다 하며 이것저것 권하여주는 다정한 사람. 어질고 여린 왕비는 왕에게 있어 더없이 소중하고 향기로운 꽃이었다. 아무에게도 보이지 않게 꼭꼭 감추어둘 귀한 우담화. 오직 왕 자신만이 어루만지고 향기를 맡고 그 여린 꽃잎을 헤칠 수 있는 아름다운 존재이다.

또한 그녀는 작고 귀한 새이기도 하였다. 그가 길들여, 오직 그의 손안에서만 노래를 부르는 어여쁜 새. 강하게 내려 누르는 힘 아래서 여리게 꽃잎 터뜨리는 신음 소리를 내며 꼼틀거리는 보드라운 온기. 그의 손길 아래서만 지저귀고 앙탈하고 쾌락에 흐느끼는 여인. 왕은 다시 한 번 소담하게 만월 같은 젖무덤을 움켜잡으며 달디단 내음을 내뿜는 붉은 앵도를 짓이겼다. 자신의 그늘 아래, 울타리 안에만 가두어놓으리라. 바람 한 점 스며들 수 없게 보호하리라. 은애하며 아끼며 백년해로하고지고! 이 세상 그 누구에게도 내어주지 않으리라.

지아비 강건한 힘에 밀려 지칠 대로 지쳤다. 어느새 은덩이 같은 알몸 그대로 잠이 든 중전의 이마를 쓰다듬는 왕의 손길은 더할 나위 없이 뜨거웠다. 점점이 붉은 해당화 꽃잎이 새겨지듯이 함뿍 그의 체취에 젖은 모습을 바라보며 실긋 미소를 흘렸다. 어둡고도 비틀린, 말로는 설명하기 힘든 욕망과 검은 소망이 소용돌이치는 눈빛이 어둠 속에서 퍼렇게 빛났다.

왕이 자신에 대하여 이상하게 꼬여진 관심을 가지고 기다리고 있음을 조금도 알지 못하였다. 아무 생각 없이 그 다음날, 강두수가 중전마마 강학을 끝내고 하명받아 우원전에 들었다. 히리 굽혀 공손하게 절을 하는 모습을 찬찬히 살펴보며 왕은 속으로 중얼거렸다.

'흠. 잘난 사내란 말이지. 참말 잘난 사내란 말이지.'

원체 미장부인데다 깊은 지혜와 어진 인품이 그대로 드러난 고요한 안색인지라 누가 보아도 저절로 존경심이 끓어오를 듯하였다. 지존이신 왕 앞에서도 공손하나 비굴하지는 않은 표정이었다. 법도에 맞게 절을 하고 자리에 꿇어앉았다. 자꾸만 타래과처럼 비틀어지는 심사. 억지로 가라앉히고 다잡으며 왕은 점잖게 말을 이었다.

"비록 경이 미신(微臣)이되 중궁전 스승이 아닌가. 따지고 보면 짐에게도 존경받아 마땅한 분이라. 다가와 앉으시오. 그래, 짐이 하문하노니 비(妃)의 공부가 얼마나 많이 진척되었는지? 성품이 명민하고 부지런하시니 공부도 열심히 하신다 들었소."

"황공하옵니다. 상감마마께서 알고 계신 그대로입니다. 신이 하찮은 글줄 익혀 감히 중궁전 강학을 담당하고는 있사온데 어찌나 매섭게 캐물으시고 열심이신지 매일매일 일취월장, 신이 그저 진땀만 나고 두렵사올 정도이옵니다."

"다행이로군. 허기는 중궁전이 훗날 원자의 모후가 될 참이라. 어미가 어리석으면 아니 되지. 경은 중전을 지존이라 생각지 말고 한낱 학생인 양 대하여 매섭게 꾸짖고 바르게 이끌어주오."

말씀은 의젓하시었다. 당부하시는 말씀도 사리에 맞았다. 헌데 듣고 있는 강두수, 그 대목에서 그만 딱 배알이 꼬였다. 속으로 혀를 찼다. 그렇게 말하는 왕 당신, 중궁전더러 공부 열심히 시켜라 하지 말고 당신 처신이나 똑바르게 하시오 일갈하고 싶어 입이 근질근질하였다.

　매사 모범이 되고 귀감이 되어야 할 지존 아니신가? 망신스럽게 헛된 애욕에 눈이 어두워 강상(綱常)마저 어기고 천하의 폭군 노릇 하신다면서요? 천하에서 가장 귀하고 고운 지어미를 소중하게 아낄 줄 모르고 허구한 날 구박임에랴. 내전의 그분을 감히 물건인 양 이것저것으로 부름하고 발에 낀 때처럼 차고 다니는 꼴을 모를 줄 아는가? 그런 터에 말씀은 번드레. 중전마마더러 공부 잘 시켜라 당부를 하여?

　울컥 치밀어 오른 의기를 미처 삭이지 못하였다. 자신도 모르게 어진 중전마마 사모하여 버린 헛된 마음이 왕을 향하여 감히 대적케 하고 말았다. 이는 곧은 선비로서, 스승으로서 왕을 꾸짖음이 아니라 연적(戀敵)으로서 비아냥거림이었다. 강두수, 겁도 없이 무엄하게 눈을 치켜뜨고 용안을 똑바로 응시하였다.

　"대저 공부라 하는 것은 안으로 스스로를 어질게 하고 밖으로는 백성을 편안하게 함이라 알고 있나이다. 우리 중전마마께서는 어지시고 알뜰하시며 안팎으로 공경함이 바르옵니다. 경전에 나온 가르침에 따라 한 톨의 어김도 없고 손톱만큼의 어리석음도 보이지 않았나이다. 허니 군자 중의 군자라 어찌 칭송하지 않으리오? 물론 이런 분을 내전으로 맞아들인 상감마마야말로 성군 중의 성군이라, 대전께서도 중전마마 못지않게 바른 학문 익히시고 강상의 덕을 보여주고 계심을 신은 믿어 의심치 않나이다."

　명민하고 눈치는 빠르다. 가만히 강두수의 말을 듣고 있던 용안이 갑자기 시뻘게졌다. 부드럽고 반듯한 말속에 스며 있는 독한 꾸짖음의 가시 한 개. 곁에 시립한 대제학도 흠칫 놀랐고, 열심히 기록하던 좌우승지들도 긴장하여 붓을 멈추었다. 성질 급하고 도도하고 매사 저 혼자 잘났다 설치는 왕이 별것 아닌 미천한 선비 강두수에게 제대로 한 방 먹은 것이다.

얼핏 듣기에는 칭찬이었다. 헌데 곰곰이 헤아려 보자 하니 이것, 둘러친 지독한 비웃음이 아니던가? 아주 잠시 마주친 시선. 물론 감히 지존의 용안을 함부로 바라본 터라, 금세 강두수가 고개를 조아렸다. 허나 그 짧은 순간 오간 눈빛은 치열한 기(氣) 싸움. 왕이 강두수의 눈에서 발견한 것은 시큼한 비웃음이었다. 인간으로 바르지 못하고 어리석은 그를 경계하고 아래로 깔고 보는 조롱이 분명하였다.

'저, 저 죽일 놈이 있나!'

항상 짐은 어리석은 폭군이다. 강상의 덕도 지키지 못하고 패도만 걷는 소인이다 하는 자격지심이 강한 왕이었다. 허니 은근히 꼬아 내려치는 강두수의 말 한마디에 격분을 한 것은 당연지사. 격한 성질 같아서는 당장 저 무엄한 놈을 끌어내어 목을 베어라 호령질을 하고 싶었다. 허나 상감으로서의 체면과 위신이 있는 법. 왕은 부들부들 떨리는 주먹을 꽉 움켜쥐었다. 용포자락에 감추었다. 억지로 웃는 낯을 하였다.

"흠, 진정한 공부란 글줄 많이 익힘이 아니라 바른 성품과 행동을 갖춤이라. 짐더러 학문 높다 슬쩍 돌려치는 말이 묘하구먼?"

왕은 히죽 웃었다. 꽉꽉 어금니를 물면서도 한 마디 한 마디 의젓하게 아무렇지도 않게 뱉어내는데 너무 힘이 들었다. 건방지고 망할 저 글 스승이라는 놈의 건방진 면상을 향해 벼루라도 던져 버렸으면 얼마나 속이 시원할까?

"짐의 눈이 밝아 아름다운 중전을 맞이한 복을 부러워함인가? 경의 말을 듣자 하니 짐이 천하에서 가장 고운 이를 내전에 앉힌 참이라. 어진 중전 맞이하여 낯에 금칠을 하였으니 이는 짐의 복. 앞으로 공부 잘하는 중전을 공경하고 잘 모시어야겠군."

그만 하고 입을 다물었으면 좋으련만. 왕도 무안하고 격분하였지만 강두수 역시 내친걸음, 끝까지 지지 않았다.

"망극하옵니다. 겸손하게 낮추시고 내전을 높이시는 성상의 그 말씀이 참으로 아름다웁나이다. 이미 학문 높다 소문 자자하신 상감마마이신지라, 소인의 말에 행여 중전마마 글줄 실력 알아보련다 나서실까 두렵나이다. 공부란 것은 글씨 외워 내려쓰는 것이 아니옵고 성품과 행동을 바르게 갖춤이니, 다만 그를 경계하여 중전마마께 알려 드리고 있나이다."

"학문 높은 만치 짐더러 폭정하지 말고 어진 성품 갖추어 제대로 정사(政事)를 보는 왕이 되어라 경계하는 말이렷다? 곧은 선비는 목에 칼이 들어와도 바른말을 하는 터라 하였는데, 이날 짐 앞에서 두렵다 하지 않고 직언(直言)을 고하는 진정한 선비 한 사람을 보았음에랴! 과연 중궁의 스승 자격이 있다 할 것이야. 나가보시오!"

절을 하고 강두수가 물러났다. 문을 노려보는 왕의 눈빛이 부들부들 떨리고 있었다. 사내로서의 자존심과 왕으로서의 체면 때문에 꾹꾹 참아낸 터이지만, 도무지 분함이 풀리지 않고, 수모당한 무안함이 가라앉지 않았다. 왕은 냅다 날리지 못한 벼루를 들어 강두수

애증의 교차로 245

가 나간 문 쪽을 향하여 휙 내던져 버렸다. 딱딱한 돌벼루가 문살을 뚫고 바깥까지 튀어나갔다. 문밖에 시립하였던 애꿎은 궁녀만 날벼락을 맞았다. 한참 동안 노려보던 왕의 입안에서 음산한 목청이 새어 나왔다.

'괘씸한 놈! 방자한 놈! 감히 천한 저따위가 짐을 대적하러 나서? 짐더러 감히 대놓고 폭군이라 깔보아?'

태어나서 지금껏 모든 사람에게 그저 우러름을 받고 귀애함만 받으며 살아온 터이라 왕은 그 순간처럼 무안하고 민망하고 분한 경우를 단 한 번도 당한 적이 없었다. 그래서 노염은 더 장하였고 무안함은 더 컸으며 모욕당한 자존심의 상처는 씻을 길이 없는 것이다. 하물며 강두수 그가 모든 사람이 인정하는 바 인격이 훌륭하고 학문이 높으며 고결하고 염직한 선비라는 데서 왕은 더 큰 분노와 뼈아픈 패배감을 느꼈다.

왕이 분함을 참지 못하여 홀로 난리를 쳐대고 씩씩대는 그 시각. 기오헌을 물러 나온 강두수는 뒤따라온 대제학에게 꾸지람을 듣고 있었다.

"허어, 석전. 상감께 너무 심하지 않았나 이 말일세. 무안하여 용안이 시뻘게진 터라. 참으로 내가 민망하였네그려."

"아무리 지존이라 한들 잘못하였으면 꾸지람을 들어야지요. 귀하시고 강하시나 아무도 경계하심이 없는지라 잘못 자리 잡으신 도도한 기상이 깎여지지 않는 바라, 선비라면 목을 내놓고 간언함이 옳다 배웠나이다."

"멀리서 본 바가 전부라 생각하지 말게나. 상감께서 보령 어리신 터로 용상에 올라 그릇된 면이 없다 말 못하고 실책없다고도 못하되, 벌써 십여 년 이제는 나날이 눈 밝아지시고 영명함을 회복하시어 진정한 성군의 길을 걸어가심이네."

"진정한 성군이라고요? 허면 월성궁의 편액이 어찌하여 아직도 버젓이 걸려 있는지요?"

"어린 날, 마냥 외로우시어 잉첩의 요염에 잠시 홀리신 것일세. 모다 상감께서 그저 방탕하시고 실책만 되풀이하는 분이라 비난하지만 그가 전부는 아닐세. 열한 살 어린 보령으로 사직을 감당하사, 이 정도이기가 어디 쉬운 줄 아는가? 그분이 저지른 실덕은, 다만 그야말로 어린 날 실수임에랴. 석전, 조심하시게. 그대는 중전마마에 대한 충심으로 상감의 허물을 깨우치려 하였겠지만 그것이 두 분께 꼭 좋은 일은 아닐세. 나나 예판이 몰라 간언 아니 드리는 줄 아는가?"

대제학이 쯧쯧 혀를 찼다. 의기충천하여 감히 왕을 상대로 나서 한마디 똑 부러지게 간언을 드린 강두수를 칭찬함이 반, 또 깊이 근심함이 반이었다.

"자네는 우리 늙은이들을 두고 입 없다 비웃을 테지만 곧게 찔러 들어가는 것만이 능사는 아니란 말이지. 날카롭고 영명하신 분일세. 허나 오만하고 성품이 독선적이며 비틀려 있어 아무리 바른소리이고 당신이 옳다 순응하시는 말씀이라도 대놓고 잘못하였다 하면 보란 듯이 거꾸로 가고 비켜 나시는 분이라네. 하여 말씀을 드릴 참이면 말태를 부드러이 돌려 아뢰어야지. 이 일로 전하께서 하냥 자네를 꼬아보시게 된 듯하니 참으로 내가 한숨만 나오네그려."

"제가 심히 못마땅할 사 전하께서 그러하시면 스스로 저가 먼저 강학을 그만둘 것입니다. 어차피 안전에서 물러나라 하명하시었으니 궐로도 들어오지 못할 것입니다."

"석전 이 사람, 어찌 그리 생각이 짧으신가?"

심우정이 얼굴을 엄히 하여 정색한 채 나무랐다.

"지금 내가 걱정하는 바는 우리 중전마마란 말일세. 자네의 간언 때문에 심기 상하신 터로 당장 전하께서 강학을 그만두라 하시면 어찌하나? 우리 가엾을 손 중전마마. 단 하나 즐거움이 자네와 글공부하는 일인 줄은 더 잘 알 것이 아닌가? 하냥 내전에 갇혀 사시는 그분이 바깥세상을 전해 듣고 답답한 가운데 한줄기 바람을 쏘이는 일인데 그것을 못하시게 되면 어찌하나? 딱하지 않는가?"

강두수 미처 생각하지 못한 것을 대제학이 찔러주자 아차 싶었다. 당장 반성하여 고개를 숙였다. 속 시원하게 왕더러 한마디 해준 것은 통쾌하였지만, 이 일로 인하여 강학이 중단된다 할 것이면 중전마마를 다시는 뵙지 못하리라. 울컥 눈앞이 아리고 심장이 찔린 듯이 아팠다.

"혈기에 눈이 어두워 이리저리 사정을 다 헤아리지 못하였나이다. 제가 큰 실수를 한 듯하옵니다."

"평상시 하던 양으로 할 것이면 중전마마에게도 당장 불벼락이 떨어질 듯싶으이. 조그만 허물이 있어도 당장 대놓고 길길이 후려잡으시는 버릇인 줄 자네가 더 잘 알지 않나? 참말 근심일세. 오늘 밤 우리 중전마마께서 얼마나 무안과 수모를 당하실지, 원. 쯧쯧쯧."

강두수는 다만 망극하고 막막하여 고개만 숙였다.

그 다음날 중궁. 강두수가 강학을 하러 들어가 보니, 늘 하던 대로 하냥 예사스러웠다. 마주 앉은 중전마마 옥안에도 별 그늘이 없으시다. 상감께서 별말씀이 없으셨나? 글을 다 끝낸 후에 강두수는 솔직하게 먼저 물러남을 청원하였다.

"어제 상감마마를 알현하였기로 성상께서 신의 미천하고 모자란 점을 괘씸히 여기신 듯하였나이다. 중궁 글 스승 노릇을 하기에 부끄럽사와, 인제 신이 미리 물러남을 청원드리옵나이다."

날벼락 같은 소리에 중전마마 눈이 동그래졌다. 다급히 부르짖었다.

"아니, 스승께서는 무슨 말씀을 하십니까? 이 몸이 무슨 실수라도 하였습니까? 강학을 그만두시다니요. 이 몸이 스승님과 더불어 글을 읽을 때만 눈이 트이고 가슴이 시원해지는데 어찌 그리 무정한 말씀을 하십니까?"

영문을 몰라 중전은 제일 먼저 자신이 모자라고 덕이 없는가 탓을 하였다. 한 번만 더 달리 생각하라 간청하였다. 더 이상은 어쩔 수 없어 강두수는 솔직하게 어제 편전에서 이러저러하였다 고백하였다. 그 일로 인하여 상감마마께서 중전마마를 꼬아보심이라, 민망하고 죄스러워 견딜 수가 없다 아뢰었다. 어젯밤에 중궁 듭시었지만 한마디도 그런 기색을 보이지 않았기로 중전은 깜짝 놀랐다.

"참말입니까? 주상께서 강학을 고만두라 하시었나요?"

"망극하옵니다. 그런 말씀은 없으시지만 저가 민망하여서요. 한

마디 꼬운 소리를 드렸기로 신을 심히 괘씸타 하실 것입니다. 신으로 인하여 중전마마께서 상께 모진 소리 들으심이 저어되어 인제 못하리라 청원드립니다. 중궁전 강학이야 계속될 터이지만 신보다 훨씬 더 경륜있고 학덕 높은 분이 듭시어야 한다 이리 생각합니다."

"……스승만은 못하겠지요."

중전마마, 나지막이 속삭였다. 어느새 섭섭하여 눈가가 설핏 붉었다.

"성상께서 하명하시면 그 말대로 따라야 하겠지만, 참말 가슴이 아픕니다. 스승께서 지금껏 이 몸에게 얼마나 의지가 되시었는지요. 구중심처, 조롱 속의 새 신세라, 눈 어둡고 답답한 이 몸에 있어 한줄기 바람이요, 마음의 의지처였답니다. 그런데 직언 한마디 하였다고 하여 강학을 금하시지는 않으실 터인데요? 상감께서는 보이는 것처럼 많이 옹졸하고 편협하신 분은 아닙니다."

"늘 하시던 대로 열심히 하시옵고, 부덕 갈고닦으시어 아름다운 덕성을 완성하시옵소서. 신은 다만 그 말씀만 드리옵니다."

"……사람 사이, 깊은 인연이 닿아야 한다지요? 스승님과 저의 인연이 이리 끊어진 터로, 참말 말은 못하되 가슴이 뻥 뚫린 듯하옵니다. 마냥 허허롭기만 합니다. 저가 오늘 밤에 전하께 주청드려 스승을 다시 모실 것입니다. 너무 저에게 모질게 이리하지 마십시오. 선비의 의기도 중요하나 스승과 저 사이 오간 정도 만만치 않습니다. 저를 위하여 한 번만 그 결기 꺾어주십시오. 간청드립니다."

어질고 부드러운 미소며 조근조근 길을 밝혀주는 깊은 학문을 다른 누가 주시려나. 속상하고 섭섭하여 왕비의 눈에 글썽 눈물이 고였다. 강두수더러 다시 한 번 마음을 돌려달라 애원하였다.

'대체 어찌 스승을 대접하시었기에 어진 스승께서 먼저 강학 아니 한다 나서실까? 밤에 듭시면 여쭈어야지. 너무하신 것 아냐? 직언 한마디 하였다고 했는데, 혹시 또 늘 하시던 대로 스승 향하여 벼루를 내던지신 것 아냐?'

강두수를 배웅하고 돌아서면서 왕비는 왕에게 섭섭하여 종알거렸다. 이 밤에 듭시면 내 필히 따지고 말 테야. 보내주실 때는 언제고 몰아낼 때는 언제냐? 장부가 되어 변덕도 참말 심하시지. 흥!

또한 편전. 왕은 왕대로 주강을 받으면서 홀로 씩씩대고 있었다.

간신히 억눌렀지만 생각하면 할수록 또다시 괘씸하고 분하였다. 두고두고 질겅질겅 씹히는 이물감. 왕 된 체면에 끝장을 내지 않았다 뿐이지 모락모락 피어오르는 무안함과 격렬한 신경질을 도무지 잦힐 수 없어 어제부터 지금까지 심기가 불편하였다. 어젯밤에 왕비 앞에서 민망하고 짜증나는 기색을 하나도 보이지 않으려고 얼마나 노력하였던가?

허나 정작 다시 서책 들고 있으려니 어제 강두수에게 억 소리도 내지 못하고 말짱하게 당한 분함이 새록새록 솟아나서 환장할 참이었다. 그런 싹퉁머리 없는 놈에게서 글줄을 배우니 중전도 은근히 그저 고개 숙이고 순명하옵니다, 하면서도 심중으로는 짐을 비웃는 것이지. 도저히 씻어내지 못하는 깊고도 진한 자격지심. 왕은 으드득 이를 갈며 서안 앞에 놓인 서책을 벽으로 냅다 집어 던져 버렸다. 명국에서 들어온 춘추대전(春秋大典)이 날아가 벽에 부딪쳐 떨어졌다.

 '하지만 소용없다. 네놈이 아무리 꼬아 이간질을 하여도 중전은 이미 짐 가까이 온 사람이란다. 흥.'

 평생 짐의 마음곁이요, 붙박이. 그깟 놈이 아무리 날뛰고 이간질을 하여도 천지신명이 정하여준 지어미가 아니더냐. 어디 저가 감히 짐을 거역하고 도망갈 수 있을 줄 알더냐? 이미 우리 정분은 한참 깊었고, 굵은 동아줄로 엮어진 사이거늘……. 왕은 중전과 함께 얼려 희롱하였던 어젯밤을 떠올리며 광증(狂症) 걸린 사람인 양 실죽 웃었다.

 시시각각 변덕이 어찌 그리 장하신가? 노화 내었다가 짜증 부렸다가 홀로 히죽히죽 웃었다가…… 냅다 서안을 걷어차고 서책을 던져 버리고 박박 찢다가 또 맹한 얼굴로 헤벌헤벌 웃음 지으니…….

 '조만간 무슨 핑계를 대더라도 그놈을 쫓아내고 말지? 다시는 중전 옆에 얼씬도 못하게 하리라. 누구에게 배우든 강학이 다 똑같은 게지. 짐이 참하고 학덕 높은 선비를 천거해서 다시 보내주면 뭐, 중전도 말을 못하겠지?'

 히죽해죽, 울그락불그락. 또다시 앙앙불락, 갈팡질팡. 하루종일 홀로 그러하시니, 곁에 시립한 대전 내관과 상궁들이 가슴이 조마조마하여 어찌할 바를 모른다. 저것저것, 혹여 주상께서 광증에 걸린 것은 아닌가? 전의더러 진맥을 하라 하여야 하는 것은 아닌가?

제8장 음모의 발아(發芽)

　　　　　　야밤을 틈타 월성궁에 선이 년이 스며들었다. 사가의 어미가 병났다 하며 궐을 나와서는 쪼르르 이곳으로 달려온 것이다. 방정맞은 요년이 미주알고주알 제가 보고 들은 중궁 사정을 희란마마 앞에서 좔좔 꼬아바쳤다.

　처음부터 끝까지 대전마마와 중전마마가 풋정 돋아 한참 달금하게 잘 나간다는 말이다. 희란마마 술잔 잡고 자음자작. 영 시큰둥하였다.

　밤 내내 금침 안에서 얼싸안고 뒹굴며 죽고 못산다고? 아이고, 배 아파라! 어린 주상 데리고서 밤마다 방중술 공부 시켜놓았더니 말야, 심는 년 따로 있고 거두는 년 따로 있다더니 딱 그 말이 맞구나. 제 즐겁게 하라 날밤 가리지 않고 밤공부 시켰건만 고 잘난 주상 양물 맛은 중전 고년 몫이로구나. 하룻밤에 너덧 번도 가능하신 능란한 그 기술로 얼마나 짜릿하게 휘둘러 주실까? 죽네 사네, 늠름한 육방망이 철썩철썩. 진잔한 재미가 얼마나 장할꼬. 고년고년, 아주 극락이겠다? 훙!

강새암에 아랫배가 슬슬 아프다. 이 밤에 중전 고년 뒈져라 푸닥거리나 할까 보아. 선이 년 이야기가 영 별 재미가 없다. 먼 산 바라보며 한 귀로 듣고 한 귀로 흘리는 참이었다. 갑자기 귀가 쫑긋 섰다. 강두수 대목이었다. 희란마마 냉큼 한 무릎 상머리로 다가앉았다.

"뭐라? 참말이니? 글 스승 때문에 싸움질하였다고?"

"뭐 그것이 싸움질인지는 모르겠습니다만, 여하튼 약간 째그락거리는 눈치는 분명하였거든요? 대전 나인 이야기를 훑어보니, 그 글 스승이란 자가 대전 나아가 상감께 올바른 소리 한마디 치받았다고 합니다요. 차마 대놓고는 노염을 못하였되 나가자마자 벼루를 내던져 바깥에 있던 나인 얼굴이 터졌다고 합니다. 그이가 강학 못하리라 하니 중전마마께서 상감께 너무하신다 앙탈을 하시었어요."

"그래서? 그래서 상감께서 노염하시었니?"

"그건 아니고요. 강학 그대로 하라는데 왜 그러노 하시면서 한발 물러서시더라고요. 요즈음 상감마마께서 중전마마께 여간 잘하시지 않거든요. 그래서 그 다음날 말짱하게 다시 글 선생이 들어온답니다. 상감께 불경하여 대적하였되 무사한 사람은 그이뿐이라고 합니다."

선이 년, 교활한 눈을 반짝이며 속닥거렸다. 중전과 글 스승이란

자 사이가 참말 은근히 묘하다 흥보았다.

"근데요, 큰마마. 저가 보기에 중전마마께서 스승이란 자에 대한 총애가 여간 깊지 않답니다? 내외가 엄격한데 글공부 핑계 대고 주렴 걷고 가까이 두시고요. 종종 금원도 같이 산보한답니다? 그이만 들면 엄격한 그분이 웃음소리를 내시니 고것참 기이하지 않남요?"

"중전이 그놈을 두고 웃음소리를 내었어?"

"예, 그렇다니깐요. 저가 한두 번을 들은 것이 아니랍니다. 글 스승이란 자도 중전마마에 대한 충심이 참말 깊거든요. 아주 살뜰하여요. 누가 보면 은근히 정분났다고 할 것입니다? 허기는 그 스승이란 자가 참 잘났답니다. 대궐 궁녀들도 서로 한 번 더 보려고 고개를 뺀다는 정도이니, 중전마마께서도 눈이 있음이라. 좋아라 할 만하지요."

희란마마 얼굴에 갑자기 화색이 돌았다. 대견하다는 듯이 선이년을 칭찬하였다.

"참말 신통하구나. 고심하여 너를 중궁에 심어둔 보람이 있음이다. 이러니 내가 어찌 너를 귀하다 하지 않겠니?"

희란마마, 팔걸이 근처 자개함에서 턱 하니 비단 주머니 꺼내어 선이 년에게 던져 주었다. 묵직한 황금덩이에 요년이 좋아 어쩔 줄을 모른다.

"너 긴요히 할 일이 있단다."

"무슨 분부이든지 하명만 하십시오. 이년이 목숨 걸고 봉행할 것입니다."

"인제부터 너는 중전하고 글 스승 고놈히고 이떤 일이 있는지 유

음모의 발아(發芽) 255

념하여 살피거라. 요만치라도 트집거리 생기면 곧장 나에게 가져오렴. 할 수 있겠니?"

"암만요! 쉬운 일입니다요."

검고 흉악한 속셈 하나 날 선 독악한 가슴 안에 꼭 감추었다. 중전 곁에 왕 아닌 다른 사내가 있었어? 그것도 아주 잘난 사내란 말이지. 흠, 이것을 잘 이용하면 중전 고년 얽어맬 갈고리로 쓰임직하겠구나.

아침에 일어나자 가마 대령하라 고함질렀다.

"어디 나들이 가시게요, 큰마마?"

"내, 사람 구경 한번 할라네. 잔말 말고 자네만 나를 따르소."

희란마마, 대궐 앞의 기둥 그늘에 숨어 가마 타고 숨죽여 누구를 기다린다. 오정 무렵이나 될까? 옥색 도포 자락 휘날리며 관옥 같은 얼굴 들고 책 보따리를 옆구리에 낀 선비 한 사람이 나타났다. 훤칠한 사내요, 아름다운 얼굴이며 기품 어린 모습이 그야말로 군계일학. 유유자적, 궐문을 들어가는구나. 중궁 강학을 하러 가는 강두수였다.

'오호, 저이가 바로 중전 곁에 있다는 사내라? 이것 더 재미있고나. 없는 일도 만들어낼 참인데 저 정도이면 어떤 여인네라 하여도 정분나고도 남지. 상감을 대적하여 맞불 놓을 만한 의기까정 있음이라. 홋호호. 쓸 만하다. 저놈 이용하여 어디 한번 중전 고년 모략이나 해볼까?'

설상가상(雪上加霜). 한쪽에서 강두수를 이용하여 중전을 모해하고야 말겠다는 음모가 시작되는 있는 그 순간, 중궁에서는 왕의 투기를 자극하는 일이 하나 더 일어나고 있었다. 우연과 악연이 겹쳐 서서히 암울한 운명의 소용돌이가 시작되고 있었다.

단오를 지난 날이다. 걸어오는 사람의 콧등에 땀이 송골송골 맺히게 햇살이 무척 따가웠다. 그 햇살 따라 석죽은 하얀 꽃을 매달고, 연못가 창포는 슬며시 보라색 얼굴을 돌렸다. 녹색 이파리 사이로 함박꽃이 양지옥으로 만든 듯 말간 꽃잎을 매달았구나.

늘 그러하듯이 하얀 모시 도포 차림의 강두수가 부채를 손에 들고 강학을 하러 입궐하였다. 헌데 그날 앉자마자 그가 책 대신에 꺼낸 것은 보자기로 싼 둥그런 물건이었다. 중전도 그러하나 배행한 아랫것들까지 모다 궁금하여 고개를 길게 빼냈다. 보자기에서는 새장이 나왔다. 하얀 깃털이 백설처럼 깨끗하고 붉은 부리를 한 귀엽고도 영리하게 보이는 새 한 쌍이 들어 있었다.

"부끄럽나이다, 마마. 신의 내자가 고운 새를 기르는 재주가 있사옵니다. 명국서 들어온 문조입니다. 깨끗한 자태에 맑은 소리로 지저귀니 방 안에 놓아두고 즐기실 만할 것입니다. 이 새는 금슬이 좋아 한 마리가 죽으면은 다른 놈이 따라 죽는다 합니다. 부대 전하와 중전마마 두 분도 이 새들마냥 정분이 첩첩하여 마냥 행복하시기를 기원하옵니다."

"아이, 이 은혜를 어찌 갚지? 스승께도 매일같이 은혜를 입고 사는데 내자께서조차 이리 나에게 지극정성을 주시니, 정말 감사드립니다."

고운 미물을 사랑하시고 작은 새를 아끼는 분이다. 어린 소녀인 중전마마, 체통과 위엄을 잠시 잊어버리고 마냥 좋아하시었다. 강두수 따라 빙긋이 웃었다. 내가 참말 좋은 것을 잘 가지고 왔구나 즐거웠다. 입궐을 하려 하는데 안해 문씨가 굳이 들려준 새장이었다.

"연전에 삐약이를 잃고 그토록이나 상심하시었다면서요? 이 새를 좋아하실 겝니다. 항시 은혜를 입고 사는데 소첩이 중전마마께 보답할 길이 없어서 그러합니다."

"참으로 부인께서는 세심하시구려. 나도 잊은 삐약이 이야기를 부인께서는 안즉도 기억하심이라. 내 부끄러움을 잊고 마마께 올리리다."

이 새 한 마리가 앞으로 어떤 무서운 사단의 시초일지 알았다면, 강두수나 중전은 이리도 흔쾌하니 즐거워할 수 있었을까? 이 새 들려 보낸 아내 문씨의 마음이 어떠한지 한 번만 달리 생각하여 보았다면 강두수는 감사해하며 이 새장을 들고 왔을까? 기묘하고 얄쌍하게 배틀리게 꼬인 여심을 조금도 알지 못하고 그저 자신의 마음처럼 청명한 줄로만 아는 강두수. 지존의 기쁨이 마치 제 것인 양 행복하다.

그들이 알지 못했던 것은 또 하나. 강두수를 생각하면 무조건 안달복달 들들 끓는 투기심을 참으려 애를 쓰는 왕의 속내였다.

겉으로는 그저 점잖으셨다. 강두수를 알현하여 중전이 경을 많이 의지하더군. 많이 도와주시오. 격려까지 하시었다. 허나 그가 나간 후, 문짝을 향하여 냅다 날아간 것이 옥 연적이었다. 이마통을 깨어 놓듯이 왕이 날린 것이었다.

중전의 신임과 총애를 받는 저놈을 콱 때려죽이고 싶은 투기심과 지존으로서의 체통을 지켜야 한다는 자존심이 충돌하였다. 스스로도 울락불락하는 이 마음을 어찌 달래줄 모르니 애꿎은 서책만 벽으로 날아가고, 애먼 탁자 모서리만 주먹 아래서 짓이겨진다.

중궁에서 저놈하고 중전이 또 둘이서만 아는 이야기에 다정한 척 하고 있겠다. 이마 맞대고 속살거리며 웃고 있겠지? 상상하면 할수록 도무지 기분이 나빠 견딜 수가 없었다. 밤수라 핑계 대고 냅다 중궁으로 내달렸다. 지금껏 그놈이 중궁에 남아 있기만 하여봐. 냅다 엉덩이를 걷어차 줄 테다! 요러면서 들어갔는데……. 이런 빌어먹을 일이 있나! 왕의 비틀린 투기심을 또 한 번 자극하는 일이 말짱하니 기다리고 있었다.

분명 아침까지만 해도 보지 못하였던 것이다. 중궁 마루 창가에 새장이 달려 있었다. 하얀 깃털에 붉은 부리를 가진 두 마리 새가 서로 다정하게 부리와 깃털을 부비고 맞대며 구국거리고 있는 것이었다. 왕 또한 작은 미물 사랑하는 분이니 처음에는 호기심뿐이었다.

"귀한 새로다. 문조가 아니냐? 이 새가 어디서 난 것이냐?"

"글 스승께서 중전마마께 선사하신 것입니다. 언젠가 하루 중전마마께서 우연찮게 죽은 삐약이 이야기를 하셨기로, 그 이야기를 마음에 두신 듯하옵니다. 하루 종일 들여다보시며 미소 지으시니 궐에 들어오신 이후, 중전마마께서 그리 좋아하신 것은 처음인 줄 아옵니다."

김 상궁이 아뢰는 말에 왕은 참말 지독히게 분하고 노여웠다. 궐에 들어온 이후 중전이 그리 좋아한 것은 처음이다 하는 대목이 탁 걸린 것이었다. 발갛게 낯 붉히어 웃는 왕비의 고운 얼굴이 어른거렸다. 지아비인 짐도 웃는 그 모습 한번 보자 하는 것은 하늘에 별 따기인데, 같잖은 놈. 하찮은 새 한 마리로 중전을 웃게 만들었다 그 말이라?

'짐 앞에서는 한 번도 편안하게 웃어주지 않으면서 그놈 앞에서는 웃는다고? 이것들을 그냥!'

왕의 입술이 뒤틀렸다. 그의 눈빛은 자글자글 끓는 노염과 투기심으로 시퍼렇게 번쩍이고 있었다. 눈빛이 화살일 것이면 애꿎은 문조 두 마리는 이미 열 번은 찔려 죽어 나자빠졌을 것이다. 내놓고 투기를 부릴 상대도 없고 뒤집어지는 심사를 털어놓자니 주상 된 체면에 민망한 노릇이었다. 무시하자니 은근히, 아니, 아주 많이 신경 쓰이고 열분이 치밀었다. 입이 만발은 튀어나온 채 왕은 새장을 휙 잡아채어 서온돌로 들었다. 바느질 바구니를 앞에 두고 수를 놓고 있던 중전이 일어서서 그를 맞이하였다. 어수에 들린 새장을 보고 눈이 오목해졌다.

"아니, 새장은 왜 들고 들어오셔요?"

"짐이 못 보던 것이라 신기하여서. 오데서 난 것인고?"

"신첩 글 스승의 안해 되시는 분이 새를 잘 키운답니다. 고맙게도 항시 이 중전의 은혜 입고 산다 하면서 보내주신 것이라지요. 문조라 하옵니다. 저 명국서만 사는 새라 하는군요. 깨끗하고 지저귀는 소리가 청아하여요. 그리고 심히 금슬이 좋아 한 놈이 죽으면 다른 놈이 따라 죽는다 하였어요."

"호오, 그래요? 미물이나 지조는 있다 할 것이야. 헌데 말야, 중전은 참 야속하도다."

억지로 웃음기 머금은 목소리로, 가능한 한 부드러이 왕은 치밀어 오르는 힐난을 한마디만 뱉어냈다.

"그러니깐 말이지. 중전에게 가장 가까운 이가 짐이다 이 말이지. 당연히 짐이 중전에게 가장 갖고 싶은 것을 주어야 하는데 스승이 먼저 비가 원하는 것을 선사하였다 하니 짐이 좀 머쓱하구나. 짐은, 음음, 사실 말이지! 조만간 일부러 사냥까정 나가 어여쁜 꽃사슴 한 마리를 잡아다 주려고 하였단 말이지!"

"어머, 참이셔요? 정말 그러하시었어요?"

"그렇다니까! 짐이 사슴 잡아오고 나서 직접 중전을 위하여 그놈 우리도 만들어줄 것이다, 이리 생각을 하였다 말이지. 작년에 삐약이 죽었을 적에 짐이 약조하였지 않아? 음음음. 그를 우리 정표로 삼을라고 하였는데. 이 새가 먼저 중전 앞에 들어오니 짐이 좀······ 그렇소이다. 흠흠흠."

왕은 중전에게 그 약조를 한 지 벌써 한 해가 흘렀다는 것을 무시하였다. 아니, 실은 그런 약조를 하였음도 까맣게 잊고 있었다는 것을 편리하게 잊어먹는 척하였다.

"참이셔요? 진정 신첩에게 사슴 한 마리를 데려다 주시려고 하시었어요?"

"암만! 남아일언 중천금이라 하였거늘! 비는 꼭 짐을 허언(虛言)만 날리는 못난 사내로 생각하더라? 흥."

모르는 척, 아닌 척, 섭섭한 척 능갈쳤다. 은근히 저 새만 좋다 하면 짐이 섭섭하여 삐칠 것이다 암시를 던졌다. 요것 순진한 터이니 하는 양을 좀 보아라. 그럼 그렇지. 제꺽 중전은 아니어요! 하고 강하게 고개를 흔들었다.

"신첩에게는 마마가 데려다 주시는 사슴이 제일 중하여요. 스승께서 신첩을 생각하여 주신 마음도 감사하나, 마마께서 직접 신첩을 위하여 데려다 주시는 사슴에 어찌 비하겠어요? 데려다만 주신다면 잘 키울 것이어요."

"흥. 말로만?"

식을 줄 모르고 부글부글 끓던 투기심과 분심은 하냥 해맑게 웃는 안해의 눈빛 안에서 눈 녹듯이 사라졌다.

"참이라니까요! 정말 신첩이 정성을 다하여 키울 것이니 데려다만 주시어요. 정표라 하시니 신첩은 참말 곱게 키울 것이어요."

"이 새는 어찌할 것인데?"

"스승께 돌려드릴 것이어요. 신첩은 마마께서 가져다주시는 미물이 제일 소중하니까요."

아직도 바닥에 남은 검은 앙금과 강두수에 대한 경계심을 가슴 깊이 보이지 않게 갈무리하며 왕은 짐짓 웃음소리를 냈다. 그의 웃음소리에 중전의 아담한 얼굴에 실쭉 볼우물이 패었다. 작은 얼굴에 화안한 미소가 어렸다. 담쑥 안겨드는 몸을 억센 팔로 감아 안으며 왕은 심술맞게 홀로 웃었다.

'강가 학사 놈. 이 무엄한 놈 같으니라고. 너 어디 두고 보자!'

왕이 북문 넘어 사냥터에 도착한 것은 밤 노을이 내릴 무렵이었다. 작정도 하지 않고 무조건 나온 길이라 갑자기 사슴 떼를 어디서 몰아온단 말인가? 오십 리 전부터 몰이꾼들 수십 명이 동원되었다. 왕이 원하는 대로 사냥할 수 있게 화록을 몰아오려면 적어도 내일 새벽은 되어야 한다 아뢰었다.

"어찌할 수가 없지. 산막에서 하룻밤 유하리라. 내일 새벽에 사슴 떼를 잡고 궐로 돌아가면 되겠구나. 짐이 하룻밤 이곳에서 거할 참이니 승지를 불러라. 내일 조참은 없다 대청에 알려라."

"분부 거행하겠나이다."

근 반년 만에 나온 사냥길이라. 활에 녹은 슬지 않았는지, 혹은 길들인 매가 제대로 짐승을 낚아채는지 팔목에 사나운 매를 얹고 언덕에 올랐다. 황금빛 노을이 지는 하늘로 매를 휙 날렸다. 살찐 꿩 한 마리를 냉큼 낚아챈 터로 기분이 좋아진 상감마마. 이놈을 통구이로 하여 상에 올려라 옆에 시립한 무장에게 던져 주었다.

"전하, 인제 침수를 하시옵소서. 침장 차비하였나이다."

밤늦게까지 무사들이 피워놓은 모닥불 앞에서 지밀무장들이 하는 세상사 이야기들에 귀를 기울였다. 시정의 젊은 사내마냥 나뭇등걸에 기대어 활줄을 새로 매던 왕 앞으로 지밀상궁과 숙직번인 김 내관이 다가왔다. 힐끗 왕이 돌아보았다. 그가 잠이 들어야 다른 사람도 쉴 수 있다.

"오냐. 내일 이른 아침부터 말을 달릴 참이니 짐을 늦지 않게 깨워라."

"명심하겠나이다."

몽 상궁이 왕을 모시고 들어간 산막 주변으로 무장들이 모여들었다. 항시 왕의 지척에서 모시는 정일성이며 윤재관을 비롯한 신임하는 호위밀들이 검을 등에 지고 번을 서기 시작하였다. 궐이 아닌 곳에서 상감마마께서 침수 드시면 잠이 드신 오십 보 근처로는 얼씬도 하지 못하는 것이 법도였다. 지존이 혹시 한 데서 주무시다가 위해라도 당할까 봐였다. 누구든 근접만 하면 시퍼런 장검으로 요참(腰斬)하게 되어 있는지라 감히 누가 그곳에 가까이 갈 수 있을 것인가?

소세를 하고 양치를 마친 다음 왕은 침상 앞에 다가가 앉았다. 허리에 차고 있던 줌치에서 손수건을 꺼냈다. 오늘 아침에 중전이 넣고 다니셔요 하고 건네준 것이다. 젖은 손을 닦고 소중하게 넣었다. 선대왕께서 세자이던 그에게 주신 장도칼과 어마마마 것이던 옥지환이 들어 있는 줌치에 아침에 중전이 준 손수건을 넣으며 이제 짐의 보물이 하나 더 생겼다 생각하였다. 욱제라는 왕의 자(字) 옆에 나란히 앉은 혜(慧)라는 글자 한 자. 궐에 계신 그이지만 지금 짐 곁에 있고나 싶었다.

중전을 생각하자 저절로 입술에 미소가 머금어졌다. 몇 번이고 어여쁜 사슴을 데려다 주시어요, 하고 고운 애교를 부렸지. 얌전하고 수줍은 그 사람이 처음 하는 어린양이고 소청이라 어쩐지 어깨가 으쓱하여졌다. 중전을 생각하며 벙싯 웃는 용안이 밝고 환하였다.

헌데 주상전하 하시는 양을 곁에서 지켜보는 김 내관 놈. 얼굴이 어쩐지 묘해지는구나.

상감마마께서 이 밤에 사냥터로 나온다는 소식을 냉큼 월성궁에

알렸다. 기회로다! 중전마마와 상감마마 수줍게 도는 정분을 이참에 마구 해치려 작정을 하였다. 허나 중전마마께서 선사하신 손수건을 어루만지며 홀로 미소 짓는 용안을 곁눈질하니 아무래도 월성궁 마마의 계책이 먹혀들 것 같지 않았다. 허나 어쩌랴? 이왕 내친걸음, 끝까지 가야지. 희란마마가 몰락하면 저 역시 죽은 목숨이라 어찌하든 같이 가는 수밖에 없는 것이다.

밤이 깊어간다. 하늘에는 별이 총총 더 올랐고 산새가 멀리서 구슬피 울었다. 산막이 앉은 근처 계곡의 물이 흐르는 소리가 청아하였다. 산의 밤 추위를 피하고자 몰이꾼이며 무장들이 피워놓은 모닥불이 조용한 어둠 속에서 뻘겋게 타오르면 불티를 날렸다. 그때 두런두런 소리가 아래쪽에서 났다. 네 명의 가마잡이가 멘 고운 꽃가마 한 채가 시종을 딸리고 나타났다. 산막 앞에 가마가 도착하였다. 가마 문이 열리고 나타난 사람은 뜻밖에 희란마마였다.

"마마, 월성궁 누이올시다."

마치 상감께서 부른 양 당당하게 장막으로 들어간다. 안의 장막이 휙 열렸다. 침상에서 침의 차림의 왕이 이맛살을 찌푸리고 몸을 일으켰다. 하도 어이없어 말도 하지 않고 물끄러미 바라보는 시선도 아랑곳없었다. 생글생글 웃으며 저 할 말만 하였다.

"지존께서 어찌 한 데서 침수하리오? 마마, 한 고개만 넘어가면 소첩의 별저가 아니옵니까? 신첩이 마마 그리워 상사병이 난 터랍니다. 부대 옥보를 옮시기어 신첩이 모시게 하여주시어요."

"내전에 이르기를 여인네 단장이 짙으면 망국의 징조라 하였는데 누이 얼굴 지분단장이 왜 그리 짙은 것이오? 이 나라 사지, 망조

들라 기원하오?"

"에구머니. 마마, 신첩이 어찌 그런······."

예전마냥 감히 주상을 상대로 건방진 패악질에 여황(女皇)마냥 당당하고 교만한 기색 하나 없었다. 오직 하나 꿀 같은 미소와 요염만이 넘치었다. 허나 왕의 용안은 그저 덤덤하였을 뿐이다. 힐끗 시답잖다는 듯이 희란마마 얼굴을 바라보는데 한마디 북 긁어내렸다. 대놓고 그녀의 심사를 뒤집었다.

"근신? 부르지도 않았는데 감히 짐을 찾아나선 것만 보아도 알 조라. 누이 방정맞은 양은 달라진 것 하나 없구려. 지금 예는 무엇하러 왔소?"

"마마, 야속하옵니다. 야속하옵니다. 제발 한 번만 예전마냥 웃는 용안을 뵙게 하여주십시오. 신첩의 소원은 오직 하나입니다. 이 산막에서 신첩의 옷고름을 풀 적에 다정하게 하신 맹서. 어찌 까마득히 잊으시고 이 누이를 아프게 하시는고. 흑흑흑, 마마, 통촉하옵소서."

"그 이야기가 반드시 나올 줄 알았도다. 저의 인생 물어내라 그 말 왜 아니 나오나 하였어. 예까정 감히 찾아온 것은 짐의 어린 날 실책을 미끼 삼아 짐을 어리석은 화수분으로 삼으려 하는 누이의 속셈이라. 그를 모를 줄 알았나? 예에 찾아와서 살살 녹이면 넘어갈 줄 알았나. 흥! 웃기고 있구먼!"

그 속셈이 영 없다 말 못한 터라 희란마마 찔끔하여 입을 꼭 다물었다. 다만 힐끔힐끔 눈치를 살피며 처연하게 우는 척만 하였다. 사실 지금껏 왕의 사냥길에 배행하는 것은 오직 희란마마만이 가진 특권이었다. 비에 젖어 드러난 누이의 풍염한 매혹에 함락되어 열다섯 어린 나이의 왕이 선불맞은 산돼지처럼 덤벼들었다. 사촌누이 금단의 육체를 차지하고 연분 맺은 것이 바로 사냥터에서의 일이었다. 그리하여 지금까지 전하께서 사냥터 갈 적에 동행을 허락한 여인은 오직 희란마마 한 사람뿐이었다. 짐의 마음은 오직 누이에게 있소이다 맹세하는 것이었다. 행여나 그때의 추억을 되살려 나를 돌아보시려나 한 가닥 희망을 안고 내침을 각오하며 달려왔더니 역시나, 마음이 한 번 돌아간 사내의 마음은 그저 쌀쌀맞았다.

말을 하지 않으면 그 대답을 모를까? 눈만 보아도 알 터. 왕은 에라이! 하면서 혀를 찼다. 냅다 손을 들어 뻔뻔하기만 한 저 얼굴을 한번 후려갈겨나 주었으면. 그를 허구한 날 색욕(色慾)에 미친 허수아비로 몰아붙여도 유분수지. 중전을 위하여 사냥을 나온 이 밤에, 지금 교태전에 앉아 하냥 사슴을 기다리는 사람의 믿음을 배신하고 저를 품에 안을 거라고 생각하다니. 그런 오판을 하게 만든 지난날의 방탕스러움에 새삼 입맛이 썼다.

"꼴같잖으니 당장 사라지오. 대체 짐더러 또 무슨 망신을 주려는가? 말로만 성군 노릇 하라 하면서 실상은 방탕함이라. 사냥터 나가 잉첩 끼고 놀아났다고 소문 피울 참이오? 누구 게 없느냐?"

"전하, 지밀 대령하였나이다."

장막 바깥에서 덜덜 떨며 몽 상궁이 아뢰었다. 죽을 맛은 그녀도 마찬가지였다. 지밀상궁의 몸으로 항시 전하의 곁에서 지키고 있어야 하는데 잠시 소피 본다 하여 나간 사이에 일이 벌어진 것이어서 그녀도 눈앞이 캄캄하였고 당황스럽기 그지없었다. 기어코 월성궁

음모의 발아(發芽) 267

줄이라, 김 내관 이놈이 제멋대로 일을 치고 말다니. 이번 일이 제 조상궁 귀에 들어가면 옥체의 안위를 지키지 못한 터이니 당장 쫓겨날 것 같았다.

"누이가 나갈 것이다. 뫼시어라. 짐은 사슴 잡으러 나온 것이지 계집 잡으러 나온 게 아니다. 이날 밤 사정을 그리도 모르겠더냐?"

"마, 망극하옵니다. 쇤네의 불찰이옵니다. 통촉하여 주시옵소서."

울상이 된 몽 상궁의 재촉에 돌아서 나오는 희란마마 눈빛에 원독이 사무쳤다. 그녀의 것이던 사내. 손가락 하나로 이래라저래라 부리고 다 퍼주던 그 님이 이리도 싸늘하게 변하였다니. 나를 못 잡아먹어 안달을 하시다니. 이게 다 중전 고년이 감히 나의 자리를 탐내어 잘난 아랫도리로 미혹하고 님이라 부린 사내를 꼬드겨서 이런 게다. 흥, 어디 두고 보자. 네년을 반드시 나락으로 떨어뜨리고 말 것이다. 지금에야 성총 독차지하였다고 자신만만이겠지. 어디 마음껏 즐기려무나. 네년 날도 며칠 남지 않았으니.

희란마마가 억지로 끌려 나간 후 말짱하게 잠이 깨어버렸다. 왕은 침상에 앉아 희미하게 펄럭이는 침촉을 바라보았다.

'짐을, 누이, 자꾸 독하게 만들지 마오.'

허공을 응시하는 그의 눈이 매섭고 차디찼다.

'용서하고 이해하고 받아들여 주는 것도 한계가 있소이다. 이만하고 그만 하오. 누이 말대로 누이 팔자 더럽히고 하여서는 아니 될 짓을 저지른 짐의 어리석음이라. 그 대가를 혹독하게 치르는 줄 알고 있소이다. 책임질 것이오. 평생 편안하게 살게 하여줄 참이오.

허니 그냥 이만하고 만족하오. 이미 짐은 장성한 사내요, 왕이란 말이외다. 언제까정 누이 치마폭에 묻혀 손가락 하나로 움직이는 허수아비로 살 줄 알았소? 그만 하오. 짐이 참아주고 보아줄 수 있는 지금만 하오. 더 이상은 하지 마오. 짐의 손으로 누이 목을 베는 일이 없도록 하오. 짐이 제발 부탁하오.'

허나 고개 하나 너머 별저에 앉은 희란마마. 상감마마의 그 깊은 뜻을 조금도 알지 못하였다. 같잖은 계교는 다시 말라 하는 상감마마 일갈(一喝)을 들은 연후에도 이상하게 그저 유유자적. 말갛게 비수 같은 미소를 머금기고 있기만 하였다. 그녀의 인생이 첩첩하니 인제는 상궁 년들까정도 무시하는구나. 부르지도 않았는데 같잖게스리 대전마마 앞에 나타나는 짓은 다시 말라 몽 상궁 요년이 꾸지람이다. 상궁이 횡하니 떠난 후, 교인당이 쪽문을 열고 슬며시 들어왔다.

"도무지 흔들리지 않으심이라. 마마께서 작정하고 애소(哀訴)하여도 하답이 없으시니. 어찌하여야 할까요, 큰마마?"

"걱정하지 말게. 이미 내가 원하는 바는 다 이루어졌거늘!"

"예에?"

"내 역시 이 밤에 상감의 승은을 받을 것이라 생각도 하지 않았다네. 내가 원한 바는 딴 데 있음이야."

"그것이 무슨……?"

희란마마, 만족스럽게 나인이 들고 들어온 주안상의 술병을 들어 자음자작하였다. 교인당을 바라보는 눈빛이 간교히고 시늘하였다.

"상감께서 시침을 받았든 아니 받았든 여하튼 산막에 내가 든 것은 사실일지니 이간질을 할 만하지. 교태전에 앉은 고년이 은근히 멍청하지. 사냥길에 주상께서 나의 시침을 받았다는 소문을 듣게 되면 간이 철러덩 떨어질 것이다. 고년이 요즈음 제법 성총 잡았다 기고만장하다 하니 주상께서 환궁하시면 어찌 나설까? 어디 한번 장하게 싸움질이나 하지 않을까?"

"아……!"

결국은 방탕한 상감마마께서 중전을 다시 한 번 배신하고 월성궁 마마와 정분을 다시 이었다는 헛소문으로 독하게 이간질하겠다는 뜻이었다. 수줍게 돋는 정분 사이로 싸늘한 찬바람을 불어넣겠다는 뜻이었다. 희란마마, 붉은 입술 사이로 매운 악설을 밀어냈다.

"되바라지게 어디 한번 용안에 손톱 자국이나 내어주면 더없이 좋으련만. 그러면 그를 기회로 당장 폐비시켜 목을 자를 수 있을 터인데. 허기는 그년이 꼴에 어질고 점잖다 소문은 장하니 멍청하게 참고 삭일지도 모르지."

"그러면 우리가 만드는 일이 무슨 소용이 있을 것입니까? 상감께서 큰마마께만 하냥 성총 장할 적에도 군입 하나 떼지 않고 먼저 월성궁에 가라 하였다는 중전인데요? 손바닥도 마주쳐야 소리가 난다고, 상감께서 아무리 방탕하시어도 중전마마께서 꾹 참는다면, 큰마마 수단은 다 소용없는 것이지요."

"투기야 중전 고년만 하는 것은 아니지."

"그것이 무슨 말씀이신지요?"

"교인당, 중전 고년이 감히 주상전하를 배신하고 다른 사내를 본다 하면 어떤 일이 벌어질까?"

희란마마, 아주 달게 술 한 잔을 다시 따랐다. 생각만 하여도 짜릿하였다.

"중궁전에 근접한 사내가 하나 있음이야. 그것도 아주 잘나고 미장부라 이리하지."

"그렇사옵니까? 헌데 대체 어떤 사내가 감히 지엄한 중궁에 들 수 있단 말입니까?"

"그것이 바로 나에게 온 천우신조가 아니겠는가? 두고 봄세. 조만간 상감이 당신 손으로 곱다 귀하다 싸고도는 중전 고년 목을 베는 일을 내 반드시 만들고 말 터이니."

선이 년이 와서 쪼아댄 말 한마디. 감을 탁 잡은 터였다. 상감께서 글 스승이라는 자에게 투기를 하는구나. 외롭게 자라 모든 사람으로부터 사랑을 갈구하는 왕의 편협되고 삐뚤어진 버릇을 알고 있었다. 자신의 마음처럼 다른 이의 마음도 똑같기를 바라는 욕구는 강렬하였다. 헌데 한참 풋정 돋아 마냥 곱다 하는 중전이 왕 아닌 다른 사내를 바라본다면? 도도하고 자존심 강한 왕이 가만히 있을까?

희란마마, 칼날 같은 눈빛으로 상감이 머문 산막이 있는 쪽 즈음으로 하여 고개를 돌렸다.

'이 몸만은 상감의 속내를 알지니. 주신 만큼 그 배로 받기를 원하시지요. 어디 한번 두고 보셔요. 당신 눈앞에서 중전 고년이 다른 사내 보아 정분이 난 터라 이리하면, 과연 주상전하 당신은 어찌하실까요?'

희란마마, 흐뭇하게 비수 같은 미소를 다시 머금었다. 높디높은 자존심에 도도한 그 성품에 한번 당하여보시지요. 웃어드릴 것입니다. 당신 손으로 곱다 하는 중전 고년 목을 베고 나서 이 몸에게로 다시 돌아올 날을 기다립지요. 어디 한번 두고 보셔요.

"여인더러 투기가 심하다 하지만 모르는 소리! 사내가 투기에 미쳐 버리면 그것만큼 무서운 것이 없다 하였어. 도무지 바른 눈이 보이지 않지. 하물며 도도하고 괄괄하며 지금껏 당신 위에 아무도 없다 생각하고 사신 분이라면…… 흠, 그 투기와 노화는 상상 이상일 터. 자네는 보고만 있게. 내 다 염두에 둔 일이 있음이니. 이미 새 한 마리로 슬쩍 돌을 던져 보았음이야. 홋호호."

"소인은 도무지 마마의 흉중을 모르겠나이다."

교인당이 탄식하였다. 희란마마, 실긋 미소 지었다. 촛불에 어린 얼굴이 흉중에 품은 사특한 계교만큼이나 독하였고, 무서운 나찰처럼 괴기하게 보였다.

성덕궁, 교태전에서 보아 광희문 쪽으로 가까운 담 곁에는 야트막한 언덕이 하나 있었다. 그 위에는 날아갈 듯이 정자가 하나 서 있는데, 고요정이라 하였다. 높은 궁궐 담을 넘어 도성 풍광을 바라볼 수 있도록 높다란 언덕 위, 그것도 모자라서 높은 팔각 화강암 기둥 위에 선 아름다운 정자였다. 궐 안의 사람들이 도성 풍광을 구경하기 딱 맞춤이다.

지금 중전은 그곳 고요정에 올라가 있었다. 지아비 상감마마를 기다리는 중이었다. 엊저녁 금세 돌아오마 하고 사냥터에 나가신 분이 해가 이슥하여 가는데 여태 돌아오지 않으신다. 하염없이 까치발을 하여보지만, 기다림은 짙어가지만 왕의 말은 보이지 않는다. 윤 상궁이 곁에서 돌아가자 재촉하였다.

"마마, 이제 그만 교태전으로 듭사이다. 학사께서 강학하시러 들었기에 오래도록 기다리고 있사옵니다."

'아이 참. 이 몸이 기다리고 있는 줄 잘 아실 터인데 왜 이리 굼뜨시지? 오시기만 하여봐. 하냥 가슴 졸이게 하였다고 골을 내어보일 테야.'

가마에 오르면서도 자꾸만 아쉬웠다. 중전은 아니 보이는 줄 뻔히 알면서도 다시 한 번 광희문 쪽을 바라보았다. 아이, 좀 빨리 서두르시지. 마냥 가슴 졸이며 기쁨으로 기다리는 일이 있으니 아직도 돌아오지 않는 분이 야속하였다. 자기도 모르게 입이 종긋 나왔다. 다정한 님을 상대로 앙탈하고 어린양을 부릴 생각을 하며 중전은 다시 생긋 미소 지었다. 그분을 보지 못한 것은 겨우 하룻밤인데 아뜩하게 먼 날인 듯 그리웠다. 용기를 내어 가까이 다가서니 그분은 거기 계셨던 것을. 나를 기다리며 그 자리에 계셨던 것을…….

아침나절, 지아비 상감마마께서 사냥 나가실 적에 용기를 냈다. 바구니 안에 간직만 하였던 손수건을 꺼내 드렸다. 보잘것없음이라. 받으실까 두려웠기로 중전이 놀랄 만큼 왕은 기뻐하고 좋아라 하였다.

"이것이 무엇인구? 짐 것이니? 어이쿠, 중전이 직접 수놓았구나?"

"줌치에 넣고 가시어요. 수세하실 적에 어수 닦으세요."

음모의 발아(發芽) 273

"이것, 귀한 게다. 비가 직접 하여준 것이니, 짐의 보물이 하나 더 늘었는걸? 응. 항시 줌치에 넣어두고 가까이할게."

싱긋싱긋 웃으시며 빤히 바라보는 눈빛이 어찌 그리 다정하시든지. 하루 종일 꽃구름을 탄 듯 어질어질 행복하였다. 그 생각을 하며 홀로 가마 안에서 미소 짓는 중전마마 얼굴이 화사한 복숭빛이었다.

강두수가 경훈각에 먼저 와서 기다리고 있었다. 중전이 들자 일어나 읍하였다. 늘 하던 공부가 끝나고, 주섬주섬 책 보따리를 챙긴 후였다. 붉은 기를 띠고 잠시 머뭇거렸다. 부끄러운 얼굴을 하고는 보자기에 싼 고리짝을 바치었다. 한마디 간신히 하였다.

"마마, 창피한 노릇이나 이날이 신의 아들 돌이랍니다. 안해가 별것은 아니나 마마께 올려라 하며 무엇을 싸주는데, 이리 가지고는 들어왔사오나 꺼내기가 무섭사옵니다. 사가의 못난 별찬이라 합니다. 가납하여 주십시오."

강두수는 명가라 이름난 진양 강씨 가문의 종손이다. 돌 맞은 그 아들은 첫아들이니, 집안의 희망이며 대를 잇는 귀한 아기였다.

"항시 그 댁께 신세만 집니다그려? 스승님의 가르침 받아 그 아드님 얼마나 곧고 반듯하게 자랄까요? 감사히 받을 것입니다. 오늘 스승 덕분에 중궁전 입들이 호사를 할 참입니다. 참, 김 상궁, 내가 싸놓아라 한 그것 가져오시오."

중전마마 반갑게 덕담하시었다. 음식 담긴 고리짝을 직접 옥수로 한번 열고 음식 치레가 기가 막힙니다! 감탄하시었다. 즐겁게 보아 주시었다. 옆에 배행한 나인에게 갈무리하여라 시킨 다음에 중전마마 고개 돌려 김 상궁에게 하명하였다. 김 상궁이 가져온 보따리를 강두수 앞에 밀어놓으며 나지막이 말씀하시었다.

"스승께서는 중궁 사정을 알 것입니다. 이 중전이 비록 교태전 주인이되 심히 가난하오. 나라 돈이니 내탕금 쓰기도 눈치가 보이옵고, 또한 사가조차 가난한지라 내전 살림이 넉넉지가 못합니다. 돌림병 들면 혜민국에, 흉년 들면 구휼원에 내려보내는 은전이 대부분인 고로 호사한 사치가 도저히 아니 되오. 하여 스승께 그동안 받은 은혜는 많되 값진 선물을 할 것이 없사옵니다. 그래도 이 중전이 사가에 있을 적부터 침선이라 다소 한다 하였기로 그 집 아기 어여쁘게 자라라고 기원하며 의대 하나 지었소이다. 비록 무명옷이나 가납하여 주십시오."

겸손하게 말씀하시며 중전마마께서 내어놓은 것은 아기 의대 일습이었다. 바지, 저고리, 금박 찍은 사규삼에 조대, 복건까지였다. 땀땀이 지은 정성이라 그 바늘땀이 깨알보다 잘았다. 눈에 보이지도 않을 만큼 고운 바느질인데 사규삼 소맷부리에는 벽사(辟邪)의 뜻으로 용맹스런 매 한 마리씩이 수 놓여져 있었다.

"마마, 마마! 실로 눈물이 나옵니다! 그야말로 신기이십니다. 곱게 바느질하시느라 얼마나 이 여린 손끝이 바늘에 찔리셨을까? 저가 이런 귀한 선물을 어찌 받을 것입니까? 감히 두려워 받지 못합니다, 마마!"

더없이 감격하였다. 중전마마 정성에 강두수, 기어코 이마를 바닥에 대고 눈물을 흘리고 말았다. 바로 그즈음 마침내 상감마마, 목적하신 사슴 한 마리를 떡 히니 잡아서 광희문을 넘고 계시았나.

음모의 발아(發芽) 275

겨우 젖을 뗀 정도로 아직 어리디어린 놈이다. 등짝에 하얀 꽃무늬가 선명하였고 눈이 어여뻤다. 바들바들 떠는 꼴이 가련하였다. 검은 헝겊으로 눈을 가려라 하였다. 그놈을 사냥 주머니에 집어넣더니 펄쩍 말 등에 뛰어올랐다.

"당장 환궁할 것이다. 이놈 한 마리면 짐이 원한 바 다 이루었다. 어서 가자."

말고삐 당기고 박차를 가하니 용맹한 한혈마가 죽을힘을 다하여 달리기 시작하였다. 해지기 전에 기어코 궐문을 들어서는데 심히 의기양양하였다.

'보아라, 짐이 그대에게 사슴을 턱 하니 가져다주지 않니? 이것이 정표이니 그깐 글 스승 놈이 가져다준 새를 연연해하지 말란 말이야.'

비(妃)에게 턱 하니 이놈을 내어놓으면 그이가 얼마나 놀라고 감격할까? 하루 종일 기대렸을 것이야. 무척 좋아하겠지? 흠흠흠. 이 밤에 사슴 데려다 준 상급 달라 하여야지. 무엇을 하여달라고 할까? 음음음. 고 수줍은 이더러 짐을 먼저 사랑하여 달라고 졸라볼까? 곱고 정결한 웃음을 볼 수 있다 싶으니 자꾸만 가슴 한쪽이 뻐근하였다. 어깨춤이 절로 나올 만큼 설레고 행복하였다. 좋아라 하는 기색을 감추려 하여도 저절로 드러나니, 아랫것들 모두 다 고개를 갸웃하였다.

사냥복도 갈아입지 아니하고 대뜸 중궁전부터 들어갔다. 중전마마께서 고요정에 올라 하냥 오시느냐 아니 오시느냐 하루 종일 목을 빼고 기다렸다는 말까지 들었다. 마음이 더 급하였다. 턱 하니 사슴 새끼가 든 사냥 자루를 정일성 어깨에 매달고 중궁을 넘었다. 공부하든 말든 대뜸 경훈각까지 차고 들어갔다. 짐이 사슴 잡아왔지 자랑자랑하려고 하였다. 그러나 의기양양하던 기분이 갑자기 확 상하였다.

늘 하던 대로 윗목에 학사 앉혀두고 책을 읽고 있었다. 그것은 항시 하던 일이니 참는다 하자. 그런데 학사가 고개 조아리고 중전마마! 하고 낙루(落淚)를 하고 있었다.

삽시간에 기분이 상하고 이유 모를 노화가 불끈 치솟았다. 왕은 강두수가 중전 앞에서 낙루를 한 연유가 궁금하여 죽을 지경이었다. 무엇을 어찌하였기에 그리하였던고? 이것 보아하니, 짐도 모르는 사이 둘만이 나누는 사연이 있음이라. 감히 지아비인 짐을 두고 외간 사내에 낙루를 하게 만들어? 중전 이것, 아니 되겠다! 투기의 시퍼런 빛이 미간에 서렸다. 허니 어찌 입에서 좋은 소리가 나올 것이며 어찌 눈빛이 곱고 다정할 것이던가?

"훙, 시각이 이미 늦었거늘! 학사는 어찌하여 짐이 중궁전 들 때마다 만나는 것인지 모르겠소? 왜, 오늘은 중전께서 밤늦게까지 강학하자 조릅디까?"

"망극하옵니다. 그렇지 않아도 신, 이만 물러날 참입니다."

일어서던 강두수는 왕의 눈에 서린 궁금증을 눈치챘다. 삐죽 돋은 심술기도 보았다. 내가 여기서 말을 잘하여야겠구나. 아연 긴장한 채 중전마마께 도저히 잊지 못할 은혜를 입었나이다 하며 아기 의대를 내어 보였다.

강두수가 아뢰는 말은 건성 들었다. 왕은 또다시 진정 분히였다.

중전의 침선이 실로 영묘로운지는 누구보다 왕이 잘 아는 터였다. 헌데 중전 이 사람, 심히 아래위가 없고 일의 선후가 없는 것이다. 가례 치른 지 세 해가 넘도록 지아비인 전하께는 의대는커녕 겨우 손수건 하나 말라준 것뿐이지 않느냐? 그런데 감히 짐을 제치고 먼저 스승의 아들 돌이라고 의대를 말라주어?

왕은 고운 아기 의대 일습을 내려다보며 그저 분하고 투기가 나서 죽을 참이었다. 진정 부러웠다. 중전이 직접 하여준 의대라? 기분 같아서는 그 옷들을 와드득 찢어발겨 강두수 얼굴에 내팽개치고 싶었다. 다시는 중궁전에 얼씬도 말라 고함을 치고 내쫓아 버린다면 얼마나 속 시원할까?

'짐에게는 그런 정성 한 번도 보여주지 않아 놓고서? 겨우 손수건 하나 만들어 주어놓고서. 쳇!'

버선도 진솔 비단 아니시면 발도 아니 내미시는 분이 전하이시다. 헌데 그저 검박한 아기 무명 의대에 어찌 이리 욕심이 나시는가? 허나 왕은 펄떡거리는 강새암을 억지로 눌렀다. 중전이 보고 있다. 이깐 놈 앞에서 질 수야 없지. 왕은 더없이 의젓하게 스승의 귀한 아들 돌이라 하니 감축하오, 하시었다. 하지만 끝내 참지 못하고 비아냥 꼬인 말이 튀어나오는 것은 어찌할 수가 없었다.

"흥, 그 아들은 장히나 좋겠구려? 대대손손 가보로 물릴레라. 나가보오. 글 남은 것은 밝은 날에 하오."

짐승 몰아내듯이 강두수를 중궁전에서 무조건 쫓아내는 왕이었다. 스승이 가신다 하여 두 손 모으고 문 쪽을 바라보고 선 중전의 잘생긴 뒷꼭지를 바라보며 왕은 다시금 이를 갈았다. 짐은 보아주지도 않고 스승만 보고 있단 말이야?

"중전은 짐이 예에 있는데 그저 학사만 바라보고 있소? 짐이 너그러운 사람이 아니었다면은 필시 오해를 할 것이다! 중전이 강학을 빙자하여 학사와 연분이 났다고 말이오!"

참다 참다 못하여 농담마냥 툭 하니 내뱉었다. 반은 진심이 담긴 힐난이었다. 기어코 한마디, 심술궂게 쏘아붙이는 말이 매섭고 무서웠다.

"에구머니. 마마, 어찌 그런 망칙한 말씀을 하시어요. 신첩 간이 또 떨어집니다."

중전이 소스라쳐 비명을 질렀다. 왕은 흥! 하고 토라진 채 눈을 흘겼다.

"짐이 사슴 잡아온다 하였잖어. 짐이 돌아와도 궁금하지 않은 게다. 반갑지도 않은 게지?"

"어찌 그런 말씀을 하시어요. 하루 종일 신첩이 고요정에 올라 행여 오시나 아니 오시나 기다린걸요. 사슴 잡아오신 것이어요?"

"짐이 약조하였잖어, 곱고 이쁜 놈으로 잡아다 준다고. 이리 와 보소!"

일성아, 데리고 들어오너라! 의기양양하게 분부하시었다. 정일성이 눈에 검은 헝겊을 씌운 새끼 사슴을 안아 데리고 들어왔다. 중전마마, 왕이 건네주는 예쁜 꽃사슴 앞에서 좋아 어쩔 줄을 몰라 하였다. 투명한 얼굴에 발간 물이 들고 장미화 같은 고운 웃음이 입술에 환하게 여물었다.

"마마, 참으로 성은에 감사드리옵니다. 저가요, 이놈을 복동이라

부를 것입니다. 전하께서 신첩에게 데려다 주신 정표이니 저에게는 실로 큰 복이어요. 마마, 실로 감사하옵니다. 참으로 고맙사옵니다."

왕 앞에서 그저 어렵고 무섭다 하는 것도 잊어버리고 중전은 바들바들 떨고 있는 어린 사슴 안고서 마냥 즐겁고 행복하였다. 보드라운 털에 얼굴을 묻고 좋아서 어쩔 줄을 모르는 그 형용이 귀엽고 애틋하니 왕도 따라 벙싯 웃었다.

"아직 젖도 채 떼지 못한 놈으로 보이니 우유를 주든지 밀죽을 쑤어 먹이시오. 며칠 지나면은 아마 풀도 먹을 것이다. 부드러운 여물을 주어보오."

왕비가 진정 즐거워하며 행복에 얼굴을 빛내어 꽃처럼 환하게 웃는 모습에 젊은 지아비 왕도 무한정 행복하였다. 넋을 잃고 중전의 아담한 볼에 담긴 복삿빛 정취며 고운 웃음을 바라보는데 자신도 모르게 가슴이 두근두근하였다.

대남하게 왕은 두 팔을 벌렸다. 중전은 수줍어 잠시 망설이다가 왕이 재촉하는 눈빛을 보내자 살포시 고개를 떨구었다. 다른 사람 앞에서 이토록 대담하게 지아비 품에 안긴 적은 처음이다. 망설이며 수줍어 새빨개진 얼굴로 왕의 넓고도 늠름한 가슴에 얼굴을 묻었다.

사냥복을 입은 왕에게서는 바람 냄새, 사내 냄새가 진하게 났다. 작은 중전의 몸이 담쑥 안겨도 넉넉한 왕의 가슴은 단단하고 강건하였다. 보드라운 귓불에 낮고 그윽한 정인(情人)의 목소리가 새어들었다.

"하룻밤인데도 마냥 길었음이야. 전전반측, 그리워했거니 그대도 그랬어?"

차마 대답은 못하고 고개만 끄덕였다. 벌써 익숙하여진 버릇. 튼실한 나무처럼 강건한 님의 몸에 인동초마냥 팔을 얽고 잠이 들 적에 근심도, 걱정도 없었다고. 하룻밤 그대가 아니 오신 서온돌이 너무나 넓고 휑하여 깊은 잠을 이룰 수 없었다고 말하고 싶은데 부끄러워 말이 나오지 않았다. 대신 남이 보거나 말거나 무작정 다가와 와락 베어 무는 님의 입술 아래 눈 꼭 감고 나부시 순응하여 진분홍빛 입술을 벌려주었을 뿐이었다.

한편 강두수, 보물인 양 중전마마 하사하신 아기 의대를 소중하게 품에 안고 중궁전 나오는데 어쩐지 자꾸만 뒤가 당겼다. 가슴이 서느런하였다.

아까 전, 중전마마 앞에 앉아 낙루하던 저를 노려보는 왕의 눈빛이 무서웠다. 순간적으로 퍼런 빛이 튀었지. 삽시간에 사라지기는 하였지만 분명 격한 투기심이었다.

중전마마를 사람으로도 여기지 않고 이것저것 함부로 부름하고 월성궁 여인의 요염에 취하여 천지분간 못하시는 분이 바로 주상전하가 아니신가? 지어미이신 중전마마를 늘 하찮게 여기시는 분이라 하니, 그분이 무엇을 어찌하여도 상관이 없을 것인데 저가 중전마마께 아기 의대를 하사받았다 하니 어쩐지 영 싫은 기색이 역력하고 격한 분함이 훤한 용안에 타오르는 것이었다. 등을 보인 중전마마는 모르겠지만 사내의 직감으로 강두수는 전하께서 저를 투기하는 줄 딱 알아차린 것이다.

'실로 이상도 하다. 중전마마를 항시 하찮게 여긴다는 분이 아니냐. 이 학사가 미천한 신분이니 전하께서는 사람으로도 보이지 않을 것이다. 그저 나를 눈 아래 먼지인 양 깔고 보시는 분이 전하이시거늘 어찌 내가 중전마마 강학을 한다 앞에 있는 모습을 보시면 항시 노여움을 내비치는가? 다른 것은 몰라도 학문 즐기시니 중전마마 학문 장하다 하심은 중히 여기시니 내가 중궁전 들어 열심히 글 하시는 것에는 가타부타 말씀 없으셨던 분이거늘……. 어찌 그럴까? 어찌하여 나를 그리 쏘아보시던 것일까? 설마, 내가 감히 중전마마 몰래 바라보고 있는 것을 눈치채신 것은 아닐까?'

속내에 담긴 깊은 비밀이 있으니 괜히 발이 저리고 두렵다. 허나 한 번도 그런 기색 드러낸 적이 없는데 전하께서 어찌 그를 투기할 것이던가? 궐문 나서는 강두수 자꾸만 고개를 갸웃거리는 것이다.

하룻밤의 격조도 아득한 그리움이다. 하나의 저어함 없이 삼경이 넘도록 두 분 마마, 서로의 품에 안겨 소중한 시간을 나누었다. 지아비 전하의 늠름한 가슴에 안기어 깊은 잠에 빠진 중전마마 얼굴이 맑고 편안하였다. 전하 또한 한 팔에 어린 지어미 팔베개하여 준 채로 고운 사람을 꼭 안고 꿈 한 번 없이 달게 주무시는데 역시나 그저 편안하고 흡족하시다.

문제는 선이 년, 바깥 벽 뒤에서 납작 숨어 두 분 마마 나누시는 말씀과 이윽고 금침 안에서 벌어지는 두 분의 진진한 운우지락을 낱낱이 다 새겨 외우고 있는 것이었다.

'흥, 교인당 마님 비방(秘方)이 기가 막히다 하지만 모다 헛일이로

다. 주상전하 베개에다 부적을 콕 하니 박아두면 무엇 하나? 큰마마를 돌아보셔야지. 헌데 오직 중전마마만 찾으시고 정표까정 가져다주시고 이 밤에는 이리 승은 주시며 갈수록 더 다정하여지니 떼련다 하는 정분이 날이면은 날마다 더 첩첩해지는 것이야?

요년, 요 못된 년. 감히 지존마마 동정을 살펴 무엄하게 새겨 넣고 입을 삐죽이며 발소리 죽여 어둠 속으로 사라지는구나. 누구도 그 계집이 감히 두 분 지존마마 은밀한 한때를 살피고 돌아가는 것을 모른다. 강두수 아들더러 의대 지어준 것이며 상감께서 은근슬쩍 새암하였다는 것도 곧바로 내일 모레면은 월성궁으로 날아갈 것이니. 이 고약한 계집을 중전마마께서 심히 신임하시고 아끼시니, 훗날 이 사단을 어찌 감당할 것이냐?

"짐에게 중전이 무명 도포 지어주어. 미행(微行) 때에 입을 것이다."

이튿날 아침이다. 무리죽 같이 받으시고 편전 납시시면서 뜬금없이 왕은 중전에게 그런 하명을 하였다. 실상은 강두수 아들에게 지어준 의대에 강새암하여 그런 말 한 줄도 모르고 중전마마, 난생처음 왕이 무엇을 달라 부탁하신 터로 정말 행복하였다. 그저 즐거웠다.

당장에 무명필 들여라 아침부터 수선이시다. 정성 한 땀, 사모지정 한 땀, 그리움 한 땀, 순결한 단심(丹心) 한 땀, 박아박아 지으신다. 무명 도포 지으신다. 바늘 잡은 손길마다 살뜰한 정성이 묻었다. 닷새 만에 아름다운 님의 의대를 다 지어냈다. 은함에 담아 살그머니 볼 붉히며 내밀었다.

"민망하여요. 천첩이 솜씨가 서투른 고로 꼭 달 없는 그믐밤에만 입으셔야 하여요."

땀땀이 정성뿐인 의대를 받으신 상감마마, 입이 저절로 벌어졌다. 너무 귀하고 즐거워 얼띤 미소만 지으신다. 차마 용체에 걸치지도 못하고 손가락으로 의대를 어루만지고만 있다.

"이런 귀한 선물을 받잡고 짐이 어찌 가만있을 것이냐? 답례로 복동이 집을 지어주게. 중전이 여염집 처자인 양 하고 짐에게 도포 지어주었으니 짐도 떠꺼머리 총각인 양 하고 집 하나 지어주어야지."

급한 성정이시니 당장 금원 나가자 채근하였다. 서경당 울타리 밖. 불일문 쪽으로 하여 복동이네를 만들어라. 당장 지어라! 햇살 바르고 언덕 아래라 포근하니 바람도 들치지 않는다. 좋은 자리 정하여 미물 사슴 집을 지어주시는구나.

궂은일을 하시는 것이 아니라 장난질이었다. 아랫것들이 다 만들어둔 복동이 집에 짚 이엉만 올리는 시늉이시다. 그런데도 당신이 다 지은 듯 온갖 생색은 다 내시는데 허기는 궂은일일랑은 생전 한 번도 아니 하신 분이 아니시냐? 그런데 그런 분이 직접 소매를 걷고 일을 한다 나서신 것만으로도 중전은 너무 고맙고 황감하였다.

"아니옵니다. 게가 아니고요, 더 아래로 내려야지요! 아이, 어쩜 그리 서투르셔요?"

중전의 타박에 짚 이엉을 한 무더기 안고 계신 전하, 짐짓 얄미운 터로 눈을 흘기었다. 중전마마, 은종 같은 맑은 웃음소리를 냈다.

중전마마 옥음 사이사이로 호탕한 왕의 웃음소리도 끼어들었다. 이리하라 저리하라 종알거리는 중전의 간섭에 왕의 입술이 만 리는 튀어나왔다. 짐도 잘한다 이 말이야! 제법 골이 난 척하면서도 재게 손을 놀리시는데 마침내 어찌어찌하여 집 비슷한 것이 다 만들어졌다.

평생 처음 해보신 일이다. 볼만하게 만들어진 터이니 자랑스러웠다. 어때, 이만하면? 하듯이 중전을 바라보며 실쭉 웃었다. 숨기지 못한 자랑스러운 빛이 용안에 떠올랐다. 중전마마 역시 듣기 좋게 치하를 하여주었다.

"이놈 복동이가 그저 호사를 하옵니다. 미물 주제에 전하께서 직접 집을 지어주니 무상의 영광이라. 홋호호, 신첩이 반드시 이 은혜에 감은할 것입니다."

"옷도, 집도 다 마련하였으니 인제 아들만 낳으면 되겠고나. 원자 하나만 낳아주지? 흐흐흐."

수줍어서 중전이 눈을 흘겼다. 씩 웃던 왕이 도승지의 고변을 듣느라 먼저 저만큼 걸어갔다. 뭇 사내들보다 반치는 더 큰 키라, 용포 벗으시고 소박한 중치막 차림으로도 우뚝 선 소나무인 양 멋지게 보이는 지아비 모습이다.

중전은 복동이의 보드라운 털에 얼굴을 묻고 오래도록 왕의 그 뒷모습을 바라보았다. 숨기지 못하는 설렘과 행복함이 중전의 얼굴에 가득하였다. 솔직히 이 하루가 그저 눈을 뜨면 깨버릴 것만 같은 아름다운 꿈같이 느껴졌다. 그리도 바랐던 지아비 전하의 웃음이 중전에게로 향하였다. 오롯이 그녀만의 님이었다. 사무치게 바라고 바란 소원이 마침내 이루어졌으니 어찌 감사하고 행복하고 즐겁지 않을 것인가?

전하께서 중전마마께 사슴을 잡아다 주시었대. 직접 그놈 집까정 지어주시었대야. 밤이면 냉큼 교태전 듭시어 밤이 깊도록 첩첩하게 얼려 노신다는구먼. 조만간 중전마마께서 회임하시겠지? 인제 중전마마께서 상감마마와 진정한 정분을 회복하시었으니 아무 걱정도 없습니다. 윤 상궁, 대전의 몽 상궁과 마주 앉아 좋아라 하는구나. 엄 상궁과 장 내관, 안심이 되어 선대왕 위패를 모신 앞에서 소신들이 인제 할 일을 다 한 듯합니다, 감격의 눈물을 짓는 참이다.

허나 세상일은 그리 만만치 않았다. 마음먹은 대로, 원하는 대로 흘러간다면 무엇이 걱정이겠는가? 대전마마의 성총 홀라당 빼앗기고 제 살길조차 첩첩하여진 월성궁 희란마마와 그 무리들이 가만히 있을 리가 없지. 어찌하든 두 분 마마 꽃봉오리 정분을 후벼 파버릴까 궁리 골몰인데.

두 분 마마 사이가 나날이 정다워지고 첩첩해진다는 소문 뒤 끄트머리로, 궐 안을 차고 돌아가는 해괴한 소문이 만만찮았다. 선이 요년의 입질에서부터 슬슬 시작된 소문이었다.

발 없는 말이 천 리 간다 하였다. 가루는 칠수록 고와지고 말을 전할수록 거칠어진다 하였다. 희란마마 사주를 받은 방정맞고 간특한 선이 년이 가증스럽게 종알댄 한마디 거짓부렁. 맑은 물에 탄 시커먼 독액처럼 궐 안 참새들의 입과 입을 통하여 이내 한 바퀴 빙 돌았다. 대전이며 중궁전은 말할 것도 없이 며칠 만에 대왕대비전하께서 거처하시는 창희궁까정 퍼져 나갔다.

경망스럽고 멍청한 입들이 수군수군 두런두런. 시각만 나면 모여 앉아 속닥속닥 와자지껄. 퍼져서는 아니 될 거짓이, 전하여서는 아니 될 소문이 그렇게 커다란 파문처럼 궐을 뒤덮기 시작한 것이었다. 돌고돌아 다시 선이 년에게 온 헛소문은 이미 북소리처럼 둥둥 요란하고 검고 궂었다.

"인제 우리 중전마마 참말 걱정이 없으시겠다? 그렇지? 히히, 이것 보아. 어젯밤 새로 깔아드린 욧깃에도 상감마마 용정이 잔뜩 묻었구나. 힛히. 대체 몇 번이나 교접을 하시었으면 요렇게나 금침에 얼룩이 장하게 진단 말이냐?"

평생 처녀로 사는 궁녀들이다. 허나 호기심은 장하고 그 욕심에 대한 갈구는 더 급하였다. 하물며 존엄하신 상감마마 용정이다. 짓궂은 나인 아이가 욧깃에 스민 왕의 정액 냄새를 코에 대고 흥흥거렸다. 선이 년 모른 척하고 같이 이불 손질하는 나인 아이 앞에서 더 깊이 한숨을 내려 쉬었다. 마루가 내려앉을 지경이었다.

"아이고, 나 죽겠네! 그저 딱 한 번만이라도 좋으니, 상감마마 늠름한 품에 안겨보았으면. 용정 받아 턱 하니 잉태라도 하면 난 바로 정일품 빈(嬪)이라! 요러고 조러고 중전마마랑 상감마마……. 아이고, 홍홍홍. 생각만 하면 오금이 저려 못살겠다!"

하얀 요에 얼룩진 흔적을 지우려면 좋은 잿물로 푹푹 삶아내야 한다. 정결하신 성품이라 중전마마께서는 의대 하나, 베갯잇 하나에도 작은 얼룩이 있으면 싫다 하시었다.

"우리 중전마마께서 주무시는 이불에는 참 좋은 향기가 닌단 밀이다. 만날 꽃물로 욕간하시어 그런가? 옥안은 수수하시지만 참말 옥체는 고우시더라. 그렇지? 그러니 상감마마께서 곱다 하시며 밤마다 찾으시어 승은 주시겠지? 인제 회임만 하시면은 중전마마 세상이 아니니. 우리 중궁전 상궁들도 남부러울 것 없이 위세등등할 것이다."

"말짱 헛일이란다, 우리 중전마마."

은가위로 금침을 뜯으며 남들 보란 듯이 한숨을 푹푹 쉬었다. 마루까지 꺼지는 탄식 소리 끝에 툭 하니 말동강 하나를 던졌다. 동무 나인 눈이 동그래졌다.

"휴우…… 우리 중전마마가 너무 딱하여서 말이다."

"아니, 이것이 무슨 말을 이리 무엄하게 하는 것이야? 왜? 어찌하여 그런 말을 하는 것이니? 대전마마와 더없이 정분 좋으시고 또 정표까정 받으신 터로 오늘만큼 우리 마마 행복하신 옥안은 뵌 적이 없지 않니?"

"너 소문 못 들었구나?"

"무슨 소문?"

"아, 글쎄, 상감마마께서 중전마마 주려 사슴 잡으러 가신 날 있지 않니?"

선이 년 둘레둘레 주변을 살피는 척하였다. 동무의 귀를 잡아끌었다. 너만 알고 있어야 한다 다짐하였다. 내가 대전 나인 용덕이 년에게서 들었는데 말이지, 참말 너만 알고 있어야 한다? 손가락을 걸고 비밀 지켜라 난리치지만, 너만 알고 있어라 하는 말이 바로 소문을 피워라 하는 말에 다름 아니었다. 시침 뚝 따고 천연덕스럽게 거짓을 나불거렸다.

"내가 어젯밤에 들었는데, 망측한 소문이 장하더라. 아, 글쎄, 상감마마께서 사냥터 나가시어 월성궁 마마 불러 시침하셨단다."

"진정 사실이야? 참말이냐?"

"내가 이런 말을 감히 어찌 헛소문을 퍼뜨리겠니? 대전 것들은 다 알고 있는데 우리만 모르는 일이었던 게야. 월성궁 마마더러 산막까정 나오라 하시어 알현하시고, 희희낙락 승은을 주시었더래. 바깥에서 그러하시고 돌아오시어서는 우리 중전마마 앞에서는 시침 뚝 따고 다정하신 척하니…… 아이고, 난 우리 중전마마 가엾어서 못살겠다. 신의를 저버린 지아비가 무엇 곱다고 의대 지어드린다고 수선이시냐? 말짱하게 기만한 사내 따윈 다시 꼴도 보기 싫을 거 같구먼."

그 밤에 상감께서 감히 침상에 기어오르려 하였던 희란마마를 단번에 호령하여 내쫓았다는 사실은 쏙 빠졌다. 월성궁 마마를 전하께서 다시 보았다더라 하는 것만이 사실로 남아버렸다. 중전마마더러는 사슴 잡아오께 하고 나가신 걸음인데, 정작 상감마마께서는 야속하시어라. 애틋한 기다림을 배신하고 또다시 월성궁 마마와 정분 이으셨다니 어찌 이럴 수가 있느냐? 우리 중전마마 불쌍키도 하여라. 궁녀들 모두 다 공분(公憤)하였다. 자신도 모르는 새 왕은 그렇게 더없이 방탕하고 신의없는 사내가 되고 만 것이었다.

희란마마 사주를 받은 입들이 오며 가며 퍼뜨린 악의에 찬 씨앗들이 톡톡 터져 허공으로 날아간 지 오래. 독풀같이 음험한 뿌리를 내린 지 이미 오래. 남들은 다 아는 헛소문. 이제는 정삭 사실로 되어버린 그 일을 아직도 모르는 이는 그 당사자인 중전마마와 대전마마 두 분뿐이었다. 그저 서로에게 취하여서는 다른 것이 보이지도, 들리지도 않았다. 돋아나는 은애지정에 적시어서 행복하기만 한 터로, 두 사람을 향하여 죄어오는 음흉하고 섬뜩한 음모의 덫을 조금도 알지 못하였으니, 오호 통재로고! 이를 대체 어찌한단 말이더냐?

  수군수군, 아연 경악. 탄식한탄, 비분강개. 속 모르는 남들은 다 아는 이야기. 오직 궐 안의 지존 두 분만 모르는 이야기들. 게다가 상감마마 투기심을 은근히 자극하는 강두수 일까정 겹치었다. 비바람 장한 폭풍이 언제 예고하고 몰려들던가? 첩첩 먹구름은 언제 궐을 휘감아 드리나. 두고두고 근심이네. 뒷장을 볼일이로다.

제9장 · 불안한 연풍(戀風)

　　　　　　금원의 감나무 열매가 제법 살 돋았다. 오뉴월 불볕더위를 한풀 식히느라 장마로 접어들었다. 서느런한 빗줄기가 천지를 적시는 날 오후이다.

　글공부 마치고 중전마마 가정당에 올랐다. 소박한 낭자머리에 황금첩지 달고 봉잠 꽂은 채 금박 물린 연초록색 모시당의 아래 진달래 붉은 치맛자락 곱게 펼치고 앉아 무릎에 수틀 올려놓고 수를 놓고 있었다.

　꽃을 좋아하는 중전은 가정당 화원에다 온갖 화초를 다 구하여 심었다. 매화, 도화, 이화에 능금꽃, 맨드람, 분꽃, 구슬꽃, 꽈리꽃, 철 이른 과꽃. 도톰하니 젖빛 광주리 꽃이 떨어지는 그 아래 제법 자란 파초가 시원한 초록이 몸을 흔들고 있다. 시절을 맞이하여 갖은 아름다움과 요염을 뽐내는 기화요초들이 온통 노래 부르듯이 가녀린 몸을 흔들고 있었다.

빗줄기 아래 붉디붉은 해당화가 뚝뚝 떨어지고, 희고 푸른 도라지꽃이 한창 철이다. 그 옆에 늦다이 핀 작약이라. 중전의 다홍빛 치맛자락과 말가니 핏물 밴 작약이 똑같았다. 누가 꽃이고 누가 사람인지 분간도지 않을 만큼 곱다. 막 가정당 계단을 오르던 왕의 눈에 비친 우중(雨中) 정취였다.

"비가 장하니 차 한 잔 주어."

마루에 오르지도 않고 그저 시정 사내마냥 걸터앉았다. 파초 잎을 시원하게 두드리는 초록 빗줄기를 바라보던 왕이 방금 전까지 중전이 놓고 있던 수폭을 집어 들었다.

"이번에는 병풍을 만들 참이구나? 이것, 할마마마께서 쓰신 내훈(內訓) 아니오?"

"할마마마 진갑이 칠월 말 아니옵니까? 하여 신첩이 직접 수놓아 하례물로 올려 드릴까나 하고요."

서둘러 물 가져오너라 나인더러 분부하고, 중전은 곱돌화로에 *백탄을 서너 개 앉혔다. 후후 불어 빨갛게 불씨를 일구니 금세 잉걸불이 되었다. 백자 주전자 올리고 법도에 맞게 다합에 담긴 차 한 줌 집어내며 맑은 목청으로 응대를 하였다.

"내전의 어른 잔치잖어. 이번 일은 중전께서 관장하여 처리하시구려. 짐도 내일 예조를 불러 말을 하겠소."

아이고, 의젓하시고 사리에 온당한 분부를 하심이 처음이로구나.

---

*백탄:질이 좋은 숯

중전이 놀란 기색을 보이자 왕이 픽 웃었다.

"왜? 짐은 그런 것 하나 헤아릴 줄 모르는 이였던가?"

"어찌 그런 말씀을 하십니까? 신첩이 기쁘고 황감함이 한량없어 그렇사옵니다."

"허구한 날 폭군 노릇만 한다고 짐 싫어한다며?"

"신첩이 언제……."

살며시 눈 흘기는 중전의 눈에 비로소 진심 어린 미소가 담겨졌다. 왕도 히쭉 다시 웃었다. 슬금슬금 다가간 커단 손이 하얗고 작은 손을 꼭 잡았다.

나른나른 미풍에 흔들리는 빗소리와 더불어 두 분 마마, 향기로운 차를 마시었다. 눈으로 바라보는 정인의 고운 모습에 취하고 섬섬옥수로 끓여준 향기에 취하고 적막하니 뿌연 우연(雨煙)에 잠긴 풍광에 취하였다.

"헌데 중전, 할마마마 진연날에 어떤 선물을 하여야 할까? 당신께서 무엇을 가장 원하는지는 중전은 알 것 아니오? 대체 무엇을 가지고 싶어하시는가? 딴 날도 아니고."

"신첩은 감히 말씀을 드리지 못하겠습니다."

"몰라서 말씀을 못하신다는 말이오, 아니면 할마마마의 뜻을 알고는 있으되 짐에게 말을 아니 하시겠다는 말이오?"

찻잔을 내려놓고 왕비는 잠잠히 입을 봉한 채 고개만 숙였다. 왕은 고개를 돌려 망연히 꽃비를 바라보았다. 비에 젖은 해당화의 붉은 빛을 바라보며 내뱉는 목청이 섭섭하였다.

"알고는 있으되 말씀을 못하시겠다 그런 뜻이구려. 짐은 지금껏 할마마마께 매사 박하였던 사람인지라, 허기는. 경사스러운 날을 맞이하였어. 모처럼 어른께 기쁜 일을 하여드리고 싶소. 알고 계신 것이 있으면 말씀하여 보시오. 짐은 절대로 가당찮다고 말하지 않을 것이오. 오히려 그 소원을 들어드리고 싶소이다."

"……휘강전 전하께서는, 오직 가문의 해원이 소원이옵니다."

한참 동안 망설이다가 간신히 입을 여는 왕비의 목청이 불면 날아갈 듯이 미약하였다. 왕이 침묵하였다. 이왕지사 말이 나온 김이다. 작정하고 청원하자 싶었다. 중전은 맑은 눈을 들어 조심스럽게, 그러나 진심을 다하여 간청하였다.

"이틀 전에, 평생 그런 말씀을 아니 하시는 분입니다. 문득 한마디 탄식이라. 내가 진갑을 맞이하사 오직 친정의 자리만이 모다 빈자리일 것이니 어찌 이 몸의 마음이 편할 것인가 눈물을 지으시지라, 망극하옵니다. 신첩은 더 이상 말씀을 드리지 못하겠나이다. 그 일에 대하여서는 절대로 입 밖으로 내지 말라 몇 번이고 엄명하였습니다."

"짐은, 참말 천하의 폭군이야. 그렇지 않소?"

툭툭 내뱉는 말이 쓰디썼다. 왕은 고개를 들어 치마귀만 비틀고 있는 중전의 얼굴을 바라보았다. 검은 후회와 자책이 훤칠한 용안에 서려 있었다.

"민망하오. 할마마마 가문을, 그랬지. 짐이 망쳤소이다. 할마마마께서 수렴청정을 하실 적에 그 뒷곁이 모다 그 가문 사람들이라. 외척이 발호하여 제대로 된 일이 어디 있던가? 결국 보위를 위협하는 적수가 됨이니 그를 경계함이었소. 그러나 세월이 흐르고 나니 다소는 후회하오. 너무 모질고 심하였다 싶어서…… 실상 할마마마께서 그이들을 신임함이 남달라 그런 것이지 그이들이 짐에게 무엇을 진정 잘못하였던 것은 없었거늘, 짐이 어리석고 아직 세상 물정 모르던 차라 귀가 얇았어. 그는 실책이었소이다. 인정하오."

오만하고 도도한 성품, 곧 죽어도 잘못하였다 말하지 않는 왕의 입에서 나온 말은 뜻밖에도 명쾌할 정도로 진한 자괴심이 묻어 있다.

"왕이 되면 다 그렇게 되는 것이야. 마음과는 달리 억지로 해야 할 일도 있을 것이며, 인정과는 달리 모질게 베어버려야 하는 일도 많아. 눈물을 머금고도 참하도록 명을 내려야 하는 사람이 있는가 하면, 싫어도 중용하여야 하는 사람도 있지. 그것이 왕 된 업보인 것 같아. 때로 그런 생각을 해보곤 해. 짐은 왕이 아니었다면 좋았을 것이라고. 이렇게 어리석고 불측하며 성정 격한 이 몸이 어찌하여 만인의 귀감이 되어야 하는 왕이 되어 이렇게 모든 이를 괴롭게 하는 것일까?"

"망극하옵니다. 신첩이 모질고 어리석어 감히 하여서는 아니 되는 말씀을 올렸나이다. 심기를 불편케 하여 드림이라, 신첩이 어찌할 바를 모르겠나이다."

조용히 고개를 숙이고 앉아 그저 듣기만 하던 왕비가 떨리는 목소리로 속삭였다. 미소 어린 입술이 다시금 파르르 떨리고 있었다. 불툭한 성질머리를 또 건드렸다 싶어 덜컥 겁이 났던 것이다. 풀 죽은 목청 앞에서 왕은 고개를 저었다.

"중전께서 무엇을 잘못차시었소? 다 짐의 허물인걸. 알있소이다.

할마마마의 뜻을 짐이 알았으니, 되었소. 깊이 생각하여 보리다. 비가 좋으니 저녁에 서경당에서 보십시다. 운치있게 신랑각시 노릇이나 한번 하고지고. 짐은 대전에 다시 나가볼 참이오."

꽃잎처럼 보드랍고 곱던 비가 이내 장대 같은 소낙비로 변하여 쏟아졌다. 서녘 하늘이 밤처럼 캄캄하다. 먼 곳에서는 뇌성벽력도 은은히 울리고 있었다. 그 비를 헤치고 막 퇴청하려던 예조판서 김장집이 고두하고 왕의 부름에 따라 편전에 들었다. 궐을 지키는 금부도사에게 그 밤의 군호를 적어주고 하례를 받으신 연후에 왕은 용상에 좌정하였다.

"긴히 의논할까 하여 경을 불렀소이다. 짐이 가만히 생각하니 칠월이면 할마마마 진갑이라. 그래, 그 준비가 웬만한가?"

"그렁저렁 준비를 하고 있사옵니다. 다만 전하께서 지금껏 구체적인 하명이 없으시사 잔치 규모를 어느 정도로 할까 그를 가늠하지 못하고 있나이다."

"할마마마께서는 태상대왕 광종전하의 오직 한 분 정궁이시며 짐의 친조모가 아니오? 왕가의 한 분 어른께서 장수하시어 진갑을 맞이한 터라. 헌데 그런 잔치를 어찌 심상하게 마련할 것인가? 잔치는 창희궁이 아니라 여기 성덕궁에서 거행하시오. 또한 별시도 예정대로 치르도록 할 것이며, 전례에 따라 팔도의 기민들에게 곡식을 나누고 조세를 감면케 하시오. 이는 오직 자전(慈殿)의 은덕이 이 산천에 널리 퍼짐을 알리려 함이오."

"망극하옵니다. 분부 명심 봉행하겠나이다."

"허고, 이번 행사가 왕가의 일이되 내전마마를 위한 잔치가 아니오? 그래서 말인데, 이번 일은 중전께서 관장하셔야 할 일이 아닌가? 예조에서 주관하되 모든 것을 비와 의논하고 고변하여 그이 뜻대로 처리하오."

"성은이 망극하옵니다, 전하! 실로 영명하고 사리에 맞는 분부이시니 대왕대비전하께서 얼마나 감격하실 것입니까? 자전을 위하는 성상의 덕이 이토록 아름다우니 신이 감격하여 몸 둘 바를 모르겠사옵니다."

월성궁 계집의 이간질로 멀어질 대로 멀어진 조손지간. 솔직히 김장집은 편전에 들면서 변덕 심한 왕이 심술을 부려 잔치고 나발이고 다 필요없다 하고 고함을 지를지도 모르겠다 생각하였다. 헌데 너무도 의외인 왕의 하교에 감격하여 연신 머리를 조아리며 편전을 물러났다.

'상선이 슬쩍 귀띔하기를, 중전마마께서 대왕대비전 잔치에 대하여 말씀 올렸다 하더니 그래서 이리 달라지신 것인가? 그것이 사실일진대, 그리고 보면 전하께서 겉볼 새, 말씀으로는 중전마마를 모질게 대하시되 심중으로는 몹시도 중히 여기시는 것이야. 남들 앞에서는 무심하시되 전하께서 중전마마께 은근히 속정이 깊으신 모양이다.'

그러나 김장집은 자신의 짐작을 안즉은 깊이 담아두기로 한다. 알지 못할 왕의 심중은 아직도 그에게는 너무나 변덕스럽게만 느껴졌기 때문이다. 제비 한 마리가 왔다고 봄이 온 것은 아니므로.

그렇게 대왕대비전 잔치의 일을 사리분별하여 잘 가려놓고 왕은 일어섰다. 서경당에 들리라 하셨다. 빙긋이 웃으며 힌마디 하시었다.
"비[雨]가 좋으니 옛 생각이 난다. 중전더러 짐이 게서 기대린다 금세 전하여라."
"예, 전하."
하명을 전하기 위하여 돌아서는 김 내관 놈 얼굴이 묘하였다. 서경당이라, 서경당에 중전을 뫼시어오라?
서경당은 상감의 동궁 시절, 사가의 풍습을 알아라 하면서 선대왕께서 금원 안에 지어주신 아흔아홉 칸 조촐한 기와집이었다. 장조대왕과 생모이신 희빈마마께서 가끔 여염집 부부지간인 양 하여 그곳에 들면 세자께서도 용포 벗고 어마마마 무릎 베고 어린양을 하던 곳이었다. 하여 왕은 그곳을 마음의 안식처요, 고향으로 삼아 외인이 근접하는 것을 몹시도 꺼려하였다. 그리도 다정하고 정분 좋아 대전까지 차고 드는 희란마마도 서경당에는 감히 들어서지 못하였다. 온갖 애교 부리면서 신첩도 그곳에서 모실 것이어요, 하여도 묵묵부답. 그런데 왕이 지금 중전마마를 그곳으로 모시라 먼저 말씀을 하시다니.

한편 교태전. 사친께 내릴 서간을 적던 중전마마, 바깥의 고변에 고개를 들었다.
"아뢰옵니다. 예판 대감께서 듭시었나이다."
김장집이 예조관리 둘을 따르게 하고 고두하여 방 안으로 들었다. 허리 굽혀 절한 다음에 조근조근 아뢰었다.
"중전마마, 황공하옵게도 주상전하께옵서 대왕대비전하의 진갑 잔치를 신에게 일임하신 바, 그 진척 상황을 마마께서 궁금해하신 다 이리하면서 중궁전에 들어 비(妃)와 의논하여 잔치 준비를 빈틈없이 하라 하명하셨나이다. 이것이 그 준비를 적은 두루마리이니 보옵시고 달리 하명을 하실 것이 있다 할 것이면 신에게 말씀을 하여주십시오."

이미 왕으로부터 분부를 받은 터라 어린 중전마마, 별 놀란 기색을 보이지 않고 고개를 끄덕였다. 발을 친 아래, 서안을 앞에 두고 예조관리들이 잔치에 관한 준비를 아뢰는 말씀을 찬찬히 들으시었다. 윤 상궁이 전하여 드리는 두루마리를 꼼꼼히 읽으신 연후에 고개를 들었다.

"내가 예판 대감께 한 가지 하문할 것이 있습니다."

"하문하시옵소서, 중전마마."

"여기 지금 그날 잔치에 참석할 내외명부 명단을 보았거니와, 궁금하여서요. 여기에 월성궁 계집의 이름도 있는데 어찌 된 연유인가?"

"망극하옵니다. 전례에 의하여 명단을 만들었사온데, 무슨 하명이시라도?"

갑자기 중전의 작은 얼굴이 서리발처럼 차가워졌다. 오래도록 모신 윤 상궁마저도 처음 보는 서느런 옥안이라. 어진 분이 새파랗게 눈을 치뜨며 탁하고 서안까지 내려치셨다.

"참으로 고약하오. 경들도 생각이 있달지면 이리는 못하리라. 대왕대비전하의 경사입니다. 헌데 어째서 할마마마께서 가장 꺼려하시고 경계를 하는 이가 상을 받는 첫째자리에 와 있을 수가 있난 말이오?"

"망극하옵니다, 마마. 허나 월성궁 여인은 성총을 받는 자라, 항시 궁중의 잔치에 앉았나이다. 이는 지금껏 관례였으며, 상감마마께서도 보시고 별말씀이 없으시어 그대로 한 것입……."

"법도에 없는 일이오. 첩지도 없는 천한 여인이 궐 잔치에 참석함도 민망하되, 하물며 무어라? 말석도 아니고 앞자리를 차지하여요? 내 참으로 기가 막히구려. 전하께서 보옵시고 이것을 윤허하셨다 하는데 매사 분주하시고 바쁜 분이십니다. 전하께서 일일이 이것을 다 보시었다 나는 믿지 못하겠소."

"허면은, 신이 어찌하오리까?"

김장집은 중전마마 입만 바라보았다. 중전마마, 새카만 눈을 들어 그를 응시하였다. 영리한 눈매가 처음보리만큼 푸른빛이 흘렀다.

"어차피 전하께서 이 몸더러 잔치를 주관하라 하시었다니 내가 생각한 대로 하시면 될 것이오. 예판은 들으시오. 내일 상감마마를 알현하여 잔치 일을 고변하실 적에 한마디만 여쭈시오."

"무엇을 말이옵니까?"

"잔치를 〈법도〉대로 치를 것입니까? 하십시오."

"허면은요?"

"십 중 십. 그리하라 하실 것입니다. 그러면 일은 다 성사이니 명단에서 월성궁 계집을 빼십시오. 나중에 그 일에 대하여 하문하시면 전하께서 〈법도〉에 맞게 일을 처리하라 하신 고로 신은 그리하였나이다 하시면 됩니다. 첩지도 없는 천한 잉첩이 성총을 빙자하여 대궐 잔치에 참여함은 전에도 없고 후에도 없는 일. 경은 다만 법도에 맞게만 하시면 됩니다."

중전마마께서 영명하다 하시더니 과연 허언(虛言)이 아니로고. 순간 김장집은 혀를 내둘렀다.

지금껏 주상전하의 강력한 비호로 월성궁 계집은 대궐 잔치의 첫자리에 늘 앉았었다. 상감께서 원하시는 사람인지라 누가 감히 그 일에 〈전례없다〉 토를 달 것인가? 그런 일이 어느덧 칠팔 년이니, 월성궁 계집이 대궐 잔치 앞자리에 앉는 것은 아주 당연한 것으로 여겨진 터. 아무도 입 밖으로 부당하다 발설하지 않았으니 이번 잔치에도 내빈 명단에 그대로 올라간 것이다. 이것을 중전마마께서 교묘하게 잘라 버린 것이다.

'참말 영리하시거든? 전하께서 법도대로 일을 처리하라 한마디 하시면은 끝이니, 손 안 대고 코 푸시는 격이로구나.'

첩지 없는 서인이 감히 어찌 대궐을 넘으랴? 그 계집이 발을 붙일 데가 없는 것이다. 그것도 중전마마 뜻이 아니라 상감마마 당신의 입으로 그리 만드신 것이라.

'월성궁 계집의 위세도 이제는 사그라지는 달빛이거니. 태양의 광휘 같은 우리 중전마마께서 교태전에 말끔하게 앉아 계시는데 무엇을 걱정하리? 아무리 그 계집이 발악한다 하여도 인제는 대세가 기울었다.'

김장집을 내보내고 중전은 대전의 내관 기별대로 가마를 타고 중궁을 벗어났다. 왕이 기다린다는 서경당으로 향하였다. 왕은 용포를 벗고 편안한 도포 차림이었다. 비가 내리는 것을 보신다 하더니 어둑한 마루에 홀로 앉아 있었다. 중전이 가마에서 내리자 웃음 지으며 망극하게도 지우산을 직접 받쳐 주었다.

"비 구경이나 합시다. 철에 맞추어 비가 곱게 오시니 올해 농사가 그만하겠소이다."

자신의 옆에 앉아라 하듯이 마루 바닥을 툭 쳤다. 장 내관이 중문을 닫아드리고 물러났다. 이제는 아무도 바라보는 눈이 없다는 것을 확인하였다. 왕이 미적미적 중전의 작은 손을 더듬어 잡았다. 마당 앞 괴석(塊石)을 바라만 보는 왕의 귀뿌리가 은근히 붉었다. 손을 잡혀 드리는 중전의 작은 얼굴에도 복삿빛 물이 더 짙어졌다.

"이리 더 가까이 오소. 짐이 좀 안아볼 참이다. 쌀쌀하지 않냔 말이야."

오뉴월 기운이라지만 비가 오니 서늘함이 한풀 돋았다. 저물어가는 터라 바닥에서부터 냉기가 오스스 돌았다. 왕이 가까이 놓인 솔포를 집어 들었다. 자신과 중전의 어깨에 흠빡 한 겹 덮었다. 솔포 하나에 어깨 감싸 맞대고 손 잡고 앉아 있으니 이야말로 좋을시고! 없던 정도 생길 참인데, 한참 돋는 수줍은 새 정분이 모락모락 솟구치는고나.

언제는 소 닭 보듯이 하더니, 언제는 못 잡아먹어 눈만 흘겨뜨고 싸움질만 하던 요 두 분이, 인제는 콤콤하게 정분이 돋았다 이 말이다. 주고받는 말들이 첩첩하였다. 남들 눈 없다 싶으니 달큼한 희롱질이었다. 남모르게 누가 볼세라 솔포 안에 숨어 주고받는 입맞춤이 빗소리에 묻혀 젖어들었다.

지금 이 순간 그들은 왕과 중전이 아니다. 체면과 법도와 위엄에 둘러싸인 지존이 아니라 말 그대로 풋사랑에 젖어든 여염집 떠꺼머리 총각과 댕기머리 처자이다. 이제는 차갑게 느껴지지 않는 비의 냉기 속에서 살며시 부딪친 서투른 입맞춤이 어느새 깊고 깊은 연정으로 피어나고, 둘의 어깨를 하나로 감싼 솔포 안에서 단단한 팔이 가냘픈 몸을 담쑥 감았다.

가만히 볼을 왕의 얼굴에 대고 눈을 꼭 감았다. 또 한 번의 다정하고 격렬한 입맞춤을 기다렸다. 다른 일은 모르지만, 이렇듯이 서로 온기를 얽고 입술을 마주치는 순간의 즐거움과 행복을 어린 중전도 이제는 알게 되었다. 한 번 더, 다시 한 번 더. 서로를 갈구하는 진한 입맞춤이 끝난 후 아주 가까이 마주친 눈빛. 정다운 미소가 가득 담겨졌다.

"중전, 손을 주어보시오."

어찌 이러나 하면서도 왕비는 지존의 하명이시니 손을 내밀었다. 가녀린 손을 잡고 왕은 주섬주섬 당신이 항시 지니시는 줌치를 뒤적였다. 가락지 하나를 꺼내었다. 황금판으로 봉황이 투각된 파르스름한 청옥지환. 살며시 중전의 무명지에 끼워주었다.

"희빈 어마마마께서 혼인하면 중전에게 주십시오, 하신 것이오. 살아 계셨으면 아마 비(妃)에게 직접 주셨을 게야. 아니 계시니 짐이 대신 드리오. 듣기로 아바마마께서 짐을 낳고 난 후, 진심으로 사모한다 하는 정표로 주신 것이라 합디다."

"아이고, 이토록 귀한 것을 신첩에게 주신다고요?"

"허면 뉘를 줄 것이오? 짐의 안곁에게 주시어요 하신 것인데. 잘 간직하였다가 훗날 원사 낳아 빈궁 맞이하면 물려주시구려. 어마마마 유품이니 귀물이라. 못내 아낀 가락지요. 중전도 아껴주오."

어마마마 옥지환을 낀 어린 지어미 손을 잡아 왕은 한동안 볼에 가만히 대고만 있었다. 축복처럼 고운 비가 내리고 천지간 조용한데 오직 두 분 만이 있는 듯한 호젓함. 말 한마디 나누지 않았어도 어쩐지 굉장히 귀중한 맹세를 나눈 듯하였다. 눈으로 오가는 마음결이니, 두 분 다 그 시간이 영영 끝나지 않았으면 싶은 것이다.

빗소리가 꿈속인 양 막막하게 들렸다. 바람이 나뭇가지를 쓸고 지나는 소리가 우스스 스산하였다.

그러나 서경당의 내실, 매끄러운 비단 금침 안에서 서로를 갈구하며 가쁜 호흡으로 묶여 한 몸으로 꿈틀거리는 두 사람에게로는 감히 차마 스며들지 못했다. 공기 한 알 스며들 틈도 없이 완벽하게 하나인 두 몸. 비로소 감춰둔 수줍은 마음이 실개천으로 흘러 온기와 입맞춤, 서투른 애무의 모양을 하고 서로에게 스며드는 이 순간. 왕도 그러하거니와 어린 왕비도 지금 이 순간의 모든 것이 아득한 춘몽 같고 환상 같을 뿐이다.

그가 바라는 모든 것을 주고 싶었다. 그녀가 가진 모든 것을 남김없이 꼭꼭 감추어두었던 수줍은 사모지정과 더불어 선물하고 싶었다. 지아비 손이, 입술과 혀가 일깨우는 육신의 흥분. 몽글몽글 풀려가는 긴장. 솜털 하나하나가 보스스 솟는 듯한 예민한 감각을 견딜 수 없어 가늘게 신음하였다.

탐욕스럽기도 하고 부드럽기도 한 입술은 차츰차츰 비단결같이 보드랍고 꽃처럼 향기로운 여체의 아래로 아래로 내려갔다. 왕비의 여린 피부에 갑자기 소름이 돋으면서 꼭 깨물고 있던 분홍빛 입술

사이로 작은 신음이 흘렀다. 이미 오랜 애무와 깨물림으로 화들짝 놀란 꼿꼿이 선 다홍빛 젖꼭지가 다시금 따끔거린다. 꼭 맞물려 있던 고집스런 무릎이 힘없이 벌어졌다.

스스로의 손길도 가본 적이 없는 은밀하고 예민한 그곳을 헤엄쳐 가는 더운 입김. 왕비는 거의 숨도 쉴 수 없을 만큼 굳어져서는 미약한 신음만 흘릴 뿐이다. 왕의 손길과 입술은 덤덤한 목상처럼 그저 누운 어린 소녀까지도 욕정의 불꽃으로 달아오르게 할 만큼 능숙하였다. 솜털까지도 일어서게 만들 만큼 여체의 비밀을 잘 알고 있는 사내의 그것이었다. 모든 것을 갈구하는 노골적인 탐욕. 다가오는 숨결 하나까지도 열정적이고 안타깝다.

"그대 꽃에서는 향기로운 꿀물이 흐르는구나."

"제, 제발 그, 그만 하시어요."

하얀 허벅지 사이를 가볍게 매만지고 지분거리며 왕이 히죽 웃었다. 새빨갛게 달아올라 바둥거리기만 할 뿐 꼼짝도 하지 못하고 누워 있기만 하는 어린 지어미를 바라보는 그 눈빛은 더없이 다정하였다.

"그대에게서는 기이한 향기가 나. 꽃내도 아닌 것이, 아주 곱고 그리운 향기가 나. 이제부터는 그대를 향비(香妃)라 불러야겠다."

지금껏 왕은 계집의 몸을 다룰 때 지금만큼의 반 정성조차도 기울인 적이 없었다. 도도한 자의식은 그리도 견고하였다. 짐은 왕인데 무엇 때문에 짐이 힘을 쓴단 말인가? 저가 알아서 즐겁게 하여주어야지. 희란마마를 비롯하여 지금까지 왕을 모신 여인들은 모두 미리 알아서 그의 쾌락에 헌신적인 봉사를 하려고 했지, 그가 여인의 쾌락을 생각할 필요는 없었다. 그가 먼저 이렇게 여체를 달구기 위하여 온갖 노력을 한 것은 오직 이번이 처음이었다.

하지만 기분이 좋다고 생각한다. 청결하고 향기로운 몸을 어루만지면 손끝에서 꽃향기가 묻어나는 듯하였다. 한껏 들이마신 따스한 샘에서는 그가 바란 대로 매끄럽고 더운 꿀물이 비로소 새어 나오고 있었다. 마셔도 마셔도 갈증에 떨게 하는 생명의 원천이다.

왕은 힘없이 떨어져 있는 왕비의 작은 손을 잡아 자신의 뿌듯한 양물을 잡게 하였다. 달 대로 달아 여인의 샘에 진입하고 싶어 아우성치는 그것은 벌떡 성을 내어 흉측한 마물처럼 꿈틀거리고 있었다. 왕비는 움찔 몸을 떨었다. 처음 손으로 감촉하는 그것의 거대함에 지레 질린 것이다. 이런 것이 자신의 여린 샘에 들어와 마음대로 유린을 하였으니 몸이 남아나지 못했던 것이리라.

"약조해. 아프지 않을 것이야. 그대가 기쁘게 짐을 맞이한다면, 고통스럽지 않을 거야. 그러니까 몸을 열어주오."

달달 떨면서도, 긴장하여 뻣뻣한 손을 서툴게 움직이며 왕비는 속삭이는 왕의 목소리가 어쩐지 애원이라고 느꼈다. 절대로 거절해서는 안 되는 애원. 아직도 다 알지 못하는 열정과 두려움에 떨며 왕비는 처음으로 그를 먼저 자신의 몸으로 지춧지춧 조심스럽게 인도했다.

항시 느끼는 것이지만 왕비는 무척이나 좁고 작았다. 그래서인지 왕은 언제나 중전과 몸을 섞을 때면 어린 소녀의 순결한 처녀를 꺾을 때와 똑같은 느낌이고는 했다. 그러나 오늘 밤은 조금 달랐다. 이미 그의 오랜 애무로 적셔진 보드라운 몸은 부드럽게 그를 받아

들인다. 형언할 수 없을 만큼 따스하고 감미로운 느낌. 온몸이 녹아나는 흥분과 쾌락으로 가늘게 떨며 왕은 신음했다. 어린 왕비 또한 자신의 몸속으로 들어온 지아비가 작은 샘을 가득 채우고 있음을 생생하게 느낀다. 메마른 몸을 무작정 유린하여 마음대로 휘젓다가 허무하게 사라지던 그가 아니다. 맥동치는 사내의 몸이 몸을 가득히 채우고 뜨겁게 떨고 있었다. 한 몸이 된다 하는 것은 바로 이런 것을 의미하는 것이 아닐까? 중전은 문득 그 순간 그런 생각을 하였다.

"짐은, 견디기 힘들어. 미안하오⋯⋯ 미안해."

거의 쥐어짜는 듯한 목소리였다. 여인의 본능으로 중전은 사내인 왕이 더 이상 참을 수 없는 지경에 이르렀다는 것을 깨달았다. 자신도 모르게 부드러운 팔로 그의 어깨를 아듬었다. 신첩은 괜찮으니 마음대로 하십시오 허락이다.

아주 작은 움직임조차 견딜 수 없는 유혹이었다. 가냘픈 팔이 수줍게 다가와 먼저 안아주었을 때 왕은 그만 마지막 남은 이성의 끈을 놓아버렸다. 육욕에 타올라 아우성치는 자신의 달아오른 괴물을 포식시켜야만 했다. 그는 자신의 갈증과 오랜 외로움과 타오르는 육신의 욕망을 거칠게 풀어버렸다. 어린 아내의 향기로운 몸 안에서 시뻘겋게 타오르는 열기를 식혀야만 했다.

몇 번이고 몇 번이고 같이 올랐다가 떨어졌다. 눈앞이 캄캄해지고 아득해지는 쾌락의 불꽃, 둘이 함께 일깨운 불꽃에 남김없이 타버리고 무너졌다. 누구의 입에서 새어 나온지도 모를 뜨거운 교성, 거친 신음 소리. 물리두록 서로의 향기의 온기와 존재를 담한 후에야 비로소 하나이던 육신들이 미끌거리는 땀에 젖어 나누어졌다.
　어느새 금침은 구석으로 걷어차 내쳐 있고 끈끈한 몸에 닿은 모시자락이 시원하였다. 왕은 돌아누워 그의 체취와 땀에 젖어 매끌거리는 작은 몸을 억센 팔로 휘감아 버렸다. 물씬 꽃향기가 피어나는 단아한 이마 위에 입맞추었다.
　'그대를 사모해. 짐은 그대가 좋아, 은애해. 그대도 짐을 이렇게 사모하여 주면 좋으련만.'
　'신첩은 행복하옵니다.'
　밤 내내 왕은 어린 지어미를 감싼 팔을 풀지 않는다. 거친 품 안에 여린 몸을 담뿍 휘감고야 그는 비로소 편안하게 잠이 든다. 서로의 품속에서 헝클어져 단잠이 든 두 사람의 얼굴은 편안하고 행복하였다. 손톱만큼 그녀의 마음을 열었다 자신하는 왕과 그에게 조금이라도 즐거움을 주는 계집이 되었다 수줍게 생각하는 왕비이다. 이제 진정한 부부지간이 되어간다고 만족하는 두 사람이다. 그들은 그렇게 처음으로 함께 행복하였다.

　닷새 후, 오랜 비 사이로 모처럼 만에 청신한 햇살이 드러났다. 하얀 뭉게구름은 푸른 하늘을 업고 둥둥 떠가고 옥잠화 꽃잎 사이로 나비가 한가로이 오락가락하는 날. 연못 위 첫 번째 꽃술을 벌린 백련은 하르르 바람에 떨고 매암매암 맴맴 물잠개가 동그마니 맴돌아간다.
　중전은 중궁전 후원에 마련된 연당의 아취를 관상할 수 있게 만들어진 누루에 앉아 연못 수면에 동그랗게 물어룽을 만드는 물방개를 바라보고 있었다. 손에는 수틀을 잡고 있으되 항시 부지런하던 손끝은 조금도 움직이지 않았다. 무슨 좋은 생각에 잠기신 것일까? 홀로 백련을 바라보며 살포시 미소 짓는 옥안이 아담하고 분홍빛이었다. 수틀을 잡은 왼쪽 손가락에는 파르스름한 옥지환이 빛을 발하고 있었다. 생모마마께서 남겨주신 귀물 가락지를 끼워주신 뜻은 인제 자신을 진정한 지어미로 정궁으로 여기신다 그 말이었다.

"중전마마, 옥안에 아름다운 미소가 계속 감도시니 무슨 좋은 일이 있으신 듯하옵니다?"

나직하게 아뢰는 윤 상궁의 말도 채 알아듣지 못할 만큼 중전은 지금 홀로 아름다운 환몽(幻夢)을 꾸고 있었다.

서경당에서 나누었던 지아비와의 달콤하고 끈끈한 무지갯빛 하룻밤. 도무지 지워지지 않아 미소 짓고 또 미소 짓게 하는 추억. 자신도 모르게 중전은 또 홀로 살며시 행복하게 웃음 지었다.

일생 내내 꿈을 꿀 아름다운 추억의 절정이다. 비 내리는 소리를 들으며 눈처럼 차가운 그녀를 왕은 불처럼 뜨겁고 격렬하게 사랑했다. 그랬다. 그것은 탐욕이 아니라 사랑이라 중전은 생각한다. 말은 없어도, 사모한다 맹세는 아니 하셨지만 그것은 사랑이었다. 열 개의 손가락을 하나하나 얽으며 왕은 차마 입으로 내지는 않았으나 무엇인가 할 말이 가득 담긴 눈으로 그녀의 눈을 오래도록 바라보았다. 중전은 그 복잡하면서도 열정 어린 눈빛이 사모함이라 여겼다.

'죽을힘을 다하여 지존의 위엄에 벗어나지 않는 덕성을 간직하도록 노력해야지. 대전마마의 마음에 잡힌 외로움도 다 잊게 하여

드릴 것이야. 위로가 되고 의지가 되고 마음곁이 되어야지. 항시 마음의 못인 창빈마마 일도 내가 풀어드릴 것이야. 그분을 위해서는 무엇이든 다 할 것이야.'

중전은 새삼스레 다짐하였다. 왕은 아직 모르고 있을 테지만 그녀는 이미 대왕대비전하의 귀띔으로 경덕궁에 거처하시던 선대왕의 후궁이요, 주상의 서모마마들이 다 정업원에 가 있다는 사실을 알고 있었다.

"상감 스스로도 그것이 절대적인 과실인 줄 알아요. 하여 그 일에 대하여서는 절대로 입에서 내지 못하게 막았으며, 뉘든 박살을 내어 버리니 감히 누가 그이들의 일을 발설할까? 허나 도도한 그이가 날마다 후회할 것임을 난 압니다. 창빈이 어떤 사람인데? 생모보다도 더 지극정성이라. 오죽하였으면 희빈조차 죽으면서 창빈더러 주상을 부탁하며 세상을 버렸답니다. 일점 혈육인 의완을 잃고 살 뜻을 잃은 사람이었지. 그런 그이를 가긍하게 여겨 선대왕이 주상을 안아다가 창빈에게 데려다 주었거든요. 그날부터 창빈 숨날 하나까정도 다 상감을 위한 것이었답니다. 그런 어미를 정업원에 머리털 깎아 내다 버렸으니……. 휴우, 피눈물은 나만이 아닙니다. 어서 빨리 주상이 마음을 바로잡아 허물을 헤아리고 반성하여, 창빈 이하 제 서모들을 다 환궁시켜 주시어야 할 터인데. 내가 그이들 생각만 하면 밥맛이 없구려."

그날부터였다. 말로는 못하였지만, 중전은 어찌하든지 상감마마와 창빈마마를 화해시킬 수 있을까 내내 궁리 중이었다. 그 일이 바로잡혀야지 어진 선비로부터 어미를 쫓아내고 강상의 덕을 어긴 폭군이라는 헛된 망신은 당하지 않을 게 아닌가?

'바깥의 허물을 가로 덮는 일이 바로 내전의 할 일이라. 무슨 일이 있더라도 반드시 내가 그 허물은 벗겨 드릴 것이야. 늘 외로움에 젖어 있는 그분더러 창빈마마의 어진 품을 꼭 돌려 드릴 테야.'

홀홀단신 왕도 그러할 테지만, 중전 역시 생모를 이레 만에 잃고 할머니 손에 어렵사리 자란 처지가 아닌가? 어미의 따뜻한 품을 그리워하고 정다운 보살핌을 목말라 하는 것은 중전 역시 마찬가지였다. 쓸데없는 고집에다 빡빡한 자존심으로 헛되이 시간만 흐르다가, 만약 창빈마마께서 세상이라도 버리신다면 상감의 마음에 꽂힌 자책의 못을 어찌할 것인가? 중전은 다시 한 번 다짐하였다.

'더 늦기 전에 그분 일을 풀어드릴 것이야. 무슨 짓을 하더라도 전하와 창빈 어마마마 사이를 해빙(解氷)하여 드릴 것이야.'

아아, 그러지 마십시오, 중전마마. 안즉은 때가 아니나이다. 만약 곁에 앉은 윤 상궁이 중전 속내에서 오락가락하는 생각들을 들었다면 당장에 만류하였을 것이다. 그러나 마음은 들리지 않으니 이를 어찌할꼬? 다른 것은 모르되 창빈마마 일은 자존심 강한 왕이 절대로 뒤집고 싶지 않은 수치스러운 과실(過失)이라. 뉘든 그를 드러내면 아연 난리가 날 터인데. 두어 번, 그녀의 소원들을 흔쾌히 들어주시었다. 그토록 바라던 지아비 상감마마의 성총 안에서 그만 눈이 어두워진 중전마마, 어찌하려고 이러시나.

빨리 밤이 되어, 님의 아름다운 용안을 뵙고지고. 어이하여 시각이 이리 더디 흐르나 싶은 것은 중전만이 아니었다. 편전의 왕 역시도 짬이 나면 교태전 쪽만 힐끗힐끗 바라본다. 밤수라 시각이라, 냅다 중궁전으로 뛰어들어 왔다. 중전을 보자마자 싱긋 웃으며 뒤로 감추었던 손을 내밀었다.

"이것 보아. 짐이 중전 주려 무엇 가져왔다?"

철 일러 빨갛게 익은 앵두가 다닥다닥 달린 가지였다.

"짐이 잠시 아침나절에 성균관 다녀왔기로 명륜당 앞에 앵두나무가 있는데 학사들이 익은 열매를 따고 있더군. 짐도 한 가지 주어 하였더니 재관이가 따주었다? 올해 첫물이라 하여서 말이야. 철 이른 앵두라 맛이나 보고지고 하였지. 색이 고와서…… 중전 주께. 앵두는 자식을 많이 본다 하는 귀물이라. 중전 방에 꽂아두고 보시오."

이 근래, 중전을 찾아 들어오면 왕은 무엇을 가져다주기를 즐겨 하였다. 아주 작으나 당신이 귀하게 여기는 것들이었다. 사모한다는 고백 대신이었다.

당신 화살에 꽂는 깃털이 남는다고 청록색 꿩의 꼬리털을 하나 주었다. 참 고운 색이지? 비(妃)가 수놓을 적에 쓰시오, 하며 고운 비단 색실 한 타래를 주신 적도 있었다. 곱디고운 짙은 쪽빛 비단 실이었다.

"짐이 그때 보니까, 수놓는데 연못을 남빛으로 메우고 있더라고. 그 색이 모자랄까 해서."

그런 말씀을 하실 적에는 그답지 않게 용안이 벌겠다. 이날도 다닥다닥 달린 앵두 열매를 가리키며 자식을 많이 본다는 뜻이야 가리키는 그 낯빛이 대추처럼 붉으시다.

"소첩이 이것을 예에다 달아놓을 것입니다."

중전은 왕의 청대로 붉은 열매가 달린 가지를 소중하게 윗목의 화각장 자물통에 달아두었다. 등 뒤에서 왕이 궁금한 목청으로 물었다.

"지난번에 짐이 준 깃털은 어쨌어?"

"저가요, 패물함에 간직하여 두었지요. 나중에 노리개 만들 적에 달려구요."

"짐이 화살 만들 적에 쓰는 것인데 말이지, 나중서 그것을 만들면은 짐 화살이랑 비의 노리개가 같은 것이겠다? 짐도, 있지. 지난번에 비가 준 손수건, 이리 항시 줌치에 넣어두는데."

이번에는 왕비의 얼굴이 발개졌다. 괜히 가지를 이리저리 다시 걸어보는 척하였다. 그 뒷태를 바라보는 왕의 입술에 싱긋 미소가 머금어졌다.

밤수라 후 편전 나가시어 법전 편찬하는 일 고변 받으시고 돌아오신 상감마마. 서온돌 금침으로 파고들며 길게 하품을 하였다. 신경을 쓰고 밤늦다이 일을 한 터라 곤한 기색이 역력하였다. 그만 주무시면 좋으련만, 중전이 불을 끄고 다가 눕자 아주 당연하다는 듯이 커다란 사내의 손이 얇은 자리옷 고름 쪽으로 다가왔다.

"곤하십니다. 이 밤은 그냥 주무시어요. 신첩도 몸이 깨끗하지 않습니다."

"아, 누가 그 일 하자 그런가? 그냥……."

불안한 연풍(戀風)

왕비의 한마디가 마치 자신을 밀어내기라도 한 것인 양 부루퉁하였다. 살며시 손길을 피하든 말든 이 밤은 그냥 침수하시어요 사정하듯 소곤거려도 소용없었다. 짐의 여인이니 짐 마음대로지. 되받아치며 지분거리는 손길에는 강압적이기는 하지만 은근한 정이 함뿍 묻었다. 마지못해, 반쯤 질려 중전은 젖가슴 쪽으로 파고드는 왕의 손길을 허락할 수밖에 없었다. 항상 그러했다. 왕은 어미의 젖을 탐하는 어린애처럼 항시 같이 침수할 적이면 중전의 고운 젖무덤 위에 손을 대고 잠이 들었다. 버릇인 듯했다. 커다란 어수가 슬슬 가슴을 거쳐 납작한 아랫배로 다가왔다.

"이번에도 달거리를 하는 것이니 회임은 아니 한 것이겠다?"

어제부터 중전은 월경 중이었다. 잉태하지 못함이었다. 왕도 실망하고 중전도 실망하였다. 몸을 돌이켜 왕이 중전의 작은 몸을 담쑥 끌어안으며 아쉬운 듯 섭섭한 듯 말하였다.

"신첩도 근심이옵니다."

이미 혼인한 지 세 해. 지금껏 대통을 잇지 못함이라. 새삼스레 중전은 죄스럽고 안타까웠다. 나직하게 속삭이는 말에 왕이 강하게 부인하였다. 그것은 그대의 탓이 아니라 단언하며 위로하였다.

"천지신명이 점지하는 일이오. 인력으로 되는 일이 아니지. 그것을 누가 그대 탓이라 할까? 하지만 소원이오. 짐은 참으로 그대 태에서 아기를 얻고 싶어. 사직은 반석이 되고 우리에게는 피와 살을 나눈 아기가 생기는 것이니 얼마나 의지가 되고 든든할 것인가?"

"마마, 많이 쓸쓸하십니까?"

중전은 자신도 모르게 왕의 굵은 팔에 얼굴을 기대었다. 한순간이나마 자신의 작은 온기로 그의 외로움을 위로라도 하듯이. 조용히 묻는 말에 왕이 고개를 흔들었다.

"아, 아니오. 말이 그렇다는 것이지. 지금은 외롭지 않소이다."

가만히 여린 얼굴에 왕은 볼을 대어왔다. 까칠한 수염이 부드러운 피부를 찔렀지만 중전은 싫다 피하지 아니하였다. 오히려 더 가까이 다가 안겼다.

"그저 마음이 그득하오. 편안하오. 생각해 보면 짐도 그렇거니와 중전도 천하에서 가장 외로운 사람인 것을……. 이렇게 천지간의 의지하는 우리가 하나인 양 동품하여 누워 있는데 무엇이 외로울 것이오? 짐은 다만 중전이 짐에게 더 다정하여 주었으면 좋겠구려."

외롭게 자라 언제나 사랑에 보채한다 하였던가? 말 한 마디 한 마디에서 느껴지는 쓸쓸함과 고독이 만져지는 것 같아 더없이 마음이 짠하였다. 중전은 수줍음을 무릅쓰고 살며시 먼저 지아비의 아름다운 입술에 입맞추어 주었다.

빛나는 시선 안에 가득 번지는 만족스런 웃음기. 두 분만 누워 있는 이불 안 이야기. 누가 본다고 그러하실까? 수줍은 두 분 마마, 금침을 둘러쓰고 달콤하게 주고받는 입맞춤이 다정하고 향기로웠다. 생모마마 옥가락지가 끼어진 중전의 손가락을 살며시 어루만지는 손길이 따스하였다. 중전은 아름다운 지아비에게 맹세하듯이 조용히 속삭였다.

"신첩이 어리석고 못나서 그동안 감히 마마께 다가가지 못함입니다. 이제부텀은 신첩이 마마의 뜻을 잘 살펴 안해의 도리를 더 잘 할 것입니다. 무슨 일이 생겨도 마마 곁을 띠니지 잃을 것입니나.

천 번 만 번 마마 옆에 태어나서 곁이 되고 싶습니다."

"짐의 소원도 오직 그것이니, 우리가 다른 날 다른 곳에서 태어나도 죽기는 같은 날 같은 곳에서 죽어졌으면. 평생 함께 살다가 한 유택에서 같이 누워 영면하여지고. 그럴 수 있을까?"

"맹세하옵니다. 반드시 그리될 것입니다."

두 개의 새끼손가락이 꼭 얽혔다. 동심결을 맺었다.

제10장 깨어진 옥가락지

　　　　　며칠 후였다. 대전마마께서 편전 나가시니 모처럼 중전이 의대 시중을 들었다. 단아한 손을 들어 꼼꼼하게 용포 고름을 매어드리고 옥대를 막 건네 드리는데, 가녀린 중전마마 손가락에 헐렁한 옥지환이 그만 뚝 하고 떨어졌다. 찰그랑 소리를 내며 떨어진 가락지가 데구르르 저만큼 굴러갔다.

　반사적으로 왕이 몸을 움직여 날쌔게 옥지환을 주웠다. 중전의 손을 잡고 다시 가락지를 끼워주려다 문득 안타깝게 혀를 차는 소리를 내었다.

　"저런! 가락지에 그만 금이 갔소이다."

　순간적으로 왕의 용안에도 안타까운 빛, 심란한 빛이 스쳐 지나갔다. 왕비의 얼굴 역시 하얗게 질렸다. 문득 도는 불길함이 싸늘하였다. 몸에 지닌 신물에 금이 갔다 함은 중전마마와 주상 사이 돌이킬 수 없는 무서운 일이 생길 징조가 아니더냐? 자신도 모르게 속이 상하고 안타까워 중전의 맑은 눈에 눈물이 글썽하여졌다. 왕이 쯧쯧 혀를 찼다.

"그만 하오. 가락지야 차고 넘치는 것이거늘. 되었소이다. 짐이 무어라 하였소? 일부러 그런 것도 아닌데. 짐이 이 가락지와 똑같은 것을 하나 하여줄 것이오."

"하, 하지만 이 가락지가 아닌걸요."

중전의 나지막한 목소리가 비에 젖어들었다. 금이 간 옥가락지를 내려다보며 풀이 죽어 혼잣말처럼 중얼거렸다.

"희빈 어마마마 것이라 하여 마마께서 항시 귀하게 여기신 것이었습니다. 또한 신첩에게 직접 주신 귀물(貴物)이거늘. 이렇게 되었으니 참으로 신첩이 망극하고 안타깝습니다. 마마, 어찌 방도가 없겠습니까?"

"한갓 옥지환이 깨어졌다 한들 무슨 일이 있을까? 별일 아니라 생각하오. 중전과 짐의 마음에 금이 간 것은 아니지 않소? 핫하하, 괜찮소이다! 너무 상심하지 마오. 짐은 상관없소."

말씀은 그리 흔쾌하시나 굳어진 용안은 쉽사리 펴지지 않았다. 생모마마께서 단 하나 남겨주신 것이다. 항시 아끼던 유품이 그리 흠이 났으니 왕도 기분이 더없이 좋지 않았다. 왕은 깊이 후회하였다. 애초부터 헐렁하여 저것이 위태롭고나 하였다. 조만간 비에게 꼭 맞는 옥지환을 준다 하였는데, 짐이 빨리 줄 것을……. 무한정 속으로 후회하였다.

중전이 그 옥지환을 얼마나 아끼는지 그가 더 잘 알고 있었다. 항시 손수 고운 천으로 문지르고 아끼며, 마치 천하의 단 하나 보물인 양 단 하루도 손가락에 빼놓지 않음을 왕 자신이 더 잘 알고 있지 않는가? 얼마나 섭섭하였으면 저리 눈물까지 글썽일까?

"다시 한 번 끼었다가 굴러 떨어질 참이면 진짜 깨어지리라. 더 낭패이니 그만 패물함에 넣어만 두소. 어마마마 손가락보다 중전의 손가락이 더 가늘어서 그런 게야. 짐이 똑같은 모양으로 하여 중전의 가락지를 만들어라 하였소이다. 금세 새 가락지 줄 것이오."

"조심할 것이어요."

말로는 약조하였다. 그러하였지만 낮수라 하러 들어온 왕은 여전히 중전의 손가락에 끼어진 그 가락지를 보았다. 온, 사람도? 하고 눈을 흘기자 중전이 부끄럽게 미소 지었다.

"허전하여서요. 마마께서 주신 이후로 한시도 제 몸에서 떨어진 적이 없었기로 자꾸만 빈 손가락을 보면 가슴이 철렁하여서요. 조심할 것입니다. 허니 이대로 끼고 있을 것이어요. 네에? 마마."

중전이 생전 처음 지아비 왕에게 부리는 고집스런 어리광이었다. 왕은 그만 허허 웃고 말았다.

"요렇게 고집 센 사람은 처음이로다. 새 가락지 줄 때까정 허면은 조심하여 끼고 있소. 다시 떨어뜨리지 말고요."

"그럼요, 그럼요."

왕이 서온돌 문을 나서자 마루 아래 글 스승 강두수가 책 보따리를 끼고 서 있었다. 전하께서 나오시자 엎드려 절을 하였다.

가타부타 말도 없이 젊은 왕은 힐끗 그를 노려보았다. 눈빛이 항상 그렇듯이 비틀려 있었다. 여하튼 강두수를 대하거나 그의 이야기에 이르면 이유도 없이 무작정 짜증이 나고 밉고 신경질이 치미는 것이었다. 인사도 받는 둥 마는 둥 휙 용체를 돌려 나가 버리시는 모습은 너란 놈은 꼴도 보기 싫다 이런 뜻이다.

'짐은 여하튼 저 인간이 제일 보기 싫다. 어찌하든, 조만간 저 인간을 눈앞에서 몰아내어야 짐이 밤잠을 편히 잘 것이니 훙, 어질고 잘나고 학문이 높아? 꼴에 그래 보았자 미천한 학사 주제에! 짐은 너보다 훨씬 더 잘났다? 제길.'

금일도 둘이 마주 앉아 정답게 웃으며 강학을 하고 있을 것이다. 왕의 주먹이 저절로 꾹 힘이 주어졌다. 다시금 이유 모를 열불이 돋는 상감마마. 아직도 그것이 지독한 질투라 함을 인정하기 싫다.

왕의 뒷모습을 바라보는 강두수인들 그럼 마음이 온후하고 그저 순순하냐? 그렇지가 않은 것이다.

소문이 돌고 돌아 궐 담벼락까지 넘었다. 산막에서 벌어진 민망한 일들. 상감마마께서 중전마마의 단심을 배신하고 다시 방탕하였다더라 하는 소문을 들으면서 여하튼 그분은 어찌할 수 없다 쓴웃음을 머금었던 것이다. 지존이라 한들 인품으로서는 도무지 존경할 수 없고 승복할 수 없음이라. 눈 아래로 왕을 깔고 보기는 그도 마찬가지였기 때문이다.

'쯧쯧쯧. 어찌할 수 없음이야. 세 살 버릇 여든까정 간다 하였으니……'

도도하게 고개 치켜들고 사라지는 왕의 뒷모습을 바라보다 강두수는 천천히 중전마마께서 기다리시는 방 안으로 들어섰다. 명경지

수(明鏡止水)처럼 맑던 선비의 마음이 연화처럼 고운 중전마마 옥안을 뵈옵자 저절로 또다시 폭풍이 불었다.

아무것도 모르는 척, 안해 문씨가 지아비 강두수의 감추어진 고민을 내밀히 읽고 있는 것도 모르고…… 선이 년이 괜스레 공부방 근처로 알짱이며 흠 하나 잡을 게 없나 꼬아보는 것도 모르고 중전마마, 신임하는 스승을 바라보며 미소 짓고 있다. 제발 아무 일도 없어야 할 터인데……. 쯧쯧쯧.

이렁저렁 날이 지나고 늦더위 끝물이다. 대왕대비전하의 진갑 잔치가 사흘 앞으로 다가왔다. 중전은 아침 일찍 예조 관리들과 상궁들을 불러 잔치가 되어가는 일을 고변받았다. 이것저것 미진한 것들을 하명한 다음 덩을 타고 창희궁으로 나갔다. 궁금해하는 노인들에게 일이 되어가는 사정을 말씀해 드리기 위해서였다.

잔치에 나올 악곡과 춤이 어떠하고, *산대 차려, 위아래에서 펼쳐질 가무백회[산대회(山臺戲)]는 또 어떠하고…… 중전마마, 모처럼 흥겨워하시는 어른께 조근조근 아뢰었다.

"별의별 놀음이 다 온답니다. 처용무에 풍물도 치고요, *덜미, *탄도, 장대타기며 아참, 마마께서 좋아하시는 줄 타기도 하구요. 또한 대령숙수들이 수십 명 입궐하여 잔치 음식 장만을 하는데요. 아, 글쎄, 전하께서 궐 밖으로 가자(架子)로 실어 내어가 기민들에게도 음식

---

*산대:신화 속에 등장하는 삼신산을 형상화한 산 모양으로 만든 거대한 야외무대. 높이가 무려 이십여 미터에 달할 정도이다
*덜미:꼭두각시 놀음
*탄노:갈 불기

깨어진 옥가락지 321

을 나누라 하시었답니다."

"잘하였소. 좋은 일은 나누어야지. 중전 덕분에 이 늙은이 낯에 금칠하오. 헛허허."

모후의 잔치 때문에 며칠 전부터 입궐을 하여 모시었던 명온공주께서 슬며시 웃었다.

"중전마마 덕분에 이번 잔치가 아주 볼만하다 합니다."

"할마마마께서 장수하시어 진갑입니다. 기쁜 마음에 정성껏 준비하였으되 모자란 것투성이입니다. 사고께서는 과분한 칭찬이셔요."

중전은 잔치 준비가 성대함만을 이른다 생각하여 대답하였다. 그러나 공주께서는 고개를 흔들었다. 속이 후련하다 하는 얼굴이었다. 사내처럼 활달하고 괄괄한 성정이시니 명온공주께서는 도통 속에 담은 말씀을 참지 못하였다. 탁 까놓고 속 시원하고 기분 좋다 하시었다.

"어디 그 얘기인가요? 같잖은 월성궁 것 말이지요. 천한 것이 꼴에 성총 입었다 하며 대궐에 잔치만 벌어지면 주상 옆에 찰싹 달라붙어 별 요망을 다 떨었지요. 확 상이라도 엎어버리지 하였던 것이 한두 번이 아닙니다. 그런데 이번 잔치에는 얼씬도 하지 못하게 되었다니 얼마나 후련한지 모른다오. 십 년 묵은 체증이 다 내려갔습니다."

"이번 잔치는 다만 법도에 맞게 치러질 것입니다. 할마마마 좋은 잔치에 불편하고 심기 거슬릴 일이 없도록 이 몸이 어지간히 방비하였습니다."

얌전하고 나지막한 목소리이되 침착하고 결기 곧은 중전의 대답이었다. 대왕대비전하와 명온공주 간에 흐뭇한 시선이 허공에서 마주쳤다.

영리하거든? 방책이 기가 막히거든? 깊은 물은 절대로 요란하지 않다 하는데, 우리 중전 지혜가 그러하도다. 간택 때부터 영명하고 슬기롭다 하였는데 이것 보아? 단지 말 한마디로 감히 대적할 엄두도 내지 못한 기세등등하고 간특한 그 계집을 돌려 쥐어박는 것 좀 보아라. 중전이 살포시 고개를 숙였다. 야무지게 아뢰었다.

"다시는 내전의 일 때문에 근심하지 않도록 이 몸이 잘 처신할 것입니다, 할마마마."

"내 중궁만을 믿습니다. 항시 방비하고 잘 살피어 그것이 법도를 어기는 일을 할 것이면 매섭게 중궁의 위엄을 한번 보이시오. 그래야 정신을 차릴 겝니다."

"전하, 대전에서 봉명상궁이 나왔기로 잠시 뵈옵자 하십니다."

바깥에서 고변 들었다. 대전의 허 상궁이 허리를 굽힌 채 방 안에 들어왔다. 먼저 절을 하여 문안 인사를 마친 후에 웃음 머금은 얼굴로 공손히 대왕대비전하께 아뢰었다.

"전하, 기뻐하시옵소서. 실로 대경사가 생긴 것입니다. 소인이 방금 대전마마께서 형조와 예조에 내리는 교서를 외청에 전하여주고 오는 길이옵니다. 한날, 상감마마께서 휘강전마마의 진갑 잔치를 축하하사 죄인들을 방면하심에 칠 년 전 명일옥사 때 억울하게 죄를 받은 이들도 다시 조사하여 신원하라 하명하시었나이다. 그리하여 전하의 친가인 덕수 민씨의 어른들이 모다 신원이 되었다 합니다. 특히 마마의 오라버님이시던 옥재 대감의 일이 아주 살 풀렸습니다. 전하께서 이르시기 짐이 그 어른에 대하여 몹시 사리에 맞지 않았고 가혹하였다 하시었습니다. 당장 사람을 보내 그분의 묘역을 다시 단장하고 비를 세울 것이며 종친의 예로써 제사를 뫼셔라 하시었습니다. 그리고 용인 본향에서 안즉도 기거하시는 일가들에게 수십 년간 세를 면제하시었고 오는 잔칫날에 모다 참석하여 자리를 빛내라 특별히 하교하시었나이다."

"무, 무엇이라? 상감께서, 상감께서 우리 집안을 다시 신원하여 주었다고?"

"예, 마마. 그렇사옵니다! 신원한 것도 모자라서 일가들에게 온갖 은전을 다 베푸셨나이다. 이번 잔치에 덕수 민씨 일가친척들께서 모다 참석하실 것이니…… 마마, 감축드리옵니다. 감축드리옵니다!"

감격에 겨운 터로 허 상궁의 목청에 물기가 끼었다. 휘강전 아랫것들도 모두 서로 다투어 감축드리옵니다 소리쳤다. 너무 기쁘고 감격하면 말문이 막히는 것인가? 대왕대비전하께서는 옥안을 상기하신 채 한참 동안 멍하니 앉아 계시기만 하였다. 문득 중전을 바라보았다.

"중전이시구려. 우리 중전께서 이 늙은이의 심중을 주상께 전하였구려."

노인의 눈에 망극하게 옥루가 글썽글썽하였다. 중전은 고개를 흔들었다.

"아니옵니다. 어찌 신첩이 대전마마의 심중을 움직일 수 있을 것입니까? 영명하신 덕성이 빛이 나는 분이라 사리판단을 분별있게 행하사 이날의 처분을 내린 줄 아옵니다."

그러나 그런 말을 하는 중전 또한 솔직히 경악을 한 것이었다. 그 전에 왕이 흘러가는 말처럼 할마마마를 기쁘게 할 선물을 드리고 싶소 하였던 때다. 덕수 민씨 가문의 해원을 바라신다는 대왕대비마마의 내밀한 심중을 조심스럽게 전하기는 하였지만 정말 왕이 그렇게 처분하리라고는 기대하지 않았다.
　일을 되돌려 죄인들을 신원을 하여준다 하면 〈명일옥사〉 당시 왕의 처분이 잘못되었다는 것을 인정하는 것이 아닌가? 한데 곧 죽어도 잘못하였다 모자라다 하지 않는 도도한 자존심을 가진 그가 자신의 잘못을 그렇게 순순히 인정을 할 것이던가? 또한 월성궁 뒷결을 업은 좌의정을 비롯한 벽파가 조정의 실권을 잡고 있는 터였다. 설사 왕이 그런 뜻을 가졌다 하여도 성사되기 어려울 것이라 싶었던 것이다. 그런데 이렇게 빨리 그가 이런 처분을 내리다니 중전은 오히려 긴가민가 싶었다. 가득 물기 머금은 옥안을 빛내시며 대왕대비전하께서 고개를 저었다.
　"말을 아니 하면 내가 짐작하지 못할 줄 알았소? 중전께서 주상의 그 마음을 움직인 것이야. 고맙소, 중전. 참말 감사하오. 내가 인제는 하늘을 바라보며 밥술을 들게 되었소이다. 주상과 나라를 보필하다 상급을 받기는커녕 간신들의 마수를 피하지 못하여 주살된 오라버님이며 조카며, 모다 떳떳하게 세상으로 돌아왔으니…… 내가 여한이 없소! 참말 내가 여한이 없소. 비석 하나 세우지 못하고 붉은 봉분 그대로 방치된 오라버님의 억울함이…… 인제는 가시었으니…… 내가…… 내가 인제는……."
　망극하여라. 노이의 옥안에 굵은 눈물이 줄줄 흘리내렸다. 그러나 그것은 기쁨의 눈물이었다. 대왕대비전하께서는 환하게 웃음을 지으셨다.

"웃어야지! 암, 내가 웃을 것이야. 좋은 일인데 어찌 흉하게 울 것이더냐? 잔치라, 실로 경사이니 내가 그날 덩실덩실 춤을 출 것이다. 우리 중전 손을 잡고 내가 춤을 출 것이야. 지하의 원혼으로 구천에 떠돌던 우리 가문의 어른들을 뫼시고 내가 덩실덩실 춤을 추리라."

가마를 타고 돌아오는데 자꾸만 생긋 웃음이 머금어졌다. 감사하고 감사하여라. 중전은 두 손을 아직도 뛰노는 가슴에 가만히 댔다. 사리분별 뚜렷하고 어진 왕의 처분에 더없이 감격스러웠다. 참으로 이제 상감마마께서 영명한 눈을 바로 뜨시는 것이야. 이 몸이 날마다 기원하였거늘, 진정 성군의 길을 걸으심이야. 중전은 새삼 입술을 꼭 깨물었다.

그녀가 간절히 청원한 것은 모다 들어주시었다. 중히 여기사 곰곰이 들어주심이었다. 내친김에 창빈마마 일까정 아뢰어 풀어드려야지. 왕비는 새삼 속내의 결심을 다졌다. 가장 큰 실책이라, 한시 바삐 풀렸으면. 이번 할마마마 일처럼 속시원하게 풀렸으면 참 좋겠다. 무슨 일을 하더라도 내가 그분과 상감마마를 화해시켜 드릴 것이야.

밤에 들어오신 상감마마, 방싯방싯 웃는 중전의 불을 톡 건드렸다.

"왜 짐을 보고 웃기만 하는 것이야."

"……좋아서요."

"무엇이? 짐이?"

중전은 눈을 흘겼다. 볼이 화끈화끈 달아오르고 있었다.

"방탕하셔요. 아랫것들 앞에서 그런 말씀을 하시다니."

"쳇. 지아비 지어미 서로 간 나누는 속엣말인데 어째서 방탕하다는 것이니? 할마마마 일을 칭찬하려는 것이구먼."

중전은 생긋 웃으며 고개를 끄덕였다. 까슬한 모시 침장이 깔린 향목 침상, 사로 만든 방장이 쳐진 서온돌의 누루. 풀벌레 소리가 구슬프고 열이레 달이 거뭇한 구름 사이로 나타났다 사라졌다. 베개 대신 중전의 무르팍에 누우며 왕이 중전을 올려다보았다.

"참, 중전, 짐이 말하였어?"

"무엇을요?"

"아, 말을 하지 않았구나. 오늘 새벽에 꿈을 꾸었는데 너무 신기하여서 말야. 짐이 연못가를 산책하는데 기이한 서기(瑞氣)가 하늘로 뻗치어서 물속에 손을 넣었더니 광채가 영롱한 금방울이 잡혀지는 게야. 하도 고와서 짐이 그 방울을 품에 넣었는데 그리도 생생하고 기이한 꿈은 처음이었소. 금방울이라니, 대체 그것이 무슨 의미일까?"

"국조 태조 대왕께서 천지간 사방에 방울들이 흩어지는 꿈을 꾸고서 이 나라 사직을 건국하셨다 들었나이다. 방울은 귀물이니 그 꿈은 아마 나라에 좋은 일이 생길 것이다 이런 뜻으로 사료되옵니다."

"하지만은, 그 뒷일이 생각나지가 않아. 짐이 품속에 넣은 그 방울을 어찌했는지 기억이 나지 않으니 다소 찜찜하오."

"꿈속의 일이라 다 기억을 못하실 뿐이지요. 하지만 신첩도 빙울을 주우셨다 하니 호기심이 납니다. 대체 그것이 무슨 뜻일까요?"

중전의 손을 꼭 잡아 싸안으며 왕은 심중의 말을 소원했다.

"짐은 말야. 그 꿈이 어쩐지 우리가 이 근래 고운 아기씨를 얻을 태몽만 같아."

"……신첩도 그 꿈이 태몽이라 하면은 좋겠습니다. 전하께 반드시 범같이 씩씩한 원자를 낳아드리고 싶은 것이 신첩의 오직 하나 소원이어요."

부끄러워 간신히 하는 말 한마디가 모든 것을 그에게 바치는 허락이다. 왕비는 손을 뻗어 살며시 단단한 얼굴을 어루만진다. 무엇인가 기대하는 것같이 눈을 빛내고 있는 지아비의 재촉하는 뜻을 똑똑히 볼 수 있었기 때문이다. 주저주저 지아비의 선명한 입술에 자신의 입술을 살며시 가져다 댔다. 다음을 재촉하듯이 먼저 자그마한 혀를 밀어 넣었다. 아주 오래, 아주 많이 사랑하여 주십시오, 재촉하였다. 마마의 용정을 받아 아기씨를 배태하게 하여주십시오, 가만히 기원하였다.

말 그대로 일체이다. 서로에게 안긴 두 사람의 육체는 어느 곳 하나 모자라거나 더함이 없이 완벽한 합일이었다.

왕비의 나신은 가득히 꿀물이 흐르는 달콤한 샘이다. 마셔도 마셔도 갈증이 가시지 않는 신비한 샘물. 왕은 아주 천천히, 그러면서도 정성을 다하여 그 황홀한 쾌락의 샘물을 탐한다. 향기롭고 시원하고 아름다운 꽃바람에 자신의 휩싸인 그런 기분. 그것은 동시에 완벽한 충족감이기도 하였다. 자신의 모든 것을 수용하여 주는 아내의 따스하고 향기로운 몸 안에서 마침내 찬란한 유성처럼 부서져

내렸다.

중전 또한 마치 야생마처럼 자유분방하게 뛰노는 든든한 지아비의 등을 죽어라 끌어안으며 하늘에서 별이 떨어진다 느낀다. 유난히 밝은 별 하나가 길게 꼬리를 이으며 자신이 삼키는 꿈을 꾸었다.

경사로다! 그 밤으로 중전마마, 잉태하시었구나.

온 나라가 기다리던 회임을 하사 무사히 출산하신다면 그만큼 큰 홍복이 어디 있으랴? 허나 세상일은 왕왕 예기치 못한 복병을 숨겨 놓고 있는 법. 바삐바삐 다음 일을 볼 참이로다.

"마마, 요 근래 신이 다소 시간이 나서 며칠간 마마께서 읽고 외우시면 좋을 글귀를 가려 편찬을 하였나이다. 보잘것없는 것이지만 가납을 하여주십시오. 심중의 깊은 부덕에 약간이나마 도움이 되기만을 바랄 뿐입니다."

이튿날이다. 강두수가 들어와 중전마마께 편찬한 책을 바치었다. 어찌하든 귀한 분께 무엇이든 드리고져. 침식도 잊고 온갖 고전을 섭렵하여 좋은 글귀만을 가려 꿰매어 엮었다. 금옥 같은 글들이다. 밥보다 학문을 더 좋아하시는 분이었다. 귀한 책을 가져왔다 하니 좋아서 어쩔 줄을 몰라 하시었다. 중전마마 그 맑고 여린 옥안에 함박웃음이 묻었다.

"아이고, 그저 이 중전이 스승께 평생 못 갚을 은혜를 입고 사나이다. 이런 글 빚을 어찌 다 갚을 것인가? 정말 감사하옵니다."

서책을 받으시던 바로 그때, 중전마마의 손가락에 끼어져 있던 헐렁한 옥지환이 다시 빠지고 말았다. 둥근 가락지는 도르르 굴러서 방 한 바퀴를 돌았다. 강두수의 무릎 앞에 가서 머물렀다. 무심코 주워 든 강두수, 그런데 그 귀한 가락지에 금이 간 것을 보았다. 무릎걸음으로 다가온 윤 상궁에게 주운 가락지를 건네주었다. 무심코 기이하여 중전마마께 가락지가 금이 간 터인데 어찌 끼고 계십니까? 하고 한 마디 물음을 한 것이 모든 불행한 일의 시초였다.

중전마마, 다시금 그 옥지환을 손에 끼시며 무심히 대답하셨다.

"이 옥지환이 실로 귀한 것이랍니다. 이것이 바로 상감마마 생모이신 희빈마마 유물이 아니겠습니까? 이 몸이 부주의한 터로 바닥에 떨어뜨렸지요. 그래서 이렇게 금이 갔습니다. 패물함에 넣고 간직만 하여두어야 하나 영 손가락이 허전하였답니다. 그래서 금이 간 대로 하고 있습니다."

"그토록 귀한 패물을 상하였으니 상심이 크실 것입니다. 음, 중전마마, 저가 안해에게 어느 날인가 듣잡기로 저기 서대문 통에 사는 옥장이가 한 명 있다 합니다. 이런 것들이 상한 것을 감쪽같이 고치는 솜씨가 대단하다 하였습니다. 혹여 이것을 고칠 방도가 있을지도 모르니 신이 한번 게를 알아볼 것입니까?"

중전의 귀가 번쩍 뜨였다. 강두수를 건너다보는 눈빛이 반짝반짝하였다. 아연 반색하였다. 중전마마께서 좋아하시는 품이 더 기뻤다. 이분께 내가 한번 힘이 될 일이 있구나 싶어 흥그러웠다. 다른 생각은 할 겨를도 없었다. 그리하여 강두수, 그 옥지환이 든 비단주머니를 받아 가슴에 품고 궐을 나온 것이었다. 만약 그 일이 그들에게 어떤 사단으로 발전할지 알았다면 절대로 그는 그러지 않았을 것이다. 그러나 한 치 앞도 내다보지 못하는 것이 우리네 인간의 일이니 어찌하랴?

강두수는 사랑채도 들르지 않고 곧바로 안방으로 들어갔다. 비단 주머니의 옥가락지를 꺼내놓았다.

"중전마마께서 부탁하신 일입니다. 부인께서 고쳐 주실 것이요? 금이 가서 여간 상심하신 것이 아니랍니다."

내게 주시려나 보다, 두근거리는 마음으로 받아 든 비단주머니. 영 엉뚱한 말에 강두수의 안해 문씨의 얼굴이 흠칫 굳어졌다. 지엄하신 중전마마 일이라 하지만, 남편이 그렇게 서두르며 정성을 보이는 일에 문득 약이 올랐다. 순간 마음속에서 기이한 감정이 솟아남은 어쩔 수가 없는 일, 그것은 일종의 투기심이라고 할 수 있는 것이었다. 무안함까지 겹쳐 어쩐지 몹시 섭섭하고 속이 상하였다. 그런 터이니 어찌 말이 곱게 나오랴?

"패물이라 하면 그 어떤 여인보다도 장할 중전마마께서 이 가락지 하나로 상심이 크다 하심이라, 기이합니다. 겨우 한낱 가락지가 아닙니까?"

"이 가락지는 바로 선대왕전하께서 주상전하 생모 되시는 희빈마마께 선사를 한 것이라 합니다. 미리 가신 그분이 훗날 중전마마 되시는 처자에게 주라 남겨주신 유품(遺品)이라, 그래서 상감마마께서 지금껏 간직하고 있다가 중전마마께 선사를 한 귀물이랍니다. 헌데 이리 금이 간 터이니 두 분 다 속이 많이 상하였다는구려. 부인이 유념하여 수고 좀 하여주시오."

문씨는 가마를 타고 옥장이를 찾아가며 속 깊은 한숨을 자신도 모르게 내쉬었다. 언제부터인가? 가슴에 돋아나던 작은 의혹의 씨앗,

혹은 질투심. 점잖고 법도 어김없다 하는 어진 지아비가 밤잠을 자지 못하고 뒤척일 때부터였다. 혹은 예전에는 찾지 않던 술병을 먼저 찾아 자음자작하며 멍하니 하늘을 올려다보던 그 뒷모습을 바라보았을 때다. 여인인 그녀가 예민하게 홀로 느낀 어떤 예감이었다.

'천하의 남정네 모다가 딴짓을 한다 하여도 오직 우리 집 나리만은 그렇게 하지 않을 분이시다. 믿어야지. 그분의 인품은 이미 천하에 소문난 터가 아니더냐? 내가 생각하여도 중전마마께서 가엾고 안타까워 짠한 적이 많은데 하물며 우리 집 나리께서는 직접 눈으로 보고 귀로 들으시는 바라 그 측은지심이 수십 배일 것이야. 그리하여 오라비처럼 스승처럼 그분을 보살펴 드리는 게야. 암, 그럴 것이다.'

머리 속에 뭉게뭉게 피어오르는 의심과 심란함을 지워 버리려 애를 썼다. 문씨는 가만히 고개를 흔들었다. 단단히 손수건을 움켜쥐었다.

남들은 그녀 팔자만큼 행복한 것이 없다 하지만 당사자는 다르다. 늘 아름답고 염직한 남편에 비하여 모자란다 부족하다 생각하며 살고 있었다. 하물며 남편인 강두수뿐 아니라 시아버지인 강홍집 또한 꼿꼿하고 곧은 산림처사였다. 친정아비가 편들고 있는 정안로 일파에 대한 부당함을 대놓고 설파하며 월성궁 마마의 방자함에 대하여 무작정 이맛살을 찌푸리는 참이다. 그런 지아비의 일가를 모시는 문씨는 말을 아니 하여서 그렇지 알게 모르게 친정서 당하는 압력이며 심중의 괴로움이 많았다. 어찌 보면 문충재가 자신의 딸을 억지로 강씨 가문에 혼인을 시킨 이유는 말 많고 꼬장꼬장한 시가 가문을 감시하기 위한 눈과 귀로 삼고자 함은 아니었을까?

'아버님께서 우리 집 나으리가 중궁전 강학을 하신다 하니 좋아하신 이유는 다른 데 있는 것이야. 필시 월성궁 마마 눈과 귀로서 중궁전 사정을 살펴다오 이런 뜻이었지. 굳이 나로 하여금 중전마마께 새를 바쳐라 한 것도 알게 모르게 구설거리. 결국은 중전마마께서 전하께 엄한 경계를 듣고 돌려주시었다. 내가 한 일이 두 분 마마의 불화의 이유가 됨이었으니⋯⋯ 정말 내가 아버님 말을 듣고 중전마마 이야기를 친정에 알려 드림이 잘하는 일일까?'

문씨가 찾아간 옥장이는 근동서 그 솜씨가 기묘하기로 이미 소문이 자자한 이였다. 그래서인지 장신구를 맞추려 드나드는 명가 여인네며 친한 기생에게 환심을 사려 패물을 해다 바치려는 한량들로 언제나 문전성시였다. 문씨는 옥장이에게 비단 주머니의 가락지를 내어주었다. 천하에 짝이 없는 귀물(貴物)이니 필시 있는 정성을 다하여 반드시 고쳐 달라 당부당부하였다.

단 이틀 만에 옥장이는 아주 말끔하게 가락지를 고쳤다고 가져왔다. 기다리던 터로 강두수가 벙싯 웃으며 옥장이에게 치하를 하였다. 두둑하게 셈을 치러주고는 신이 나서 당장에 궐로 들어가는구나.

강두수가 수리한 옥지환이 든 주머니를 중전마마께 바치던 순간이었다. 금침 넣는 뒷방에서 새로 호청을 씌운 금침을 갈무리하던 선이 년이 손가락으로 구멍을 뚫고 그것을 지켜보고 있었을 줄이야!

제 눈으로 방금 목격한 광경에 대하여 선이 년, 눈을 비볐다. 제 눈을 의심할 지경인데 자신도 모르게 가슴이 콩콩 뛴다. 어찌하든지 중전 고년 후려 잡을 일을 하나 얽어보아라. 트집거리 살피라 이런 밀명을 받았다. 희란마마께 두둑한 전낭과 함께 날마다 들볶이는 터였다.
 아이고, 망측하여라! 이것이 무슨 고약한 짓거리냐? 중전마마께서 천한 학사가 바치는 가락지를 싫다 않고 반색하여 끼어보시는구나. 학사를 건너다보는 눈에 정이 덕지덕지 묻었다. 아이고, 아이고. 궐 안 사람들! 저 불측하고 무엄한 짓거리들을 좀 보시오! 학사 그놈 또한 중전마마 옥안을 감히 바라보는데 다정한 웃음이 은근히 서로 오가는 것이 어지간하였다. 분명 두 사람 사이에 정분이 깊은 증거를 잡은 것이다. 상감마마의 정궁이신 중전마마께서 외간 사내를 본 것이니 어찌 대역무도한 죄가 아닐 것인가?
 선이 년, 은밀히 웃음을 머금었다. 눈꼬리에 악독한 살기가 돋아 있었다.
 '인제 월성궁 마마의 원한이 풀리겠구나. 이 사실이 참이라면 중전마마는 당장에 사약을 받을 것이야. 다시 한 번 이 천하는 큰마마 치마폭이다. 홋호호. 내 큰마마께 충성을 바치기를 정말 잘하였지?'
 당장 몰래 대궐문을 나가 뱀처럼 스며든 곳은 월성궁이었다.
 "큰마마님! 저가 아주 큰일을 하나 알아냈답니다?"
 의기양양한 선이 년, 희란마마 곁에 다가앉아 속닥속닥 고자질을 잘도 하는구나. 귀밑 이야기를 듣고 있는 희란마마 눈꼬리가 간악하게 치켜 올라갔다. 붉은 입꼬리가 슬며시 치켜 올라갔다. 간교한 웃음이 차가웠다. 선이 년을 바라보며 채근하는 눈빛이 새파랗게 독이 올랐다.
 "그것이 참이렷다? 하나 거짓 없는 사실인 게지?"

"그러하옵니다. 저가 이 눈으로 직접 보았다니까요! 분명 강가 학사가 중전마마께 가락지를 바치었습니다. 중전마마께서 그 가락지 받아 끼시면서 생긋 웃기까지 하는 것을 저가 이 눈으로 똑똑히 보았는걸요?"

"옳다. 인제 되었다!"

희란마마는 탁 하고 무릎을 쳤다. 참으로 희란마마 저에게는 가뭄의 단비 같은 소식이 굴러온 것이다. 가락지 일이 사실이든 아니든 무슨 상관이랴? 중전을 때려잡을 궁리만 하던 차에 이것이 어인 제 발로 굴러온 복이란 말이더냐?

선이 년에게 중전과 그 학사 놈 사이에 일어나는 수상한 사연을 좀 더 탐문하여라 지령을 하였다. 그년 입이 딱 벌어지게 황금 패물이 가득 든 주머니를 던져 주는 것이다.

"내가 어찌하든지 중전 고년을 때려잡을 일을 만들고야 말 것이다. 상감마마 사이 이간질을 하여 고년 잡아버릴 것이다, 밤마다 생각하고 고심한 터였다. 헌데 이렇게 좋은 일이 벌어지다니? 홋호호."

요란한 웃음소리가 장지문을 넘었다. 주상전하 발길 끊어지고 중전에게 밀려 소박당하는 분함 후에 처음으로 속시원하게 새어 나오는 웃음소리였다.

당장 아비 정안로를 불러들여 쑥떡쑥떡 중전에 대한 애맨 모함질에 열을 올린다. 기필코 고년을 쫓아내어 목을 베고야 말 것이다 아주 단단히 작심을 하고 있는데. 성동 월성궁 깊은 별당, 정안로를 앞혀두고 교인당과 마주 앉아 속닥거리고 있는 희란마마 그 얼굴은 간악함으로 넘치니 대체 무슨 일을 꾸미는 것인가?

깨어진 옥가락지

궁지에 다다른 쥐가 고양이를 문다 하였다. 밤마다 하는 짓이니 정안로와 희란마마, 머리 맞대고 꿍얼꿍얼, 간특하고 악독한 계교를 짜기 여념이 없다. 어찌하든 곱다이 돋는 두 분 지존마마 사이를 헝클어 버리고 제년 성총을 되찾아 살길 마련하겠다 이를 악무는구나.
창천(蒼天)에 휘영청 밝은 달은 곱기만 한데, 그 하늘 아래 인간들의 행적은 이토록 추악하고 간악하기만 하니 참으로 통탄할 일이 아니겠는가?

아, 망극하여라. 그 밤에 이렇게 옥지환이 말짱하게 새것이 되어 돌아왔나이다 하고 왕에게 자랑을 하고 있는 중전마마, 이렇게 월성궁 안에서 꾸며지는 날벼락 같은 그 천인공노할 계교를 어찌 아실 것이냐?
중전이 또 하나 몰랐던 것은 바로 앞에 앉으신 지아비 전하의 용안에 스쳐 지나가던 불퉁하고 불쾌한 기색이었다. 실상 젊은 상감마마, 솔직히 생모마마 유품인 귀물 옥지환을 고쳤다는 것은 말도 못하게 반가웠다. 헌데 그 일을 하여준 이가 강두수라는 것에 순간 기분이 확 상한 것이었다. 도대체 왜 항시 중전은 자신의 소소한 일을 짐이 아니라 그 강가 학사 놈에게 부탁을 하는 것이야 이런 억지 반 투기 반인 분함이었다.
'흥, 그이가 중하긴 중한 것이야? 짐의 손에서 간 정표마저도 그 놈에게 맡기다니? 공방에 장인들이 많으니 짐에게 고쳐 주옵소서 하면은 당장에 고쳐다 주었을 것인데. 아니, 다른 가락지를 줄 것이오 하였으니 좀 진득하니 기다리지. 그것도 못 참고 항시 중전은 짐

을 무안케 하더라, 흥!'

솔직히 왕은 자신이 강두수에 대하여 투기나 분노를 느끼는 것 자체도 자존심이 심히 상하는 참이다. 도대체 짐과는 아예 견줄 수조차도 없는 보잘것없고 미천한 그놈에게 어찌 짐이 이리도 신경이 쓰인다 이 말이더냐? 아무리 생각하여도 불가사의라, 왕은 중전이 정성껏 끓여준 찻물을 삼키며 다시금 흥! 하고 분한 콧방귀를 뀌는 것이다.

왕은 중전이 자리옷을 갈아입으러 뒷방으로 들어간 것을 기다리며 마치 강두수가 앞에 있기라도 하듯이 속으로 되받아쳤다.

'네놈이 글 스승이라 하여 중전에게 귀함을 받는 것은 알지만은 같잖은 놈! 하지만은 그래 보았자 소용없다. 중전은 짐의 것이니? 짐에게도 도포 지어주었단 말이다. 흥? 오직 한 사람이라, 저이는 짐의 안곁이니 중전도 인제는 짐의 품 안에서 행복하다 말을 하여 준다 이 말이다.'

저도 모르게 왕은 싱긋 홀로 웃음을 머금었다. 자리옷을 갈아입고 돌아온 중전은 여전히 그 가락지를 소중하게 끼고 있었다. 왕은 가락지 낀 중전의 손을 잡아 부드럽게 입술로 쓸어본다. 급한 듯 소매로 대황촛불 꺼버리는 지아비, 무어라 여린 귓불에 대고 소곤거리었다. 두 팔 들어 다정한 지아비 목을 끌어안고 먼저 달콤한 입술 내미는 중전마마. 불이 꺼진 구중심처 깊은 침전 안. 그저 정분첩첩하여 행복만 넘치는구나.

이토록 다정한 두 분 마마 사이가, 슬프다. 며칠도 채 되지 않아 들불처럼 퍼져 나갈 악의 서린 헛소문에 얼음치럼 싸늘한 사이로 돌변하리라고는 과연 누가 짐작이라도 하였을 것인가?

이런 터에 아무것도 모르는 순진하고 착한 중전마마. 그저 좋은 생각으로 상감마마 몰래 작은 일 하나를 시작하였는데…….

"반드시 허락하실 때까정 기둘려서 나의 소청을 가납하시라 전하여라. 엎드려 일어나지 말고 반드시 모시고 들어와야 하느니."

신임하는 윤 상궁과 김 상궁에게 봉서를 간직케 하고 궐 밖으로 내보내시었다. 중전은 대왕대비전하의 잔치에 정업원의 창빈마마를 초대할 작정이었다. 이 일로 상감마마와 창빈마마께서 화해하신다면 더 이상 소원이 없다. 항시 외롭고 쓸쓸하신 마마께 진정 마음으로 의지할 분을 모셔다 드려야지. 두 분 사이 박힌 못은 내가 중간에서 빼어드려야 하는 것이야. 이번에 두 분께서 서로 화해하신다면 얼마나 좋을까?

홀로 앉아 방긋 웃는 중전마마. 당신이 몰래 마련한 작은 일이 어떤 회오리바람으로 덤벼들지 꿈에도 생각하지 못하는구나. 오호, 통재라. 이것이 바로 운명이 마련한 악수(惡手)였다. 이로 인하여 살며시 피어나던 두 분 마마 사이의 정분의 꽃망울이 피기도 전에 땅에 떨어지고 마는 것이니!

중전마마 일생에 있어 가장 혹독한 시련이 시작될 참이었다. 이는 내미지상 여인이 진정한 행복을 찾기 전에 반드시 겪어야만 하는 고난과 불행의 슬픈 고비라……. 쯧쯧쯧, 이 일을 대체 어찌할거나.

제11장 선(善)하여 죄인 것을……

　　　　홍희 11년. 칠월 스무하루 날.
　성덕궁 연지(蓮池) 앞 영회루에서 대왕대비전하 진갑 잔치가 화려하고 장엄하게 벌어졌다.
　이날의 경사를 기념하여 몇 가지 행사가 진작부터 행하여졌다. 대궐 앞 광희문 앞에서 기민들에게 쌀을 나누어 주는 행사가 보름 전부터 거행되었다. 당일에는 상감마마께서 전교를 내려 도성과 지방 12부의 세금을 감하는 조치를 명령하시었다. 기쁨을 더불어 누리라는 뜻이었다.
　묘시 초에 기침하시어 강사포에 원유관을 쓰고 대전인 천추전에 나와 백관들이 대왕대비전하의 진갑을 축하하는 치사(致詞)를 올리는 행사를 치렀다. 그 행사가 끝난 후에 곤룡포로 갈아입은 왕은 쉿

비와 더불어 광희문 앞에 나가시었다. 기민들에게 쌀과 포목을 나누어 주는 행사를 직접 관장하신 것이다. 지팡이를 짚은 노인들, 아기를 안은 아낙네들, 병들어 비틀거리는 병자들에게 어수를 들어 직접 쌀을 나누어 주시고 포목을 내리시고 약첩을 나누어 주시는 두 분 지존 마마의 자비 앞에서 백성들은 소리 높혀 주상전하 만만세를 외치었다. 흐뭇한 미소를 머금고 돌아 들어가시는 두 분 마마의 등 뒤로 아침 햇살이 살폿이 어렸다.

진연의 자리는 화려하였다.

대왕대비전하의 자리는 영회루 상석에 마련되었다. 연꽃무늬가 새겨진 두터운 방석이 깔리고 장수를 기원하는 십장생 병풍이 둘러쳐졌다. 그 앞에는 옥주렴이 드리워졌다.

잔치 행사에 필요한 향로, 술병과 술잔, 주탁과 진채꽃이 꽂힌 화병이 놓인 탁자. 휘건함과 하례를 드리는 신하들에게 나누어 줄 꽃이 놓인 탁자들이 대왕대비전하의 옆옆으로 벌려졌다.

상감마마의 자리는 대왕대비전하의 동편, 호피 방석이 놓였다. 중전마마의 자리는 상감마마 건너편. 발이 쳐지고 모란꽃 방석이 놓여졌다.

의식이 시작되었다. 초대받은 의빈. 척신. 백관들이 관복을 입고 동편 각자 마련된 자리 앞에 들어와 섰다. 잠시 후에 내명부와 외명부가 서편으로 들어와 섰다.

여민락이 연주되기 시작할 무렵, 예복을 갖춘 대왕대비전하께서 상궁들의 인도를 받으며 자리에 들어오시어 좌정하시었다. 용포에 익선관 차림의 상감마마, 원삼에 어여머리 하고 떨잠 곱게 꽂아 성장하신 중전마마께서 각기 상궁, 나인을 딸리시고 따라 들어서시었다.

 여관의 구호에 따라 제일 먼저 중전마마를 필두로 내외명부가 차례로 휘강전 전하께 절을 하였다. 낙양춘곡이 청아하게 울렸다. 연지의 푸른 물에 옥구슬같이 울려 퍼지는 음악 소리가 경사스러움을 한껏 더하였다. 그 다음에는 의빈과 척신이 절을 올렸다.

 왕이 절을 하는 자리로 걸어가자 등 뒤에서 여민락과 낙양춘곡이 따라 울렸다. 의빈, 척신 백관들이 일제히 일어나 왕을 따라 대왕대비전하께 재배(再拜)하였다.

 잔치를 시작하는 의미로 대왕대비전하께 휘건을 바치는 의식이 끝났다. 그 자리에 초대된 모든 손님에게 찬안(음식상)과 관에 꽂을 꽃을 올리는 차례가 돌아왔다. 함께 즐거움을 나눈다는 뜻으로 모든 사람이 관과 머리에 꽃을 꽂으니 삽시간에 영회루가 화려한 꽃밭으로 화하였다.

 왕이 일어나 앞에 나아가 첫 술잔을 받쳐 올렸다. 할마마마의 경사를 맞이하여 치사(致詞)를 드리자 휘강전마마께서는 〈전하와 더불어 경사를 함께 한다〉는 선지(宣旨)를 내리고 그 술잔을 받아 드시었다. 천세만세곡이 연주되는 동안 왕은 세 번 고두하고 〈만세 만세 만만세〉를 불렀다. 모든 내빈들이 함께 하였다.

 대왕대비전하께는 총 백 가지의 푸짐한 음식이 차려진 큰상이 올려졌다. 왕과 중전 앞에는 여든한 가지의 음식이, 각 내빈들에게는 마흔한 가지의 음식이 차려진 상이 놓여졌다. 음악이 연주되고 술과 탕이 차례로 받쳐지는 동안 춤[무기]이 벌려지고 음악이 연주

되었다.

오래 장수하시기를 축원하는 의미가 담긴 헌선도 정재가 벌어지고 음악은 여민락, 환환곡이 연주되었다. 참으로 이렇듯이 흥겹고 장엄하며 격식에 맞는 즐거운 잔치도 없는 것이다. 무엇 하나 모자란 데 없고 부족한 것 없으며 화락함과 즐거움만이 넘치는 시간이었다.

사시 말에 시작한 영회루의 잔치가 파한 것은 신시 무렵이었다. 먼저 상궁의 인도를 받아 대왕대비전하께서 물러 나가시고 그 뒤를 내외명부가 따랐다. 잔치의 일이 무사히 잘 끝나 만족스러웠다. 한 잔 술에 용안이 대춧빛이 된 전하. 흐뭇하여 용안에 가득히 미소를 지으며 중전을 따라 교태전으로 들었다. 대왕대비전하를 뫼시고 가까운 내외 종친들이 모두 모여 조촐한 잔치를 다시 마련할 것입니다 중전이 청하였기 때문이다.

아무것도 모르고 서온돌로 들어섰다. 싱글벙글하던 용안이 갑자기 굳어졌다. 승복을 입고 고개를 숙인 채 서 있는 한 여인을 보던 순간이었다. 웃음 짓던 얼굴이 삽시간에 찌푸려졌다. 왕은 하얗게 질린 얼굴을 들어 중전을 쏘아보았다. 눈에는 분노의 불길이 줄기줄기 뻗어 나오고 있었다.

"가, 감히 그대가 어떻게…… 어떻게 이토록 짐을 능멸하는가? 감히 어떻게!"

"마, 마마……."

상글거리며 한마디 칭찬을 들을 것이다 기대하였던 중전의 얼굴이 파르라니 식어내렸다. 왕은 중전을 노려보며 씹어뱉듯이, 고통스럽게 내뱉었다. 치열한 배신감, 더없이 고통스럽고 민망하며 뼈시린 자책이 함께 뒤범벅이 되어 이윽고 지독한 노염과 괴로움이 그의 얼굴을 뒤덮었다.

"믿었거늘. 그대를 짐은 믿었거늘! 그래서 속내를 다 털어놓았거늘! 그대만은 짐을 이해한다 어찌하든 짐을 보아준다 믿었거늘! 그런데 겨우 이런 짓인가? 결국은 짐더러 천하의 폭군이다 망신을 주는가? 그런가?"

"마, 마마, 신첩이 무슨 잘못을……?"

"나가시오! 꼴도 보기 싫으니 나가시오! 아니, 짐이 나가리라! 다시는 예로 들지 않으리라! 허기는 짐 같은 불측한 폭군은 감히 예로 들 자격이 없음이라. 길러준 어미를 머리털 자르고 쫓아낸 터라 강상을 어긴 인간이니 어찌 어진 중전을 상대하여 예에 서 있을 수 있을까?"

도망치듯이 한 발 물러서던 왕이 갑자기 돌아섰다. 같잖고 건방진 것! 여린 볼을 후려치는 날카로운 소리가 공기를 찢었다. 부들부들 떨리는 왕의 손이 중전의 얼굴을 세차게 후려친 것이다. 기막히고 망극하여 차마 눈을 둘 데가 없는 자리, 물 끼얹은 듯 적막한 공간에 비틀리고 자포자기한 왕의 나지막한 목청이 뚝뚝 얼음처럼 떨어졌다.

"중궁을 채우고 지존이라 이름 붙으니 감히 눈에 보이는 것이 없더냐? 네깐 것이 무엇이관대 들추지 말라 하는 것을 후벼 파느냐? 남들 눈앞에서 이리도 짐을 망신시키고 싶음이더냐? 짐이 승복 입은 저이익 일을 입 밖에 내는 지는 지금껏 그 자리에서 막살을 낸

선(善)하여 죄인 것을…… 343

터이다. 네가 중궁이라 한들 그 일을 피할 것 같으냐? 당장 폐비하여 목을 벨 것이다. 기다리거라!"

벼락치는 소리가 났다. 중궁전을 뛰쳐나가던 왕이 발에 걸치적거리는 문짝을 걷어차는 소리였다. 중전은 자신도 모르게 철퍼덕 바닥에 주저앉고 말았다. 너무 놀라 아픔도 채 느껴지지 않는 볼을 두 손으로 감싸 안으며 실성한 듯 중얼거렸다. 어찌하여? 어찌하여?

커다란 눈에 눈물이 고여 뚝뚝 떨어졌다.

"신첩은 다만, 다만…… 창빈 어마마마를 그리워하시는 줄 알았나이다. 민망하고 참괴하여 차마 뵙지 못하리라 하신 줄 알았나이다. 신첩은 다만 그 뜻이었습니다, 마마."

이상스레 스산한 바람이 나뭇가지를 흔들고 지나가는 아침이었다.

잔칫날 후 이틀이 지났다. 대전에서 봉명상궁이 나왔다. 윤 상궁을 보는 눈에 눈물이 글썽하고 얼굴이 새파랬다. 간이 철러덩 떨어진 윤 상궁. 말하지 않아도 짐작함이 있으니 자신도 모르게 천지신명님 하고 마음속으로 부르짖었다. 간신히 정신을 수습하고 묻는데 목청이 절로 덜덜 떨렸다.

"대, 대전에서 하, 하명이 내렸는가?"

"예, 마마님. 참으로 망극하오니, 중전마마를……."

"어떤 처분을 하시었는가?"

"참으로 민망하고 망극하옵니다. 흑흑흑. 중전마마더러 교태전을 떠나시라 하옵나이다. 서경당으로 거처를 옮겨라 하는 교서가 내렸나이다."

"뭐, 뭐라고? 중전마마더러 교태전을 떠나라 하시었다고? 허, 허면 참으로 중전마마를 폐서인하신다는 어지(御旨)이신가?"

"그것까정은 안즉 아니옵지만은 절대로 경자년의 일을 발설치 말라 하신 상(上)의 엄한 분부를 감히 어긴 처신이 심히 불쾌하다 하시었나이다. 주상의 위엄을 욕보이고 망신시킨 무엄함이 극에 달하니 이는 절대로 용서치 못함이다. 교태전의 주인이 될 수 없음이니, 또 다른 분부가 내릴 때까정 서경당에 보내라 하시었나이다. 망극하옵니다. 주상의 뜻이 엄하시옵니다. 서두르소서."

"중신들의 기색은 어떠한가?"

"월성궁 권속이 넘치는 조정 아니옵니까? 이 기회다 하여 만면에 화색이라. 저들 불측한 주인이 다시 성총 회복할 기회가 왔다 하여 아주 난리도 아니지요. 듣자 하니 이미 교태전의 망극한 일이 소문 퍼진 터라, 번동 대감께서 중신 움직여 아주 이 기회에 중전마마를 폐서인시켜라 나설 작정인 듯하옵니다."

"바늘 끝만 한 틈도 아니 놓치는 계집이 할 만한 일일세."

윤 상궁이 장탄식을 하였다. 어찌하든 중전마마와 대전마마의 살풋 돋는 그 정분을 투기하여 음해하려고 작심한 그 계집이 아니던가. 이번의 날벼락 같은 사단으로 중전마마가 내침을 당하게 생겼으니 저는 손 안 대고 코를 푼 격이라. 붉은 웃음 지으며 얼씨구나 좋다! 하고 있을 고약한 광경이 눈앞에 선연하였다.

어찌할 수 없는 엄한 분부라, 봉명상궁이 고변하였다. 하늘이 무너지는 날벼락 같은 소식을 앞에 두고 중전마마, 사흘 밤 내내 마음 고생이 심하여 한결 여원 얼굴이 새하얗게 변하였을 뿐이다. 물기 어린 듯도 보이는 커다란 눈을 들어 창밖을 우울하게 바라보았다.

"……세 해 내내 희망도 없고, 즐거움도 없는 이곳이니. 허기는, 다른 곳으로 보내주신다는 것을 은혜로 삼아야 하겠지."

"망극하옵니다, 중전마마. 흑흑흑."

중궁전 아랫것들이 하나같이 안타깝고 통분하여 눈물바다가 되었다. 중전은 가만히 고개를 흔들었다.

"입을 다물라. 더없이 경망스럽다는 구설들이 날 것이다. 헌데 왜 서경당으로 나가라 하시는가? 그 밤에는 당장 폐비하신다 하더니. 차라리 폐비하여 주신다 교서를 내려주시었다면 내가 실로 은혜를 입었다 할 것이야."

"어찌 이토록 망극한 말씀을 하십니까? 무어라 하여도 마마께서는 주상전하의 한 분 정궁이시며 국모이십니다. 마음을 강잉히 가지시옵소서."

"혼인하여 교태전에 앉은 지 세 해. 어리석어 성총받지 못하는 정궁이 무슨 소용이 있을 것인가? 그저 매시간, 매순간마다 살얼음판이었네그려. 나는 왜 내가 이곳에 앉아 있어야 하는지를 알 수가 없었어. 잠시잠깐 봄날 같은 정에 혼몽하여 하여서는 아니 될 일을 하고 만 어리석음이라. 인제 드디어 내 운명대로 흘러가는 모양일세."

목청은 담담하고 조용하지만 그것이 사무친 설움이요, 슬픔인 줄 누가 모를 것인가? 중궁전 아랫것들이 모다 망극하여 다시 한 번 한 목청으로 중전마마! 하고 울음을 터뜨리었다. 눈물바다 안에서 오직 왕비만 눈물도 없이 꼿꼿하였다.

"조용히 하여라. 내가 당장에 쫓겨나는 것도 아닌데 어인 호들갑들이냐? 사람의 운명은 하늘이 정하시는 것이니 내가 고집부린다 하여도 될 일은 될 것이며 아니 될 일은 아니 될 것이다. 허니 너무 수선을 피우지 마시게. 나는 그저 운명에 순응할 따름이네. 윤 상궁."

"예, 중전마마."

"차비를 하게. 서경당으로 갈 것이야. 다른 이는 딸리지 말고 자네와 박 상궁만 따르게. 선이와 진금이만 들이구. 비록 폐비 되지는 않았으되 대전마마께는 이 몸이 중죄인이니. 박 상궁."

"예, 중전마마."

훌쩍이며 박 상궁이 대답하였다. 중전마마 손수 옥수 들어 여 머리에 꽂힌 호접잠을 빼 들었다. 담담하게 하명하였다.

"내 머리를 풀게. 무명 의대도 내어오고. 근신하는 죄인 처지에 어찌 감히 비단 의대를 걸칠 것인가?"

가마를 타고 신임하는 두 명의 상궁만 딸린 채 서경당으로 들어가시는 중전마마. 흔들리는 가마 안에서 눈을 꼭 감고 있을 뿐이었다.

내가 너무 경솔하였다 후회해도 늦은 터, 물은 이미 엎질러지고 그릇은 깨어졌다. 중전은 두 손으로 얼굴을 가렸다. 그가 후려친 볼의 아픔보다는 스스로를 자책하는 마음의 아픔이 더 깊었다. 잠을 자며 꿈속에서조차 어마마마를 부르시는 그분의 외로움을 아파했을 뿐이다. 웃고 있어도 어딘지 모르게 그늘이 진 그분. 은애하는 지아비에게 의지하고 어리광 부릴 분을 모셔다 드리고 싶었을 뿐이었다. 스스로 저지른 실책을 이제 와서 차마 어찌하지 못하는 그분에게 억지로 손을 끌어다가 철없이 어린 날 내버린 그분 한 분 어머님의 손을 잡게 하여드리고 싶었다.

'할마마마의 말씀을 더 깊이 새겨들었어야 하였는데. 내가 어리석고 눈이 어두웠다. 그분의 도도한 마음에 박힌 깊은 자격지심과 민망함을 더 깊이 헤아리지 못하였다.'

차라리 나를 폐비하여 주신다면…… 중전은 얼굴을 가린 손을 내렸다. 무거운 금지환 옆에 그가 직접 끼워준 옥지환이 빛나고 있다. 그것을 가만히 내려다보았다.

그분이 행복하였으면…… 그분이 진정 한 번이라도 행복하였으면…….

어느 사이 중전마마 큰 눈에 안개 같은 슬픔이 맑은 눈물로 가득 차오르고 있었다. 손가락 하나쯤의 틈으로 열렸다가 다시 쾅 하고 닫혀 버린 마음의 문. 두 사람 사이에 놓인 막막하고 거대한 벽이 여린 자신의 몸을 짓누르는 것 같아 중전은 문득 숨을 쉬기가 어려웠다.

자신을 노려보던 왕의 무서운 눈빛을 떠올린다.

광인처럼 소리 지르던 그의 눈엔 노염과 분노만도 아닌, 무안함만도 아닌 슬픔 같은 것이 배어 있었다. 그랬다. 그것은 분명 슬픔이었다. 그대는 짐의 믿음을 배신하였어! 그는 그렇게 소리치고 싶었던 것인지도 모른다.

어찌하든 자신의 편이 되어주리라 생각한 중전이 중인들 앞에서 가장 큰 실책이라 할 것인 창빈마마 일을 정면으로 들이댔을 때 오만한 왕이 느낀 배신감과 경악은 어떠하였을까? 하물며 뼛속까정 지존이라, 자신의 실책은 절대로 인정하지 못하고 아니라 부인하는 그의 자존심을 박살을 낸 셈이니 날벼락을 맞지 않은 것이 이상할 터였다.

밤 내내 잠 한숨 자지 못하고 후회하고 또 후회하였다. 그가 중전 자신에게 준 수줍은 믿음과 정분을 먼저 짓뭉갠 것이나 다름없는 일이었다는 것을 너무 늦게야 깨달았다. 아아, 어리석었다. 그녀는 어리석었다. 늘 쌀쌀맞고 내치던 그분이 잠시 주신 봄날의 짧은 햇볕 같은 어지러운 연심을 너무 믿었다. 사내의 뿌리깊은 자존심을 알지 못하여 철없이 저지른 실책은 그리도 어리석었다.

이제 영영 굳게 닫혀 버렸을 지아비 그 마음을 생각하니 저절로 투명한 볼에 한 방울 또르르 눈물이 흘러내렸다. 오랫동안 상처받고 절망하여 돌덩이처럼 무감각해진 심장이라 생각하였는데 어찌 이리도 아프고 쓰라릴까? 왕비는 볼을 적시는 눈물에 오히려 당황스러웠다.

'내가 울면 아니 된다!'

피가 나도록 입술을 깨물었다. 억지로 마음을 다잡았다. 그녀가 지금 이 순간 바라는 단 하나는 오직 주상 그분이 행복하였으면…… 사무치게 외롭고 고독한 그분이 제발 행복하기를…… 그렇게 된다면 그의 믿음과 수줍게 내민 손을 거부하여 아프게 한 못난 자신이 스스로 궐을 걸어나갈 수도 있을 것이라 마음다졌다.

"바깥에서 문을 잠가라. 상의 분부가 내릴 때까정 절대로 이곳을 벗어나지 않을 것이다. 누구든 만나지 않을 것이다."

중전마마, 서경당 마당에서 가마를 내리며 나직한 음성으로 하명하였다. 하얀 무명옷에 머리타래 풀고 지분 지운 초췌한 얼굴로 안방 문을 닫았다.

"중전마마께서 서경당으로 나가셨나이다."
"누가 궁금하다 하였더냐? 그이의 일은 다시는 내 앞에서 말하지 말라."

봉명상궁이 교태전에 짐의 말을 전하였느냐 시시각각 날치게 잡을 때는 언제냐? 정작 장 내관이 아뢰었을 때 퉁명스러운 대답이 돌아왔다. 싸늘한 안색으로 왕은 마치 말을 아뢴 장 내관이 죄인이라도 되는 듯이 노려보았다.

"다시는 말도 꺼내지 말라. 짐 마음과 그이 마음이야 이미 천 리 만 리 멀어진 사이가 아니더냐? 저를 당장 폐비할 것이되 명색이 국모라. 어찌하든 체면치레는 하여주어야 할 것이 아니냐. 두고 보라지. 짐이 기필코 쫓아내지 않나. 그 건방진 것을 짐이 그동안 어찌 참고 살았는지 모르겠다. 흥!"

괜히 애꿎은 장 내관에게 화풀이였다. 역정난 목청으로 되받아치는데 지창을 쩡쩡 울렸다.

기오헌을 나서며 흘깃 교태전을 바라보는 왕의 시선은 여전히 사나왔다. 시퍼런 빛이 튀고 있었다. 건방진 것, 감히 짐을 능멸하려 들어? 선명한 입술꼬리가 심술맞게 비틀렸다.

아무것도 모르는 얼굴을 하고 순진한 척 짐을 기만하였지. 그는 이를 갈았다. 저절로 주먹이 꼭 쥐어졌다. 차마 이기지 못할 무안함과 민망함이 다시 되살아나 미칠 것만 같았다. 반드시 그 사람에게만은 꼭 감추고 싶었던 치부를 들켜 버린 순간, 이성을 잃고 말았다. 아무리 그가 심술 부리고 불측한 짓을 하여도 언제나 감싸주고 안아줄 것만 같았던 그 사람. 그래서 믿었다. 의지하였다. 더없이 사모하고 마음에 심었다. 헌데 그런 사람이 그에게 비수를 박을 줄이야.

'어디 두고 보자. 어차피 짐은 너가 알다시피 어미마저도 쫓아낸 천하의 폭군이 아니더냐? 오냐, 그에 맞게 행동하여 주마. 방탕하고 사리분별 못하고 제멋대로 향락하며 잉첩의 치마폭에 감겨 어진 선비 다 쫓아내던 것으로도 모자라서 길러주신 어미까정 모두 머리털 잘라 내쫓은 천하의 폭군이니라. 그렇게 하여주마. 어질고 염직하고 고결한 너는 절대로 이해하지 못할 일이니, 짐은 평생 그리도 더럽고 무정하고 굳은 이니라. 허니 짐 곁에 오지 말라. 너는 짐 곁에 오지 말라. 짐도 너를 잊으리라. 너 같은 건, 너 같은 건, 짐은 필요없다. 너 같은 건……'

시큰 가슴이 시렸다. 왕은 흥! 하고 오히려 더 도도하고 심술맞게 웃음을 날렸다.

'짐이 인제 너 같은 건방지고 독한 계집을 상대할 줄 알고? 폐비하여 내쫓아주마. 나가라. 짐이 먼저 버린다! 네깟것은, 짐이 먼저 버리련다. 보란 듯이 새 중전 맞이하여 마음대로 하고 살련다. 실컷 울음보나 터뜨려 보아라, 짐이 까딱이나 하니! 짐은 인제 너 같은

차갑고 못난 것에게는 아무 기대할 것도 바랄 것도 없다!'

욱신 다시 가슴이 아렸다. 분에 못 이긴 그가 노염에 펄펄 뛰다가 격앙하여 얼굴을 후려치자 빨갛게 손자국이 난 볼을 감싸 쥐고 자신을 바라보던 어린 왕비의 모습을 떠올렸다. 커다란 눈에 눈물을 가득히 담고서 창백하게 질려 올려다보던 중전. 그 눈에 담겨 있던 텅 빈 공허, 혹은 지독한 절망…….

'아프다.'

왕은 자신도 모르게 가슴 언저리를 지그시 손으로 눌렀다. 생각을 하지 않으려 하여도 자꾸만 수면을 차고 오르는 슬픔. 그 사람만 생각하며 생기는 마음의 통증이 그는 사무치게 괴롭다. 아무리 자문하여 보아도 알 수 없는 미궁이다. 그녀에 대하여 가지는 왕 당신의 복잡한 애증은. 왕은 중전에 대한 자신의 마음을 헤아릴 것이면 그저 캄캄한 암흑 속에 헤매고 있는 것 같은 막막함을 느끼는 것이다. 막막한 허공에 떠 있는 것 같은 슬픔과 절망. 혹은 사무친 외로움 같은 것.

그러나 도도한 자존심과 기만당했다는 배신감이 그 아련한 슬픔을 억눌렀다. 왕은 억지로 가슴에 도는 연민과 애잔함을 씻어버렸다. 왕 자신이 당한 만큼 꼭 그대로 왕비에게 되돌려 갚아주겠다는 비뚤어진 복수심과 부끄러움이 비틀어져 생긴 잔인함이 입술에 물렸다.

대왕대비전하의 진갑날. 상감께서 폐서인시켜 쫓아낸 창빈마마를 중전이 미리 윤허도 받지 않고 궐로 들였다 한다. 진노하신 상감께서 왕비를 폐서인하겠노라 고래고래 고함지른 것도 모자라서 얼굴까정 후려치고 뛰쳐나갔다는 소문은 이미 궐내 곳곳에 퍼져 버렸다. 그 일은 당장 그 이튿날부터 아주 큰 소용돌이를 만들어내게 되었다. 정안로 이하 희란마마 끈줄로 들어온 조하 중신들이 이때다 하고 들고일어날 계기를 마련해 준 것이기 때문이었다.

"경자년의 일은 절대로 입 밖으로 발설하지 말라 하는 상감마마의 뜻이 아닙니까? 감히 중궁전이 그를 어겼으니 폐서인당하여도 싸지요."

"폐서인만 당하여야 합니까? 경자년의 처분을 입에 담는 자는 전부 다 목이 베어졌어요. 허니 그 벌을 면하여서는 아니 될 것입니다. 상감마마의 하명에 위엄이 서야 함이야. 중전마마라 할지라도 상감마마의 엄명을 어긴 것이니 예전의 처분과 똑같이 해야 합니다. 중벌을 받아야 하고말고요."

"기회는 이때입니다. 중궁전을 폐하고 새로 세워야 하는 것이에요. 월성궁 마마의 뜻도 그러하거니, 힘을 모아보시오."

"이대로 중전을 폐하지 못한다면 앞날이 없음이오. 지금 월성궁 마마 혁이 도령 일도 처리하지 못한 터로 만약 중궁전이 원자라도 잉태하여 보시오. 우리 월성궁 마마께서 발을 디딜 데가 없어집니다. 이런 기회는 쉽사리 오지 않음이에요. 반드시 일을 성사시켜야 합니다. 새 중궁전을 간택할 시에는 반드시 혁이 도령을 왕자로 인정케 할 수 있는 처자를 낙점하여 밀어야 함도 잊지 마시구요."

빈청에서 이러구 저러구 악하고 못된 의논들을 하고 들어온 참이었다. 하필이면 상감마마까지 ㄱ 위에다 불을 질렀디. 그날의 윤내관이 육조(六朝) 중에 예조 차례였다. 예조판서 김장집 이하 관리들을 앞에 두고 이런저런 고변을 받고 있던 왕이 갑자기 고개를 들었다. 뜬금없이 한마디 날벼락 같은 말을 흘리었다.

"경에게 묻노니, 짐이 비(妃)를 폐하려면 어찌하여야 하는가?"

"에에? 전하! 대체 그것이 무슨 망극한 말씀이신지요! 천부당만부당한 말씀이시옵니다! 신은 듣지 못하였나이다. 참람하고 망극한 말씀이라 신은 차마 듣지 못하였나이다."

아연 놀란 김장집이 허연 수염을 떨며 강하게 부인하였다. 절대로 있을 수 없는 일이라 목을 걸고 반대한 셈이었다. 말을 꺼낸 왕도 금세 말을 집어넣었다.

"……허기는, 열성조에 고변하여 얻은 정궁이며 국모라. 짐이 못마땅한 점이 있다 하여도 폐하기는 쉽지 않은 일이겠지. 게다가 그이가 어질고 부덕 높다 헛된 소문은 장하니 허물이 많다 트집 잡기도 참 무엇 하구먼. 잊어버리오. 짐이 심중에 잠시 지나가는 말을 경솔하게 하였소이다."

마침 그때에 왕을 시립하여 앉아 있던 정안로의 눈이 번쩍 음험하게 빛났다.

이제 되었다 회심의 미소를 떠올리며 월성궁 마마는 교소를 터뜨렸다.

"참입니까? 진정 주상께서 중전 고년을 폐비할 수 없느냐 하시었나이까?"

"예, 마마. 제가 이 귀로 똑똑히 들었나이다."

퇴궐하자마자 제 아비가 별당으로 달려왔다. 보고 들은 소문을 전하여주자 오랜만에 월성궁 담벼락 안에서 웃음소리가 높아졌다.

첩지도 없는 잉첩이라 하여 당하였던 모욕감이 사무쳤다. 못난 갈까마귀 중전 고년 때문에 이 내가, 이 희란이 상감께 찬밥 신세이더냐. 언제고 얽어매어 폐비시키고 내쫓을 테다. 첩첩하게 쌓인 악한 분심이 장하였다. 헌데 궐 안에서 들려오는 소식이 이렇게도 반가울 수가. 봄날 물어다 주는 제비의 날갯짓보다 더 화창하였다.

이 기회를 놓치지 말자. 필시 고 간악한 년을 내쫓아 목을 베어버리고, 말랑말랑한 새 중전 다시 들여 혁의 문제도 해결해야지. 이 내 신세 앞날도 찾아야겠다 작정하고 소매 걷고서 달려든 것이다.

"심지어 중전 편이다 소문 자자한 예판에게 그런 말을 하시었다는 것은 반드시 중전 그년을 내쫓겠다 하는 어지(御旨)입니다. 기필코 아버님은 사람들을 잘 다루어서 이번 기회를 놓치지 마십시오. 우리 모자(母子)가 살고 아버님이 사는 일입니다!"

"알겠나이다, 마마. 허고 다시 한 번 곁두리치는 일도 방비하여야 하지 않겠습니까? 만약 이번 폐비 일이 성사되지 못한다 하더라도 중전과 주상의 연분을 잘라내야 함이니, 성총의 물길을 돌릴 후궁 일까지도 마련해 두어야 할 것입니다."

"염려 마십시오, 이 희란이 누구입니까? 만약 폐비하지는 못하리라 하면은 경자년 일을 발설치 말라 하신 상(上)의 명령을 어긴 죄인이라. 중전을 근신시키시거나 별궁으로 내치시고 중전 노릇을 할 후궁을 반드시 들여야 합니다. 청원하십시오."

"암만요, 암만요."

정안로가 수연을 쓰다듬으며 문을 나갔다. 희란미미, 치미귀를 잡고 떨치고 일어나 후원 연못 앞에 마련된 별당으로 걸어가며 혼잣말을 중얼거렸다.

"그나저나 하필이면 중전 고년을 서경당으로 보내었다는 것이 조금 걸리는구먼. 도통 외인(外人)은 근접케 하지도 못하게 하신 곳이 게인데 말이야. 죄인이라 하여서 중인환시(衆人環視)리에 고년 볼따귀까정 후려치고 난리급증을 부린 후에 당장 내쫓아라 할 것이되, 서경당으로 중전을 보내었다? 이게 대체 무슨 뜻인고?"

정안로, 제 권세 뒷곁인 큰마마의 하명이니 그 다음날부터 중전마마를 폐서인하는 고약한 일을 공론으로 만들기 서두르기 시작하였다. 조정에 떼를 지어 포진한 세력이 저들이 대부분이라. 생고집 반 억지 반 하여 저의 심복인 예조좌랑 이문저를 시켜 왕비를 폐서인하여야 한다는 상소를 올리게 하였다.

이틀 후 아침에 도승지가 예조에서 올린 상소문을 소반에 받쳐 들어왔다. 그때까정 왕은 그렇게 대청서 갑론을박 일어난 일을 까마득히 모르고 있었다. 젊은 왕은 그저 하도 괴로운 마음에 무심하게 지나가는 말로 내뱉었을 뿐이다. 그 말을 한 것조차 이미 잊어버린 터였다.

왕비에 대한 왕의 마음은 하루에도 수십 번 변하였다. 바람에 흔들리는 갈대였다.

그립고, 보고 싶고, 아뜩하게 연모하는 마음이 반이라면 원망과 미움이 또 그 반이었다. 오락가락 중심을 잃고 하루 종일 맴돌이를 하고 있었다.

가장 감추고 싶었던 치부와 죄업이다. 사모하는 사람에게 들켜 버린 민망함. 염치없음은 그리도 뿌리깊게 아팠다. 어린 지어미에게 하늘이고 싶고 자랑이고 싶고 당당한 지아비이고 싶었다. 영롱한 눈에 반짝이는 경모(敬慕)와 자랑스러움을 보기를 원하였다. 평생 의지하고 살아갈 든든한 벽이고 싶고 단단한 너울이기를 원하였는데.

'평생 아니 되는 것이지? 그렇지? 짐은 아닌 게지? 강상(綱常)조차 어기고 인간의 도리도 다하지 못하는 폭군은 그대 같은 사람 옆에 갈 자격도 없지. 알아, 알고 있어. 그래도, 그래도…… 잘하여보겠노라 약조하였잖아. 짐도 다소간 달라지겠다고 노력한다 하였잖아. 그런데 왜 그러하는 것이니? 왜 짐을 대놓고 밀어내고 망신 주는 것인가? 그대는 짐이 못난 사람이라는 것을 그리도 경계하고 싶은 게야?'

서책을 넘기던 자신의 손을 물끄러미 내려다보았다. 급하디급하고 격한 성질머리를 이기지 못하여 손대기조차 아까운 사람의 볼을 또 후려갈기었다. 그 순간이 지나고 돌이켜 후회하나니, 얼마나 아팠을까? 벌을 주었으니 속이 시원해야 하는데 그저 답답하였다. 잠도 오지 않고 전전반측, 후회만 거듭되는가?

잘못은 그녀가 먼저 저질렀다. 그가 건드리지 말고 후벼 파지 말라 하는 금기를 어긴 이는 중전이었다. 어질다 잘났다 잘난 척하며 대놓고 망신시키고 믿음을 깡그리 짓밟아 버린 이는 중전이었다. 그런데 왜 그런 계집 때문에 가슴 아파야 하는가? 왜 그가 후회하고 잘못하였다 반성해야 하는가?

'웃기는 생각! 다 필요없다! 짐은 어차피 천하에서 홀로이다. 그깐것은 있으나 없으나 상관없다 이 말이다. 다시는 아니 돌아볼 것이다. 절대로 어림도 없다. 흥!'

설레설레 고개를 저었다. 이를 다시 앙다물었다. 항시 기분이 상하면 주변의 모든 사람에 대하여 벅벅 어이없는 노염을 부리고, 무작정 모든 일에 억지 트집을 잡아 날벼락에 호령질이 잦은 왕의 버릇이다. 별 잘못도 아닌 것에 대하여서도 무작정 곤장질에 주리를 틀어라 고함을 치지 않나. 뻑하면 같잖다 호령하며 상소 두루마리를 중신들 머리통을 겨냥하여 내던져 버리는데 실로 이 며칠, 대궐 안 분위기가 살벌하기 이를 데 없었다.

물론 어리석은 정안로 일파는 왕이 한시 바삐 중전을 폐하라 하는 눈치를 읽지 못하고 저들이 상소 아니 올린 터로 그러하신다 오해를 하였고.

막 왕이 윤대관의 참례를 끝내고 낮것 수라를 받기 위하여 우원전에 들던 참이었다.

"전하, 중전마마께서 강학 전에 듭시라 하여 항시 하던 대로 차를 보내셨나이다. 가납하리이까?"

기대하지 않았던 목소리가 아뢰었다. 닷새나 반성하고 근신하더니 중전이 먼저 사과를 하는구나. 더럭 반가운 미소가 설핏 왕의 입가에 어찌할 수 없이 스쳐 지나갔다. 그럼 그래야지, 저가 먼저 짐을 망신 주고 잘못을 저지르지 않았느냐 말이다.

그런데 그놈의 비틀린 자존심이 문제였다. 덥석 그 차를 받게 하는 것을 거부하였다. 겉으로 왕은 시답잖다는 듯이 힐끗 문밖을 바라보았다.
 덤덤한 목소리로 가까이 놓아라 하시었다. 그랬기에 아랫것들은 오늘은 전하께서 중전마마의 정성을 가납하시는구나 안도의 한숨을 내쉬었다. 왕은 잠시 동안 정갈하게 마련된 상을 노려보았다. 에구머니, 망극하여라! 이런 변이 있나. 대전이며 중궁전 아랫것들 전부 다 비명을 삼키었다. 왕이 냅다 그 차상을 발길로 걷어차 버렸던 것이다.
 "짐이 이렇게 마셨다 하여라. 차가 아니라 빨리 죽어라 기원하며 독을 탄 것인지 누가 알랴? 짐이 빨리 죽어야 제 팔자가 편안할 것이 아니더냐? 이런다고 하여 짐이 무정한 저를 용서할 줄 알았더냐? 인제 이딴 짓 그만 하라 전하여라. 천하에 같잖은 것!"
 나직하게 내뱉는 목청에는 심술이 뚝뚝, 생억지가 울컥울컥. 여전히 주상 당신의 심중에 중전마마에 대한 괘씸함이 풀리지 않았다는 뜻이다. 왕은 경악한 내관과 나인이 깨어지고 흩어진 찻잔이며 과즐을 황황히 챙기는 것을 바라보았다. 휭 하니 서재로 나가는데 막힌 속이 반은 뚫렸다는 그런 용안이었다.

 차 한 잔 정성껏 끓여 보내 드리면 항상 반가이 맞이하시었다. 향이 좋다 칭찬하시며 즐겨 드신다 하셨다. 그것이 지아비께 외면당하는 못난 정궁인 왕비 자신이 지어미로서의 도리를 다하는 유일한 일이 아니던가. 어린 중전마마께서는 언제나 지아비께 올리는 찻물에 순결한 정성과 수줍은 연정을 모두 담아왔던 터였다.
 죄인이라 자처하여 서경당으로 들어간 몸이지만 그 정성을 칼로 잘라낸 듯이 뚝 자를 수가 없었다. 몇 번이고 가슴 졸이다가 닷새 만에 비로소 용기를 내었다. 신첩이 경솔하고 잘못하였습니다 하는 뜻을 담아 고운 찻상 보아 보내 드리었다. 그런데, 그런데…….

"뭐, 뭐라? 전하께서 발길질로 상을 내질러 버리셨다고?"

차마 믿을 수가 없었다. 다시 재우쳐 묻는 목소리가 바람에 꽃잎 지듯이 여리게 흔들렸다. 그 정성을 어찌 읽지 못하시나. 중전이 보낸 그 상을 왕이 냅다 발길로 걷어차 버리며, 독을 탔을지 어찌 안다더냐? 하고 극언을 하였다는 데서 무엇인가 마음의 줄 하나가 툭 하고 끊어지던 것이었다.

등골에 소름이 쫙 끼치며 섬뜩한 무서움을 느꼈다. 왕이 자신을 어떻게 생각하고 있는지 그 한마디 말로 깨달은 것이다.

'전하께서는 나를 당신을 해치려는 독부(毒婦)로 생각하시는구나. 아아, 무섭다. 지아비를 망신 주고 항시 꺼려하는 차라, 나를 가까이 두었다간 무슨 짓을 더 못하랴 그렇게 여기신 게지. 그리고 보면, 나는 그분께 차 한 잔 올릴 자격도 없는 계집인 게다. 차는 오직 정성이며 마음의 정표인데 나에 대하여 그런 마음을 지니신 분께 내가 아무리 정성껏 차를 올려도 그것은 이미 그분께 독물인 것이다.'

말릴 사이도 없이 주르르 볼 아래로 눈물방울이 뚝뚝 떨어졌다. 하얀 무명 치맛자락 위로 떨어져 얼룩을 만들었다. 중전은 망연히 노란 물 드는 은행나무 우듬지를 올려다보았다.

'차마 이런 처지로 나는 전하께 차를 올릴 자격도 없다. 이미 그분께 나는 죽어버린 여인인 것이야.'

가슴 에이는 것도 참으며 슬프게 그 일을 단념하고 만 중전마마. 그러나 대전에 앉은 왕이 왕비의 그런 민망하고 망극한 마음을 알 수가 없다.

걷어찰 때는 걷어찬 것이고. 크흠! 또다시 중전이 차를 보내오기를 그저 기다리고 기다리는 엇질이 심사는 또 무엇이냐. 결국은 아니 오는구나. 깨닫는 순간 왕비가 더 괘씸하였다. 볼이 실룩였다. 원망 가득한 시퍼런 눈빛이 금원 서경당 쪽으로 향하여졌다.

'아니, 짐이 억지 삼아 한 번 상을 걷어찼다고 하여 당장 잘되었다 하듯이 해야 할 일을 뚝 끊어버려? 지아비가 받든 아니 받든, 듭시라 하여 그대로 끝까정 올려 받치는 것이 부덕인 게지. 무에 이리 건방지고 고약한 계집이 다 있는 것이야? 이것, 가만 헤아리자 하니 지금껏 차 한 잔 짐이 보내라 하니 보내주기는 하였되 그저 무슨 핑계를 대든지 끝을 낼 궁리만 하고 있었던 것이 아니야? 짐은 그것도 모르고 그저 좋아서 별별 칭찬을 다 하며 그 찻물을 마신 것이었도다.'

배배 꼬인 억지가 또다시 시작되었다. 이왕 마음이 비틀어져 있으니 별별 것이 다 트집거리이고 섭섭하였고 분하였다. 왕은 솔직히 자신이 지금껏 마셨던 찻물을 다 토해내고 싶은 충동을 느꼈다.

열불이 날 대로 난 후라, 한참 동안 턱을 괴고서 어찌하면 저 목석같은 것을 짐이 약 올려주지? 어찌하면 저 도도하고 같잖은 것의 기를 눌러줄까 별별 궁리를 다 하신다. 오늘 밤에 들어가서 그냥 콱 눌러 버려? 그냥 이 길로 폐비하여 쫓아내 버려? 그도 저도 아니면 은 한 대 더 후려갈겨 쥐? 대전마마 머리 속에 오락가락하는 억지

선(善)하여 죄인 것을······ 361

궂은 빗줄기 같은 생각은 이리저리 위험하였다.
 편전으로 다시 나가 정무를 보아야 한다고 시립한 도승지가 재촉하였다. 막 기오헌을 나서는데 대제학이 엎드려 여쭈었다.
 "무엇인가?"
 "감히 아뢰옵기 황공하오나, 중궁전 글 스승이 궐에 들었나이다. 죄인을 자처하여 근신 중이신 터 교태전을 비우신지라, 중전마마 강학을 어찌할까요 하옵니다. 이를 어찌 하답할 것입니까?"
 "음음음. 비(妃)가 죄인을 자처하여 근신 중이라는 것은 맞지 않소. 다만 사사로이 우리가 부부지간의 일로 서로 심기 상하여 중전께서 서경당으로 잠시 피접 나가신 셈이라 할 것이오. 강학을 그만둘 이유가 없소이다. 대제학이 학사를 모시고 서경당으로 가서 강학을 계속하게 하오. 비가 글을 좋아하고 마음의 의지처로 삼는 것이 학문인데 그마저 금한다 하면 짐은 실로 모진 사람일 것이오."
 "참으로 성은이 하해와 같사옵니다."
 두어 발자국 걸어가던 왕이 문득 생각난 듯이 몸을 돌이켰다. 대제학에게 당부하였다.
 "서경당으로 들 것이면 굳이 광희문으로 들어 굽이굽이 돌아가지 않아도 되오. 궐 북문 쪽으로 하여 서경당을 바로 통하는 일근문이 있소. 그곳으로 스승더러 오가라 하시오."
 "명심하여 이르겠나이다."
 편전에 좌정하신 왕 앞으로 갑자기 예상치도 못한 두루마리 뭉치들이 한 아름 날려져 왔다.
 "이것이 다 무엇인가?"

어지간한 상소문들은 아침나절에 다 해치웠다고 생각하였다. 또한 지게가 넘는 상소문을 앞에 두고 저절로 용안이 찡그려졌다. 그렇다고 해서 피할 일도 아닌지라, 무심코 손에 집히는 대로 하나를 펼쳤다. 두어줄 읽어 내려가다가 갑자기 왕은 하! 하고 헛웃음을 내쳤다.

하도 기가 막혀 한참 동안 말도 못 이으신다. 눈으로만 훑었다. 다른 것을 집어 펼쳐 몇 줄을 또 읽었다. 다시 또 한 개 내던지고. 다른 것을 집어 펼쳐 읽다가 왕은 다시금 헛허 기막힌 웃음을 지었다. 며칠 전 당신이 무심코 한마디 한 것이 안팎으로 도대체 어떤 소용돌이를 일으킨 줄도 까맣게 모르고 있었던 터라 아연했던 것이다.

"실로 기가 막히는군. 감히 예조에서 비(妃)를 폐서인하라 나선다……?"

나직한 혼잣말이 벌써 이 사이로 가루처럼 비틀어갈려 흩어졌다. 무심코 예조에서 한 아름 들어온 상소문을 올렸던 죄뿐인 도승지 황이 이하 승지들 얼굴이 하얗게 질려가기 시작하였다. 화급한 성정이니 화르륵 도는 격한 노염이 미간에 푸른빛으로 빠지직 돋기 시작하였다. 왕이 냅다 들고 있던 두루마리를 내던지고 격분하여 소리쳤다.

"정말 몹쓸 것들이군! 이런 무엄한 상소질을 감히 하는 자가 대체 뉘냐? 하, 썩어 빠진 무리들이로다. 아니, 이것은 예조의 좌랑이 올린 게 아니냐? 직접 그놈 얼굴을 한번 볼 것이다. 당장 들라 하라!"

용상에 앉으신 전하, 교서 두루마리를 내려다보고 계시다가 이문저가 들어서자 용안을 들어 내려다보시었다.

"너가 지금 감히 곤전을 폐하라 짐에게 상소를 올린 자냐?"

왕의 용안에는 희미한 미소마저 배어 있는 듯하였다. 목청도 나직하였다. 그러나 곁에 시립한 도승지만은 등에 진땀이 축축이 젖어들고 있었다. 지금 슬긋 올려다본 왕의 용안은 살기마저 스며 있었다. 격한 노염이었기 때문이다. 왕은 두루마리를 다시 들어 눈으로 훑었다. 낭랑한 목청이 높아지니 앞에 엎드린 이문저가 올린 상소문을 다시 한 번 되씹어 읽어내렸다.

"짐이 비를 폐하여야 한다? 그이가 회임을 못하여 석녀이니 사직의 대를 잇지 못함이라, 일악(一惡)이요. 지아비 전하의 심중을 헤아리지 못하여 매사 불화하는 고로 종실에 누를 끼침이라, 그것이 두 번째 악이요. 감히 아녀자가 대전의 일에 나서서 주상의 위엄을 침해하니 삼악(三惡)이라. 참 이유도 그럴듯하게 잘 만들어내었군."

읽기를 채 마치지도 않은 두루마리를 왕이 냅다 윗목에 엎드린 이문저를 향해 내던졌다. 두루마리는 대청을 날아가 정통으로 정수리에 가서 부딪쳤다.

"너는 허면은 이런 이유가 있어 네 조강지처를 마음대로 내쫓았더냐? 짐이 지어미와 불화하면 제발 화합하여 아름다운 모습을 백성들에게 모범으로 보여주십시오, 하고 충고하여야 그것이 예조의 도리이거늘 오히려 내쫓아라 먼저 나서서 짐을 부추겨? 기가 막혀서. 무에 이런 무엄하고 방자한 것이 다 있느냐? 너가 지금 감히 짐더러 이래라저래라 가르치고 지시하는 것이냐? 이따위 고약하고 방자한 인간이 예조에 앉아 있으니 짐과 곤전이 더 불화하게 되는 것이다! 이, 이 발칙하고 고약한!"

"저 전하! 고정하시옵소서, 전하!"

왕의 곁에 가장 가까이 시립한 황이가 재빨리 달려들었다. 이문저를 향해 서안 위의 벼루를 내던지려는 어수를 감히 잡아 만류하였다. 무거운 벼루가 날아가 정통으로 맞았다간 머리통이 터지는 것뿐만 아니라 잘못되면 왕이 중신을 때려죽였다는 말까정 나올 참이었다. 그런 일은 있을 수 없다 하여 목숨을 걸고 만류를 한 것이다.

왕은 신임하는 도승지의 간청에 그 격한 성정을 간신히 억제하였다. 그러나 들들 끓는 심화를 속 시원하게 터뜨리지 못한 참이니 대신 어수에 쥐었던 벼루를 바닥에 내던져 박살을 내버렸다. 발로 용상을 부서져라 내지르며 일갈하였다.

"같잖고 방자하기가 하늘을 솟구치는구나! 그래, 말이 나왔으니 말을 하여보자! 짐이 말을 한다면은, 할 말이 없는 줄 아느냐? 예문 밝다 하여 예조에 앉은 것일지니 그런 너가 잘 모르는 것이 있어 짐이 알려줄 참이다! 칠거지악(七去之惡)이 있달지면 짐은 그를 내쫓을 수 없는 삼불거(三不去)도 알고 있을 터. 말하여 보랴? 돌아가도 의지할 데가 없으면 내칠 수 없고, 같이 시부모의 삼년상을 치렀으면 내칠 수 없으며, 가난하였으나 같이 고생하여 부귀하게 되었을 적에 역시 내칠 수 없다 하였다. 비(妃)는 세 해 전에 짐과 혼인하여 오직 한 분 할마마마를 잘 모시어 궐을 화락하게 하였으니 그 덕이 하나이니 짐이 어찌 그를 내칠 수 있으랴? 집안이라 늙고 병들은 시친

한 사람이 오직 남아 있는 터인데 부원군이 졸하면 천지간 남는 이가 그이뿐이니라. 그렇게 본다 하면 그이가 폐하여지면 돌아갈 집이 없는 것이라 할 것이다. 그런데 짐이 그를 내쫓아야 한다고? 짐과 그이가 불화한 터로 짐이나 그이가 서로 가까이 가지 못한 참에 생긴 일이었다. 이제 잠시간 가까워지려고 서로 노력하니 불화하여 내쳐야 한다는 말도 도리에 맞지 않다. 그런데 감히 네가 무엇이라고 짐더러 비를 폐하라 먼저 나서는 것이냐?"

줄줄줄 말씀도 잘하시지. 청산유수도 이만은 못할지라. 숨도 쉬지 않고 좔좔좔. 중전마마를 옹호하여 일갈하시는 표정이 엄하고 단호하였다. 며칠 전에는 먼저 폐비하라 하시더니 이것이 어찌 된 일이냐? 이문저의 얼굴이 사색이 되었다.

"너가 짐이냐? 짐이 흉중을 너에게 읽기라도 하였느냐? 대체 너가 무어라고 감히 나서서 이따위 상소질을 하는 것이냐? 짐은 한 번도 그이를 폐서인하여야 한다는 생각 해본 적 없으니 이런 부질없고 쓸데없는 상소는 다시 올리지 말라! 감히 이딴 것으로 짐과 비를 이간질할 것이면 네 목을 벨 것이다! 꼴도 보기 싫으니 당장 나가라! 같잖은 것이 감히 왕인 짐을 가르치려 들어? 괘씸한 것들!"

망신을 있는 대로 당하고 왕의 쩡쩡 울리는 불호령에 놀란 이문저가 벼루에 맞아죽기 일보 직전에 간신히 벗어나서 진땀을 찔찔 흘리며 대전을 나서 정안로에게 달려간다.

정안로가 입맛을 쯧쯧 다셨다. 영 일이 되어가는 형편이 자신의 짐작과 너무 달랐기 때문이다. 그러나 희란마마 몹시도 태연하였다.

"폐비하실 마음이 없다고요? 흠, 그래요? 과연 그럴까요?"

"큰마마, 하교를 하여주십시오. 도무지 성상의 마음을 헤아릴 수 없음이라, 어찌하면 좋겠습니까? 폐비하는 일이 헛수고가 될까 두렵나이다."

"며칠만 기대려 보세요. 우리가 손을 쓰지 않아도 주상께서 먼저 중전 고년을 목 베는 일이 일어날 것입니다."

희란마마, 장담하였다. 성덕궁 쪽을 바라보며 자신만만 흐뭇하게 미소 지었다. 그 웃음에 피 냄새가 물씬 풍기니 불길하여라. 대체 중전마마 앞날에 무엇이 기대리고 있는 것인가?

제12장 오해의 사슬

희란마마가 장담하여 벌인 일이다. 폐비 소동보다 더 얄궂고 망측한 일은 이내 벌어졌다.

가문 들판에 매운 들불이 번져 나듯이 중전마마와 글 스승 강두수에 대한 망칙하고 흉악한 소문이 퍼지기 시작한 것은 그 며칠 후, 풍년가를 부르며 농부들이 추수 준비를 하던 그 무렵이었다.

아니다, 아니다 하여도 더 사실인 듯이 퍼져 가는 것이 헛소문, 게다가 작정하고 나서서 그 흉측한 소문을 사실로 만드는 일파들이 곳곳에 포진하고 있음에랴.

물론 왕도 너무 어이없어 처음에는 픽 웃음을 물었다. 대수롭지 않게 넘겼다.

"별 미친놈들이 할 일 없어 그런 게야. 비와 짐을 이간질하려 하는 짓거리니라. 누가 그것을 믿노? 조잘거리는 그 경망스러운 입들을 찢어버려라! 비와 짐이 격조한 것을 두고 별의별 구설들이 다 일어나는구먼."

허나 아무리 거짓이라 하여도 자꾸 들으면 그것이 사실이 되는 이치가 또 사람 사는 일이다. 누가 그런 헛소문을 믿나. 없는 일이다. 그만 입 다물라 하였지만 그것으로 끝날 일이 아닌 것이다. 날마다 정안로와 희란마마의 사주를 받은 대신들이 몰려와서 망측하오, 민망하고 부끄럽소, 사직의 수치이오, 통촉하여 주옵소서, 진상을 밝히시고 주상의 위엄을 더럽힌 간부들을 처결하시오, 어쩌고저쩌고…….

썩은 고기에 달려드는 개떼처럼 전부 다 몰려들어 상감마마를 압박하였다. 일파만파(一波萬波). 소문이 사그라지기는커녕 갈수록 무성하여지고 살이 붙어 나돌았다. 심지어는 중전마마와 강두수가 배까지 맞추어보았다더라, 서로 오간 정표가 만만찮더라. 상심하고 배신당한 강두수 부인 문씨가 은장도로 가슴 찔러 자결을 하려다가 간신히 살아났다더라. 더없이 망칙하고 잔혹하였다. 너무 더러워서 입에도 담지 못할 상스러운 구설들이 그동안 상감마마께서 중전마마를 장하게 소박 주었던 과오(過誤)와 맞물려 그만 사실이 되고 말았다. 허기는 그리 장하게 버림받고 잉첩에게 밀려 그림자처럼 살던 분이니 마음의 의지처나 작은 위로가 필요하였을 것이다. 매일같이 만나는 사이였지 않더냐?

눈정 들면 속정 들고, 속정 들면 손도 잡는 것은 당연지사. 그런 연유이니 학사 강씨가 감히 눈 치켜들고 상감마마를 대적하여 쓴소리를 할 수 있었던 게다. 제 목숨 내어놓고 덤벼들던 버르장머리는 실상 중전마마를 사이 두고 맞붙은 연적(戀敵)의 기상이었던 게지. 저가 감히 무어라고 중전마마께 새를 바치고, 가락지를 준다더냐?

 허기는 중전마마도 학사에게 유난히 다정하시었다. 글을 핑계 대고 궐문이 닫힐 때까지 그를 곁에 두기 예사였다. 심지어는 상감마마가 교태전에 들지 않을 적에는 야심한 시각까지 함께 있기도 하였단다. 젊으나 젊고 늠름한 장부 아니냐? 한참 춘정 돋는 어린 중전마마가 마음이 흔들릴 만도 하지. 암만! 정분이 나고도 열 번은 나고 남지!

 사실과 거짓. 음해와 진실. 소문과 결백이 뒤섞였다. 아무리 아니라 한들, 강하게 지아비인 왕이 비호한다 하여도 가릴 수 있는 도를 넘었다. 또한 청백지신에 허물이 낀 터라, 청천 날벼락. 기함하여 까무라친 중전마마 청명한 이름에 씻을 수 없는 상처가 난 것이다.

 서경당의 중전마마, 날벼락 같은 구설에 하도 어이없고 기막혀서 입도 차마 벌리지 못하고 까무러쳤다. 사실은 이미 뒷전. 명색이 사직의 안지존이요, 상감마마의 한 분 정궁으로 한 점 부끄러움없이 살아온 자신의 삶이 하릴없음에랴. 망신은 이미 다 당한 것인데 사실이 가려지면 또 무엇 하리.

 까맣게 타서 핏기 하나 없는 입술을 열어 중전마마, 탄식을 하였다. 이미 흘릴 눈물은 다 말랐다. 차마 배어 나오지도 못하는 물기가 다시 짓무른 눈가에 살포시 맺혔다.

 "……내가 죄가 많소. 내가 처신을 잘못한 게지. 내가 구설거리 생길 빌미를 준 것이야."

"그런 말씀은 절대로 마옵소서. 둘러보고 또 돌아보아도 마마께서 처신을 잘못하시고 법도를 어긴 것은 하나 없나이다. 이 모든 일이 다 그 월성궁의 무도한 계집이 마마를 해치고자 작심하여 벌인 일이 아니겠습니까? 마음을 강잉하게 잡수시고 담대하게 대처하십시오. 허구한 날 그 악독한 것을 어진 덕으로 비호하사 내버려 두었더니 기어코 고년이 이런 일을 벌이는구면요."

"맞습니다, 마마. 이번에는 그냥 넘어가시면 아니 됩니다. 내명부의 기강을 들어 감히 정궁마마를 해치려는 그 계집을 엄히 다스려야 합니다. 아주 요절을 내십시오!"

곁에 둘러앉은 박 상궁까지 이구동성 이 기회에 월성궁 계집을 잡아 죽여라 난리를 부렸다. 못하시면 저가 대왕대비전께 고하여 일을 시작할깝쇼? 윤 상궁이 소매 둥둥 걷었다. 고개 흔들어 부인하며 중전은 애잔하게 웃었다.

"그이를 두고 이곳에서 내가 중전이라 하여, 고개 치켜들고 모진 소리 하면 무엇 할고? 감히 나를 상대로 같잖은 계교를 부리고 위세 당당하게 수작하던 것은 다 이유가 있음에랴. 지금껏 상감께서 총애하신 덕분이 아니던가? 상감께서 어여삐 여기는 이를 내가 어찌하랴? 이 못된 수작질의 원흉이 그이라 할 것이면 마마께서 가려서 처분하실 일이지. 나는 다만…… 내 처신에 부끄러움이 진정 없나 그것만을 근심할 뿐이네."

아무리 아니라 한들, 남들이 모두 다 그렇다 하면 조만간 마음이 흔들리실 테지. 하물며 스승께서 한번 감히 주상을 상대로 고개 들고 대적한 적이 있음에랴. 항시 스승의 일이라 하면 어쩐지 언짢이

하시고 불쾌한 빛이 용안에 완완하였어. 그러니 비록 나에게는 말씀을 아니 하시지만 그분을 어찌 처분할까 내 근심이거니……. 중전마마, 화계에 화려하게 핀 백일홍을 내다보며 그런 슬픈 생각을 하였다.

밤이 깊어간다. 칼날 같은 초승달이 하늘을 가로지르고 있었다. 이윽고 달은 검은 구름에 가려져 자취를 감춘다.

윤 상궁이 아무리 침수하시라 간청드려도 중전마마 내쳐 고개만 흔들었다. 아니라 하는데도 바람 소리 한 줄기에도 귀를 쫑긋쫑긋, 나뭇잎 떨어지는 기척에도 흠칫 놀라 몸을 바로 하였다. 기대에 가득 찬 얼굴을 하고 문 쪽만 바라보다가 실망하여 고개를 떨어뜨렸다. 가녀린 하얀 목덜미가 마냥 애처로웠다.

몇 번이고 뒷 머리타래 매만지며 누군가를 하염없이 기다리는 눈치였다. 말은 아니 하시지만 기대리는 분이 누구더노? 조만간 짐이 중전에게로 들어가면 헛된 소문일랑은 잦아질 것이야, 하시었다는 허랑한 약조를 참으로 믿으신 게다. 윤 상궁이 마음 아파 중전마마 베개를 다시 놓아드리었다.

"아니 오신답니다. 오실 양이면 이미 오셨지요. 곤하십니다. 그만 침수하옵소서."

"……몇 경이오?"

"파루를 친 지 오래입니다."

"저어, 이미 침수하시고 계시겠지? 조하 일이 여간 분주한 게 아니니. 힘이 드신 게야. 우원전에서 침수하실 거야. 그렇지?"

"예, 마마. 성상의 일과가 잠시의 짬도 없는 줄을 잘 아시지 않사옵니까? 오신다 마음먹어도 쉽사리 오시지 못할 겝니다. 내일은 꼭 다녀가실 것입니다. 조만간 중궁으로 뫼시리라 하시었다지 않습니까?"

"팔베개 아니 하여 주시면 인제 잠이 오지 않는걸 뭐."

작은 목소리로 어린 중전마마, 슬깃 지아비에 대한 수줍은 그리움과 감춘 연심을 드러냈다. 오마 하시었다면서, 그건 겉둘러친 헛된 말씀뿐이었나? 비단 금침 작은 몸에 둘러쓰고 잠을 청해보나 도통 잠이 오지 않았다. 어둠 속에서 말똥말똥 눈을 뜨고 중전은 오지 않는 잠을 억지로 청하였다. 돌아누워 보지만 쓸쓸하고 아뜩하기는 마찬가지. 내 팔자는 대체 왜 이럴까? 휘유우 한숨이 절로 새어 나왔다.

'굳게 중신들 앞에서 나의 청명을 믿는다 하시었다잖어. 금세 오해를 풀어주실 거야. 시각이 지나면은 마음 풀리실 터이니, 이내 용서하여 주실 거야. 나 아무것도 더 바라지 않는데……. 내 마음을 그분이 알아주시었는데, 불안해하지 말고 조용히 기대려야지. 내 청명을 전하께서만은 알아주심이라. 겁나지 않아. 무섭지 않아.'

홀로 잠시 훌쩍이던 중전은 이윽고 지친 졸음에 살며시 빠져들었다. 잠이 들어 고요한 서경당. 밤바람을 타고 노란 은행잎이 뚝뚝 떨어진다.

심란하기야 더할 나위 없는 상감마마. 우원전에서 역시 잠 못 이루고 하릴없이 앉아만 있다가 못내 어린 지어미 그리는 정이라. 벌떡 일어났다. 장 내관에게 등불만 들리고 금원(禁苑)으로 나가신다. 자존심 상 차마 박차들지는 못하고 조용한 서경당 주변만 빙빙 돌고 있다. 굳게 닫힌 문을 노려보다가 잠이 들면 그이 잠을 깰 것이야 싶어 그냥 돌아서시는구나.

'내일 들어가서 얼굴 보아야지. 짐이 저를 믿고 있음을 말하여 주어야지.'

격한 노여움에 쨰그락거리며 따귀 후려치고 당장 폐비하네 마네, 하시던 것은 다 잊어버렸다. 이런 날벼락 같은 모해에 그이가 얼마나 속상할까 그 걱정만 하였다.

쓸쓸하게 돌아서는 왕의 어깨 위로 가는 빗줄기가 슬깃슬깃 내려앉았다. 옷이 젖는 것보다 허전한 마음이 더 아프게 젖어드는데…… 그리워하고 그리워하는 두 마음이 어찌 이리 닿지 않고 다른 길로만 스쳐 지나가는 것인가.

일이 터졌다. 이튿날, 중전마마와 얽혀 대죄인이 된 강두수가 망극하고 분개한 터로 그 일이 사실일진대 신(臣)의 목을 치시오, 머리 풀고 베옷 입고 시퍼런 도끼를 품에 안고 대전 앞에 무릎을 꿇었다.

"감히 사직의 안주인 옥체에 허물을 끼웠고 흉악한 혀를 놀린 역당을 찾아내 치죄하여 주십시오. 하늘을 우러러 한 점 부끄러움이 없거늘, 어찌 이런 망극한 일이 벌어진 것인가? 신도 죽이시고 그놈들도 죽이시고 우리 중전마마 청명을 명명백백 밝혀주시오!"

일필휘지 혈서라. 이마를 돌바닥에 찧으며 울부짖었다. 학사 강씨가 석고대죄하여 엎드렸다 하는 말에 왕은 몹시 불쾌한 기색을 보였다. 당장 끌어내라 냉정하게 분부하였다.

"참으로 고약하다. 저의 처신이 선비답지 않다."

"전하, 어찌 처분할까요?"

"처분할 것도 말 것도 없다. 짐이 이미 그 소문이 사실이 아니다 알고 있노라. 단 한 번도 중전의 청명을 믿지 못한 바 없음에랴. 학사가 하는 일이 도무지 주제넘은 것이 아니더냐? 이러하니 쓸데없는 구설이 나는 게야! 저가 떳떳하고 신실하다 할 것이면 나서지 않아도 진실은 가려질 것이다. 허니 물러가라 하라. 저가 지금 할 일은 다른 것. 마음을 굳건히 가지고 심신이 어지러운 중전을 잘 위로하며 강학이나 제대로 하는 일이야. 비(妃)더러 글 가르쳐라 보내었더니 말야, 쓸데없는 짓을 하고 있구먼. 짐의 안해 일이니 짐이 알아서 처분할 일, 저가 대체 무어관대 감히 나서는가?"

바깥을 노려보는 용안에 실긋 살기가 어렸다. 용포 소맷자락 안에 감추어진 주먹이 꾹 움켜쥐어졌다.

'그래, 안다. 어질고 강직하다는 학사 네놈이 중전과 설마 무엇을 어찌하였겠느냐? 하지만 짐작하느니, 네놈 눈이 어디를 보는지 모를 것이냐? 비(妃)에게는 오직 그이만이 가진 기막힌 매혹이 있음이야. 짐은 알거니, 눈은 다 똑같은지라, 네놈이 중전의 곁에서 배행하기를 오래라, 아름다운 그 사람에게서 풍겨나는 향기를 맡은 게지. 그는 사실인 게다. 그러니 이런 구설이 나는 게다.'

중전에 대한 더러운 구설이 들끓던 순간, 왕은 이 짓거리를 누가 시작하였는지 번쩍 짐작하였다. 앙앙불락. 새큰거리는 희란마마의 세모꼴 눈이 보였다. 시커먼 투기심에 사로잡혀 어찌하든 중전과 짐 사이를 떼놓으려고 벌인 짓거리일 것이다만, 짐이 어디 천하 멍청이더냐? 그딴 것에 속아 넘어가게? 하지만 허공을 떠돌며 홀로 생각에 잠긴 채 치켜뜬 눈빛이 무서웠다.

겉으로는 무심하고 웃어넘기지만 솔직히 왕의 속내는 희란마마가 바란 대로 투기심에 펄펄 끓는 화산이었다. 자존심이 있으니 차마 기색을 보이지 못하였으되 왕이 중전과 강두수와의 날벼락 같은 구설 이후 잠 못 드는 이유가 있었다.

'중전은 오직 짐의 여인임에랴!'

요 근래 중전과 학사 간 터무니없는 사단이 났을 적부터 부글부글 치솟아오르는 분노와 홧증의 이유가 오직 그것이었다. 그이는 짐의 지어미이며 사직의 정궁인데 감히 강가 학사 그놈이 짐의 여인을 겁도 없이 넘보았다더냐?

중전의 어질고 순후한 심성을 한없이 곱다 여기고 있었다. 그녀가 갖춘 반듯한 지혜로움이며 반짝이는 총명함을 더없이 귀하게 아끼는 형편이었다. 담담히 미소 짓는 아름다운 웃음을 사모하여 그저 주변에서 빙빙 돌며 짐을 좀 사모하여 주어. 마냥 바라며 곁에 선 짐을 그대도 좀 어여뻐 여겨주어 칭얼대고 있는 터였다. 그리하여 어마마마 것이던 옥지환을 선사하고 원자 낳아주어 졸라대고 있는 형편이 아니냐. 중전은 짐에게 오직 귀하고 하나뿐인 여인이오 고백하신 것이었다.

'이토록 그대를 사모함에도 짐더러는 사모한다 말 한마디도 안 해주고, 건방지게 하지 말라는 일이나 하고 말야. 눈치채이게 너무 학사만을 귀하게 아끼니 이런 쓸데없는 구실도 나는 게지. 흥.'

창빈마마 일로 울컥 노하여 난리급증을 부렸지만 돌이켜 생각하여 보면 그의 치명적인 과오와 과실을 가려주려 한 선한 의도임에랴. 인제 시각도 어느 정도 지나고 분심이 가라앉았다. 홀로 우원전에서 침수하며 골수에까지 느낀 것은 그리움. 아무리 하여도 짐은 그이를 떼놓고는 못살 것이다, 하는 자각이었다.

'짐이 이내 서경당 들어가 미안하오, 사과하고 교태전에 모시어 나오려고 하였더니 말야. 항시 학사만 어여삐하더니 이런 일을 자초한단 말이지, 훙.'

강학을 한답시고 마주 앉아 있을 적에 강씨 학사를 향하여 담담히 미소 짓던 중전의 어여쁜 얼굴이 생각나니, 애먼 투기심은 하늘을 치솟고 말 못하는 부러움은 첩첩산중이었다. 마주 앉아 있던 두 사람에게서 느꼈던 그 묘한 동질감을 되새기는 순간, 실로 견딜 수 없을 만치 뼈아픈 부러움을 느끼던 것이었다. 이런 기색이 어렴풋이 드러난 터라 당장에 그 틈을 치고 들어왔구먼.

상감마마, 훌쩍 일어나시어 편전 들었다. 승지더러 행각의 모든 중신들을 모아라 하명하시었다. 강두수를 월대 아래 꿇어앉혀 두고 백관에게 강하게 호령하시었다. 저놈을 당장 끌어내라 고함지르고 노염을 타신 것과는 달리 학사를 믿는다 강하게 비호하시었다.

실상은 강두수를 믿어서도 아니고 곱다 여겨서도 아니다. 오직 상감 당신의 자존심을 건지기 위한 안간힘이었다. 저 미천한 학사가 짐의 연적이라? 중전을 사이에 두고 대적하여 선 사내라고? 웃기는 소리! 만방에 과시하듯이 강두수더러 보란 듯이 중궁 들어가 강학 계속하거라 분부하시었다. 심지어 중궁 보살피느라 고생하였다 하며 귀한 벼루까정 하사하시었다. 그리고는 내관더러 스승을 뫼시고 나가라 분부하시었다. 중전과 강두수를 음해한 백관더러 보란 듯이 시위(示威)한 셈이다.

"하늘이 알고 땅이 알며 짐이 안다. 이번 구설은 참말 터무니없는 모해이다. 짐은 이 망측한 구설 뒤에 누구 혀가 있는지 잘 알고 있다!"

왕의 냉엄한 시선은 돌려지지 않고 곧바로 정안로에게 갔다. 간특한 네 딸년 모략질을 조심시켜라 이런 뜻이었다. 조목조목 당신이 들은 소문에 대하여 스스로 하답하시며 해명하시었다.

"가락지라 하면 중전에게 짐이 선사한 옥가락지가 깨어져 학사에게 수리하라 내어준 일일 것이며, 비가 학사에게 의대를 내주었다 하는 일도 아들 돌이라 하여 짐이 윤허한 일임에랴. 무엇이 문제인가? 중전이 강학할 적에 항시 중궁 아랫것들이 배행하였으니, 그는 이미 밝혀진 바다. 한 번도 단둘이 어찌하였다는 일이 없는데 어찌하여 날벼락같이 이날서 중전을 모해하는 더러운 말들이 떠다니는가? 짐이 짐작하거니, 경솔하게 곤전과 불화하여 비를 폐하였으면 하는 헛소리들이 떠다닌 다음이다. 아마도 간특한 인간들이 참말로 그 일을 사실로 만들랴 이번 일을 만들어낸 듯싶다. 아닌가?"

중신들이 웅성거렸다. 대놓고 지아비이신 상감마마께서 중전을 옹호하시며 딱 부러지게 소문을 짚어내어 해명하시니 무엇을 어쩌란 말인가? 무서운 눈을 부릅뜨고 내려다보시는 눈빛이 일러 가로되, 한 번만 더 애먼 중전을 가지고 장난질하였다간 너들이 다 죽으리라 경고하심이 아닌가?

"짐은 단 한 번도 중전을 의심한 적 없고 그의 부덕과 청명함을 밉다 한 적 없음에랴. 다른 것은 모르되 참말 정결하고 고운 심덕의 중전이시다. 이번 구설은 작정하고 중전을 해치려는 모해인 것. 절대로 믿지 못함이며 또 믿지 않을 것이다. 인제 와서 생각하니 학사가 중전더러 글을 가르치는 일조차 기막힌 허물이라, 허니 내일부터는 대제학이 비의 강학에 배행하면 될 일. 더 이상 이런 일로 짐의 심기를 어지럽히지 말라. 다시 한 번 중전에 대한 헛된 구설을 빌미 삼아 압박하는 이가 있다 하면 그는 바로 짐과 중전 사이를 이간질하여 역모를 꾸미는 이로 간주할 게다. 그대들 방정맞은 혀를 조심하라! 앞으로 한 번만 더 이런 더러운 짓이 벌어질 때에는 대전이 피바다가 될 것이다!"

상감의 냉혹한 시선이 정안로의 옆에 앉은 영의정 홍이성에게로 건너갔다.

"영상 너는 대체 무엇 하는 인간이냐? 대전에서 백관들이 중론하는 일들은 당연히 사직의 발전을 위한 것이어야지 말야. 국모를 음해하는 헛소문이라. 정승인 너가 경계하여 눌렀어야지! 진위도 밝혀지지 않은 구설을 너가 먼저 들고 들어와 짐의 심기를 어지럽히고 중전을 망신시켰다. 네 죄를 덮지 못하리라! 도승지 있느냐?"

"등대하였나이다, 전하."

"이날로 영의정 홍이성을 봉고파직하고 향리로 위리안치 하라. 죄목은 정승이라는 제 자리의 본분을 잊은 것이다. 좌상 너도 아니 되겠다. 석 달 동안 입시하지 말고 집에서 근신하라. 허고 중전의 구설을 사실로 들어 짐에게 상소질한 예조의 건방진 놈들 전부 다 파직시키고 곤장 두들겨 쫓아내라. 그딴 것들이 짐 곁에 있으니 곤전과 짐이 더 불화하는 것이다. 어지(御旨)는 이와 같으니 경들은 헤아려 다시는 짐의 분기를 건들지 말라."

그날로 영의정을 파직하고 좌의정을 근신 처분하시었다. 그리고 홍이성을 대신하여 영의정으로 발탁된 사람은 예전에 벽파에 의하여 쫓겨난 서림파의 거두 순암 한영회였다. 그가 입시하여 들어와 비워진 자리를 채우는데, 꼿꼿한 신진후기지수거나 향리에 밀려들어 간 서림파 선비들이다.

중전을 내쫓아 죽여라 흉계를 꾸미었던 희란마마 이하 벽파들의 꿈속은 다 무위로 돌아간 터. 인제는 저들이 궁지로 몰려 죽게 생겼고나. 상감마마의 성총이 어디로 가 있는지, 그 뜻이 어떠한지 이번 일로 보여주신 바나 다름없으니, 서슬 푸르게 기세등등하던 간악한 인간들이 자라목이 되었다. 그 일을 끝내고 상감마마 월성궁 나가시었다. 큰 소리로 삿대질하며 희란마마더러 같잖게 굴지 말라 일갈하시었다.

"자꾸만 이렇게 짐을 멍충이로 만들다 못하여 인제는 오쟁이진 사내로 천하 망신을 시켜? 진정 목이 베어지고 싶은 모양이구려! 짐의 마지막 경고요, 누이. 조심하오!"

그러거나 말거나 희란마마, 말 타고 떠나시는 상감마마 뒷태 보며 힐쭉 웃는다. 돌아서며 교인당을 바라보았다.

"선이 년더러 기별하여 주상께서 월성궁 듭시었다고 고하라 하소. 알콩달콩 우리가 정분 다시 이었다고 거짓부렁하면 더 좋고! 홋호호. 아이, 재미난다. 이간질하는 일이 이렇게 재미난 일일 줄이야!"

대전서 그런 커단 변화가 일어난 줄도 모르고 서경당.

오라 하는 님의 반가운 기별은 아니 오시고 추위를 재촉하는 궂은비만 새벽부터 추적추적 내리었다. 중전마마 아침에 기침하시어 머리를 빗으시다 그만 들고 있던 면경이 쨍그랑 떨어져 깨어지는 일이 생기고 말았구나. 시중드는 박 상궁을 향하여 하얀 얼굴을 돌리시고 힘없이 웃으셨다.

"내 오래 살지는 않았지만 오늘따라 유난히 마음이 불안하구먼. 무슨 일이 생길 것만 같아. 대체 왜 이리 심장이 뛰고 아픈지 모르겠네."

공교로운 일이었다. 마치 그 불길한 치레를 하는 듯하였다. 한 번도 그런 적이 없거늘 부원군 사저에서 사람이 들어왔다. 부원군께서 앓아누우신 지 오래라 그 환후가 심상치 않다 하는 날벼락 같은 전갈이었다. 온화한 침착함을 항시 간직하시고 여하한 일에도 체통을 잃는 법이 없던 중전마마이시다. 그런 분이 바들바들 떨면서, 서간을 들고 온 사가의 심부름꾼이 엎드린 아랫방까지 내려오시었다.

"대감마님께서 보름 전에 몹시도 마음이 심란하다 하시며 청도에 계신 학우를 보러 가신 것입니다. 돌아오시던 길로 자리보전하고 앓아누우신 것인데 아마 긴 행도에 곤하셨던지 급체를 하신 뒤 끝이 심하여졌나이다. 도무지 잡수시지를 못하고 기력을 잃으시더니 그만 원래 있으신 지병까지 악화일로라. 일이 이 지경이 되신 것입니다."

"보름 전에, 심란하시어 청도에 다녀오셨다고?"

다른 날이 아니다. 학사 강씨와 정분이 났네 아니네, 더러운 구설을 뒤집어쓴 채로 온 조정이 물 끓듯이 난리가 나기 시작한 바로 그날이다.

　몇 년이나 장하게 월성궁 계집 때문에 소박받으신 따님이 인제 겨우 천신만고로 주상 성총 회복하였다 즐거워하시었지. 인제 고생 끝이요, 즐거움의 시작이라. 마음고생 그만 하시고 행복하옵소서 기원하기가 무섭게 무고하고 더러운 누명을 뒤집어쓴 따님의 망극한 꼴을 보시고 억장이 무너지신 게다. 너의 팔자는 어찌 그리 아프더냐. 너처럼 여리고 어진 아이를 복마전 같은 궐로 들여보낸 이 아비의 잘못이라. 스스로를 자책하는 절망이며 민망하심이셨으리라.

　중전마마 고운 볼에 저도 모르게 주르르 구슬 같은 눈물이 굴러내렸다. 옷고름으로 눈물을 닦으며 왕비는 윗목의 윤 상궁에게 손짓을 하였다.

　"듣자 하니, 못난 중전 근심으로 인하여 아버님 마음에 병이 드신 게야. 윤 상궁, 자네가 나 대신 좀 사친을 보고 오시오. 짐작하기 병세가 심상치 않으니, 당장에 내의원에 가서…… 그중 용하다 하는 어의 한 사람을 수소문하여서…… 약재 잘 챙기게 하고…… 당장 옥동에 나갔다 오시오. 아버님 환후가 얼마나 심한지 직접 눈으로 보고 오시오."

　하명하는 목청에 울음기가 반이었다. 몇 번이고 잘 살피고 돌아오라 당부하는 옥음이 바람결에 떨리는 나뭇가지처럼 흔들렸다. 그렇게 윤 상궁을 내보내 놓고도 하루 종일 중전은 불안하여 제멋대로 날뛰는 마음을 가누지 못하였다.

　심란하고 울적하여 어쩔 줄 몰라 하는 섬약한 마음. 결국 어린 중전마마, 바느질 바구니를 내버려 두고 신을 신겨라 하시었다. 축축하게 비를 맞으며 서경당 후원을 돌아 궐과 도성이 잇닿은 문루 근처, 담벼락과 가장 가까운 승재정에 올랐다.

아무리 까치발 하여 바라본다 하여도 방향이 다른 친정 집이 보일 리 만무하며 사친의 소식을 어찌 알 수가 있을 것인가? 바작바작 타는 중전의 마음과는 달리 무정한 담은 그저 높고, 굳게 닫힌 궐문은 열리지가 않는다. 명색은 사직의 안주인이오, 왕비라 하되 실상은 조롱 안의 새라. 같은 도성 안에 살아도 사친이 병중이라 한들 나가볼 수조차 없는 자신의 처지가 그렇게 비관될 수 없었다.

'할마마마께 부탁을 하여볼까? 단 며칠이라도 사가에 회거를 하게 하여달라고 말이야. 사친께서 병세가 심하시니 할마마마께서도 그 사정을 아시면은 윤허를 하여주실 것이야. 간절하게 주청을 하면 들어주실 것이야.'

어려운 결심을 하였다. 불끈 용기를 냈다. 근신하라 하명받은 것은 알지만은 사친의 일로 총명이 흐려진 왕비는 조촐하게 박 상궁만 거느리고 외가마를 타고 창희궁으로 몰래 나갔다. 간절한 부탁을 드리러 갔지만 헛된 발길이었다. 대왕대비전하께서 공교롭게도 그 아침에 진성대군 사저로 나들이를 가실 게 무어람?

중전은 풀이 죽어 다시 서경당으로 돌아왔다. 그저 별일이 아닐 게야. 금세 털고 일어나실 게야. 그 소식만을 기다리며 하루 종일 마음을 진정하지 못하고 앉았다 섰다 불안해할 뿐이다. 허나 마음만 급하고 도통 뾰족한 수가 없으니 어찌하리요. 그저 윤 상궁만을 기다리는데 그녀가 돌아온 것은 오후가 한참 지나서였다.

그때 중전마마, 대제학과 강두수를 앉혀두고 강학 중이었다. 윤상궁이 들었다 하는 고변에 중전은 법도에 어긋남을 알면서도 강학을 중단하라 하였다.

"신열이 높으시고 용체가 많이 상하였더이다. 약물을 넘기기는 하시되, 도통 기력이 없으시니 소인이 보기에도 많이 힘들어 보이셨나이다. 전의가 진맥하기를 환후가 가벼운 것은 아니다 이러하였나이다."

하루 종일 간신히 참아내던 눈물이 중전마마 볼에 주르르 흘렀다. 윗목의 대제학과 강두수, 중전마마께서 도대체 글줄에는 관심이 없고 강학 내내 간간이 한숨이며 멍하니 다른 생각을 하시던 이유를 그때야 비로소 알게 되었다. 해연히 놀라 부르짖었다.

"이 무슨 날벼락입니까? 중전마마, 부원군께서 병환 중이십니까?"

"사친께서 원래 지병이 있으신 터입니다. 청도로 학우를 보러 나들이를 하신 모양인데요, 노인께서 먼 행보에 다소간 지치신 터이라 병세가 다소 괴로우시답니다."

깊은 한숨 끝에 다시 한 번 주르르 흐르는 눈물방울. 중전의 그 괴로움과 심중의 고통은 겉으로 드러낼 수 없는 처연한 속 울음이었다. 바라보는 사람으로 하여금 더 처절하고 가슴 아프게 만드는 옥루였다.

강두수, 감히 고개 들어 중전마마 그 눈물을 바라보는구나. 강직하고 어진 얼굴에 스치는 것은 치열한 괴로움이요, 갈등이었다. 할 수만 있다면 다가앉아 중전마마 그 괴로운 눈물을 학사 제 손으로 지워줄 수만 있다면 얼마나 좋을까? 그저 품에 안아주며 걱정 마옵소서 하고 위로하여 줄 수만 있다면은……

그러나 그 순간 그는 자신의 그런 마음에 소스라치고 놀라 저도 모르게 털썩 고개를 떨어뜨리고 말았다. 지금 중전마마께서 누구 때문에 이런 꼴을 당하고 사시는 것인가? 흔들리는 저의 올바르지 못한 처신이 결국은 빌미가 된 셈이라. 내가 이러면 아니 되지. 진정 아니 되지! 매섭게 다잡아보지만은 한 번 꺾이어 흘러가는 그 마음을 자신도 어찌할 수 없음에랴.

두 칸 방 주렴을 사이에 두고 아랫목의 중전마마, 아비 때문에 서럽고. 윗목의 강두수, 금지된 연정과 몰래 사모하는 분의 슬픔 때문에 아프다.

"죄송합니다. 스승들께서는 부대 이 심란한 마음을 헤아려 주십시오. 오직 한 분 남은 사친이시니, 만약 아버님께서 잘못되시기라도 한다면은…… 이 중전은 천하에 외로운 사람이 되고 마는 것이라 아무것도 손에 잡히지 않습니다. 심란하여 도무지 글줄이 읽히지 않으니, 오늘은 강학을 그만 하렵니다."

"망극하옵니다. 중전마마의 심기를 어찌 신등이 읽지 못할 것입니까? 근심 지우소서. 신이 나가는 길에 옥동에 반드시 들러 부원군의 환후를 살펴볼 것입니다."

대제학이 일어서며 어린 중전마마를 위로하였다. 그와 강두수가 뒷걸음으로 물러나고 밤수라가 올라왔다. 허나 중전마마 그 수라상 반도 제대로 비우지 못하였다.

든든한 그분이 혹시 오시면은 사정 말씀드리고 간청을 하여보아야지. 꼭 하거를 하게 하여달라고 부탁하여야지. 평생소원이니 아버님을 모시게 해달라고 주청할 것이야. 허나 기다리고 기다려도 의지할 단 한 분 그분 주상께서는 아니 오시는구나. 온 밤을 까물하게 앉아서 기다려 보았지만, 한가위절 맞이하여 태상대왕 능으로 원행 나가신 그분이 중전마마 애타는 마음을 어찌 알랴.

아침이었다. 중전마마 소세 시중을 들고 난 후 박 상궁이 나가는데 엇갈려 선이 년이 금침을 갈무리하러 방으로 들어왔다. 간교하고 간특한 이년 하는 짓 좀 보소? 금침에 놓인 베개 두 개를 처연히 내려보다가 한숨 들이쉬고 치마꼬리에 눈물을 닦는 척하였다. 중전마마, 그년의 검은 속셈에 대하여 아무것도 모르는 차이니 신임하는 아랫것이 평상시 하지 않던 짓을 하는 것에 예사로 넘겨지지 않았다.

"너 어찌 그러하니? 네가 말하지 못하는 근심이 있는 게지?"

"아, 아니옵니다, 마마. 쇤네 아무 일도 없사옵니다."

"아니다. 내 너의 안색을 보아하니 틀림없이 큰 근심이 있음이야. 사가의 어미가 아프다 하여 자주 나가더니 병이 더 위중해진 게냐? 그리 근심이면 나갔다 오렴. 내 윤허할 것이니 전의에게 약첩이나 받아 다녀오도록 하여라."

"마마. 마마, 망극하옵니다. 흑흑흑."

갑자기 선이 년이 방바닥에 엎드려 장한 울음소리를 내었다. 의아한 중전마마, 손을 들어 부드러이 아랫것의 등을 쓸며 위로하였다.

"암만. 어미가 그리 몸이 편안치 않다 들은 터이니 어찌 네 마음이 편안하겠더냐? 눈물을 그치거라. 나가서 구환을 하면 될 일이 아니냐? 눈물을 그치래도! 아침부텀 경망되이 큰 소리로 울음 울고 눈물을 보이는 것은 예법이 아니니라."

중전 또한 내내 사친에 대한 근심으로 아뜩하였다. 동병상련이라. 울컥 선이 년이 가엾었던 것이다.

"흑흑흑. 마마, 우리 가엾으신 중전마마. 어찌할 것입니까? 어찌할 것입니까? 흑흑흑. 쇤네, 귀가 있어 들은 이야기를 차마 전하지는 못하옵고, 다만 통분하고 억울하고 속만 타옵니다. 흑흑흑."

선이 년 등을 쓸어주던 중전마마 손이 허공에서 딱 멎었다. 툭 하고 치마귀 아래로 떨어졌다. 그렇지 않아도 하얗게 바랜 입술이 파르르 떨렸다.

"선이 너 그것이 대체 무슨 소리냐? 들음직하니 고약한 일이라. 내가 반드시 알아야 하는데도 중궁전 너희들이 나의 심기를 걱정하여 전하지 못한 것이 있음이야. 고하여라. 대체 무슨 일이더냐?"

"마마, 마마. 쇤네는 차마 말하지 못할 것입니다. 흑흑흑."

"말을 하래두! 대체 너희가 나에게 감추고 있는 것이 무엇이냐?"

"마마, 흑흑흑. 대전마마께서 이 근래 내내 월성궁으로 납시었다 합니다."

"뭐라? 대전께서 월성궁에 나가시었다고?"

차마 믿을 수 없어 중전은 힘없이 되물었다. 왕비에게 지극 충심인 나인 아이는 상전이 당한 능멸과 기만이 아파 마치 제일인 양 흐느끼고 있었다.

"흑흑흑. 그만만 하면 쇤네, 전해 올리지도 않나이다. 지난번 상감마마께서 중전마마 사슴을 잡아다 준다 사냥터 가셨을 적에도 월성궁 계집에게서 시침을 받으셨다 하옵니다. 어제 원행을 나가심이라, 월성궁에서 곧장 원행 나가시고 그 계집을 가마에 태우고 갔다고 궐내에 소문이 자자하옵니다. 흑흑흑. 마마."

오직 한 분의 마음을 믿었다. 울컥 격한 성질에 할 말 아니 할 말 마구 하시고 난중에 후회하시어 은근슬쩍 풀어지시지. 개구쟁이처럼 뱅뱅 돌며 툭툭 걷어차는 그분이시지. 서경당에 들어오시마 하였던 말씀은 우리 인제 화해합시다 그리 들었다. 사친의 병환으로 그렇지 않아도 아프고 힘든 가슴이 지아비 왕의 배신을 들은 연후에 날카로운 소리를 내며 찢어졌다. 짓밟힌 단심. 믿음의 허무함. 공허한 눈동자로 중전은 흐느끼는 나인을 바라보았다.

"월성궁 계집을…… 가마를 태우고…… 원행 가시었다. 복동이를 잡아다 주신 날도 그 계집하고 노시었다? 아아, 그래, 그러하셨구나……."

이성은 믿어라 하는데, 섬약한 감정은 무섭게 흔들리고 있었다. 창빈마마 일로 중전 자신에게 노엽게 변한 그가 한 번에 번뜩 그 마음을 돌린 모양이다. 한 번 주면 흠빡이되 그만큼 빨리 자르시기도 하시지. 날더러 독부(毒婦)라 일갈하시었다 하더니, 결국은 그 계집에게로 다시 돌아가시었구나.

'이 몸의 청명을 비호하시었다 하여 내 그분을 믿었거늘! 인제 보니 그것은 나를 믿어서가 아니라 주상 당신의 자존심 때문이었음에랴. 더러운 구설을 믿는다 하면 상감의 여인인 나를 다른 사내에게 빼앗긴 셈이라. 오만한 분이 어찌 그것을 인정하랴? 그래서 나를

믿는다 하신 것이지 절대로 나를 용서하고 정궁으로 대접하심이 아니었구나.'

이상한 일이다, 눈물 대신 헛웃음이 나왔다. 배신감보다 오히려 허무하고 우스웠다. 마냥 그만 바라보며 가슴 졸이고 콩닥이던 스스로의 순정이 더없이 초라하고 비웃음이 났다. 허공을 응시하는 눈에는 이미 빛이 꺼져 있었다.

의대 시중 들러 박 상궁이 들어왔다. 왕비는 가만히 면경 안 자신의 못난 얼굴을 바라보다 속삭였다.

"자네는 알고 있었지?"

"네에? 마마, 그것이 무슨 말씀이십니까?"

"대전께서…… 월성궁 나가신 것 말야. 복동이 잡으러 산막 나가셨을 때도 그 계집 시침을 받으셨다는데, 사실인 게지?"

"마, 마마, 망극하옵니다. 오데서 그런 망측한 헛소문을 들으시어 심기를 괴롭히십니까? 헛된 소문일랑은 절대로 믿지 마사이다."

박 상궁이 깜짝 놀라 부인하였다. 하지만 명민한 눈치로 중전은 신임하는 그녀가 아연 당황해하는 기색을 고스란히 읽어냈다. 그녀도 듣고 있고, 알고 있는 이야기란 뜻이었다. 결국 나인이 통분하여 마침내 아뢰었던 소문이 사실이란 말이었다. 다만 귀 어둡고 눈 어두운 중전 자신만 몰랐을 뿐.

이 몸은 오직 단심(丹心)이었거늘……. 치맛자락 아래 떨어진 손. 창백한 옥가락지를 내려다보는 왕비의 눈에 설풋 붉은 물이 솟아났다. 끝내 흘리지 못하는 눈물. 마음 다른 데 둔 사내에게는 다만 그

단심이 희롱하는 한순간의 변덕스런 즐거움이었던가? 고개 돌린 중전의 눈은 마냥 허무했다.

그날 밤이다. 중전은 윤 상궁을 불러들였다. 장옷을 앞에 놓고 있었다.

"자네가 앞장서게."

"예에?"

"내가 못살겠네. 아버님 얼굴을 한번 뵈어야 이 답답한 속이 풀리겠네. 내 폐비되어 쫓겨나더라도 아버님을 보아야겠네."

고집스런 입매가 단단하게 굳어 있었다. 법도 지엄하시고 한 번도 예법에 어긋난 일을 아니 하시는 분이 이 정도면 얼마나 간장이 졸아들었는지 알 만하였다. 차마 윤 상궁조차도 끝내 반대하지 못하였다.

침착하고 총명하다는 것은 옛말. 중전마마 눈이 이미 뒤집혀져 있었다. 믿었던 상감마마의 배신에 금이 간 마음. 사친의 병세는 더 장하여졌다는 기별이었다. 사리분별은 사라지고 오직 다급한 마음에 이성을 잃은 것이다. 그렇게 하여 삼 년 만에 중전은 처음으로 윤 상궁만 딸리고 장옷으로 얼굴 감추어 일근문을 넘었다. 살그머니 궐을 나가 어둠을 안고 타박타박 걸어 심란한 근심 안고 옥동 부원군 댁으로 스며들었다.

"아버님!"

까맣게 입술이 타고 금세 기운이 까물거려 꺼질 듯한 기운이 쇠락한 사친의 얼굴을 보는 순간 중전마마, 눈앞이 아뜩하였다. 다다다 달려들어 야윈 손목 부여잡았다. 애통한 울음을 쏟아내니 혼몽한 중에서도 김익현, 그리운 목소리가 들렸다. 간신히 눈을 뜨니 자나깨나 걱정근심인 그 따님의 얼굴이 분명 틀림없이 눈앞에 있는 것이다.

"마마, 어, 어떻게? 어떻게……?"

"마음이 바삭 졸아 도무지 견딜 수 없기로 이리 잠시 나왔습니다. 하루 종일 아무것도 손이 잡히지 않았나이다. 아버님, 제발 강잉하니 견뎌주시어요."

사친의 야윈 손을 부여잡고 그저 눈물보따리. 아버님이 잘못되시면은 이 소혜도 따라갈 것이어요. 말로는 차마 못하되 눈물로 오가는 뜻이라. 김익현의 주름진 얼굴에 주르르 눈물이 흘렀다. 그 위로 따님의 눈물방울도 뚝뚝 떨어져 덧보태졌다.

"어서 가십시오…… 이곳에 오신 것이 밝혀지면 다시 큰일이 날 것입니다. 아비가…… 또 기별을 드릴 것이니…… 아름다운 옥안을 뵈었으니 되었나이다. 아비가 마마 생각하여 기운을 차릴 것입니다. 어서 가십시오. 마마님은 중전마마를 뫼시게나. 어서!"

아아, 야속하시다. 한 식경도 머무르지 못하였는데, 탕제 한번 올려 드리지 못하였는데 가라 재촉하신다.

"중전마마께서 잘못되시면 이 아비도 못 사옵니다. 어서 가십시오. 다음에는 대왕대비전의 윤허를 받고 나오십시오."

예법에 맞지 않는 경망한 짓은 하여서는 아니 된다 꾸지람까지 들었다. 사친의 꿋꿋한 재촉에 쫓겨 중전마마 다시 몰래 궐로 돌아오신다. 울며 울며 뒤돌아보며 마지못하여 돌아오신다. 몸은 궐 안이되 넋은 사친과 함께라. 중병 중인 아버님의 초췌하고 야윈 얼굴을 보았는데 어찌 그 마음이 가다듬어지랴. 하루 종일 중전마마 어찌할 바를 모르고 동동 가슴만 치고 앉았다.

그날 밤, 또 중전은 윤 상궁을 불렀다. 장옷 자락을 배배 꼬며 단호하게 말하였다.

"나 옥동 나가야겠소."

"중전마마, 고정하십시오. 꼬리가 길면 밟힌다 하였습니다. 근신 중에 몰래 윤허도 받지 않고 출궁하신 터로 참말 발각되면 큰일 날 것입니다. 저가 내일 대왕대비전하께 아뢸 것입니다. 정식으로 피접을 가시면 될 것입니다. 제발 금일은 참으십시오."

윤 상궁이 반대하였다. 어젯밤 지존께서 밤길 걸어오시다가 까딱하면 술 취한 무뢰배에게 희롱당할 뻔한 위험까지 무릅썼다. 일근문을 지키는 병사들에게 입을 봉하라 다그쳤지만, 언제 또 중전마마께서 밤에 암행을 나가셨다는 소문이 퍼질지 모른다. 어찌하든 중전마마를 모해하려는 월성궁 것들에게 흉악한 빌미를 줄 수도 있는 일이다. 다시 한 번 상감마마께 오해사고 대노염을 사면 참말 폐비되실지 누가 아는가.

"할마마마께서 언제 돌아오신다고? 대엿새는 지나야 한다 하지 않았는가!"

속 타는 마음을 몰라주는 윤 상궁에게 소리치는 중전마마 목청은 원망 반 울음기 반이었다.

"나 목이 잘려도 좋소! 갈라오. 자네도 사친께서 얼마나 위중하신지를 보았잖냐 말야. 이러다가 아버님 임종도 못하고 돌아가시면 천하의 불효녀라. 내가 죽소. 못살 것이오. 중전 자리 하나도 탐나지 않소. 아버님하고 같이 있을 것이오."

중전마마, 막무가내 고집을 피웠다. 오늘내일할 정도로 위급한 사친의 병환을 본 터로 맘만 급하였다. 법도며 체통에 가려져서 한 분뿐인 아버님의 임종도 못한다면 그녀는 인제 살 이유가 없었다. 중전마마 볼에 줄줄 흐르는 눈물을 보고 윤 상궁이 방바닥이 꺼져라 한숨을 쉬었다. 말없이 등불을 들고 앞장섰다. 두 여인의 그림자가 다시 한 번 가만히 궐문을 나갔다.

중전의 암행(暗行)은 나흘이나 계속되었다. 마지막 날에는 밤길의 위험을 두려워한 윤 상궁의 부탁으로 오직 믿을 만한 사내인 강두수가 배행하였다. 만에 하나 중전마마께서 미행하시다 첫날처럼 옥체에 위해라도 당하시면 큰일이기 때문에 어쩔 수 없는 고육지책이었다.

"인제는 오지 마십시오. 이 아비가 기운이 났습니다. 회복되어 마마를 보러 궐로 갈 것입니다. 허니 이렇게는 오지 마십시오. 상께 알려지면 참으로 부덕없다 허물이 장할 것입니다."

중전마마 효심 덕분인가, 대궐서 내려간 좋은 약재 덕분인가. 다소간 환후가 나아졌다. 제법 기력을 차린 김익현이 따님에게 간곡하게 부탁하였다. 중전은 고개를 끄덕였다. 정성스레 약제 대접을 바쳐 드리고 면건으로 입가를 꼭꼭 닦아주었다. 다시 누우신 이불 귀를 꼭꼭 여며 드리고 주름진 손을 꼭 잡아 볼에 대었다. 눈에는 눈물이지만, 다행히 기운이 다소 나아지심이라. 생긋 웃었다.

"아버님이 강건하셔야 저도 삽니다. 아시지요? 기운 내어주셔요.

이 몸에게 의지는 오직 아버님 한 분뿐이라. 이 딸의 명줄도 아버님의 환후에 달려 있습니다."

섬돌 아래서 윤 상궁이 애가 달아 빨리 환궁하시자 재촉하였다. 몇 번이고 돌아보며 중전마마께서 마루에 나오자 신을 신겨 드렸다. 타박타박 야심한 도성 거리를 걸어가는 그림자가 셋. 강두수가 등을 들고 앞장서고, 윤 상궁이 부액하여 금세 쓰러질 듯 힘들어하시는 중전마마를 모시었다. 나흘 밤 내내 잠도 주무시지 못하고 걸어 옥동까지 왔다 갔다, 중전마마 기진하여 옥안이 창백하였다. 저 멀리 일근문이 보이기 시작하였다. 강두수가 등롱을 윤 상궁에게 건네고 읍하였다.

"저가 날마다 마마의 눈과 귀를 대신하여 찾아가 보렵니다. 인제 기력을 되찾으셨으니 부원군께서도 금세 일어나실 겝니다. 너무 근심 마옵소서."

"오직 스승만 믿습니다. 아버님 찾아뵙고 기별을 자주 하여주세요. 네에?"

"암만요. 들어가십시오. 옥체가 마냥 곤하여 쓰러지실 것입니다."

강두수가 재촉하였다. 돌아선 중전은 윤 상궁의 어깨에 기대어 힘겨운 발걸음을 옮겼다. 이상하다. 군졸이 지키고 있어야 하며 닫혀 있어야 할 문이 어쩐지 활짝 열려 있다. 아무도 보이지 않았다. 무엇인가 불길하고 이상한 기미라, 중전과 윤 상궁의 발길이 문 앞에서 딱 멎었다.

"무엇을 망설이오? 들어오시구려."

몰래 나간 발길을 들킨 참이다. 헉, 간이 떨어질 정도로 자지러지게 놀란 중전은 그만 다리가 휘청하였다. 엉덩방아를 찧고 말았다. 윤 상궁이나 문밖의 강두수도 마찬가지였다. 망극하고 망극하여라! 일근문 안, 기둥 벽에 융복 차림의 왕이 등을 기대고 서 있었다. 원행에 돌아오자마자 곧바로 이곳으로 오신 듯하였다. 치뜬 눈에 불을 담은 채, 팔짱을 끼고 그들을 노려보고 있었기 때문이다. 그의 등 뒤로 어찌할 바를 모르며 시립한 대전 장 내관과 일근문을 지키던 군졸이 손을 비비고 있었다.

중전을 노려보고 있는 왕의 눈빛은 맹수처럼 퍼렇게 타고 있었다. 하지 말라 한 짓을 하고 돌아온 길이니, 중전의 눈에 왕이 마치 귀신처럼 보였다.

"저, 전하! 망극하옵니다. 사친께서 위중…… 하, 한 번만 용서…… 아얏!"

횡설수설 어찌할 바를 모르고 변명을 하려 하던 중전이 뾰족하게 비명을 질렀다. 왕이 세차게 팔을 확 끌어당겼기 때문이다.

"지존께서 밤마다 미행이라. 망측하구려. 하물며 그대는 근신하라 하명받은 사람이 아닌가? 이리 밤이슬을 맞고 어디로 싸돌아다니는 게요?"

"마마, 사친께서…… 한 번만 용서하…… 신첩이 잘못하였…… 제발, 마마."

"망신이오. 긴 이야기는 딴 데서 합시다그려."

중전의 말을 딱 자르고 난 후 왕이 아연 놀라 부복한 강두수를 노려보았다. 갑자기 들고 있던 등채로 그의 얼굴을 세차게 후려갈겼다. 휙 하고 서슬 푸르게 울리는 가죽 채찍에 강두수의 얼굴이 찢어져 피가 주르르 흘렀다. 냉혹한 목청으로 분부하였다.

"이 방자한 놈을 당장 끌고 가라. 감히 지존의 스승으로 옳은 길을 가르쳐야 함에도 불구하고 곁에서 속살거리기를 위엄을 흐리게 하였다. 하물며 지금 근신 중인 비를 미혹하여 더 큰 잘못을 저지르게 하였으니 스승 자격이 없다 할 것이야. 절대로 용서치 못하리라. 내일 날 밝으면 이자를 저 현산 땅으로 위리안치 하라."

"존명."

주상전하의 뒤에 서 있던 호위밀들이 강두수의 팔을 끌고 등을 함부로 밀며 어둠 속으로 사라져 갔다. 왕이 노염에 젖은 눈빛을 부들부들 떨고 있는 윤 상궁에게로 돌렸다.

"아지 너도 도통 못쓰겠다. 짐이 너를 신임하여 비를 옹위하여 보좌하라 맡기었거늘. 중전의 경솔한 처신을 막지 못하고 이리 밤이슬을 맞게 해? 당장 출궁시켜 죄를 물을 것이다. 나가서 짐의 하명을 기대려라!"

"마, 마마! 잘못하였습니다! 다 소인이 잘못하였습니다. 이 몸의 목을 베시어 경계하시고 우리 중전마마는 용서하여 주십시오. 쇤네가 먼저 속살거렸나이다. 이 늙은 것이 총명 흐려져 사가로 다녀오시라 먼저 마마께 아뢰었습니다. 중전마마께서는 아무 잘못도 없으십니다!"

"주인의 허물을 가리려 함은 아름답되, 잘못 짚었다. 주인이 허락지 않으면은 어찌 이런 일이 벌어질 것이냐? 끌고 가라."

상감마마 뒤에 있는 병정들이 윤 상궁을 끌고 사라졌다. 왕은 한

쪽 팔이 잡혀 바들바들 떨고만 있는 중전을 지그시 돌아보았다. 더이상은 아무 말도 없다 다짜고짜로 중전의 머리에 꽂힌 용잠을 빼내 저만큼 휙 던져 버렸다. 중전이 손가락에 끼고 있던 옥가락지 또한 매몰차게 빼내선 어둔 풀섶 쪽으로 내던져 버렸다. 그리고는 여린 팔을 움켜쥐고 성큼성큼 걸어가기 시작하였다.

감히 뉘가 있어 노염 장한 성상의 팔에서 중전을 구해줄 것인가? 일근문에서 서경당까정은 근 한 식경이다. 그곳까지 중전을 끌고 가면서 왕은 끝내 한마디도 없다. 중전은 성큼성큼 걸어가는 왕의 걸음걸이를 따라잡으려고 거의 뛰다시피 해야 했다. 기진한 터로 걷기보다는 거의 질질 끌려가는 형국인데, 가면서 그저 잘못했나이다! 망극하옵니다! 한 번만 고정하십시오! 울음 섞인 목청으로 아무리 사죄하고 애원해도 왕은 묵묵부답. 입술을 한일자로 그은 채 아모 말이 없으시다.

중전을 끌고 왕은 서경당을 그냥 넘었다. 불일문을 지났다. 그 옆 내전의 여인네들이 벌을 받아 근신할 적에 거처하는 초라한 석광당의 문을 열었다. 그제야 사색이 된 채 가쁜 숨을 내쉬는 중전을 돌아보았다. 급한 걸음에 꽃신까정 벗겨져 잃어버리고 버선발이다. 눈물투성이가 된 가련한 꼴이 들어오지도 않은 듯이 왕의 눈은 그저 사나운 빛으로 번쩍이고 있었다. 그가 실쭉 미소 지으며 조용히 속삭였다.

"자, 말해 보시오."

"아, 아비가…… 병중이라…… 환후 몹시 깊다 하여서, 그래서…… 성상께서는 도통 아니 오시고, 할마마께서는 자우궁에 나가 계시니…… 흑흑흑. 못내 답답하여서…… 임종하시랴 하니…… 신첩이 정신이 잠시 돌아서…… 잘못하였습니다. 신첩이 잘못하였나이다. 벌을 주십시오."

눈물이 반이다. 달달 떨며 떠듬떠듬 대답하는 왕비를 바라보는 눈빛은 끝내 얼음이요, 칼날이었다.

"그렇군. 그래서 밤길 몰래 가자 하니 학사를 부른 게군. 결국 그대가 의지하는 이는 오직 그 강씨 학사로군. 짐이 그대의 지아비거늘. 무엇이든 짐더러 하여달라는 말 한마디 아니 하더니 그이더러는 하여서는 안 되는 부탁까정 하는군."

혼잣말처럼 조용하고 나직하였다. 왕은 중전의 눈물 젖은 볼을 살며시 건드렸다. 쓸쓸한 듯, 자조하듯이 미소 지으며 확인하였다. 낮고 조용한 목청, 미소가 더 큰 노염이고 더 큰 분심이라. 그의 신의를 짓밟아 버린 왕비에 대한 배신감과 분노는 그토록 뼈아팠다.

"결국 짐은 그대에게 아무것도 아닌 게야? 그렇지? 짐은 그대 바라여 곁에서 빙빙 돌지만, 어찌 이리 차가울까? 그대 마음은 짐과 아주 다를지니, 어쩔 수 없지. 마음을 어찌 마음대로 만들 수 있으랴?"

왕이 사납게 중전의 몸을 석광당 안으로 밀어넣었다. 중전의 작은 몸이 넝마처럼 불기 하나 없는 음산한 방 안으로 내팽개쳐졌다. 옹크리고 앉아 오들오들 떨고 있는 왕비를 바라보며 사뭇 유쾌하고 밝은 목소리로 단언하였다.

"근신하오. 조만간 그대 소원대로 하여주리다. 도통 짐 곁에서는 못살고 오직 사가만 그리워하시는 분이라. 마음 멀어 남남이니 허기는 법도대로 같이 살며 미워하며 사는 것보다는 폐비됨이 낫겠지."

돌아서던 왕이 다시 몸을 돌이켰다.

"그러고 보면 일면 구설이 사실이군. 마음이 오가면 그것이 연분이라. 글 스승 그이가 참말 그대 정인인 게요. 음?"

"저, 전하! 제발……."

"어찌하면 좋을까? 폐비되어도 그대, 이곳에서 한 발자국도 나가지 못할 터인데. 이 자리에 가시울타리 치고 문을 봉하라 하명할 참이거든. 짐이 새 비를 간택하여 세세년년 즐거이 살아도 그대는 용서치 않을 참이거든. 다시 바깥 하늘을 보지 못하게 할 것이거든. 짐의 마음을 배신한 여인이 이 정도는 각오할 탓이었으니 허기는 뭐 별로 놀랍지도 않을 것이오."

왕은 탁 소리 나게 문을 닫아버렸다. 어둠과 공포 속에 홀로 남겨져 두려움에 떨고 있다. 어찌할 바를 몰라, 차마 소리 내지도 못하고 가녀리게 이어지는 어린 지어미의 억눌린 오열이 성큼성큼 뒤돌아가는 왕의 귀를 바늘처럼 찔렀다. 그러나 용안에는 끝내 살기 어린 미소가 지워지지 않았다.

인제 절대로 그대 때문에 마음 아프지 않을 것이야. 헛되이 바라고 바라 짐 홀로 상처받는 짓은 두 번 다시 아니 할 것이야. 짐도 인제 그대를 버릴 것이야! 등채를 잡은 어수에 새파란 심줄이 돋아 올랐다.

석광당을 나온 왕은 시립한 아랫것들을 바라보며 나지막이 분부하였다.

"중전께서 석광당에 근신하시게 되었음을 교시하라. 그이가 총명을 잃어 지존의 위엄을 잃고 행적이 경솔하였다. 짐이 하명할 때까지 이곳에 가시울타리 두르고 나인 하나만 곁에 두어 시중들게 하라. 누든 이곳에는 들며나지 못하리라. 대왕대비전도 듭시지 못할 것이다. 사사로이 이곳으로 오가는 이가 있다 할지면 큰 변을 당하리라!"

날이 차고 밤이 기울었다. 오동잎은 가을밤에 우수수 떨어지고 국화꽃 향기 짙어가누나. 그 향기 쓰다듬으며 곱다 하시던 분은 마냥 쓸쓸하다. 모진 벌 받으시는 중이다.

밤하늘에 참빗 같은 반달 한 조각. 그 달은 소복하여 근신 중인 석광당 중전마마 곁붙이이다. 우원전에 홀로 앉아 턱 고이고 갈등하는 상감마마 외로운 눈에도 벗이다.

자꾸만 울먹울먹. 옷고름은 이미 젖었는데 무엇으로 닦으시려 자꾸만 눈물 흘리시나. 오직 하나 친구인 수틀 앞에 두고 바늘 찔러보지만 손을 자꾸 어긋나고 눈물은 아롱아롱. 곁에 두신 소반의 음식은 손 하나 아니 대시었다.

"찬물 좀 주렴."

곁방에서 시중들랴, 저도 같이 감옥살이라. 지루하여 꼬박꼬박 조는 나인에게 속삭이는 목청이 힘 하나 없으시다.

"마마, 수라 이리 아니 하시면 옥체 상하셔요. 강잉하게 드시옵셔요."

걱정되어 나인이 아뢰는 말씀에 중전마마 고개를 흔드신다.

"비릿하고 역하니 꼴도 보기 싫구나. 마음이 신산하니 입맛도 따라 변하나 보다."

"아침에도 헛구역질하시고 수라 도통 못하시니 저가 참말 근심이여요. 마마, 드시고 싶으신 것이 있으시면 말씀하시어요. 저가 소주방에 부탁하여 시중들 것이어요."

충실한 나인이 상전의 사정이 안타까워 정성스레 아뢰었다. 벌써 사흘째, 중전마마께서는 도통 *하저하지 못하시었다. 냉수 대접을 내려놓으며 왕비가 고개를 돌렸다.

"……진금아, 허면은 너 내일 김 상궁더러 사가 좀 다녀오라 하련?"

중전마마, 지금 대전마마께 드릴 줌치를 만드시는 중이다. 술끈 꿰는 곳에만 감침질이 남았다. 이것 다 만들고 나면, 마마께서는 다시는 못난 이 몸 때문에 역정 내실 일은 없으실 것이어요. 남빛 비단에 십장생 무늬이다. 강건하시고 장수하심을 기원하는 의미였다. 바늘에 새로이 실을 꿰며 속삭였다.

"딱 한 입만 사가의 조모님 솜씨대로 시큼한 김치적 좀 하였으면. 밤에도 낮에도 그것만 그립고나. 김 상궁더러 몰래 사가 가서 유모더러 그것 해달라고 하여라. 나 그것이면 입에 넣을 수 있을 것 같구나."

"네네. 저가 당장 내일 아침에 김 상궁마마님께 아뢸 것이어요. 받들어 뫼실 것이어요."

"죄인 주제에 무엇 그리 가리느냐 하면 할 말 없으되, 내가 오직

---

*하저하지 못하시다:식사를 아니 하시다

그 생각만 난다. 이것도 병인 게야."

다시 또 목이 탄다. 중전은 세 대접째 냉수를 받아 들었다. 총명한 눈빛은 이미 희미하였고, 그사이 해쓱한 볼은 더 야위셨다. 바늘 찌르는 팔목에는 푸른 멍이 가득. 옷깃 사이 가녀린 목덜미에도 울긋불긋 흔적이 낭자하였다. 왕이 움켜잡아 내려찍은 상처이다.

밤마다 야심하면 왕은 등롱 하나 든 상선을 앞세우고 이곳으로 온다. 방문을 들어서면 무작정 끌어당겨 안아버린다. 중전마마 사정이야 아랑곳하지 않았다. 냅다 자리옷 짝짝 찢어버리고는 여린 옥체를 잡아 눌러 함부로 헤집고 능욕하시었다. 중전의 힘든 옥체며 혼백을 짓밟았다. 그렇듯이 몸을 같이하기는 하지만, 그녀를 바라보는 왕의 눈빛은 여전히 얼음덩어리였다. 마냥 잔인하고 무서울 뿐이었다. 말 한마디 없이 당신 욕심을 채우고 나면 마치 더러운 것에서 벗어나듯이 곧바로 몸을 일으켜 나가 버리고는 했다. 중전은 실로 그때부터 죽기를 결심하였다.

그것이 벌써 여러 날째. 이것은 사는 것이 아니었다. 왕은 그녀를 지레 말라 죽이려는 것이 분명하였다. 왕의 발소리만 나도 오금이 저리고 벌벌 떨리었다. 심장에 골병이 들었다. 수라상을 받아도 입에 넘어가지 않고 잠자리에 누워도 한숨뿐 깊이 자지 못한다. 시들은 꽃인 양 메말라가고 쇠하여지는 몸. 중전은 자신이 서서히 죽어가고 있다 함을 느끼었다.

"신첩이⋯⋯ 몸이⋯⋯ 몹시 괴롭습니다. 마마, 제발 한 번만 참아주십시오."

어제 마침내 견디다 못하여 거칠게 더듬는 어수를 잡아 만류할 수밖에 없었다. 희미한 불빛 아래 억지며 심술기 덕지덕지 붙어 있는 시선으로 힐끗 노려보는 그 눈빛이 더없이 차디차고 잔인하신 터였다. 오늘은 너를 어찌 괴롭힐까? 오직 그 궁리만 하는 듯해 보였다. 식겁한 중전마마, 감히 고개도 못 들고 못나게 눈물보라. 헌데 그 눈물조차 트집거리였다. 심술맞게 눈을 부라리며 빽 고함을 쳤다.

"울지 말라. 짐이 언제 너더러 울라 하였더냐? 너가 과연 짐 앞에서 울 자격이나 있다더냐?"

하지 말라 하면 더 하는 버릇인 줄 미리 생각지 못하였다. 역시 벌컥 신경질이었다. 난리급증이었다. 그러고서 지난밤보다 더하게 괴롭혔다.

"목을 자르려 하였거늘 그나마 효심 아름다워 내 보아주는 줄 몰랐더냐? 은혜에 감사하여 방긋방긋 웃어도 시원찮은데, 어디서 감히 재수없이 눈물방울을 보이는 것이냐?"

"오직 소원이옵니다. 이리 하냥 살지 못하게 조롱하시고 능멸하심이니 도통 참지를 못할 것이라······. 제발 내쫓아 죽여주십시오."

참다 참다 더 이상은 못 참으리라. 인제는 마지막이라. 울음 터뜨리지 않으려 애를 쓰며 마침내 어린 왕비는 마지막 용기를 끌어내어 애원하였다. 내쫓아달라 주청을 할 때는 옥루가 하염없이 흘렀다. 되받아치는 말에 괘씸함을 참지 못하는 듯 왕은 이를 아드득 갈며 주먹으로 방바닥을 내려쳤다.

"닥쳐! 터진 입이라고 마구 하여라! 꼴에 감히 저 잘났다 오히려

오해의 사슬 403

짐에게 허물을 씌워? 그리 죽기가 소원이면 내어 쫓기 전에 먼저 네가 죽어지면 될 것이다. 짐더러 기어코 중궁을 내쫓았다 하는 허물을 덮어쓰지 않게 함도 네 잘난 부덕일 터, 영명하다 하면서 그 분별도 못하더냐? 이리도 방자하게 고개 솟구쳐 짐에게 말대꾸하는 용기라 있다 할지면 제 손으로 목도 못 매달까? 죽든 말든 네 맘대로 하여라!"

"어명이시니 어찌 순명치 아니하리요? 그리하옵시오. 밝은 날서 다시는 이 못난 중전 꼴을 아니 보실 것입니다."

주상께서 죽어라 하신 터이니 인제 내가 죽을 일만 남았구나. 하얗게 질린 얼굴로 조용히 대답하였다. 어질고 여린 얼굴에 스미어 가던 것이 눈물이 아니라 처절한 미소였다. 내가 죽어야 하는구나. 중전은 그때 섬광처럼 깨달은 것이다. 이렇게 밤마다 나를 괴롭히시는 것은 스스로 죽어져라 벼랑으로 몰아내는 것이다. 왜 그것을 미처 몰랐을까?

나인이 물러가고 이부자리 안으로 막 누우려던 중전마마, 흠칫 여린 귀가 꼿꼿이 섰다. 바람 소리겠지. 물든 낙엽 떨어지는 소리일 게야. 행여나 오늘도 왕이 그녀를 괴롭히려 걸어오는 소리인지? 겁먹은 가슴이 바들바들 비틀렸다.

흠흠. 상선의 민망해하는 헛기침 소리가 분명하였다. 온다 간다 말도 없이 왕이 벌컥 문을 들고 들어왔다. 공포에 질려 까맣게 타는 중전의 눈빛과 마주쳤다. 잠시 무슨 말을 할까 말까 망설이던 왕이 툭 하니 뚝뚝하게 내뱉었다.

"낯만 보러 왔거니. 차 주어."

상선이 다구 일습을 들이었다. 곱돌화로, 잉걸불 위 걸쳐 놓은 백자주전자의 물이 이내 끓기 시작하였다. 그윽한 차 향기가 좁은 방안에 가득 퍼지기 시작하였다.

찻잔을 바쳐 드리는 중전의 팔목에 푸릇푸릇 가엾은 멍 자국이 선연하다. 왕의 시선이 그곳을 스치며 가볍게 흔들렸다. 슬깃 안타까운 빛이 용안에 나타났다 사라졌다.

그러고서 다시 침묵. 중전은 돌아앉아 며칠 동안 만들던 줌치를 내내 만지작거리고, 왕은 그런 왕비의 옆얼굴만 바라보며 입을 달싹달싹. 애꿎은 찻잔만 들었다 놓았다. 한동안 말없이 고개 숙인 채 바느질만 골몰하던 중전이 이로 실을 끊었다.

"줌치……."

무뚝뚝한 얼굴로 차를 마시던 왕이 고개를 돌렸다. 중전이 차곡차곡 바느질 바구니를 정리하고 있었다. 치마폭에는 남색 비단으로 만든 줌치가 놓여 있었다. 금실로 정교하게 십장생이 수놓아져 있었다.

"신첩이 보아하니, 그새 낡은 터로 새로이 만들었는데, 밉다 하시 마시고 간직하여 주시어요."

오색 수실로 꼬아 만든 끈을 잡아 끼우고는 주름 잡아 죄며 중전은 왕이 듣거나 말거나 속삭였다.

"십장생 문양이어요, 이를 차고 다니시면 항시 강건하실 거여요."

"흥. 짐이 빨리 죽어야 그대가 편안할 터인데? 위선도 이런 위선은 없음이라. 눈 내리깔고 어진 척 말라. 아주 가증스러우니."

야속하셔라, 무정하셔라. 중전이 내어놓는 줌치를 왕이 발끝으로 툭 걷어차 버렸다. 아뜩한 시선이 구석으로 처박히는 줌치를 따라 갔다. 빛이 꺼진 눈동자가 쓸쓸하게 흔들렸다. 설움을 씹듯 자그맣게 속삭였다.

"……귀찮으시면 아무나 주어버리셔요."

제 정성 하찮다 여기시니, 아무나 주어버리신다 해도 좋아요. 전하 마음속에 이 몸일랑 그저 오다가다 교태전에 앉은 못난 계집. 월성궁에 애틋한 정인 두신 참에 누가 앉든 상관없었지요. 그럼요, 잊으셔야지요. 어차피 신첩 같은 계집일랑은 빨리 잊어버리시는 것이 좋으시지요. 제가 해드릴 수 있는 것은 단 하나. 조강지처 내버리는 폭군이라는 오명을 쓰는 대신 먼저 죽어드림뿐이라. 저가 죽고 나면 어질고 영명한 계비 얻으시어 행복하시어야 해요.

등을 휙 돌린 왕이 금침을 걷고 먼저 누웠다. 찻상 내가라 하명하고는 중전은 불을 껐다. 이리 곁으로 오소, 하듯이 고개를 돌린 채 팔만 내밀고 있다. 마지못해 중전은 그 팔 안으로 조심조심 머리를 고였다.

한 금침 좁은 요 안에서 마음은 천 리 만 리. 한참 동안 불편한 침묵이 흐르기만 하였다. 포스스 무겁게 내려앉는 한숨 소리. 얼마 후 기진한 잠에 침몰한 어린 왕비를 바라보는 왕의 눈빛에 새삼스런 갈등이 치열하다. 가만히 몸을 일으켜 살쩍이 쏙 내린 팔을 잡았다. 서럽게 애틋하게 입술을 비볐다. 그리고는 훌쩍 일어났다. 돌아나가던 왕은 발끝으로 걷어차 버린 줌치를 어둠의 구석에서 찾아 집어 들었다. 나지막한 목청이 우울하게 머리맡을 울렸다.

"이런 것 바라지 않아. 이런 것 따윈!"

다음날 오후 무렵. 김 상궁이 일근문을 지나 궐 안으로 들어왔다. 붉은 보를 씌운 고리짝을 이고 있었다. 살금살금 눈치 보아 석광당 주변에서 얼쩡거렸다. 아무도 들고 나지 못하리라 상감마마께서 엄명하신지라, 영 눈치가 보이었다. 하지만 몇 날 동안이나 수라를 못 하신다는 중전마마께서 굳이 찾으신 먹거리라 함이니 어찌하든 내입하여야 하는데…….

삐걱 석광당 문이 열렸다. 주칠(朱漆) 원반을 이고 나온 진금이가 기다리던 소주방 나인에게 상을 내밀었다.

"금일은 좀 듭시었니?"

"역시나 두어 저분에 그만이시다. 에그, 잘 좀 차려보아."

"요것아, 중전마마 꾀까다롭다는 말은 왜 아니 하니? 살찐 가리구이에 햇송이로 전골하고 화양적에 박나물에, 이런 진미 죄다 싫다시니 어쩌란 말이냐?"

"소주방 솜씨 못하다는 말은 끝까정 하지 않네. 소반과 할 적에는 중전마마 즐기시는 것만 좀 올려보아라. 저토록 못 드시니 영 근심이란다."

"우리는 근심 아니 하는 줄 아니?"

고리짝을 이고 김 상궁이 슬그머니 다가갔다. 진금이 반색하였다.

"마마님, 벌써 들어오시었네요?"

"마음이 급하여서 어디 게으름을 피우겠든? 내입하여 드려라. 옥동 찬모가 정성껏 만든 것이다."

 이것은 좀 드시려나. 드셔야 하는데. 진금이가 막 고리짝을 들고 들어가려는데, 이것 큰일 났다. 딱 이때에 상감마마께서 거동하실 것은 무어람? 따라오는 대전의 아랫것 둘이 붉은 보 씌운 가자(架子)를 메고 있었다. 중전마마께 드릴 것들인 듯했다. 내내 젓수시지 못하고 날로 옥체 쇠약하여 간다 하니 아무리 무정하다 하시어도 신경이 쓰이신 게지. 작정하고 중전마마 옥체 보전하시라 음식을 내입케 하려 오신 것이 분명하였다.

 전하, 이맛살을 찌푸리며 김 상궁과 나인을 노려보았다. 성상의 시선이 힐끗 진금이가 어찌할 바를 모르며 품에 안고 있는 고리짝에 가서 멈추었다.

 "뉘든 들며 나지 말라 하였거늘! 근신하는 자리 앞에서 어찌 이리 소란한 게냐? 이는 무엇이냐?"

 "아, 예…… 주, 중전마마께서……."

 "중전이 무엇?"

 "이 근래, 영 수라 못하시더니…… 사가 조모님의 손맛이라, 시큼한 기름붙이 딱 한 입만 하였으면, 하시었나이다. 하여서 마마님께서 사가로 나가시어 내입하신 것입니다."

 "핫! 꼴같잖다! 갖은 진미 다 바치는 궐 안 수라상도 다 내치는 사람이 보잘것없는 사가 음식이나 그리워하고 말야. 누가 촌것박색이라 아니 하였더뇨? 보기 싫다, 내다 버려라."

 "저, 전하! 중전마마께서 간절히 원하신 것입니다. 한 번만 내입케 하여주십시오. 입맛이 나지 않고 허전하면 옛날 드시던 것이 그립고 그리합니다. 내입케 하여주십시오."

"근신하는 죄인 주제에 입매 맞게 이것저것 골라 젓수신다더냐? 흥. 안즉도 정신을 못 차린 게다. 당장 치워라. 꼴사납다!"

무섭게 호령하시니 어찌하랴. 진금이가 안고 있던 고리짝을 빼앗기고 말았다. 방 안에서 간담 졸이며 듣고 있던 중전마마, 맥이 탁 풀렸다. 방을 차고 들어와 무섭게 눈을 흘기는 상감마마더러 떨며 변명하였다. 그립고 마냥 먹고 싶은 터로, 단 한 가지 그 맛밖에는 생각나지 않았다.

"잘난 척하는 게 아니라 도통 입맛이 없어서 그러합니다. 마마, 제발 그것을 내입케 하여주시어요."

"흥. 궐 안 진미 다 놓아두고 찾기를 그딴 것이나 찾고. 요러니 얄궂게 까다롭다는 소문이 도는 게다."

무정하셔라. 단 한 번만이라도 상감께서 생각을 깊이 하셨더라면, 도통 그런 것에 관심없는 중전이 어찌 저리 간절하게 색다른 먹새를 바랄까 한 번만 생각하시었으면. 그랬다면 이 밤의 참담한 일은 일어나지 않았을지도 모른다. 실상은 이것이 입덧이라. 아무도 모르고, 심지어 중전마마 자신도 모르지만 옥체에 이미 아기씨 담고 있는 중이시다. 모든 것이 예민하고 예전과는 달라진 터로, 그만큼 더 사무친 설움이 새겨졌다.

그러나 작정하고 중전을 위하여 귀한 음식치레 준비하여 오신 상감마마 정성이 또 빗나간 터다. 허니 말씀이 고울 리가 없었다. 청하지도 않은 각색진미. 가득 차린 상 밀어놓고 다 드시오 윽박지르니 입에 넘어갈 리가 있나. 깨작거리다가 말고 찬물만 들이키니 ㄱ

것이 다시 밉고 섭섭하다. 상감마마, 중전마마 두고 또 눈만 흘긴다.

상감마마께서 중전마마 찾아 듭시었대. 제발 부드러이 화해하시면 얼마나 좋아. 기대하고 바라는 아랫것들 바람과는 아랑곳없이 방 안의 두 분 마마, 상을 사이 두고 한마디 말도 없다.

밤이 깊어갔다. 대전 돌아가실 줄 알았는데, 왕이 금침 내려라 하시었다. 좁은 방에 금침 하나. 등 돌리고 누운 두 사람 다 내내 말이 없다. 이윽고 먼저 눈이 감긴 이는 왕이다. 어느새 숨결이 고르게 새어 나왔다. 깊이 잠드신 것이다. 그때만을 기다리던 중전은 살며시 일어나 윗방으로 올라갔다. 자리옷을 벗고 미리 차비한 정결한 의대를 갈아입고서 몰래 문을 나섰다.

삼경이 넘은 시각이다. 문 앞에 있던 숙침 나인 진금이가 꾸벅꾸벅 졸고 있었다. 일이 공교로워 요것이 또 소피 본다 하여 잠시 뒷간에 가고 말았구나. 그 틈을 타서 왕비는 몰래 석광당을 빠져나왔다. 깜빡이는 등불 하나에 의지하여 비틀거리며 침향정까지 홀로이 죽음의 길을 걸어가신 것이다.

용잠이며 노리개며 황금 쌍가락지이며 왕에게서 받은 모든 패물들 다 몸에서 떼어놓았다. 속치마 짝짝 찢어 끈을 만든 것이니 침향전 대들보에 단단히 묶었다. 매듭지어 고리 묶고 미련없이 목을 들이미는 참이다. 깡충깡충 침향정 계단을 뛰어올라 온 놈이 바로 중전마마 사슴 복동이었다.

미물이니 제 주인 냄새는 희한하게 알아차리는 것이다. 하물며 중전마마께서 하냥 안고 우유 먹여주시고 여물 가져다주시며 껴안고 코 비비며 귀여워하시니 이놈에게 바로 어미는 중전마마가 아닐 것이냐? 이 밤도 잠자다가 중전마마 냄새가 나니 찾아왔다. 아무것도 모르는 이놈이 중전마마 목매달아 죽으려고 하는 것도 모르고 치맛자락을 물어 끌었다. 마치 이 밤서 제게 맛난 것 가져 오셨어요? 물어나 보듯이.

중전마마 흑흑 비통하게 오열을 터뜨렸다. 몸을 돌이켜 복동이 놈을 끌어안아 볼을 비비며 속삭였다.

"복동아, 내가 너를 생각지 못했도다. 미처 내가 너를 생각하지 못하였어. 이날서 내가 죽어지면은 우리 복동이를 뉘가 보살펴 줄까? 허나 어찌하랴? 복동아, 이 몸의 지아비이신 전하께서 이 몸을 항시 싫다, 밉다 하시어 구박하시니 이날서는 날더러 정조 더럽히고 딴 사내 보았다 노화를 내시는구나. 인제는 계집으로도 중전으로도 사직의 안주인으로도 쓸모가 없으니 죽어져라 하시었단다. 이 밤서 내가 죽을 작정이니 이 일로 전하께 한번 신세를 갚을 참이란다. 내가 죽어지면은 사직의 안주인에 어울리는 명민하고 고운 처자 새로이 궐에 들어오실 것이니 전하께서도 좋으실 것이라. 하물며 그 처자 승은받아 금세 회임하시면 사직의 대통이 이어진단다. 지금껏 생산 한 번 못한 이 못난 것이 없어져야 그 일이 다 이루어지는 것이야. 허니 복동아, 나를 신의없는 사람으로 원망하지 말아라."

중전마마, 마지막으로 복동이 털을 한번 쓸어준 이후에 꼭 안아주었다. 일어나시어 전하께서 주무시는 석광당 쪽을 향하여 곱게 절을 하였다.

"전하, 이 못난 신첩은 이제 가오니 부대 어진 처자 맞으시어 즐거움 누리시고 성군이 되시옵소서. 아버님, 불효여식 소혜가 먼저 가옵니다. 부대 후생서 뵈오렵니다."

중전마마가 끈에 목을 밀어 넣으려는 순간이다. 이 못된 놈 좀 보았나? 복동이가 뛰어와 머리로 중전의 몸을 밀어버렸다. 얼떨결에 목을 매려던 중전은 뜻을 이루지 못하고 천제연에 떨어지고 말았다.

풍덩 소리가 나고 물보라가 튀었다. 그러고서 이윽고 잠잠하였다. 사방은 그저 캄캄한 정적이다. 다만 복동이 놈이 낑낑 슬픈 듯이 연못가를 맴돌며 울음을 울고 있을 뿐이다. 비수같이 새파란 하현달이 바람에 쓸리며 창공에 떠 있다.

석광당 금침 안에서 얕은 잠이 들었던 왕이 문득 눈을 뜬 것은 바로 그때였다.

『화홍花紅』 제3권에 계속…

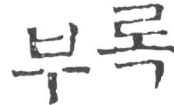

궁궐 안에서 궁녀들이 부르던 노래 몇 가지.
— 〈신향학궤법〉에서 발췌(오늘날 읽기 쉽게 번역하였음).

철없는 우리 주상

지은이 대전 몽 상궁

어이할고 어이할고 우리 주상 어이할고
여인네 맘 몰라주는 우리 주상 어이할고
어린 나이 성왕 되어 남녀 교합 몰라 하다
희란 고년 놀이배에 놀아나니 안타깝네

이제서야 우리 중전 장중보옥 알아보나
어쩔까나 어쩔까나 우리 주상 실수하네
썩은 배에 방아질아 좋다쿠나 좋다쿠나
이제 따온 복숭아는 방아질이 쉽지 않네

복숭아를 어찌할까 고민고민 하시다가
우리 주상 실수하여 무 자르듯 베어내네
여린 과육 맛 못 보고 시다시다 뱉어내니

철이 안 든 우리 주상 썩은 배만 찾는구나

양물 크다 자랑 마라 크기 상관 없다 한다
물레방아 크다 한들 방아질이 된다 하냐
방아질이 훌륭해야 아낙네들 좋아하지

이리 돌려 저리 돌려 깊이 치고 얕게 치고
세게 치네 옅게 치네 아낙네들 환호하네
깨어나라 우리 주상 양물 믿고 설치다가
떠난 가마 바라보며 후회 마라 후회 마라

천지신명이시어

지은이 중궁전 윤 상궁

차라리 우리 마마를 이제부터 간교하고 사악하게 해주시옵소서
착한 중전보다는 지아비를 지키는 중전이 되길 바라옵니다~
수를 잘 돌리는 중전보다 허리 잘 돌리는 중전이기를 바라옵니다
제~발~
여인네 불쌍타 첩지를 내려달라 말하는 중전보다
눈길 오직 중전에게만 두어달라 말하는 중전 되길
제~발~

지아비 용상 바라보며 혼자 달은 중전보다
은근히 여인향 풍기며 주상 눈길 가두는
그런 요악한 중전이 되길

삐약이 부드럽게 감싸는 나긋한 손길을
바보대왕 성체를 부드럽게 쓸어낼 줄 아는
그런 중전이 되기를
제~발~

월성궁 마마 배 아프시네

지은이 나인 선이

어린 주상 동정(同精) 따서 내 품 안에 담아놓고
이리 돌려 저리 돌려 밤재미를 알려주네
천하주인 내 것 되니 그 천하가 내 것이네
금 나와라 은 나와라 권세 좋다 십 년인데

아니 이비 웬 날벼락 중전이라 들어오니
주상 양물 내 것이네 호언장담 이제 십 년
우리 누이 입에 달고 은애하오 하던 이가
은근슬쩍 정궁 곱소 새 정이라 재미보네

아고 배야 속 타구나 아닌 밤에 홍두깨라
희란이는 천격잉첩 이리 나를 버리는가
어린 주상 얕보았다 내 신세가 하찮도다

허수아비 그깟 중전 가마귀라 놀려먹다
내 신세라 이러할 줄 몰랐구나 몰랐구나

원통하다 내 신세야 누가 나를 이해하랴
그저 나만 천격이라 무시하고 무시하네
아이고야 배 아프다 이 내 속을 어찌할고